U0491107

浙江詩事

〔上册〕

佚名　編

浙江文叢

浙江古籍出版社

圖書在版編目（CIP）數據

浙江詩事 / 佚名編. -- 杭州 : 浙江古籍出版社, 2024. 12. -- (浙江文叢). -- ISBN 978-7-5540-3171-1

Ⅰ. I207.209

中國國家版本館CIP數據核字第20244TM303號

浙江文叢

浙江詩事

（全二册）

佚　名　編

出版發行　浙江古籍出版社

（杭州市環城北路177號　郵編：310006）

網　　址　http://zjgj.zjcbcm.com

責任編輯　徐　立

封面設計　吴思璐

責任校對　吴穎胤

責任印務　樓浩凱

照　　排　浙江大千時代文化傳媒有限公司

印　　刷　浙江新華數碼印務有限公司

開　　本　710 mm × 1000 mm　1/16

印　　張　50

字　　數　168千

版　　次　2024年12月第1版

印　　次　2024年12月第1次印刷

書　　號　ISBN 978-7-5540-3171-1

定　　價　350.00圓（精裝）

如發現印裝質量問題，請與本社市場營銷部聯繫調换。

浙江省文化研究工程指導委員會

浙江文化研究工程成果文庫總序

習近平

有人將文化比作一條來自老祖宗而又流向未來的河，這是説文化的傳統，通過縱向傳承和橫向傳遞，生生不息地影響和引領着人們的生存與發展；有人説文化是人類的思想、智慧、信仰、情感和生活的載體、方式和方法，這是將文化作爲人們代代相傳的生活方式的整體。我們説，文化爲群體生活提供規範、方式與環境，文化通過傳承爲社會進步發揮基礎作用，文化會促進或制約經濟乃至整個社會的發展。文化的力量，已經深深熔鑄在民族的生命力、創造力和凝聚力之中。

在人類文化演化的進程中，各種文化都在其内部生成衆多的元素、層次與類型，由此決定了文化的多樣性與複雜性。

中國文化的博大精深，來源於其内部生成的多姿多彩；中國文化的歷久彌新，取決於其變遷過程中各種元素、層次、類型在内容和結構上通過碰撞、解構、融合而産生的革故鼎新的强大動力。

中國土地廣袤、疆域遼闊，不同區域間因自然環境、經濟環境、社會環境等諸多方面的差異，建構了不同的區域文化。區域文化如同百川歸海，共同匯聚成中國文化的大傳統，這種大傳統如同春風化雨，滲透於各種區域文化之中。在這個過程中，區域文化如同清溪山泉潺潺不息，在中國文化的共同價值取向下，以自己的獨特個性支撑着、引領着本地經濟社會的發展。

從區域文化入手，對一地文化的歷史與現狀展開全面、系統、扎實、有序的研究，一方面可以藉此梳理和弘揚當地的歷史傳統和文化資源，繁榮和豐富當代的先進文化建設活動，規劃和指導未來的文化發展藍圖，增强文化軟實力，爲全面建設小康社會、加快推進社會主義現代化提供思想保證、精神動力、智力支持和輿論力量；另一方面，這也是深入瞭解中國文化、研究中國文化、發展中國文化、創新中國文化的重要途徑之一。如今，區域文化研究日益受到各地重視，成爲我國文化研究走向深入的一個重要標誌。我們今天實施浙江文化研究工程，其目的和意義也在於此。

千百年來，浙江人民積澱和傳承了一個底蘊深厚的文化傳統。這種文化傳統的獨特性，正在於它令人驚歎的富於創造力的智慧和力量。

浙江文化中富於創造力的基因，早早地出現在其歷史的源頭。在浙江新石器時代最爲著名的跨湖橋、河姆渡、馬家浜和良渚的考古文化中，浙江先民們都以不同凡響的作爲，在中華民族的文明之源留下了創造和進步的印記。

浙江人民在與時俱進的歷史軌跡上一路走來，秉承富於創造力的文化傳統，這深深地融匯在一代代浙江人民的血液中，體現在浙江人民的行爲上，也在浙江歷史上衆多傑出人物身上得到充分展示。從大禹的因勢利導、敬業治水，到勾踐的卧薪嘗膽、勵精圖治；從錢氏的保境安民、納土歸宋，到胡則的爲官一任、造福一方；從岳飛、于謙的精忠報國、清白一生，到方孝孺、張蒼水的剛正不阿、以身殉國；從沈括的博學多識、精研深究，到竺可楨的科學救國、求是一生；無論是陳亮、葉適的經世致用，還是黄宗羲的工商皆本；無論是王充、王陽明的批判、自覺，還是龔自珍、蔡元培的開明、開放，等等，都展示了浙江深厚的文化底藴，凝聚了浙江人民求真務實的創造精神。

代代相傳的文化創造的作爲和精神，從觀念、態度、行爲方式和價值取向上，孕育、形成和發展了淵源有自的浙江地域文化傳統和與時俱進的浙江文化精神，她滋育着浙江的生命力、催生着浙江的凝聚力、激發着浙江的創造力、培植着浙江的競争力，激勵着浙江人民永不自滿、永不停息，在各個不同的歷史時期不斷地超越自我、創業奮進。

悠久深厚、意韻豐富的浙江文化傳統，是歷史賜予我們的寶貴財富，也是我們開拓未來的豐富資源和不竭動力。黨的十六大以來推進浙江新發展的實踐，使我們越來越深刻地認識到，與國家實施改革開放大政方針相伴隨的浙江經濟社會持續快速健康發展的深層原因，就在於浙江深厚的文化底藴和文化傳統與當今時代精神的有機結合，就在於發展先進生産力與發展先進文化的有機結合。今後一個時期浙江能否在全面建設小康社會、加快社會主義現代化建設進程中繼續走在前列，很大程度上取決於我們對文化力量的深刻認識、對發展先進文化的高度自覺和對加快建設文化大省的工作力度。我們應該看到，文化的力量最終可以轉化爲物質的力量，文化的軟實力最終可以轉化爲經濟的硬實力。文化要素是綜合競争力的核心要素，文化資源是經濟社會發展的重要資源，文化素質是領導者和勞動者的首要素質。因此，研究浙江文化的歷史與現狀，增强文化軟實力，爲浙江的現代化建設服務，是浙江人民的共同事業，也是浙江各級黨委、政府的重要使命和責任。

二〇〇五年七月召開的中共浙江省委十一屆八次全會，作出《關於加快建設文化大省的決定》，提出要從增强先進文化凝聚力、解放和發展生産力、增强社會公共服務能力入手，大力實施文明素質工程、文化精品工程、文化研究工程、文化保護工程、文化産業促進工程、文化陣地工程、文化傳播工程、文化人才工程等『八項工程』，實施科教興國和人才强國戰略，加快建設教育、科技、衛生、體育等『四個强省』。作爲文化建設『八項工程』之一的文化研究工程，其任務就是系統研究浙江文化的歷史成就和當代發展，深入挖掘浙江文化底藴、研究浙江現象、總結浙江經驗、指導浙江未來的發展。

浙江文化研究工程將重點研究『今、古、人、文』四個方面，即圍繞浙江當代發展問題研究、浙江歷史文化專題研究、浙江名人研究、浙江歷史文獻整理四大板塊，開展系統研究，出版系列叢書。在研究内容上，深入挖掘浙江文化底藴，系統梳理和分析浙江歷史文化的内部結構、變化規律和地域特色，堅持和發展浙江精神；研究浙江文化與其他地域文化的異同，釐清浙江文化在中國文化中的地位和相互影響的關係；圍繞浙江生動的當代實踐，深入解讀浙江現象，總結浙江經驗，指導浙江發展。在研究力量上，通過課題組織、出版資助、重點研究基地建設、加强省内外大院名校合作、整合各地各部門力量等途徑，形成上下聯動、學界互動的整體合力。在成果運用上，注重研究成果的學術價值和應用價值，充分發揮其認識世界、傳承文明、創新理論、諮政育人、服務社會的重要作用。

我們希望通過實施浙江文化研究工程，努力用浙江歷史教育浙江人民、用浙江文化薰陶浙江人民、用浙江精神鼓舞浙江人民、用浙江經驗引領浙江人民，進一步激發浙江人民的無窮智慧和偉大創造能力，推動浙江實現又快又好發展。

今天，我們踏着來自歷史的河流，受着一方百姓的期許，理應負起使命，至誠奉獻，讓我們的文化綿延不絕，讓我們的創造生生不息。

二〇〇六年五月三十日於杭州

出版前言

《浙江詩事》（以下簡稱《詩事》）九卷，抄本，佚名編，旨在搜集浙江詩歌，記録浙江詩人的軼事。書中内容全部見於近人楊鍾羲所撰《雪橋詩話》（以下簡稱《詩話》，《求恕齋叢書》本）。下面選取《詩事》甲、乙兩卷，展示其中各條目在《詩話》中的位置，並顯示其對應關係。

詩事甲

《浙江詩事》	《雪橋詩話》
錢塘汪渢魏美	初 1.25.b（初集卷一第二十五葉 b 面，後同）
海寧朱一是	初 1.28.a
王崑繩《孤忠遺翰序》	初 1.59.a
朱青湖謂陳卧子司李紹興	初 1.20.a
汪魏美、陳際叔、柴虎臣	續 1.48.a
陸冰修嘉淑有《辛齋遺稿》	初 1.59.a

張思哲	續 1.65.b
永嘉林子强	續 1.13.a
義烏吴之器	續 1.90.b
海寧沈天目	三 1.17.b
孝豐施伯文顯謨	三 1.18.a
越人夏古丹	三 1.19.a
先遷甫序黄儀逋詩	三 1.27.b
吴興郡城東南别鮮山	三 1.28.a

詩事乙

《浙江詩事》	《雪橋詩話》
李杲堂鄴嗣，原名文胤	初 1.12.b
李杲堂散懷詩	續 1.19.a
李杲堂録甬上耆舊詩	續 1.76.b
李杲堂選甬上耆舊集	三 1.16.a
李杲堂孔子建傳論	三 1.33.b

龍湫山人李潛夫作忘機吟社	三 1.42.b
山陰宋昰	三 1.44.a
海寧潘梅巖上舍廷樟	三 1.44.b
仁和徐士俊野君	三 1.52.a
康熙庚辰朱竹垞過當湖	三 1.52.b
餘姚孫氏墓前翁仲	三 1.59.b
豁堂上人正嵓	三 1.60.b
海鹽馬世榮煥如	三 2.41.a
德清詩人蔡遠士	三 2.42.a
蕭山傅宗德孚沈、功宗孚先	三 2.43.a
上虞王梅林德璘	續 2.01.a
烏程董雨若三子	續 2.20.a
董雨若首陽詠	續 1.52.a

《詩事》甲、乙二卷中的內容，分別對應了《詩話》的初、續、三集。《詩事》乙卷中『李

杲堂鄮嗣原名文胤」「李杲堂散懷詩」「李杲堂録甬上耆舊詩」「李杲堂選甬上耆舊集」「李杲堂孔子建傳論」「李杲堂晚歲」連續六則有關李杲堂。除此之外，很難説《詩事》編撰上有何用意，二書條目的編排也不存在明顯的對應關係。

《詩事》顯然不是對《詩話》有意編輯或摘録的結果。那有没有一種可能，《詩事》産生於《詩話》成書過程之中？楊氏撰寫《雪橋詩話》，參考文獻頗豐，前人已有總結。「錢塘汪渢魏美」條出自《國朝先正事略》；「海寧朱一是」條出自《國朝先正事略》《篋衍集》《明詩紀事》；「王崑繩《孤忠遺翰序》」條出自《居業堂文集》《曝書亭集》；「朱青湖謂陳臥子司李紹興」條出自《春融堂集》《西河集》《篋衍集》；「陸冰修嘉淑有《辛齋遺稿》」條出自《明詩紀事》；「宋湖州詩人吴仲孚」條出自《静志居詩話》《鮚埼亭集外編》；「李杲堂鄮嗣原名文胤」條出自《南雷文定》《篋衍集》。「錢塘布衣潘雲客問奇」條甚至綜合了《全浙詩話》《拜鵑堂詩集》《兩浙輶軒録》《淮海英靈集》四書的内容。[二]《詩事》甲、乙二卷中出現在《詩話》初集中的條目，涉及的原始文獻不一。此外，《詩話》不單純是對舊有文獻的抄録，楊鍾羲以自己的語言連綴其間，以表達自己的觀點。《詩事》中文字雖與成書之後的《詩話》有完全相同處，然而不能認爲《詩事》是《詩話》的來源。

楊鍾羲寓居上海十一年，劉承幹刻《嘉業堂叢書》，楊氏任校讎，得見嘉業堂藏書，《雪橋詩話》即作於這一時期，最終也刊入劉承幹《求恕齋叢書》之中。劉氏可能是此書最早的讀者之一。《浙江詩事》稿本第二册至第九册皆鈐有『吴興劉氏嘉業堂藏』印，爲劉氏故物。劉承幹爲浙江吴興（今浙江湖州）人，見《詩話》中記浙人軼事，隨手摘録，也屬情理之中。《浙江詩事》的抄寫時間難以確指，而《雪橋詩話》各集編寫與刊刻的時間則較爲明確：

《雪橋詩話》初集十二卷，成書於一九一三年，同年刊行；續集八卷，成書於一九一六年，刻於一九一七年；三集十二卷，成書於一九一八年，刻於一九一九年；餘集八卷，成書於一九二二年，刻於一九二六年。〔二〕

《浙江詩事》摘録《雪橋詩話》的範圍僅限於初集、續集、三集，無一條出自餘集，通過上述《詩話》的刊刻時間不難推知，《詩事》一書最終完成或在一九一九年至一九二六年之間。

前人總結《詩話》特點，雖然不能完全爲《詩事》所有，但《詩事》確也繼承了《詩話》的諸多優點，其中最爲突出的是書中『論詩、論詩人，記載詩歌，以詩傳人，以詩存史』。書中所涉人物，自清初至嘉慶年間，凡三百餘人，記載了他們的經歷、事蹟以及舊聞軼事，提供了相關的背景資料，以便對其人其詩有比較深切的理解。書中還記録了前人論詩文之語，保存了相應的理論觀點。可知《浙江詩事》是可貴的詩學文獻。

今即以嘉業堂所藏稿抄本《浙江詩事》爲底本影印出版，以原書中各篇所載人名、書名、事件等内容掇爲簡明條目，編爲目録置於書前，便於研究者查閲。書中或有重複抄録篇章、字句一仍其舊，不做删改處理，以期保存底本原貌。本書的出版將爲清詩研究提供更爲豐富的資料，推動對浙江文化的深入研究。

浙江古籍出版社
二〇二四年十二月

注

〔一〕靳良：《〈雪橋詩話〉研究》下編《〈雪橋詩話〉初集史源分析》，新疆師範大學碩士學位論文，二〇〇九年。

〔二〕石繼昌：《雪橋詩話》出版説明，北京古籍出版社，一九八九年。

目録

詩事庚……（五一三）

詩事辛……（五九五）

詩事壬……（六八一）

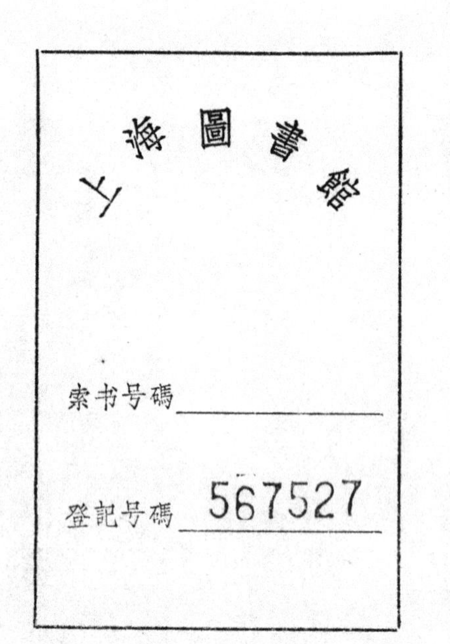
上海圖書館
索书号碼
登記号碼 567527

錢塘汪渢魏美崇禎己卯舉人家貧耿介自守[illegible]鬻者奉百金為壽屬以請託固卻之明亡侍老母之天台居石梁左右日糴米半升以供母自採蕨根淘汰食之後母思歸移居河渚徙孤山足迹不入城市年四十八卒聞亦作詩多不存稿臨終日占云大化無倚軌道術久殊轍往世守頑形聞途猶未徹至人本神運可會不可説冰泮水還清雲開月方潔一見破樊籠逍遥從此別明詩綜刪為絶句其意不完正叔贈魏美詩淒淒

華釐歲將闌避世誰知管幼安桂樹幽人招隱地鹿皮
高士著書冠風檐解帶蘭香滿霜路班荆玉佩寒辛苦
西山無伴侶擡中薇蕨勸加餐正叔亦嘗隨其父遯庵
避地天台山中遯庵爲劉忠正公高弟以遺民終不愧
其師所爲忠正行實最詳丁戊之間嘗參海上軍事後
嘗爲僧

海寧朱一是近修崇禎壬午舉人兵後披緇衣授徒有爲可堂集同顧修遠游虞山云輕舟十里汎平沙雲外虞山一半遮隄勢遠回言偃墓草痕青入仲雍家野泥初坼未開筍溪雨欲流將盡花乘興不辭今日醉此身誰記在天涯僑居嘉興與周質青士王翃介人范路遵甫沈進山子相倡和青士有采山堂集嘗醉書五言云似士不游庠似農曾讀書似工不操作似商謝奔趨立言頗突兀應事還粗疏飢凍不少顧吟詩作歡娱

王崑繩孤忠遺翰序云武林陸鯤庭先生乙酉死於難留書辭其母及兄弟其兄麗京先生集一時南北殉難如倪鴻寶陳木叔黄石齋諸君子平昔往還書牘贈答詩古文裝潢成卷而附其書於後題曰孤忠遺翰藏之後麗京先生亦遂棄家長往不返其子寅尋之十餘年不得遇丙寅夏寅遇源於京師出其卷示源使源爲之序按鯤庭先生名培以庚辰進士居憂未受職甲申之變南都授行人奉命祭奠淮王而南都不守遂止山中

杭州下乃自經麗京先生棄諸生醫隱養母後母卒羅莊史之難幾死乃歎曰吾向不與弟俱死徒以有老母母既以天年終今又遭大難幸免尚可以餘生食息人間邪遂棄妻子披髮入山寅又以其辭家書數紙與小像并附此卷後今觀其像雉冠戎服挾弓矢袴韝縱馬而馳是豈山中學道之人哉又可悲矣初先生罹難時家人俱繫獄吏籍其家裂此卷將燬之先生内弟孫君宇臺奔入流涕白吏曰此無用物燬之曷若與我我義

存古人片紙即諸君義也吏笑而許之事解復歸之先
生此卷得不失者孫君力也先生名圻季弟增人稱梯
霞先生某嘗訪之吳門岸然高潔士也寅字冠周負至
性亢爽有大志善文詞工詩有碁書亭集有零丁爲陸進
士寅作云寅也敬白零丁尺半紙敢告行路諸君子有
父有父一去故鄉不知日月幾千里日月逾邁二十五
年矣請說軀體顏面皮軒眉廣顙豐兩頤口輔髯兼髭微
有髭去時牡齒尚未落肩胛尚亦肥平生不怒多笑嬉

目無邪視頭無俱周尺一尋長過之請説裳衣少新製
大布寛袍淚長漬帶斷續繩衫裏臂孫孫子子蟣蝨萃
有時捫之擲在地兩襠敝袴隻足靡寒肌生粟暑生痱
婆留鄉語聽易分問以經術辯紛綸至若説易尤專門
方州蔀家味易根囊中口譜可等金匱文方不自祕恒
活人不昧財不逐禍緇衣黄冠無不可惠而能以消息
闢爲德者君報者我盖麗京論釋後游嶺南依金堡丹
崖精舍一夕夢至琳宫丹梯碧瓦中有神建龜蛇之旐

寤對寺僧言狀僧楚人謂曰此太和山也先生乃易道士衣往訪竟不知所終冠周康熙二十七年舉進士既釋褐徵服往求竹垞效東漢戴良體代作零丁一篇授之持以入楚云竹垞辛丑同王處士猷定施學使閏章陸處士圻汎舟西湖遇雨云東風吹落日西下北高峰欲往南屏路中流聽梵鐘迴船沙岸火驟雨石門松不覺碧雲暮涼烟生幾重零丁序云予早歲以詩古文辭受知先生遂定忘年之款自辛丑夏一别水尚知歸先

生獨久不返辛丑爲順治十八年湖州史案在康熙二年下距冠周戊辰舉進士正二十有五年也

鯤庭子繁招字拒石韜晦鄉里閉户著書學使張景茂許備員黌宫報書辭謝徐健庵延課其子其善卷堂文集即司寇仲子章仲所刻鯤庭殉國難絶吭於桐塢引決時留書與陳際叔別且盡以書籍遺之際叔聞信奔赴哭之痛爲書以報地下美鯤庭之得死所叙已有母且尚在草野不即相從之故無何陸氏竄徙駱村鯤庭

配夫人延際淑於蕭寺教拒石拒石學既成乃還其所
遺書籍其交誼如此駱村一名駱鴻陸梯霞駱鴻看拒
石冠周兩姪云流水飛花古渡頭橫舟盪槳欲驚鷗遥
憐多病三秋逝近喜新詩一卷留看竹祇須尋小阮栽
桃還想賦前劉即今滿眼悲烽火好慰慈親此放愁

朱青湖謂陳卧子司李紹興詩名既盛浙東西人無不遵其指授西泠十子皆雲間派也西河幼為卧子激賞故詩俱法唐音竹垞初年亦然康熙中葉始尚宋詩蓋自查悔餘吴孟舉出而詩格始大變毛稚黄著白榆堂詩陳卧子見而特詣之復序其歎景樓詩與陸圻麗京柴紹炳虎臣孫治宇台陳廷會際叔張綱孫祖望丁澎藥園沈謙去矜吴百朋錦雯黄昊景明號西泠十子與西河及遂安毛際可會侯稱浙中三毛其春思二首云

愁窺青鬢忽如絲，春老繁花又幾枝。提起玉釵成怨悵，
忍將紅豆寄相思。光銷畫燭猶溼梦，入行雲月不知。
細向屏風看楚黛，此中何處不堪疑。滿眼春風着意寒，
春衣擬着更嫌單。去年茗碗還生綠，昨夜蓬壺滴未闌。
玉杵有緣春蜥蜴，寶釵無力壓龍鸞。直愁亂落桃花處，
細雨新泥不肯乾。

汪魏美陳除叔柴虎臣沈甸華孫宇台皆以感年高蹈
毛會侯為作西冷五君子傳虎臣妾薄命云西家處女
玉顏三五二八之間遺世獨立盤桓複襦輕裾羅紈繡
帶微風自還見者彷彿神靈擇嫁無媒爾馨塗修之鳳
青青喈彼賢雄窈冥春華夕月秋螢深閨撫枕涕零追
其謂之齟齬要以匹雙致殊云是大夫秋胡又云馮氏
子都郤還明月徑珠賤妾猥辱泥塗已矣無復沈吟豈
不懷姝好音竽笙簫管瑟琴倡予和汝同心望望山高

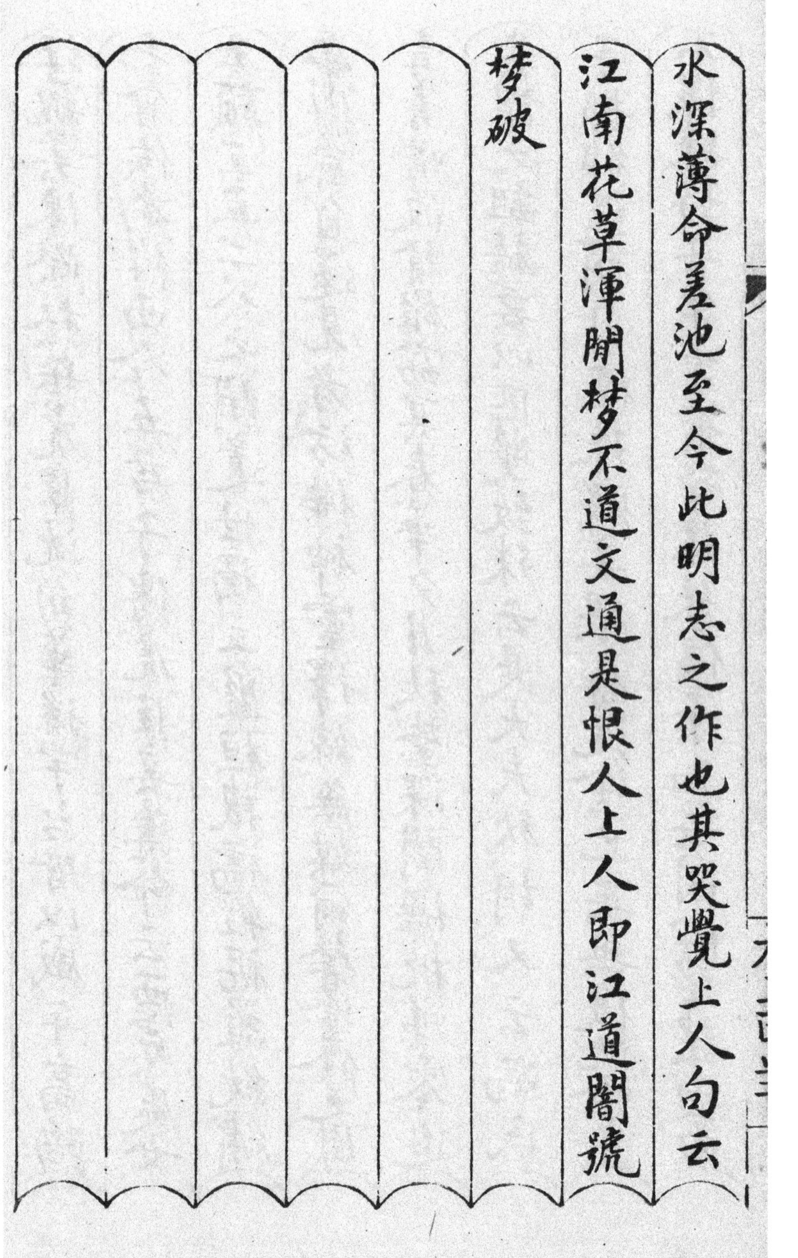

水深薄命差池至今此明志之作也其哭覺上人句云江南花草渾閒梦不道文通是恨人上人即江道闇號梦破

陸冰修嘉淑海寧人有辛齋遺稿采桑曲云江南三月青陽天桃花匼帀楊花顛流鶯自語元鳥斜陌上誰家雙髻鴉繡箔柔匡臨碧阤百帖春蠶眠不起素腕迨迨倚夕陽清矑的的回秋水別有梅花洞房妾永日盈盈淚凝睫織成錦字寄別離結成同心鎖筠篋偶向城隅恨自滋長憐春暮心尤怯使君五馬莫踟躕兒家夫婿關西俠查夏重其婿也少從學詩

宋湖州詩人吴仲孚流寓嘉定作一絶云白髮傷春又一年閒將心事卜金錢梨花落盡東風輭商略平生到杜鵑上元孫文川咸豐乙卯避亂居上海新肺遥和其韻云故國烽烟年復年客游銷盡賣文錢東風又老梨花瘦愁聽催歸到杜鵑同一悽斷明末秀水姚仙期聞鵑一絶云何事催歸鳥鉤輈喚我頻故園經戰後歸去巷無人此與宋南渡李御史粹伯菩薩蠻詞杜鵑只管催歸去知渠教我歸何處哀音激楚較仲孚作又深一

層矣全謝山之言曰古之志士當星移物換之際往往
棄墳墓離鄉井章皇異地以死以寄其無聊之感方其
悵悵何之魂離魄散鷦鶺之翮欲集還翔滿目皆殘山
賸水之恫謝山生當全盛之時何其善言逋臣心事也
仙期名佺詩嘗與孫豹人方爾止合刻

錢塘布衣潘雲客問奇字雪帆詩與田梅岑合刻田曰埋照集潘曰拜鵑堂草寓揚州天寧寺傳育庵時為太守分俸為之置田客死葬之平山堂側為文志其墓查二瞻書丹其郯城詩云舍櫂纔逾宿征塵又滿衣酒漿經魯薄楓葉過淮稀水涸魚仍賤秋深棗漸肥津亭多麥飯此日可調飢蒯蘆谷云一徑如蛇入蒼藤手自分石生都是蜀嵐起不成雲覓路經熊館抨弓散鹿群日晡逢鬼唱疑是鮑家墳紀陳震生與友人話別云四十

年前數弟昆後来生事不堪論身如魯殿經秦火世若
麻姑語上元倏爾竟成三度淺歸然曾有幾人存今朝
話盡西窗燭可是當時舊酒樽嚴灘云漫整荷衣酹逸
民灘聲猶自動星辰富春近日誰漁父天子當年有故
人名到先生纔是隱賢如光武不曾臣羊裘去後烟波
濶留得桐江一釣緡秋興云少小襟期與世違布袍時
復傲輕肥為尋無忌棲梁苑曾弔靈均入楚歸首蓿花
寒天馬病神仙字老蠹魚飢晴窗檢點奚囊句風月年

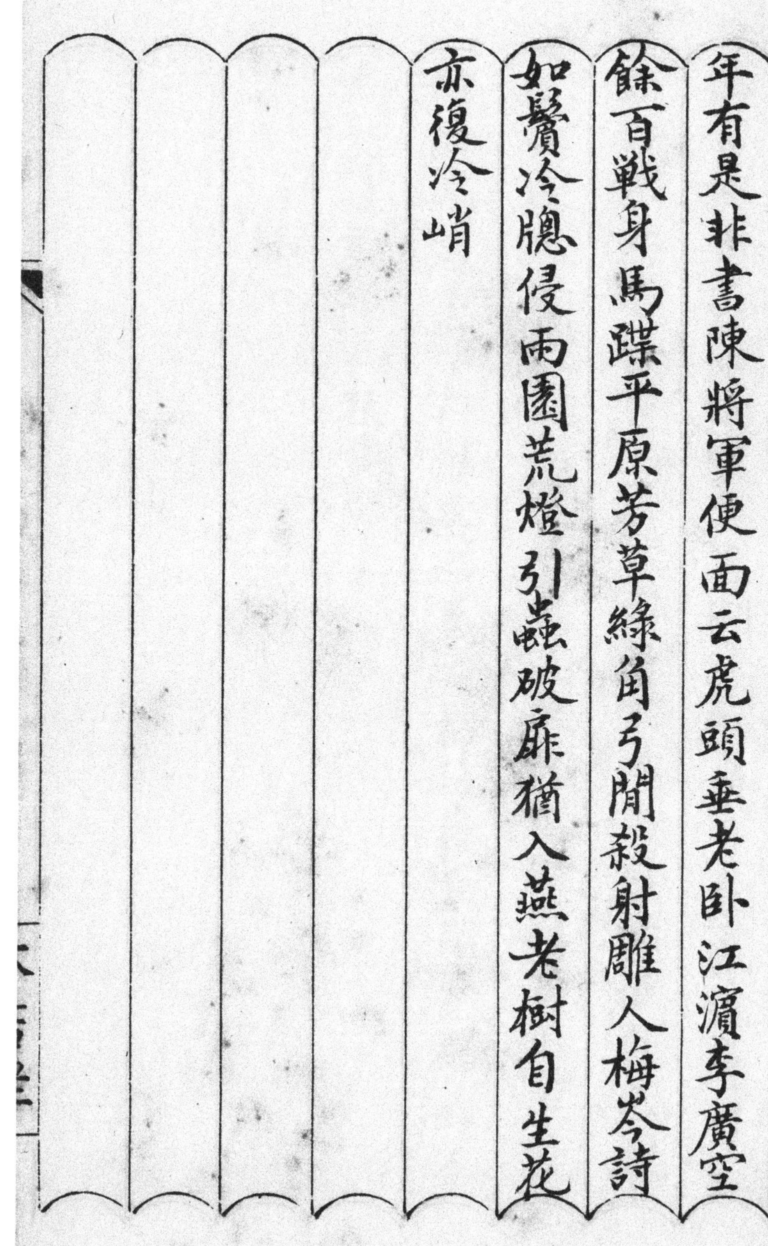

年有是非書陳將軍便面云虎頭垂老卧江濵李廣空餘百戰身馬蹀平原芳草綠角弓閒殺射雕人梅岑詩如鬢冷腮侵雨園荒燈引蟲破扉猶入燕老樹自生花亦復冷峭

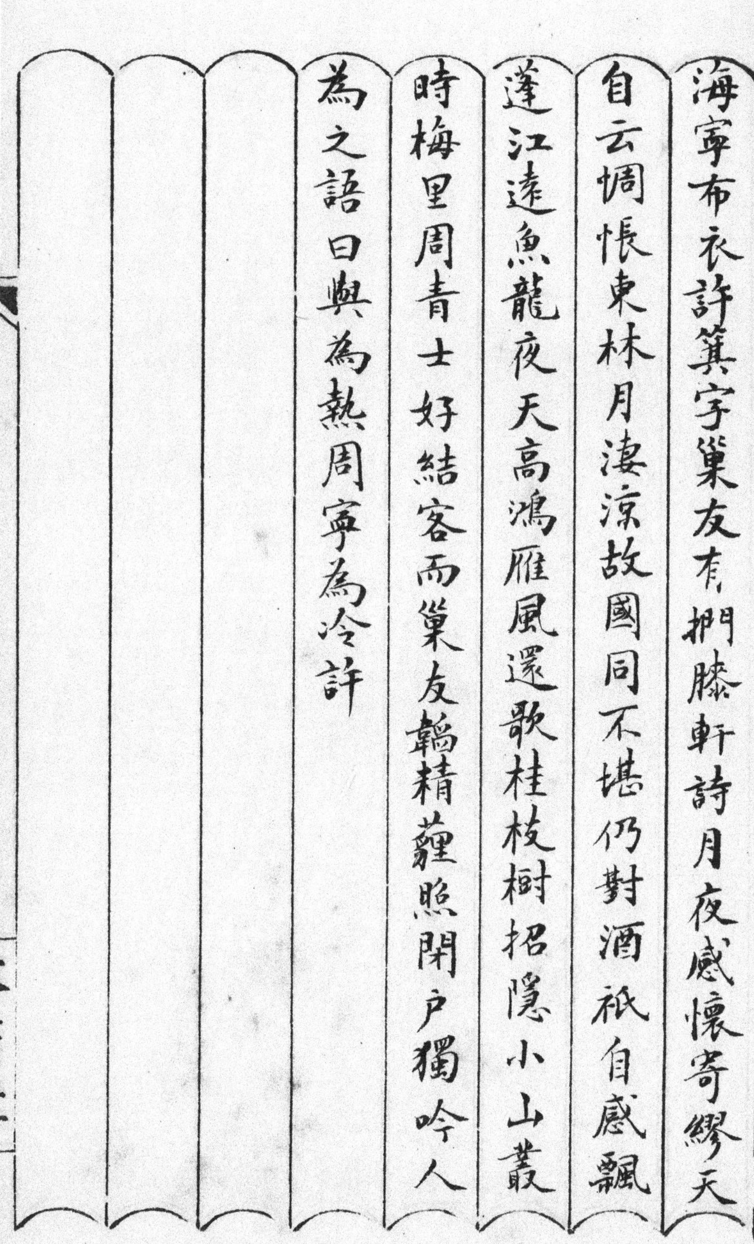

海寧布衣許箕字巢友有捫膝軒詩月夜感懷寄繆天自云惆悵東林月淒涼故國同不堪仍對酒祇自感飄蓬江遠魚龍夜天高鴻雁風還歌桂枝樹招隱小山叢時梅里周青士好結客而巢友韜精韞照閉戶獨吟人為之語曰與為熱周寧為冷許

嘉興王介人南山雜興云長城萬里羨當年楚澤軍容蓋世傳三月晴風高戰鼓九江春水下樓船韓彭心事應難論李郭功名不易全復道勤王師獨正江南處處起烽烟投袂無端只讀騷傷心野老屬吾曹千官遠竄思秦駐一旅先驅作董逃周道秋風吹黍稷漢宮春雨蔽蓬蒿化龍五馬知何處海燕東飛問伯勞前一首詠左寧南後一首則行朝記中事也

平湖錢默稚農初名士馨嘗偕俠少五人至慶陽薄暮徼雨五虎躍出稚農曰不盡殺何以見諸君勇乃人發一矢當者立斃一少年矢貫虎額尺許虎入林莽中追割其舌以報至旅店縱飲獨不酌少年酒責之曰發矢不中要害不足多也初以崇禎壬午貢入南雍見知於吳駿公賊犯近畿中允李明睿密請南遷稚農私謁之曰賊盡得秦隴晝夜行四五百里儻繞出畿南以抗警蹕公將何辭以謝天下李惝怳又曰不如死守以待勤

王之兵先遣太子南行繫人望李難之及京城陷稚農
往來河朔間輕財好施盡交其豪傑無所成或勸以仕
不應比還貧甚每不能舉火其歸去詩云柳深迷晉士
松老賤秦官馮秉恭輓稚農詩北地登樓罷還鄉未十
年一編傳井史百結上花船人事詩名誤天真草聖傳
松楸即長夜猶恐出談元秉恭字子近亦恢詭士也

德清沈漫士謂楊武陵與父鶴俱勤王事相國以啗藩服毒死後賊發其父冢殊髑焚骨乃見血焉楊氏兩世可謂以身死國者矣而廷臣抗疏不公不平宜其魂魄之歸訴思陵也楊公子山松有孤兒顧天錄被難紀略幼在軍中有楊家小飛將之號後遁於浮屠别號忍古頭陀其次陸辛齋魏水村見贈原韻云事千君父不單行自命人間孤孽名妻子已能忘漆炭友朋何事識音聲莫猜側翅投門忌肯信飛鴻踏雪輕青眼感君來物

色賣漿屠狗亦移情我有存亡兩世書天涯搜搆廿年餘孤桐野火毬焦尾細字青鐙辨魯魚忠武出師原利鈍魏收穢史孰騷除東南夜氣煩公等圭臬今看南指車試叩陽秋杞宋闕明妃誰為惜雲鬟肯留頰上毫三在不妒娥眉黛一彎史局自當憑月旦國門原不敵名山向隅垂死孤兒淚今日逢君一破顏亭林楚僧元鏌談湖南三十年来事四絶之三云督師公子竟頭陀詩筆崢嶸浩氣多兩世心情知不遂待誰更奮魯陽戈

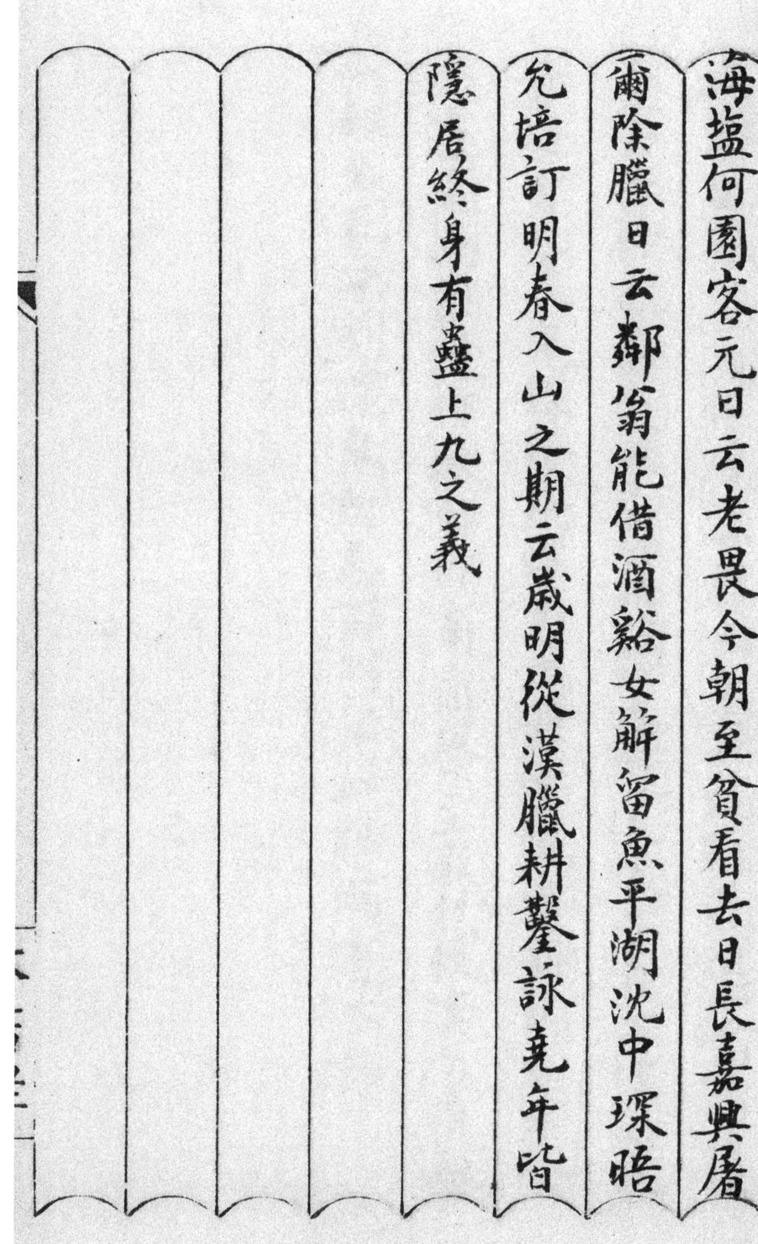
海鹽何園客元日云老畏今朝至貧看去日長嘉興屠爾除臘日云鄰翁能借酒谿女解留魚平湖沈中琛晤允培訂明春入山之期云歲明從漢臘耕鑿詠堯年皆隱居終身有蠱上九之義

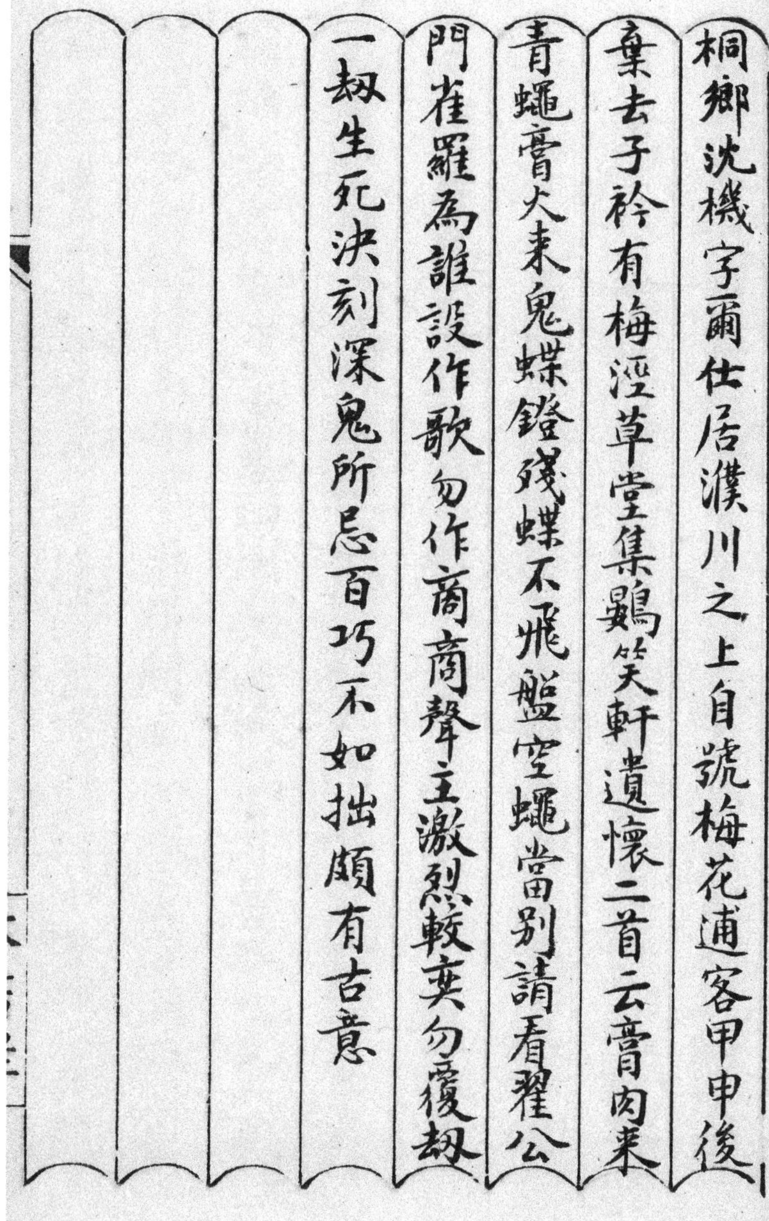

桐鄉沈機字爾仕居濮川之上自號梅花逋客甲申後棄去子衿有梅涇草堂集鷃笑軒遺懷二首云膏肉来青蠅膏犬來鬼蝶鐙殘蝶不飛盤空蠅當別請看翟公門雀羅為誰設作歌勿作商商聲主激烈較爽勿履後劫一劫生死決刻深鬼所忌百巧不如拙頗有古意

嘉興巢端明崇禎丙子舉人甲申歲有哭君親師友四詩築室於墓次堂曰永思閣曰止閣裏足不入城府癸丑三月十九日詩有云爨桂有餘香薤沙認遺鐵引領望西山草莽永如結康熙十九年卒年七十私謚正孝先生海鹽陳苞竹墅輓端明詩云隔歲相逢話苦辛秀眉綠鬢舊綸巾每攀柏樹雙垂淚偶著荷衣一見人安坐從容知繕性高翔寥廓得閒身少微星墮慚難借翡翠蘭苕空自春憶昔追隨游碧沼同儔今有幾人存披

帷心折編三絶漬絮神傷酒一尊子弟藍輿辟白社王孫瓜瓞散青門不須更作山陽賦反覆遺箴已斷魂竹墅以父懍死於兵棄諸生有平山堂集志節相同宜其言哀入痛如此魏冰叔嘗訪端明於永思草堂信宿别去他日致書端明述端明之言曰所云錯認時務以趨時為務者此人本心且不識安問時務固不足道獨有志俊傑而無澹泊寧静之學雖出處得正而嗜欲名譽擾其心則器不遠大將來措置設施必有坐受其病而

不自知者此語鍼砭最切禧終身佩之端明朋友之間直諒如此竹墅反覆遺箴之句亦非泛語

白榆山人徐真木字士白嘉興布衣孤行獨立詩亦幽秀戌削如飲服侯齋中云川月白盈路竹烟寒及康秋夜寄懷嚴四嬾民云蛩疏時續響螢溼漸微明皆有九僧遺意有贈云細麥如絲醉暖烟刀環空約暮春前何時化作山頭月夜夜高樓照獨眠亦時見風致梅會詩選稱其工小楷善篆刻

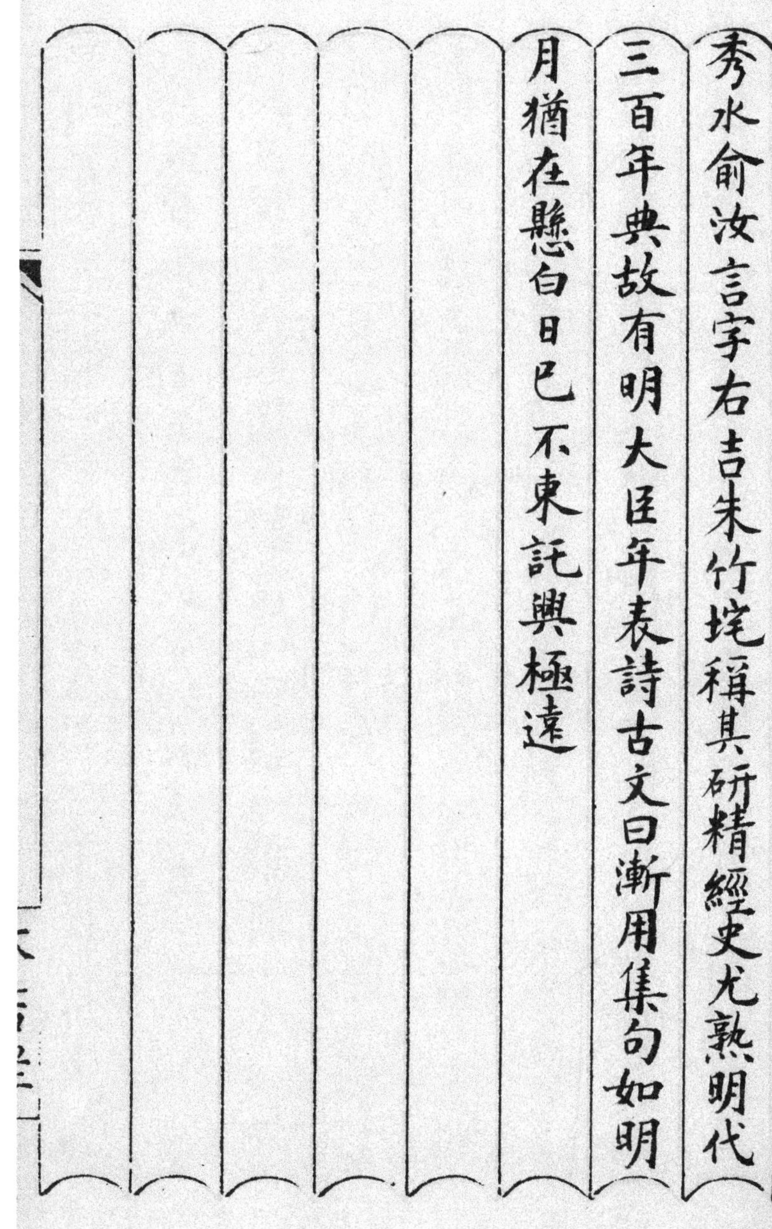

秀水俞汝言字右吉朱竹垞稱其研精經史尤熟明代三百年典故有明大臣年表詩古文曰漸用集句如明月猶在懸白日已不東託興極遠

詩僧顯鵬永嘉人字彬遠號嘯翁又號鶴使隱於杭之東郊棲禪院有詩八冊曰蘋洲集蘋洲詩略嘯翁近稿嘯翁雲外稿半篙高堂近稿村居以後詩所與往還者爲徐狷庵周敷文吴志上錢右玉徐紫凝翁超若翁尹若施贊伯沈方舟丁菑園諸人形貌奇古與人語未嘗言詩而其詩昭彰跌宕具體翁山古體如雜詠云太阿不輕割大海無停流日月爲文字以我天際游金陵興善寺歌云天上紅橋一百五中有仙人解歌舞南極無光

東海枯明星珠斗化塵土近體如獨坐云草莽衣冠舊
桑麻歲月新遣悶云亂草心偏健孤雲氣不揚尋白雲
庵云葉落不知處鐘聲都在山幽屋云入門秋滿屋傍
水竹爲山奇氣全出亦有託而逃焉者也其讀屈翁山
集云東風吹雨滿柴關日暮空林独往還李白已亡工
部死眼前留得一翁山可以見其師資之所在矣

平湖諸生趙洇天来性狷介不苟言笑於詩刻意宗唐韓石畊屈翁山咸推重之有資真集度嶺言古詩如聽王孫談孫附馬舞劍歌羊城行皆有關繫之作王山人詩云爾父昂藏俠丈夫散金結士竟捐軀世情誰顧朱家客天氣終全趙氏孤去國采薇深涕淚壯年彈鋏臥江湖由来潦倒多奇士劇孟何曾是酒徒子夜元宵歌云儂是三五年月亦三五夕三五月長圓三五年難得贛江歌云候風候水始行舟大湖小湖愁莫愁黃石灘

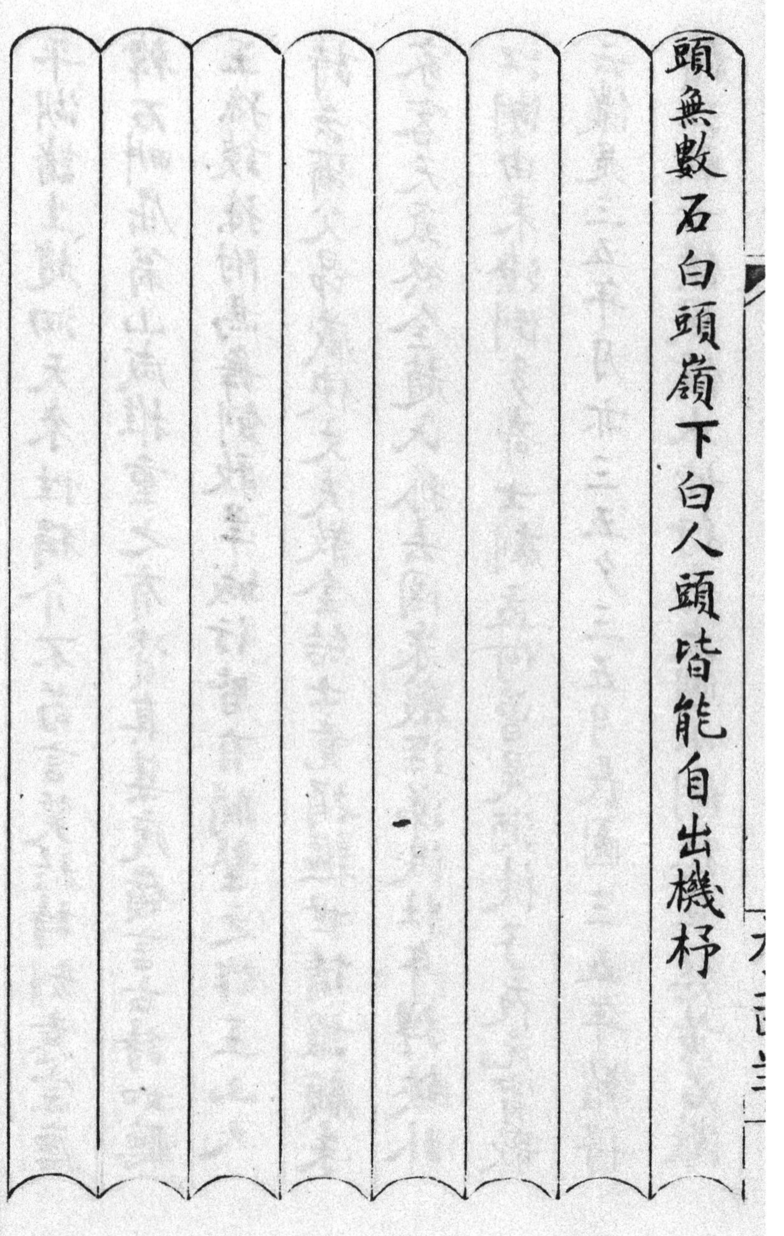
頭無數石白頭嶺下白人頭皆能自出機杼

平湖陸桂森謀與趙洄陸葉沈皞日陸世栻陸來章沈隆峴有當湖七子之目著曠庵集其七哀詩序云抱病閉門幾絶人世追思曩日交游道兼師友者半已凋謝德音猶在而墓木而拱不禁涕之欲墮也友道日非好學積行之士不可復見以此思哀哀可知矣作七哀詩七人爲錢南邨士馨吴仲子蕃昌沈孝廉日焜孫西陵之琮蔣文學瑑馮涌齋秉恭黄灑罳子錫

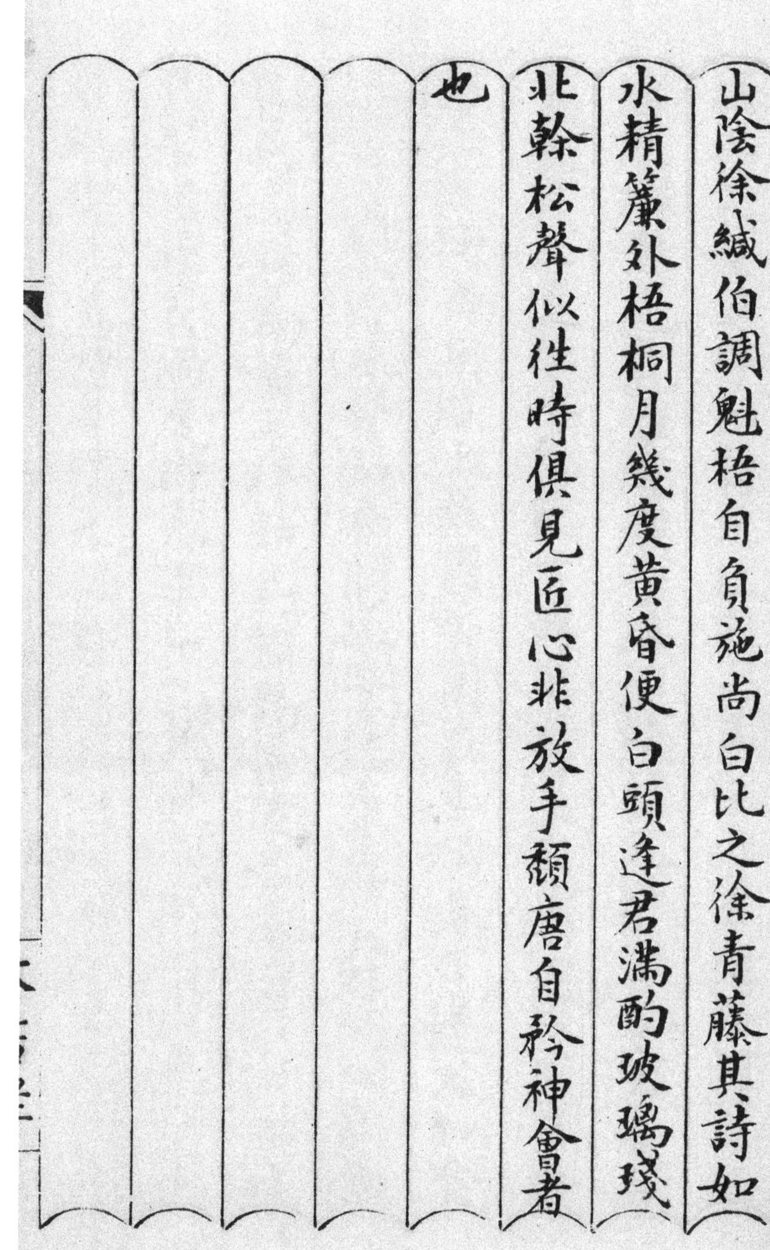

山陰徐緘伯調魁梧自負施尚白比之徐青藤其詩如水精簾外梧桐月幾度黃昏便白頭逢君滿酌玻璃琖非幹松聲似往時俱見匠心非放手顏唐自矜神會者也

樵李詩繫五律如魏允枚寄六弟云作客頻年慣今偏
憶故鄉老親能恤緯稚子醉扶牀梦入清宵短雲看白
晝長愁心逐江水日夜下潯陽蔣玉章南國雜感與余
澹心林衡者同賦云故國芳園在垂楊落日邉不知金
谷變還聚竹林賢向秀聞孤管嵇康廢五絃傷心歌舞
散花鳥若爲憐七律如吴祖錫信陵君墓云六國安危
只繫君握符兩度抑秦軍一丸幾撤函關土五色徐飛
芒碭雲未見特牛陳大俎暫將醽酒酹高墳可憐異代

存毛髯徙倚夷門到夕曛沈嗣選感時云長安車馬競
通津西市衣冠血尚新白首同牀成底事青山獨往竟
何人華亭夜月堪聞鶴水國秋風好憶蓴竊歎當年朱
長史可能重負會稽薪雜感二首云當年曾結竹林盟
邑里爭傳月旦評意氣直教周士貴文章能使古人生
一從歲有龍蛇厄幾度春聞鶗鴂聲此日相思弔嵇阮
酒壚鄰笛不勝情少年聲氣接群英湖海飄零異死生
偶簡姓名堪墮淚傳來事蹟總關情春風玉樹先賢塚

秋露金莖故國城 垂老瑟居無客至滿庭衰草候蟲鳴
蔣玉章午日拜陳軼符夫子墓云富林白草暗蒙茸孤
客傷心望九峰五日龍舟荊俗事千秋馬鬣漢臣封誄
文未擬工潘岳碑頌何須假蔡邕郤憶會稽同難者夜
臺吟眺独相從于琳輓陸青侍御云慷慨徵兵解豸冠
沙中一擊志恢韓歸闕自效秦庭哭入越還登漢將壇
往日旌旗搖水上今年花草恨江干最憐君死原非戰
浪拍高天不忍看絕句如周宏藻五樹後庭花云五樹

新聲斷深宮青草生可憐揚子月猶照石頭城沈煌寄贈止岳弟粵東云笏竹城邊試錦衣爛柯山下草初肥春風幾夜吹鄉梦逕傍天南一雁飛摘句如馮允恭苦熱云消磨茶焙春前雪潦倒魚餐雨後罾吳鏖士初度日酬友云從游每負常因病知己難留始覺貧相質披文有徐鮑貝程之遺風南疑博學工詩故能擢英擷逸較後来續集為勝

張思哲字邁遠家北平崇禎間官鄧州知州遭亂去官挈家至錢唐隱居湖上及鼎革於重九日以栗餻黏藥服之暴卒嗣是世世不食栗餻諸生鵬翀静公其曾孫也能詩有句云峰前竹送晴檐翠江上霞依晚渡舟

永嘉林子彊春日同王篤蕃林梅生集郭嚋生先生出所著北征草見示感賦四首云江城梅柳度芳菲旅館清尊坐夕暉北郭誰憐齊士困東方還説漢臣飢詩成牛背留風雪梦入燕山澄翠微閒道渡河回望處烽烟猶傍五陵飛都門風月幾經過回首繁華奈晚何異識尚書朱雀闕寒笳自咽白狼河千門蒲柳悲歌起三閣烟花感詠多曾憶班彪北征賦長途霜雪共婆娑白馬青袍事遠征一時京洛共知名雲沙色暗長楊館烟雨

舟迴檇李城治女春風開絳帳仙人曉露憶金莖懷中猶有三年字贏得兒曹說正平蕭蕭門逕翠嵐開北海尊延作賦才彼美自投金錯至奚奴徒負錦囊回元稹五夜梅仙嶼珠鶴三春子晉臺我亦野耕茅季偉風流曾侍角巾来他如高臺笙鶴尋王子大海波濤弔秀夫玉麈好談天寶事銅駝猶憶洛陽宮擬之吳子華羅昭諫庶乎近之同縣徐凝幼發泉村集中佳句如時来屠販功名易道厄風塵物色稀谷口遺民依虎豹道旁古

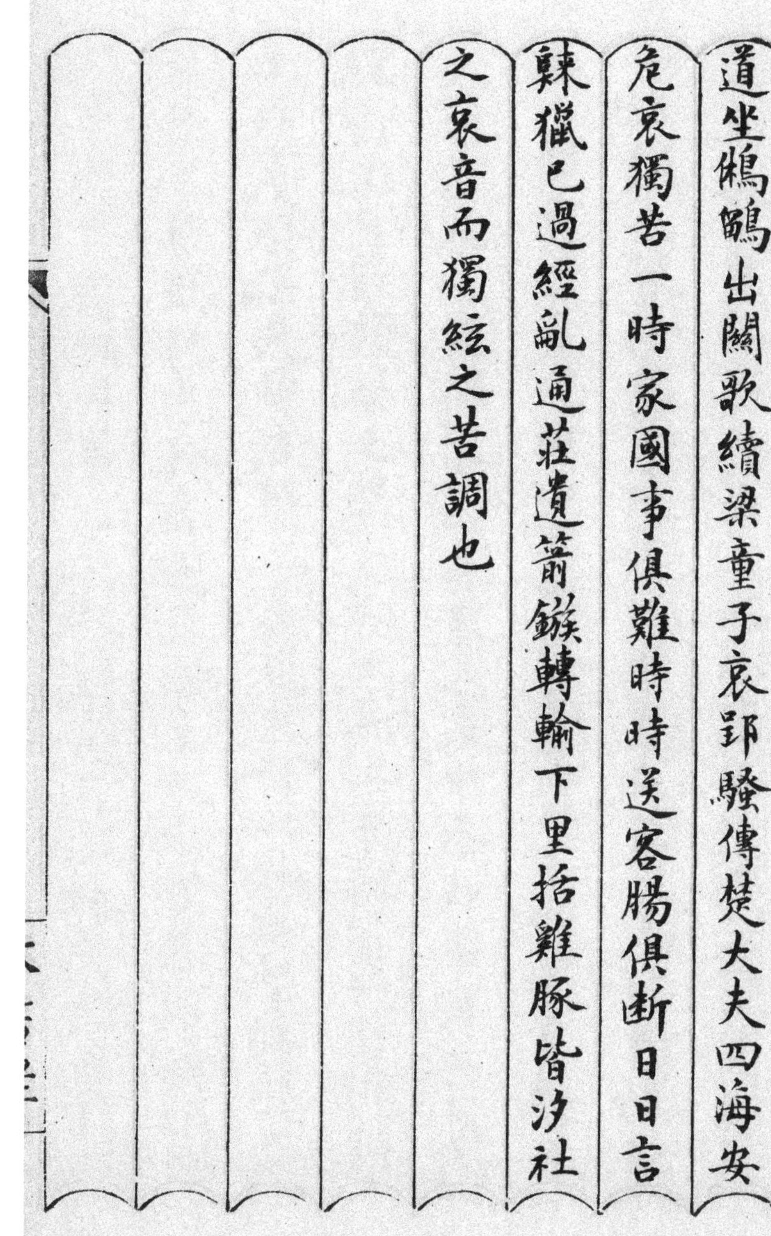

道坐鵂鶹出關歌續梁童子哀郢騷傳楚大夫四海安
危哀獨苦一時家國事俱難時時送客腸俱斷日日言
鶇獵已過經亂通莊遺箭鏃轉輸下里揺雞豚皆汐社
之哀音而獨絃之苦調也

義烏吳之器賜如所居曰大元家有抱甕園與同郡斯一緒龔士驤徐應亨陳達德章有成諸人為元暢樓社述一郡前哲言行隸以史法成婺書八卷游兩京數陳大計有尼之者拂衣歸暮春過朱中丞即事有云筵開餖飣不可數蘋婆之果来朔土馬上裹馳筩竹封擕歸為作賓祭供是時流變入秦趙大河以北無堅墉從今此物尤難致玩色矜香還再四主人無言忽揮淚撫時感事具見胸襟與弟之文叔藺遯跡山林老於著述一

緒字惟武有句云晏歲景光須自愛繁華多少到今萎
士驤字季良偶成云吴女城頭望越鄉夜寒潮落水蒼
蒼生憎東岸初生月隔著烟波下女牆有深婉之致應
亨字伯陽嘗從胡元瑞游有成字無逸楓山先生曾孫
明亡與趙渦吴鯤范開文爲詩酒社吟嘯以終有句云
花移難借影琴在可無絃無兩半春堪載酒有山一畝
即爲家惟陳達德入仕本朝賜如詠物寄招社中過集
云藻井雕梁故壘微春泥落盡舊烏衣湘江留滯誰爲

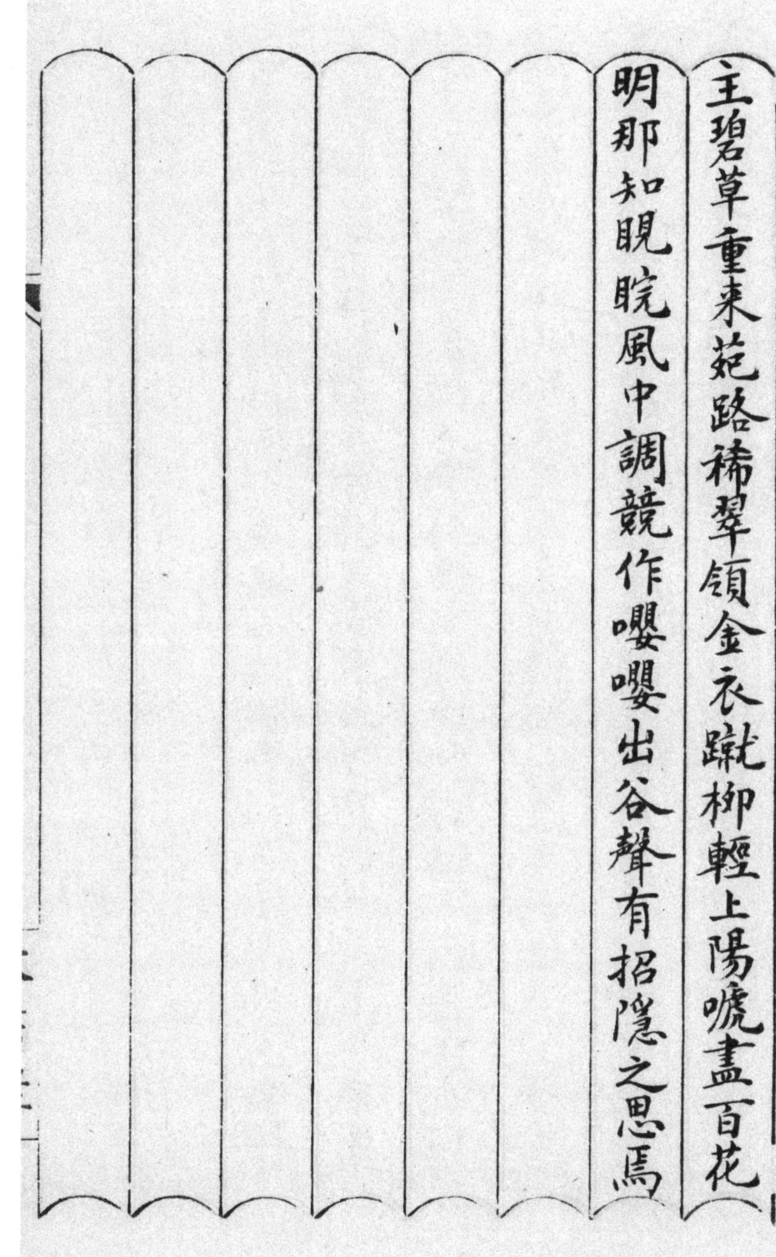

主碧草重來苑路稀翠領金衣蹴柳輕上陽曉盡百花明那知睍睆風中調競作嚶嚶出谷聲有招隱之思焉

海寗沈天目崇禎壬午授漳浦令福藩南建鄭芝龍擁兵跋扈遣裨將徵餉於漳駡擲其檄不顧劾罷去黄石齋賦詩贈行云孏石愚溪各小山但無芝草媿無顔數行鳥跡沙田外一幅漁蓑風雨間世道自隨人變化野花聊與竹斕斑不堪垂老看新麻賴爾巾車數往還天目别石齋先生詩有何人敢駡平原坐百藥難醫屈子窮之句　本朝以大理寺評事徵不起築老圃堂終隱焉

孝豐施伯文顯謨前明中書舍人崇禎中棄官歸結茅郭家塢口去西圻村居三里而近署曰知梦庵營生壙於後山之麓甲申後卧疾庵中不復出題詩庵壁有投足小園聊當宅傷心故國獨登樓之句自號松庵有詩云閑嬉歲月和松老玩適溪山伴月華十載歸來猶穏卧諸公强半已無家七世孫辛蘿孝廉有知梦庵展先舍人墓詩

越人夏古丹本姓胡明季避亂析姓為名隱居歸安之上強山白太傅詩為耽山水住南州行盡天台及虎丘惟有上強精舍寺最堪游處未曾游（巖竅間鐫最堪游三字署白某題蓋好事者為之）即此山也古丹家藏壺盧所作詩輒投其中因名其集曰壺盧藏稿歿後瘞山下里人朱又琳縣丞榮第詩崇安家世亂離身天寶當年此避秦一卷壺盧留古洞滿林黃葉瘞詩人斜陽空對閒中影芳草難尋去後塵我亦上強苦吟者墓門瞻拜重酸辛弔古丹先生墓作也又琳為古徹前輩諸父有上強山館吟草其上強山尋

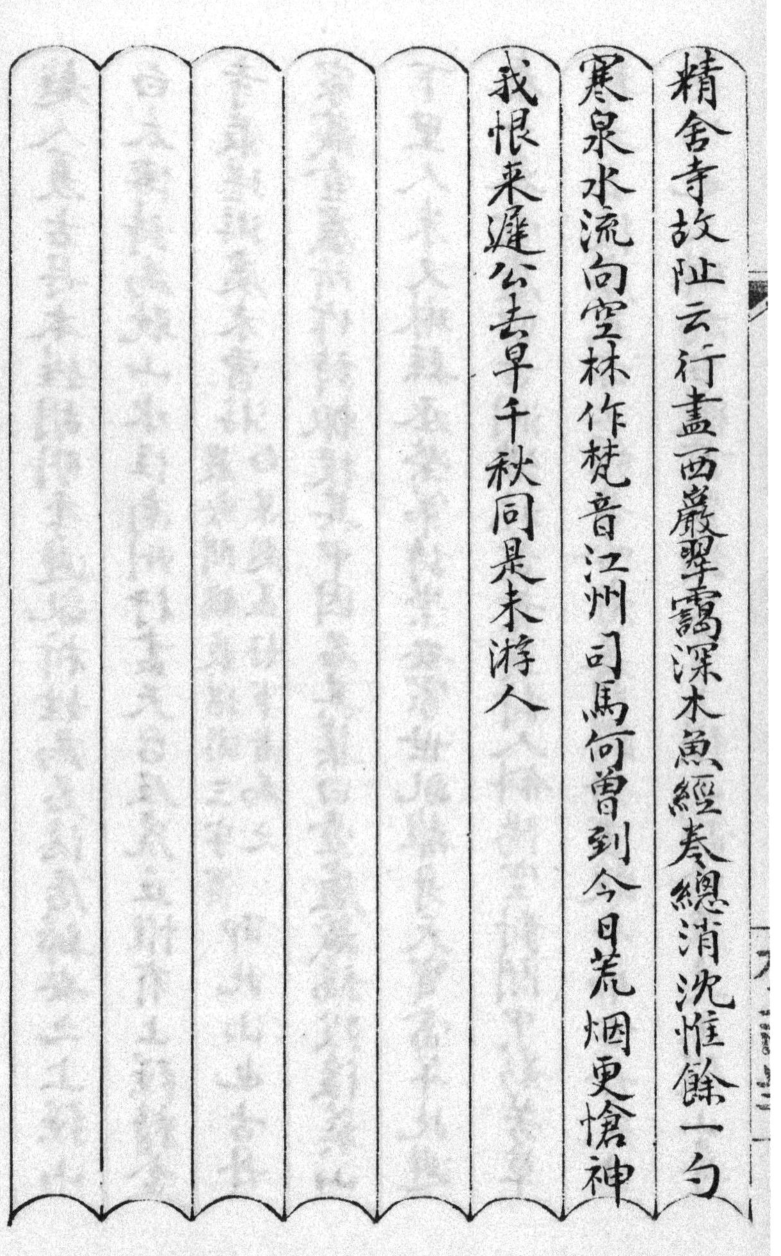

精舍寺故址云行盡西巖翠靄深木魚經卷總消沈惟餘一句寒泉水流向空林作梵音江州司馬何曾到今日荒烟更愴神我恨來遲公去早千秋同是未游人

先遷甫亭黃儀逋詩謂其棄諸生游山左就所親贈以十數金與一騎歸途任其所之不知問南北道既左乃思別就一人遂游晉至遼欲歸其人曰吾廨旁故府昔時園址存焉啟扉可入入則有樓五楹椎落扃鐍貯書數千卷大喜曰吾不歸矣坐臥樓中者三年盡讀其書值任解始資之南隸且轉屬之泰州時往來郡城狂酒自豪乘醉為詩擊節悲歌泣視覺天地之狹而日月之促平山崔蓮生為太守繼為運使招之亦未嘗往海陽查二瞻鬻字於江都善儀逋多客其所會查死去遊上海病死

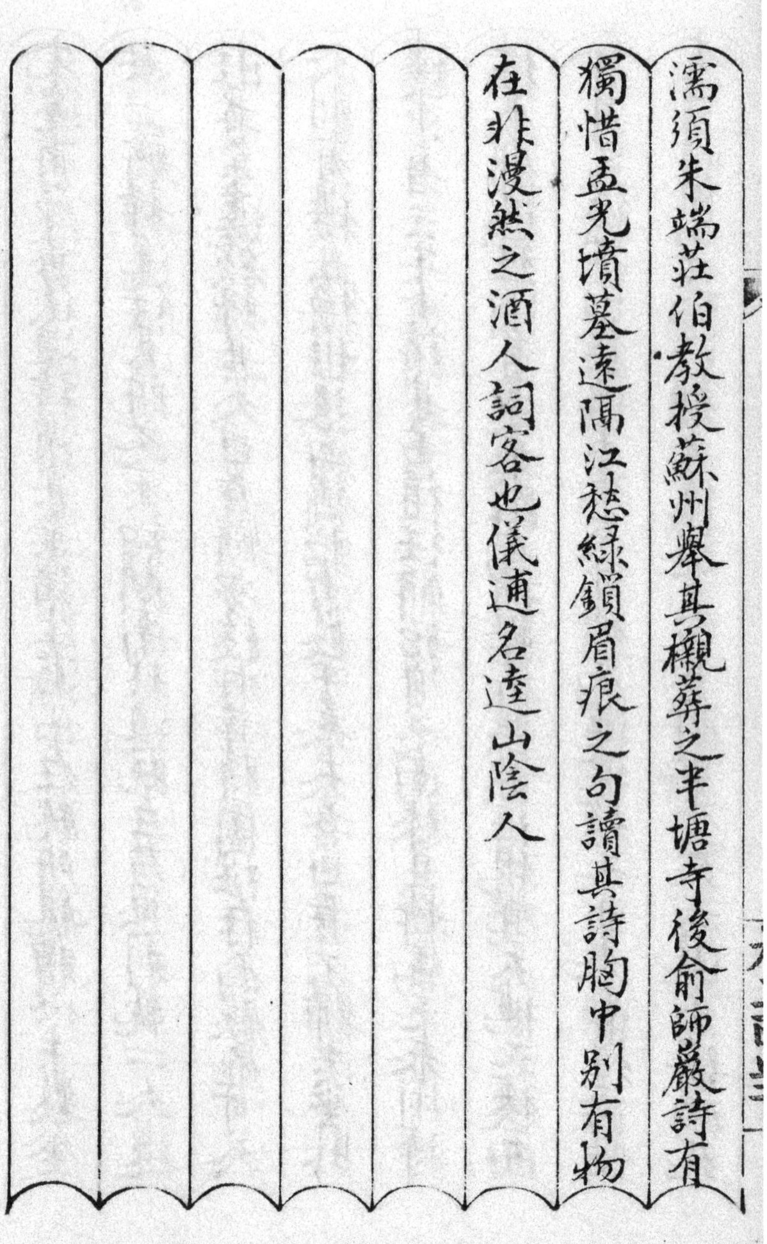

濡須朱端莊伯教授蘇州舉其櫬葬之半塘寺後俞師嚴詩有獨惜孟光墳墓遠隔江愁緑鎖眉痕之句讀其詩胸中別有物在非漫然之酒人詞客也儀通名逵山陰人

吳興郡城東南別鮮山晉元帝時沈禎沈聘避亂棲隱於此有渡曰息賢長白山人慈谿魏耕初名璧甲申後改今名卜居其地書息賢堂額遂以名其集自序謂於詩無矜飾有觸於懷發之詠歎以為合於作者不能自已之指句如恭己不怍天赴物蹈衆善神理當有凝哀榮隨所遣志士貴決機盈縮在一人何須慕黃唐揖讓相逡巡頗能自達其情卒以康熙二年死海上之獄不能託此數椽祁奕喜以株累戍邊王文璋寓園弔祁六公子詩有只合還招梁雪竇青燐光裏讀陰符之句謂耕也初

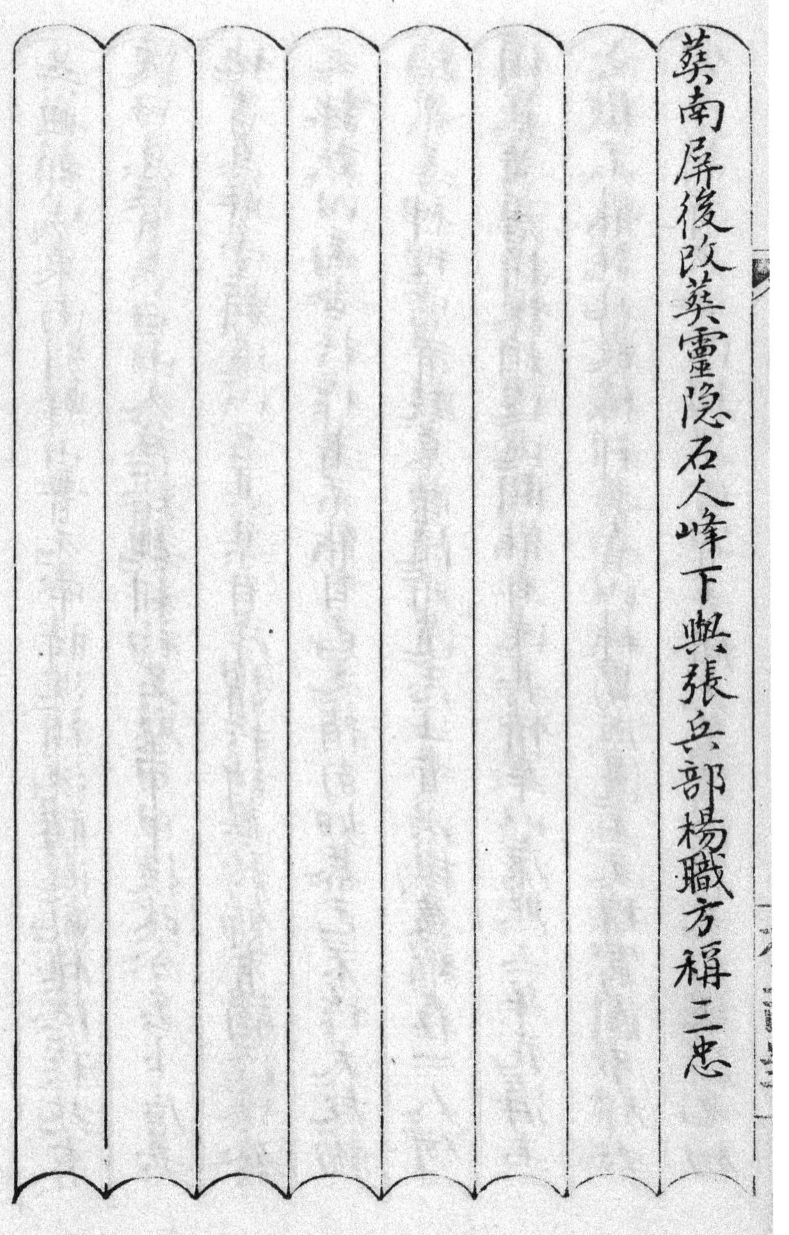

葬南屏後改葬靈隱石人峰下與張兵部楊職方稱三忠

詩事乙

李杲堂鄴嗣原名文胤以字行鄞縣孝廉年十二三即能詩里中有鑑湖社仿場屋之例黏名易書以先生爲主考甲乙樓上少長畢集樓下候之一聯被賞門土臚傳其人拊掌大喜如加十賚與徐青雷振奇王水功玉書邱梅仙子章林荔堂時躍徐霜臯鳳垣高廢翁斗權錢蟄庵光繡高隱學宇泰爲南湖九子緣情綺靡音調淒涼其五言古詩幽冷刻深尤爲獨造秋懷云南登白雲山巨礐萬年在老藤緣若梁蒼虬俯承蓋崩剝傍磬

深日渴陷其内我行已及巔得與飛鳥會憶自伏蓬淡
三年漸短喙嚥雪猶未乾蒼茫喪蘭佩豈意躋危嵒復
窺天地大延頸始一歌林木助幽籟雲黑古西陵東望
哭再拜朱嗁暮歸來迢迢闗水外萬古最傷心蘭亭夜
半雨六陵失金鐙守此一鍬土亭下孰長號寒食盂中
黍雲嵐幾處同故宮弔隨堵長溪不了愁豈在吾生補
繭足走空山忍飢采蘩旅五年八徙家枯魚重入釜愁
來不敢言吞聲餔苦苣六籍方颺灰腐儒等厮虜隙壁

小漏光當塗見門虎欲哭且莫高詩人敬天怒杲堂嘗有詩云彩薇硜硜是爲末節臣靡猶在復興夏室幅巾方袍游屐常停太白山中爲天童慶世金湯木陳悟留山曉天岳皆結忘年之契仿遺山中州集例選甬上耆舊詩凡四百三十人三千餘首胡道南太僕巡視兩淮鹽政爲之開雕康熙庚申卒年五十九黄梨洲志其墓謂先生尤長於麗語使當詞頭之任真足華國而以廟堂金石爲竹枝禪頌之音豈不可惜其鳥石山

後失道云習陂厭平阡歧道入榛莽笮足不肯回韋拂
堅初往稍進益無天竹葉大蹴掌隙處觸辮雲日脚不
落壤視體若匽松漸傴安得仰兩袖競翅張冒棘先用
顙導者未識誰後趾蹴前緉人獸盡無音但聞碎簿響
三里幸出叢目光久矘睞始見樵子行訐我反山魍得
杖云既出貿險盡瞻前乃復陡小鵖對古松支離類此
叟策足恥言疲終落僕夫後山人指爪彊拗竹箺拗非
憐予進一莖兹意感君厚忽若當顛危倚身得奇友山

鰌不敢爭空潭戰蚴蟉翼足若漸輕影逐孤雲走大謂
二子云騰嶽等培塿至鄮峰草堂云此亦梵宇耳其名
曰草堂老僧無衲氣處士同行藏半扉辨客履引我坐
藜牀詶客訥言語坐久喜懨懨自云山寺瘠脫粟不滿
項烏罷念僧貧留果充餱糧舊栽扶老竹新葉藕花塘
左右泉一潭木石養幽香綠烟常不散盥肺汲鴐漿勸
客且坐此清受星氣涼自大嵩嶺上二十里至福泉精
舍云舍舟上樵徑睛眺分纖毫循塗凡屢盤獲奇隨所

遣崩厓露雲根長風勢漸饕諸巒係東體始識身已高
過雨忽足下髮上天氣交在輿尚苦疲何況舁者勞首
虎乘人車筋力嗟爾曹斗上復稍垂豁然闢林坳老松
得成鱗巖上抽春毛梵僧搆幽棲人龍同一巢入門氣
得蘇豆筍羅山庵到此慰浮名徒為猿鳥嘲我何不徑
然將家住藤梢吳門懷古云胥臺黯黯下殘陽閒說臺
高春夜長楣景已銷蘋曲路屧聲如在小斜廊曾尋故
窟重來燕頻拾前溪舊種香淒斷越城橋上望不堪飄

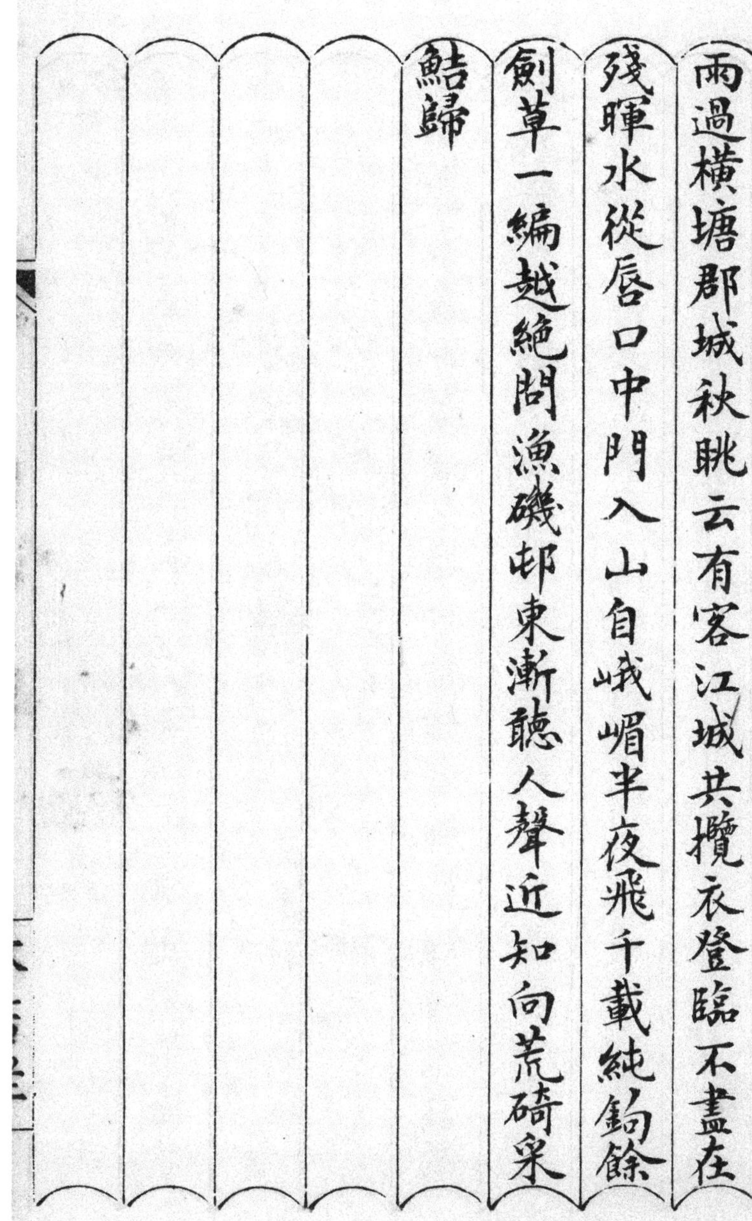

雨過橫塘郡城秋眺云有客江城共攬衣登臨不盡在
殘暉水從唇口中門入山自峨嵋半夜飛千載純鈎餘
劍草一編越絶問漁磯邨東漸聽人聲近知向荒磅采
結歸

李杲堂散懷詩云山居萬事幸相便老僕家僮盡可佃秋後預編新鹿柵年来催種舊畬田只充衣食餘從儉敢藉詩書自謂賢最喜歲收真有穀市中五石一千錢莫道當春春可憐初冬秋末亦能妍飄深紅栢東谿路餐過黃橙小雪天坐廢微涼鄰竹借朝来新霽寺鐘傳始知逸少高懷妙不獨蘭亭風日偏右軍帖末秋初冬當快共為集舍中一徑養菅衣莫笑經年但掩扉性與鷦鷯俱畏出才如家鴨不能飛只圖天使枯楊發所望春生病草微日

照檐東新盥罷衰顔應亦有光輝杲堂古體沈鬱奇奥偶爲閒適之作乃復娟秀如此才人學人固自無所不能

李杲堂録甬上耆舊詩謂從来録閨秀詩每與方外同集且雜收女倡所作有志者恥之余此集独定以三從之義若王太淑人附應鵬是以母從子也陳恭人附后岡先生則以婦從夫也屠瑶瑟附儀部以女從父也於義爲甚正然後閨中之音仍足列於國風矣其記先哲

言行如謝按察瑾戒屬吏曰治民在順其常性而已能順之則俗不擾而易安景泰朝宫中頗事奢侈嘗以銀豆金錢等物撒地使近侍争拾爲笑楊文懿守陳作銀豆謡諷諫王定齋應鵬貺學戲内誡諸生以爲學先立志不得輕議正人長者自絶於名教文章無徒仿摹句字其中索然致貽學術之禍陸布政銓論詩專以性情爲主嘗曰宋不能唐唐不能漢魏其似者宋之唐唐之漢魏耳高志齋先生士修郡乘謂鄭清之余天錫附權

臣陷濟王竑得罪名教程徐為元大臣失節三人俱不宜立傳范堯卿侍郎欽性喜藏書於舍中起天一閣盡購海内異本列為四部尤善收説經諸書及先輩詩文集未傳世者與吴門王鳳洲家藏以書目取較各鈔所未見相易故浙東藏書家以范氏天一閣為第一因人傳詩因詩傳人多足采者

李杲堂選甬上耆舊集署名爲胡文學黃棃洲選姚江逸詩鄭
静嶽大參景從刻之棃洲不欲自居其名歸美於大參自序謂
孟子曰詩亡然後春秋作是詩與史相表裏中州集以史爲綱
以詩爲目此選亦此意也駱兩山兵部過山西題韓信廟云逐
鹿中原戰力微登壇一劍漢光輝足曾躡後猶封土心未猜時
尚解衣黃石不驚炎火熾赤松先伴白雲歸英魂漫灑荒山淚
秋草長陵久落暉李空同見之曰此題淮陰絶唱也山西士大
夫因空同言遂作詩版懸之倪小野曰近日不信詩而信人也

如此哉梨洲於兩山小傳著此語其於風雅衮鉞有獨任其責之意在矣乾隆間張羅山廷枚復編國朝姚江詩存十二卷耆舊如呂蓼園譚旻方郃得魯朱楚嶼杜户浩歌其詩僅有傳者旻方初名立卿後更名宗其古繪賦弔落梅賦見明文授讀蓼園名章成改輯梁周興嗣千字文紀有明一代事實商寶意稱其詞賅而義嚴得魯名一貫晚居福巖會下與龔巖稱莫逆交與兄以發得愚有二陸龍躍之譽呂蓼園稱其以忠茅孝筍擬為辭柯深幽雄放各擅一幟楚嶼名之嶼躬耕四明其游仙詩

寄旨遥深含耕幽怨有云子房瀟灑人早歲友黄綺自見長桑
君慷慨念國恥吁嗟一擊誤飛跡千里從浮沈閭黨間潛蹤尤
譎詭故人采紫芝圖影空山裏故使圯下翁脱屣示深旨嚴霜
下五更對語興亡理際會及風雲婉孌出餘技俯仰思舊游浩
然不可止不師黄石公去從赤松子亦所謂古心獨抱者也
李杲堂孔子建傳論云予讀孔子建傳而竊歎崔篆之為人也
范史謂篆家名家子甄豐舉為步兵校尉篆不就投劾歸後因母
師兄發並受莽寵不能推潔因官建新大尹三年稱疾去至漢

中興篆魁愧閑门不出作賦自傷讀者哀之以其有所不得已乃子建傳則當其為建新時嘗勸子建同仕子建正色謝之遂與相絶夫顧與人同其潔不顧與人同其汙者君子之心篆即自謂不能避兄離母以致乖其素心便當泣告故人剖懷相示庶幾君子加以原諒而翻招招我友彈冠羿淚之朝招攜琴共之國是身在亂流而呼公渡河射罔毒口而勸客嘗其味其誰不唾之伐國不問仁人戰陳不論儒士篆亦嘗言之今既不得與其友同為君子亦不得與其友同為小人不識進退之正而欲著

易林異時天地重開自無面目見漢家舊臣彼其慰志之賦可不作也其論甚正康熙戊午詞科之薦以死力辭萬季野史館之招杲堂送之嘆曰鄭次都能招郅君章同隱弋陽山中不能禁其喟然而別從此出處之事且有操之者季野以是終身不受館職幕府嘗以重幣乞杲堂課其子為詩謝遣之可謂克踐其言其詩屢見前二集中五言佳句如衣冠流世外鼓角送春除馬還南朝路鶯啼異國春積血知龍鬭遺民問馬流石上招知己刀頭祭國殤人逢天盡處淚老海飛前

世人寬睥睨山鬼識文章倉公知有子李爕本依兄杲詩當變雅古易得明夷簡囊焚舊章通判憶原官七言如哀笛重因二子賦故林今作五君詩舊人尚憶西臺客遺事空論北府兵曾有文章哀項籍只因高士愛要離皆見真意李杲堂晚歲石友三人董岳堂邱惺齋外錢康東廬其一也杲堂詩有天下史材推萬八目中奇士有錢三之句耿藩之亂康良親王從之向策叙功授官以母老固辭終老布衣不稱云前月賒斗米今朝未得酬索錢立不語還使英雄羞其處困能安

如此

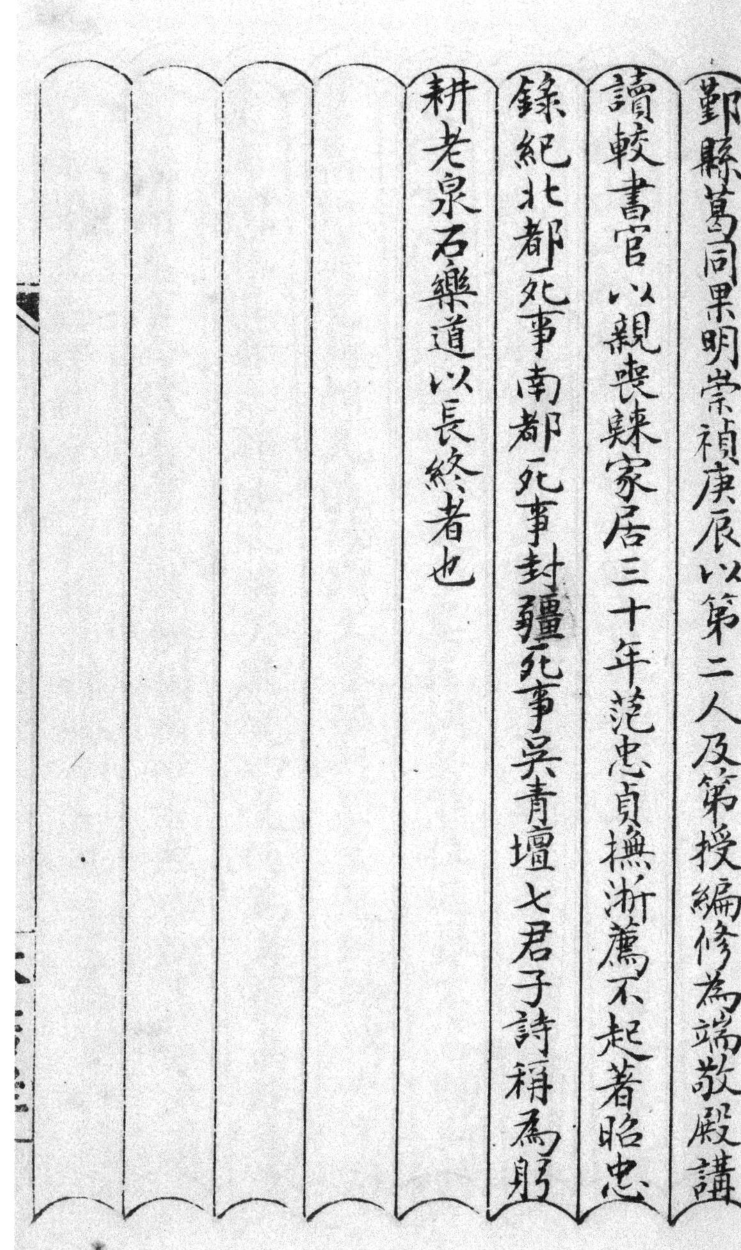

鄞縣葛同果明崇禎庚辰以第二人及第授編修爲端敬殿講讀較書官以親喪肄家居三十年范忠貞撫浙薦不起著昭忠錄紀北都死事南都死事封疆死事吴青壇七君子詩稱爲躬耕老泉石樂道以長終者也

高象先斗樞以戊辰進士按察鄖陽有守麋紀略詩曰蠶叢集四皓出山歌和楊次莊云泗上龍準翁躍馬麾區甸秦慝已芟夷瀉風皇路扇倬彼商山叟鶴書置勿聘長歌采紫芝俯視圭組賤乍從留侯招一侍璇宮宴莊詞安儲位迅舉不容眴斯時漢鼎新英髦訢相見隨陸煩文采崛起登皇選輗軏裨光宅緜蕞膺龍眷惟有秦邵侯瓜疇矢靡變四叟何為者蓧真絕秦冐先已謝秦官今復羞漢殿驕餌固所吐玄感亦何羨古來箕潁客聦聞放勳禪時平遯轉深莫作終南街其志事略見此詩送

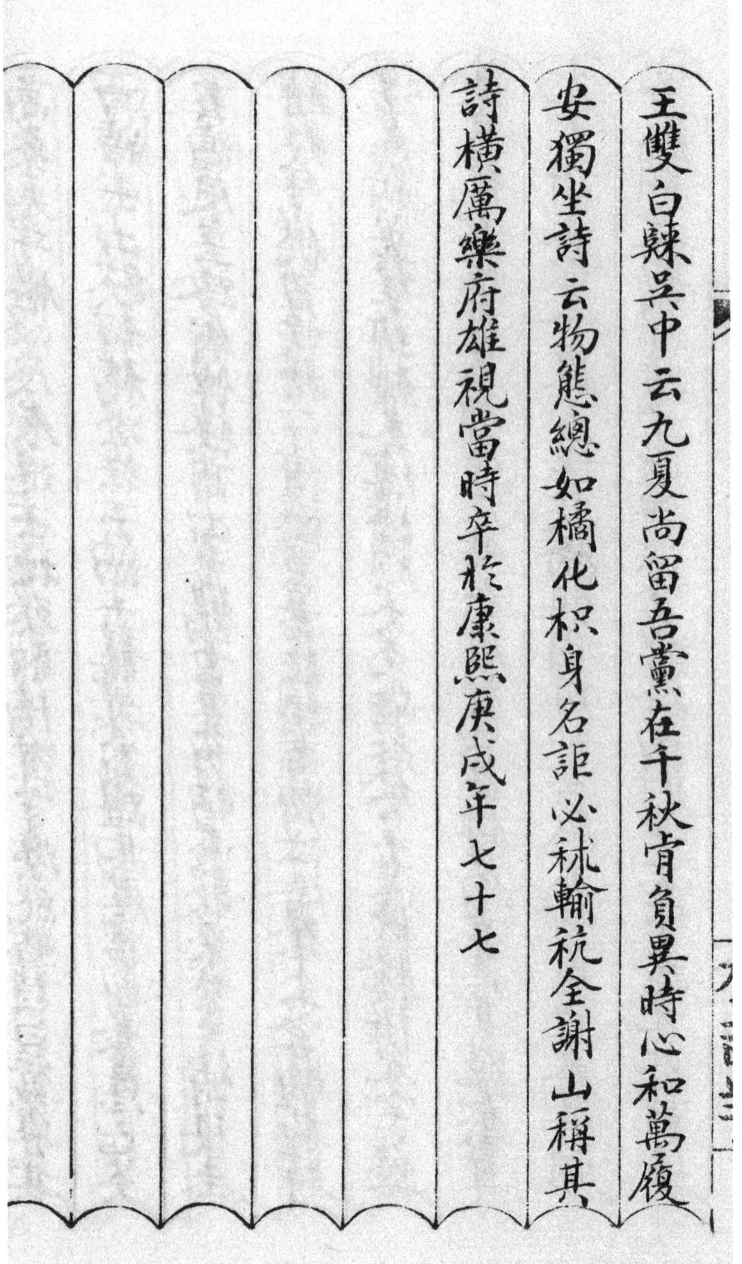

王雙白辣吳中云九夏尚留吾黨在千秋肯負異時心和萬復
安獨坐詩云物態總如橘化枳身名詎必秫輸秔全謝山稱其
詩橫厲樂府雄視當時卒於康熙庚戌年七十七

全謝山錄甬上畫隱諸公詩曰滈古翁陸介祉字純嘏張隱君逸字遺民俞隱君表一字雪朗李山人漣字山顏周隱君鼎毛異人来賔字岐陽李孳之字方叔陳隱君復斌字筠谷岐陽生而慧巧恢奇好讀異書常製自然漏定節氣報時刻無豪髮爽又從異僧受追魂法於密室潔壇布几置繪具于上閲四十九晝夜能驅攝七魂追摹形貌宛然如生謝行人于宣死于闖賊手其父太僕延請設壇追攝如期魂果至所置素牋十幅細書皆滿凡生平瑣屑幽隱有家人從未洩外人所未聞者靡勿縷

縷曲盡字畫無異生前幅末發其父亥子問事其父為之流汗
黄岡王尚書昊廬撰異人傳即岐陽也晚年取所授書焚之曰
此乃鬼神所忌且非聖人不語怪之旨不敢以貽子孫君子是
之詩則山顏差勝句如徑深樵不到林静鳥常來低塘留種芋
高阜待栽棉甕牖明因雪瓷瓶裂為冰鷗如嬾泛眠沙穩魚不
停游向網收均見冲淡之致

高廢翁爲象先仲弟，與弟斗魁、斗開、斗猗皆以志節有聲遺民間。廢翁詩曰《寒碧亭集太冲見過》云：「辛苦匡山客，生還似鄧公。袖攜填海録，刺署織簾翁。祇爲當時戀，寧忘薄社恫。故人亦待盡，慷慨話深衷。」斗魁字旦中，詩曰《冬青閣集贈邵之文》云：「與君五載約山居，畢竟傷貧賤不如。臣妾相依吾自媿，馬牛莫辨彼何疏。寒林月喚更初鳥，靜瀨風翻夜半魚。勝事年來俱夢想，惟勤江舫過荒蘆。」「交道從來一氣申，當年目擊即相親。死生百慮難忘子，出處多端不向人。坐看山雲嘗到晚，細聽江浪忽生春藏身自古言深眇何日岡頭共負薪謝山稱旦中以好義落其家有賈偉節之風後乃一意講學隱于醫爲韓康之賣藥多所全活不能靡應酬象先則屏絶一切旦中嘗曰吾兄真冥飛之鴻自媿不及也

錢退山侍御肅圖爲忠介公弟詩與董岳堂孟稱初晴云久雨始一晴坐我孤室光如盲忽得視躡步登平岡浮雲尚行空翳翳白日旁安得塞雲竇四山盡青蒼芳園樹紫芝野水安魚梁芝以慰飢渴魚以奉清觴君子志刪述小人欣農桑出門信所遇不限行與藏鳴鴟靜中夜蚯蚓辭深堂家被籍出而索食蘄文襄延之幕中忽忽不自得文襄知其意爲築舍於外有謀則就之錢塘吳農祥嘗貽書規其不應以忠介之弟尚與持人往還及農祥出應詞科之薦門人請以書報之退山曰士之出處各殊耳勿招人

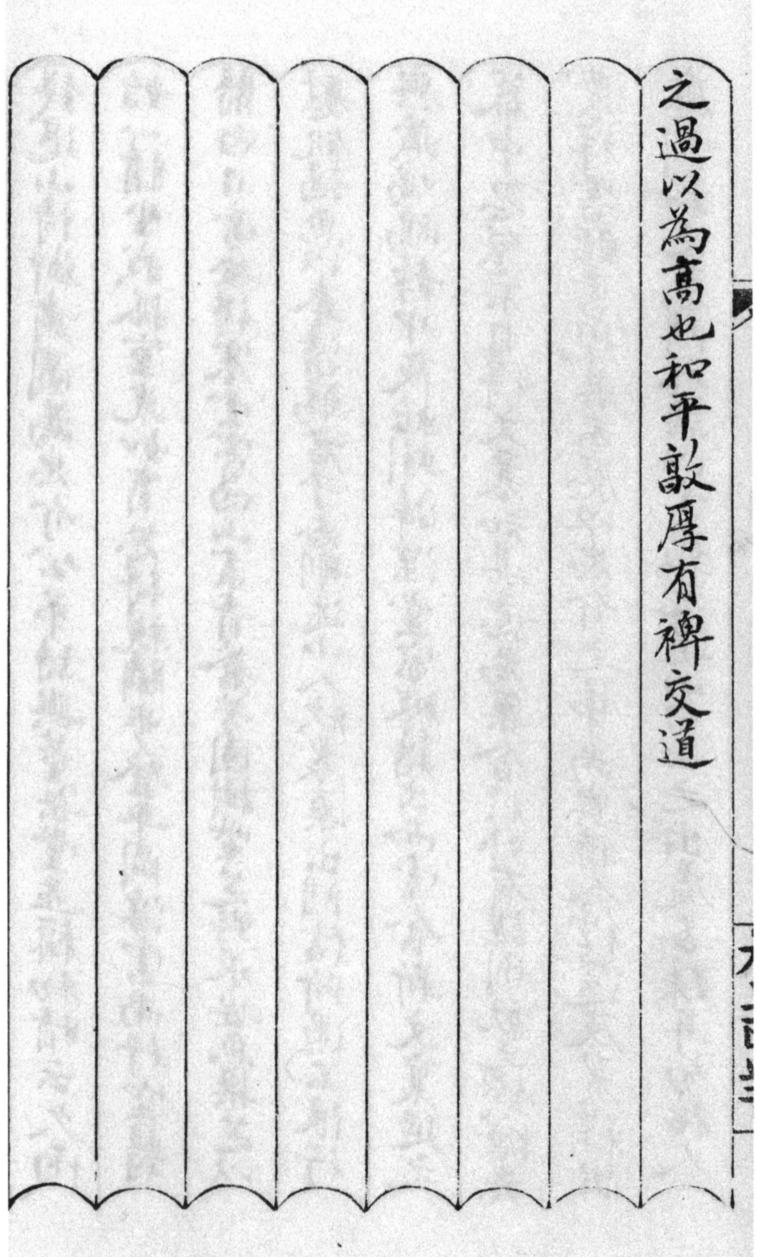

之過以爲高也和平敦厚有裨交道

沈眉生稱退山與群從光繡蟄庵晧繡讓水爲錢氏三逸蟄庵居嘉興之硤中有萍社一集山陰王遂東天台陳木叔莅其盟海寧則周璇青羊郭濬彥深查繼佐方舟吳維修余常部鼎孚大嘉興李明嶽青來王翃介人王庭言遠鄭雪舫遜師秀水則陸鈿韋公蔣之翹楚稺崇德則周九戢公舫鄞則錢忠介肅樂及蟄庵與張石渠若衣嘉禹董豫爲沁水則張都督道濬深之莆田則劉復公來吾中則浮屠大鳴枯雪浮屠林壁竹憨凡十九人亂後出山者独言遠亦禾中掌故也

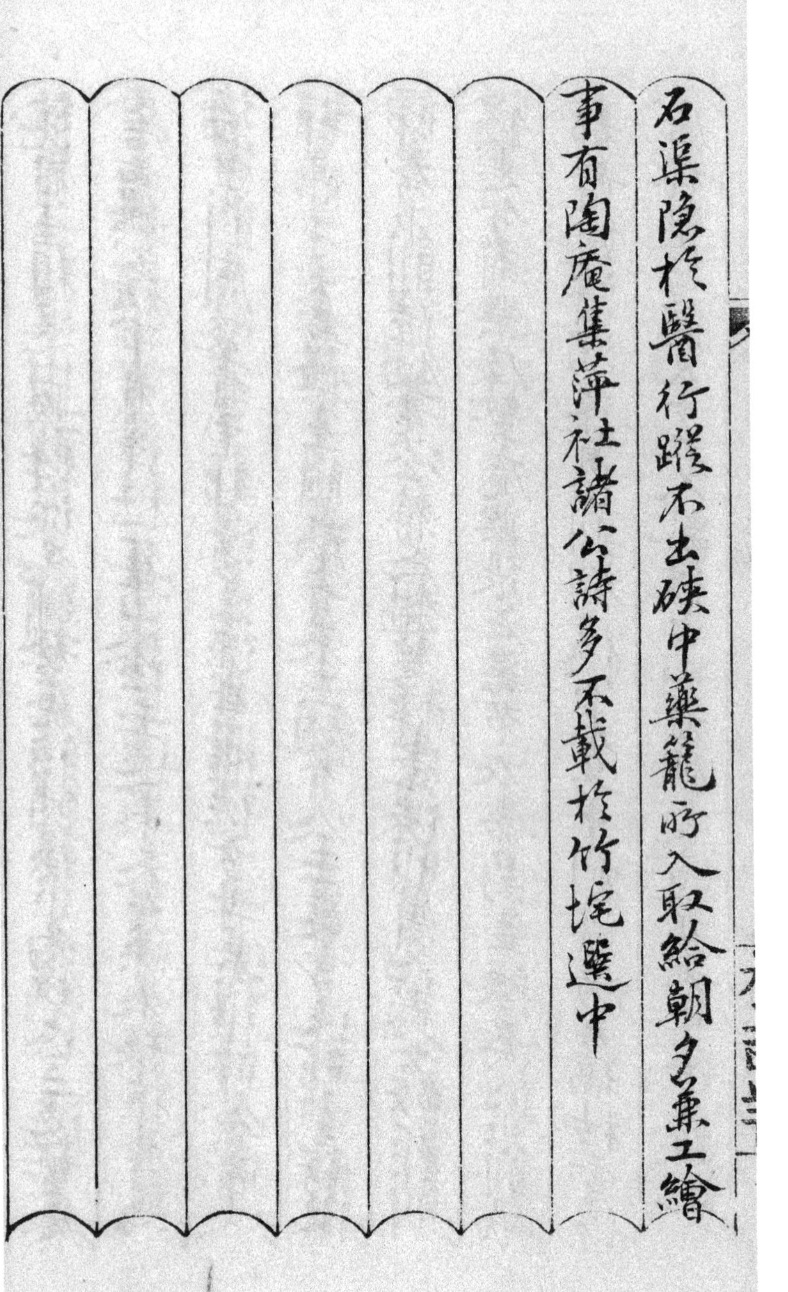

石渠隱於醫行蹤不出硤中藥籠所入取給朝夕兼工繪

事有陶庵集萍社諸公詩多不載於竹垞選中

鄭董巽子道權為次公農曹守諭子農曹名著後社鼎革後家中落然四方士至甬上者必造门讌談無虛日巽子心營手治不令父知卧病三年藥餌無缺沒後家計日蹙母陳生長華族不耐寒苦巽子竭蹷奉甘旨嘗於除夕大雪中負書質錢盛具春盤太夫人不知也除夕詩有年来質畏老親知之句出遊未嘗踰淮以北既以詩稱復以孝著甲寅歲除句云穫當豐歲思先業窮到奇時賣父書

清苑梁鶴林容鄞有八子之集首萬履安次林荔堂次徐霜皋次高辰四次李鄴嗣次高旦中最少者爲沈心石履安嘗手書唱和詩爲一卷心石名士穎字喆先詩曰濺驚集贈徐蘭生云亂日推眞氣相期止一心問天九死後避俗百年心家尚陳咸臘詩存梁父吟所閲終古痛睎髮至于今百年留士節難憶我生前哭世聊存舌逃名即近禪詩書存信古草澤尚支天殘向荒江慟秋期事惘然座客詢名姓衣冠集世瞋幅巾留漢節白恰看隨臣欲避無餘地相依未死身霜皋荒寸土從此卜吾

鄰短髮憐孤影飄蕭夢易驚地分城市僻耕近野人爭草本
親彭澤江山老步兵結交離亂後溉釜泣西京心石丙戌棄諸生
有母能全介子妻自學黔婁之句英妙之年志在許國蕭慘沈
鬱之況屢見於詩壬辰卒年三十彼大老先生甲乙科舉諸
公頭顱更換嚶聲絶響宜爲林茘堂所撫膺而靏歎也
梁鶴林嘗賦海東敵贈阎古古以古古有蹈東集也丙辰春有
訛傳古古已出仕者林亶庵招集同人看牡丹高隱學於席間
賦詩云上谷梁公子掀髯賦海東伊人難再覓纖草竟從風

甬上鷗鳧侶雲中鸞鶴同原來千載上此地有黄公時璽庵諸公爲之驚愕剪其遺民之籍古古實未出仕然可以見當時清議之嚴隱學爲象先子世稱龔庵先生嘗曰謝臯羽之爲人尚矣然觀其主月泉吟社之席同社至二千餘人茲二千餘人者能保其無失行之士在其中是則可以已而不已者也以王炎午之末路尚有慙德況彼二千餘人者耶其風格嵯峨詩文皆辨亡之筆思舊之音寄懷黄太冲云一世蜉蝣憑自撼六經秕稗孰爲鋤其詩曰柳时集全謝山謂與梨洲神肖

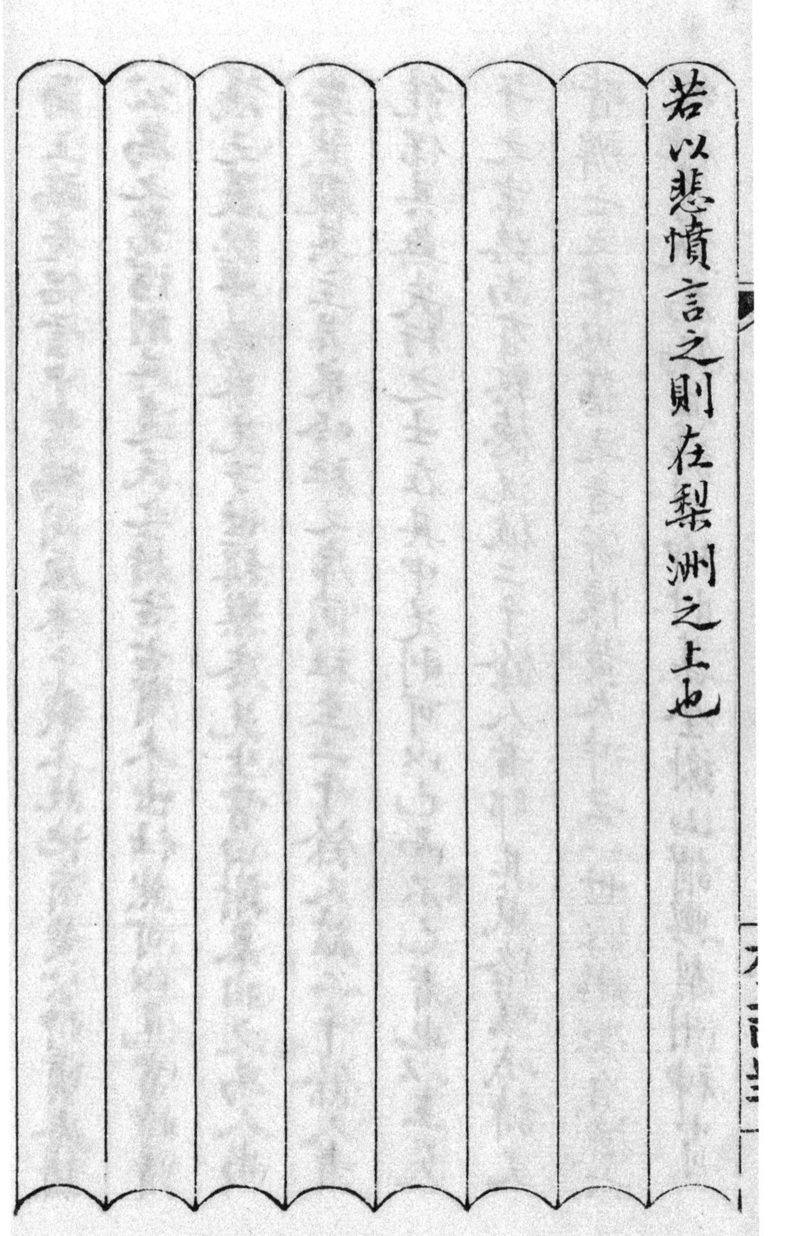
若以悲憤言之則在梨洲之上也

鄞人王偶翁嗣頭嘗知涪州羅官後年七十矣猶執贄于戢山之門改步後三年卒其小兒言序云外孫鯉兒尚穉見余衣敝問何不新製余戲曰無錢對曰翁曾做官何得無錢聞其語不覺太息設官為民豈為錢耶而今以後錢為官業習尚所漸童心亦喻民為得不窮而世安得治也因記以志慨詩不具錄徐俟齋與其甥管方至手札有云世豈有管閒事徐昭法哉是皆可作法語觀也

清苑梁鶴林客鄞有八子之集首萬履安次林荔堂次徐霜皋次高辰四次李鄴嗣次高旦中最少者爲沈心石履安嘗手書唱和詩爲一卷心石名士顯字喆先詩曰溉鷲集贈徐蘭生云亂日推真氣相期止一心問天九死後避俗百年心家尚陳咸臘詩存梁父吟所閔終古痛晞髮至于今百年留士節難憶我生前哭世聊存舌逃名即近禪詩書存信古草澤尚支天幾向荒江慟秋期事惘然座客詢名姓衣冠集世瞋幅巾留漢節白恰看隨臣欲避無餘地相依未死身霜皋荒寸土從此卜吾鄰

短髮憐孤影飄蕭夢易驚地分城市僻耕近野人爭草木親彭澤江山老步兵結交離亂後溉釜注西京心石丙戌棄諸生有母能全介子妻自學黔婁之句英妙之年志在許國蕭慘沈鬱之況屢見於詩壬辰年年三十彼大老先生甲乙科舉諸公頭顱更換嚶聲絕響宜為林荔堂所撫膺而靈歎也梁鵠林嘗賦海東歌贈閻古古以古古有蹈東集也丙辰春有訛傳古古已出仕者林璽庵拾集同人看牡丹高隱學於席間賦詩云上谷梁公子掀髯賦海東伊人難再雪纖

草竟從風角上鷗鳧侶雲中鸞鶴同原來千載上此地有黃
公時黃庵諸公爲之驚愕削其遺民之籍古古實未出仕然
可以見當時清議之嚴隱學爲泉先子世祿櫱庵先生嘗
曰謝皐羽之爲人尚矣然觀其主月泉吟社之席同社至二
千餘人茲二千餘人者能保其無失行之士在其中是則可以
已而不已者也以王炎午之末路尚有慙德況彼二千餘人
者耶其風格嵯峨詩文皆辨亡之筆思舊之音寄懷黃太
沖云一世蜉蝣憑自撼六經秕莠孰爲鋤其詩曰柳府集

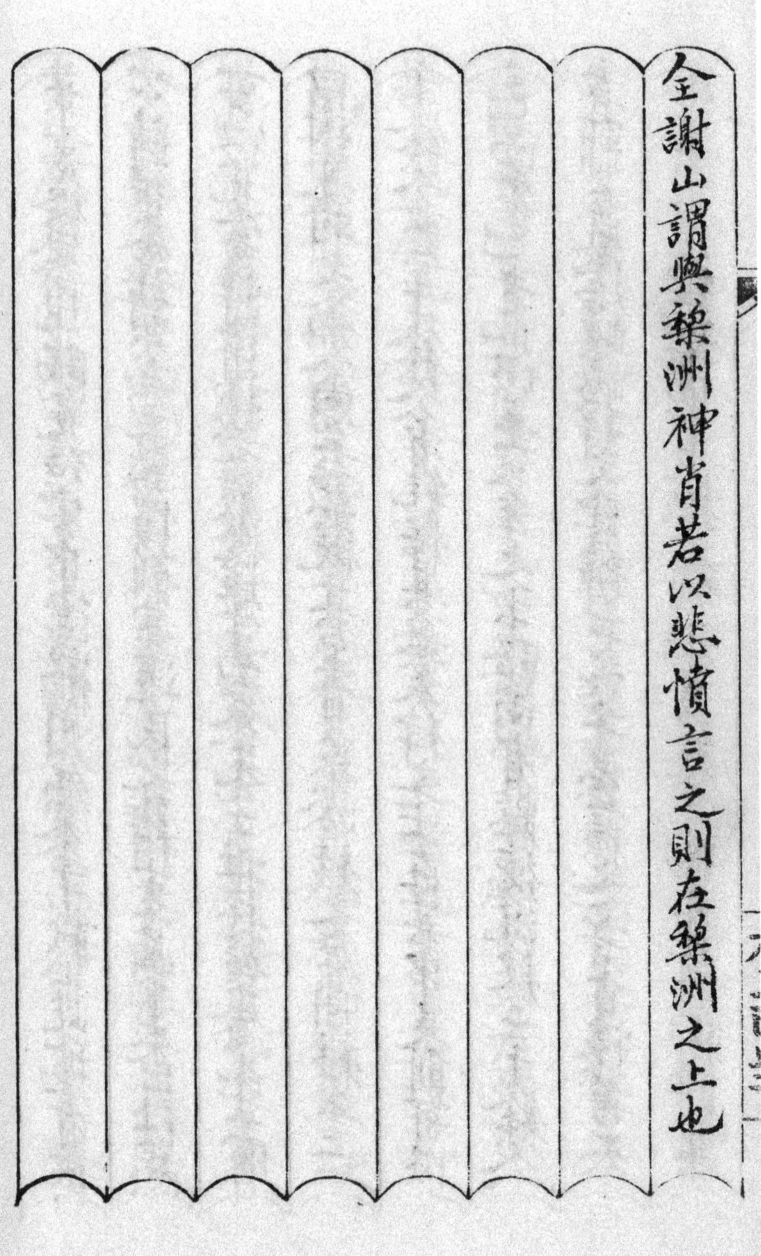

全謝山謂與棃洲神肖若以悲憤言之則在棃洲之上也

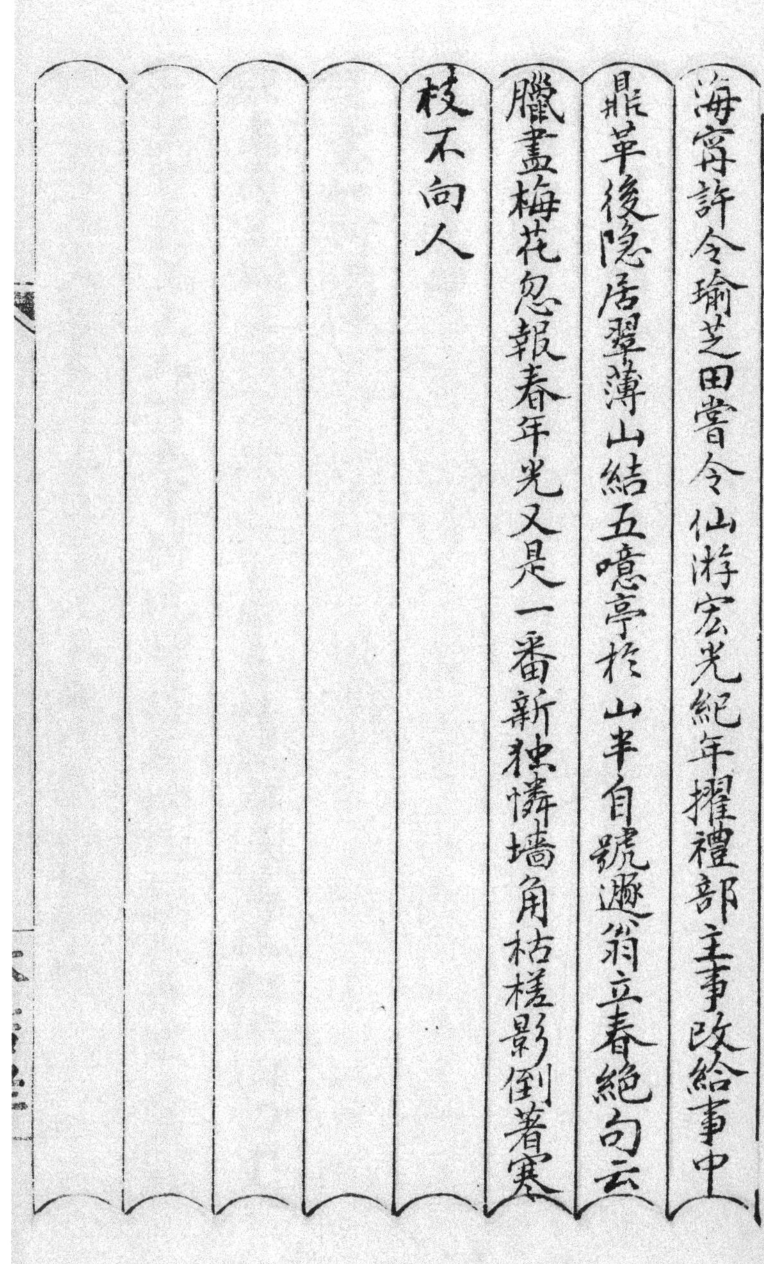
海寧許令瑜芝田嘗令仙游宏光紀年擢禮部主事改給事中鼎革後隱居翠薄山結五噫亭於山半自號遯翁立春絶句云臘盡梅花忽報春年光又是一番新獨憐墻角枯槎影倒著寒枝不向人

顔孝嘉鼎受誦詩弋獲六義辨國風演連珠朱竹垞錄入經義考少以孝聞游學桂陽與戚仲來有盧陽唱和詩甲寅遭亂入衡山爲道士生辰賦感云出處應知吾道重安危不係此身輕秋懷云憶母堪憐腸百結逢人只合口三緘晋宮詞云夜游宮禁意如何滿院風吹竹葉多一輛羊車忽不到愁看荆棘卧銅駝孟蜀宮詞云昭應祠連望帝宮杜鵑血淚滿枝紅依徊四十年間事花蕊夫人一笑中竹垞贈詩有桐鄉顔氏子才大最能詩之句而遺集久湮嘉慶間阮文達始采入輶軒錄

檇李屠廷楫東蒙少補學官弟子兵後躬耕鹿溪與周青士相酬和方外大梅亦能作韻語三人往来無间大梅年老而聾則相對画紙詩成相與撫掌有鹿干草堂集生萬厤乙卯其次胡布臣立春日見懷韻云紀元忽憶前朝事慚媿身經兩戊辰前戊辰爲崇禎元年也時年七十有四大梅以是年没其過白蓮山房云物在儀鸞世已非雪樓独上益崔嵬澤存遮眼牀頭卷壓牆風華桁上衣庭梧自添侵閣色檐梅空長計年圍却憐明月軒中酒只伴愁人對落暉感大梅作也白蓮寺在漢魏塘之

交其東偏曰橘鶴樓大梅齋也暇則與青士相約鼓枻曳杖同登恆以詩博極歡而羅題詩數丈之卷盈二大梅未沒青士入都蒙古珀石山司寇色冷時官太僕館之二載丁卯南還沒于淮水舟次東蒙重過白蓮云濃陰夾岸一川通小棹憑舷對畫公風雨滯人成暇日溪山留醉與衰翁夢迷遠道緜緜思目極江天渺渺空不忘當年舊酬唱雪樓西畔鶴樓東懷賢歎舊杜老興衰縈骨斂魂文通志恨蓋竹垞所謂音合乎天籟而義本乎國風者已其自題小照云年過七十老郎園除却耕耘口嬾言

底事秦衣更漢服只因家不住桃源卒年八十

自清溪至乍浦不數里於明季有三人焉曰沈進士中柱字石臣嘗以白衣從軍擊李自成兵晚擇初地名懷木菴曰李因仲孝廉天植即潛夫後改名確遯跡乍川之龍湫山有蚕園以名其集嘗賣草履自給非其人一介不取魏凝叔屬曹秋岳糾同志爲繼粟之舉峻郤之嘗夢神授以半生二字卒年八十二蓋半字隱括其數也曰王處士端字正始棄諸生稱道士徧游名山歸自畫五岳圖普陀山圖五臺山圖沈雲椒司農嘗爲作三君詠

龍湫山人李潛夫作忘機吟社，往來皆布衣有聲者，卜浦宋爾
恆名咸、明季諸生，入社號覺非，嘗讀書陳山，有萬松臺讀易圖，
潛夫爲之記。平湖錢澥薌有詩云：石澗飛泉響翠岑，松臺遺趾
久消沈。誅茅曾下高人榻，挂壁空思太古琴。離黍秋風懷故國，
亂山明月見天心。先生著易說及松臺對月詩。卜居終負湖湘志，老去彌增
感慨吟。澥薌表章先哲，購得蠹園集殘本，爲之補刻。其餘叢殘
雜著，訪求編錄，遇修祭介節祠，必同秋菊寒泉，並陳几席。自許
芝裘、周雲虬以下凡數十種，俱掇拾燼餘，繕寫插架。造其廬者

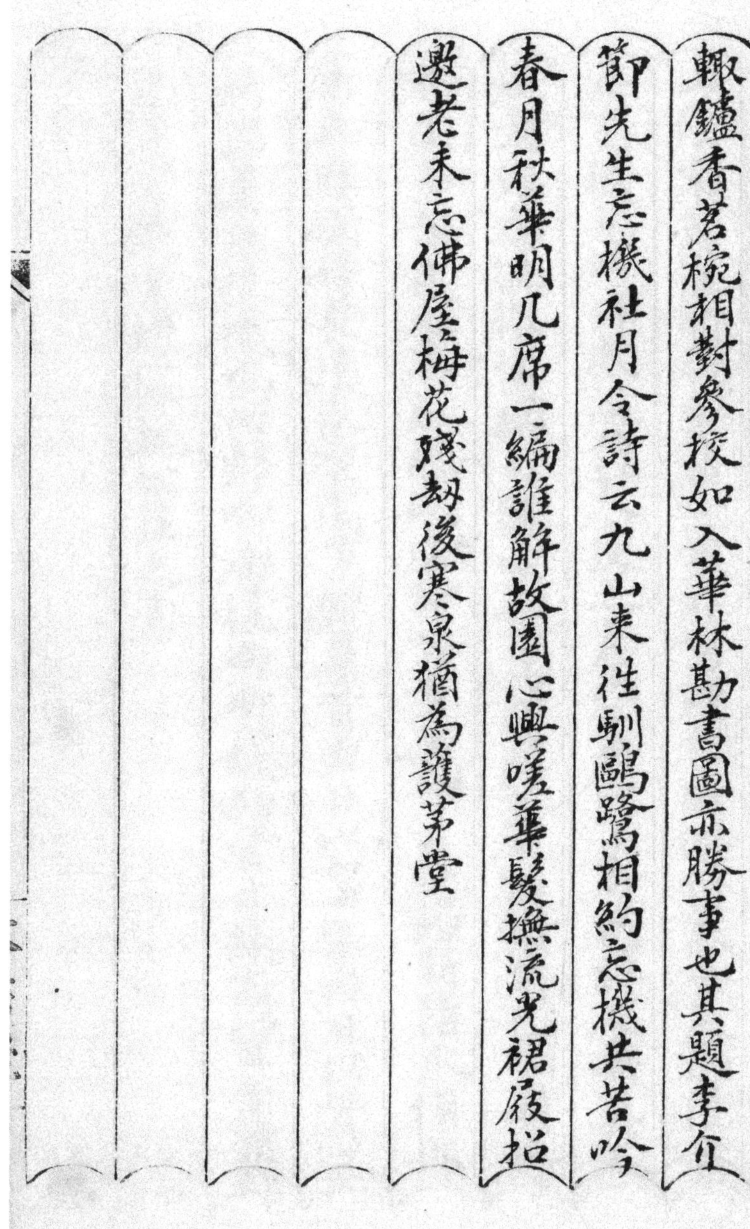

輙鑪香茗椀相對參挍如入華林勘書圖亦勝事也其題李介節先生忘機社月令詩云九山來往馴鷗鷺相約忘機共苦吟春月秋華明几席一編誰解故園心興嗟華髮撫流光裙屐招邀老未忘佛屋梅花殘劫後寒泉猶爲護茅堂

山陰宋昱懼闇明季諸生嘗游京師會徵鴻博朱舍人尚隆素無交往見所作感遇詩大愛之急以名上下郡邑跡之無其人疑遁跡緇流檄僧綱司徧索越中諸蘭若不知懼闇已入閩終不應其自處之高如此感遇詩百首其一云健婦斷指爪操作厲桑麻孀婦長指爪深閨事鉛華貧者日以富富者日以貧三秋稻粱熟促織鳴四鄰唧唧復唧唧孀婦貧亦織商賓意謂即兒竟不識字耕稼魏公莊之意

海寧潘梅巖上舍廷樟有渚山樓集鼎革後不復應試隱居教授不與諸大老通故知之者鮮褚大愚樂事雜詠云渚山樓聳峽川隅大滌山人名益驅一代明詩偏失載搜羅未免有遺珠

梅巖與俞右吉齊名句如夜大鬧江市秋星落海門三江潮落吳魚集九月霜飛楚橘來均饒興象

仁和徐士俊野君家塘棲築雁樓以居紀伯紫詩所謂新詩樂府傳桃葉定本名山署雁樓也能琴奕書畫之藝知音律撰雜劇至六十餘種生於萬麻壬寅年近八十貌如嬰兒世傳其曾遇異人授以導引法知交中善畫者楊上吳周大赤孫霞谷沈椒雨趙修虔野君於其逝後作五君詠其秦淮竹枝詞云桃葉隄頭連水平輕衫簇簇踏隄行儂家心事流不去嗚咽秦箏指上鳴潮水青青浸柳花三山門外莫愁家而今誰更愁如我独抱茵於數亂鴉

康熙庚辰朱竹垞過當湖高江村招飲采風班演黨人碑胡湄晚山與爲竹垞贈晚山詩云每於畫裏見風神今日當筵話轉親白髮青衫零落盡江南又見一遺民陸璣詩疏辨蟲魚草木區分第甲疏安得彩毫爲寫照只愁老眼漸模糊晚山初就傅便學作畫師弗能禁也槜李項氏書畫最富晚山故項外孫因悉觀摹仿點渲魚蟲花鳥爲時所稱性耿介居北郭之松風別墅布衣蔬食杜门不出者數十年貴人以金帛乞畫多卻之著招隱堂集詩如溪上桃花云瀟瀟夜雨攪春眠新綠溪頭漲接

天花序莫教輕逐水誤來门外捕魚船題自画垂綸圖云千古功名一釣絲桐江客與渭川師何如老鄧烟霞裏歷世滄桑總不知所交如大興韓石耕畱李辰山延昰范梅隱風仁石耕已見初集善琴自言授一曲須奉千金以是終無傳者辰山上海人寓佑聖宫賣藥自給餘輒售古書積數千卷臨没分贈交游梅隱工詩書法酷似米海岳皆抱才而甘寂寞者也

餘姚孫氏墓前翁仲賀於慈谿某氏夜聞哭聲載至中途遂剷然自斷張箕仲炯曙感其事作義石歌云石不能言石能哭此日荒邱舊華屋平陵犬燼馬不辣杜鵑賸血灑山竹金貂七葉淪蒼烟殘骴拚飽烏鳶肉寒風掣曳高原鈴鐸無聲牛觳觫野火漫空江水深迴首斜陽下喬木分身轉得留全身大隱山前氣上直顛箕仲為二褚先生廷寀仲子出為客卿孝廉廷賓後隱居四明之怪溪易為抉溪著讀詩隨筆謂衛風言上宮淇水有殷餘氏之舊為鄭風言野田蔓艸有黍離麥秀之感為秦風言

秋水蒹葭有宗周故主之思爲詩三百篇蔽以無邪者發源忠
孝也舍忠孝不可以言詩矣陳羲甚正二褚家多異書弟兄自
爲師友有依山蘊結同功繭照水蓮非並蒂花之句極友于之
愛箕仲閉門索句縱横古今有二父之風

谿堂上人正嵓本餘姚徐氏子寄跡禹航祝髮靈隱有同凡集與滇僧蒼雪同為王文簡所推許湖上晚棲云我家北峰裏雲木何依微日暮空翠合飛來沾我衣松月如有待水禽相與棲陽林幽磬出隱隱發清機柘澤春行云垂老傷時變乘閒次水濱風花寒食後原艸不棲人哭天難問墟烟火漫新啼鶯芳樹裏又過一年春有託而逃者也沈文慤以為即仁和徐佷亭佷亭詩曰十笏齋迴不相涉法華庵僧尋安深於寒餓禪羅微吟有詩曰魯連不帝秦顏闔不傅衛楊岐不飾房嬾殘不拭涕群

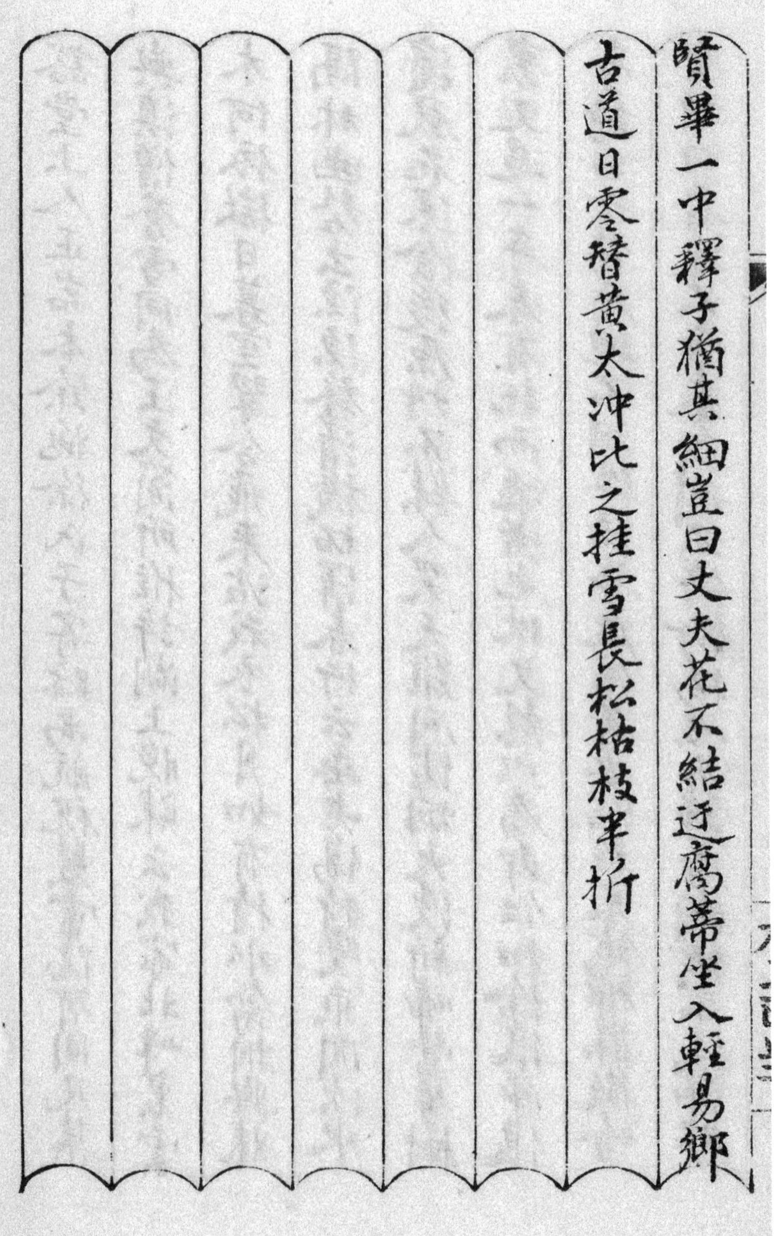

賾畢一中釋子猶其細豈曰丈夫花不結迓腐蔕坐入輕易鄉
古道日零替黃太冲比之挂雪長松枯枝半折

海鹽馬世榮煥如居海浦去城市不數十里而近道狹多港汊舟容百斛即泥曳其背兩岸柳枝礙篷席有卧木成橋久之朽蠹欹側以竹相支架風過輙搦搦摇動人無敢行其上縛稻草覆屋上禦風雨好與僧一靈黄山畸人及蘭社庵主瓣香老人相還往文孫維翰輯刻其詩二卷贈董啟云載月坐天上背花眠酒邊平生無可說只是撫龍泉偶興云自笑生涯一蓑蘿偶尋菜圃更桑畦東風作有閑心處側耳斜陽播穀啼頻有自得之趣辛酉中秋數官客寓湖上擬作西湖夜月詩限壁白二韻

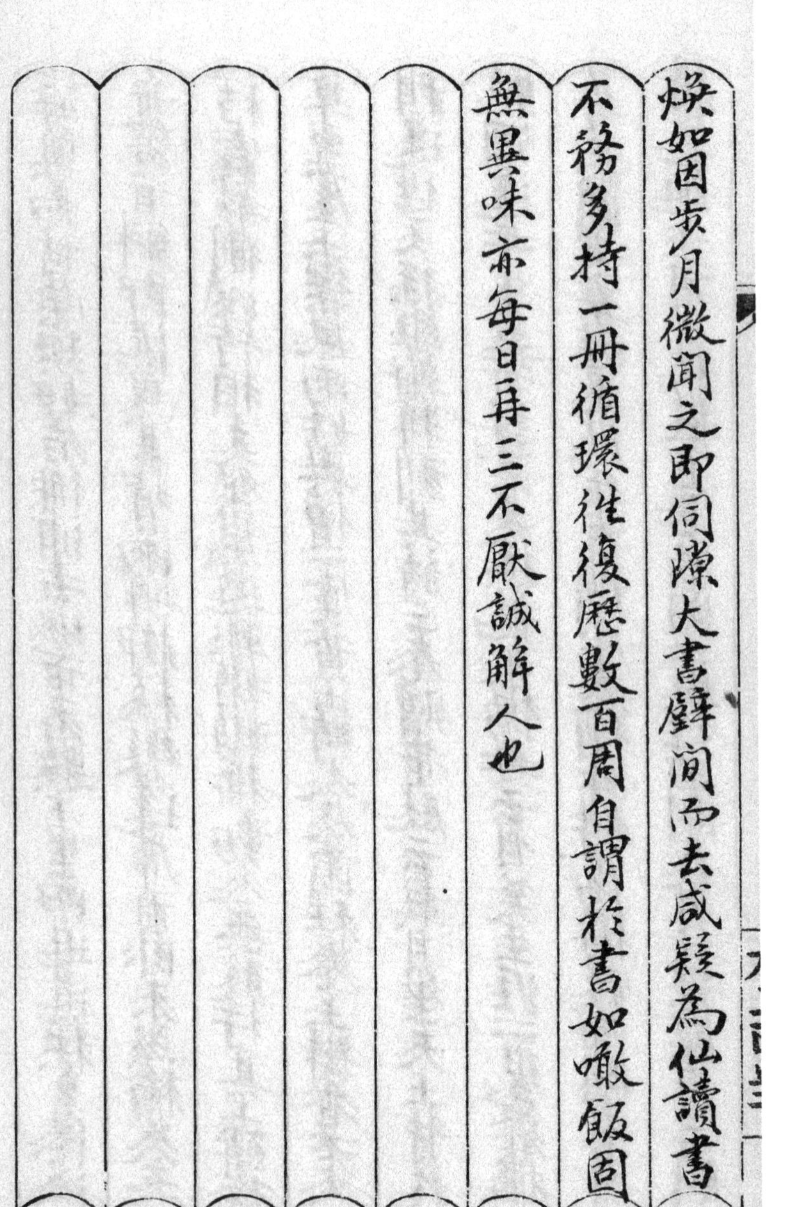

煥如因步月微聞之即伺隙大書壁間而去咸疑爲仙讀書不務多持一冊循環往復歷數百周自謂於書如噉飯固無異味亦每日再三不厭誠解人也

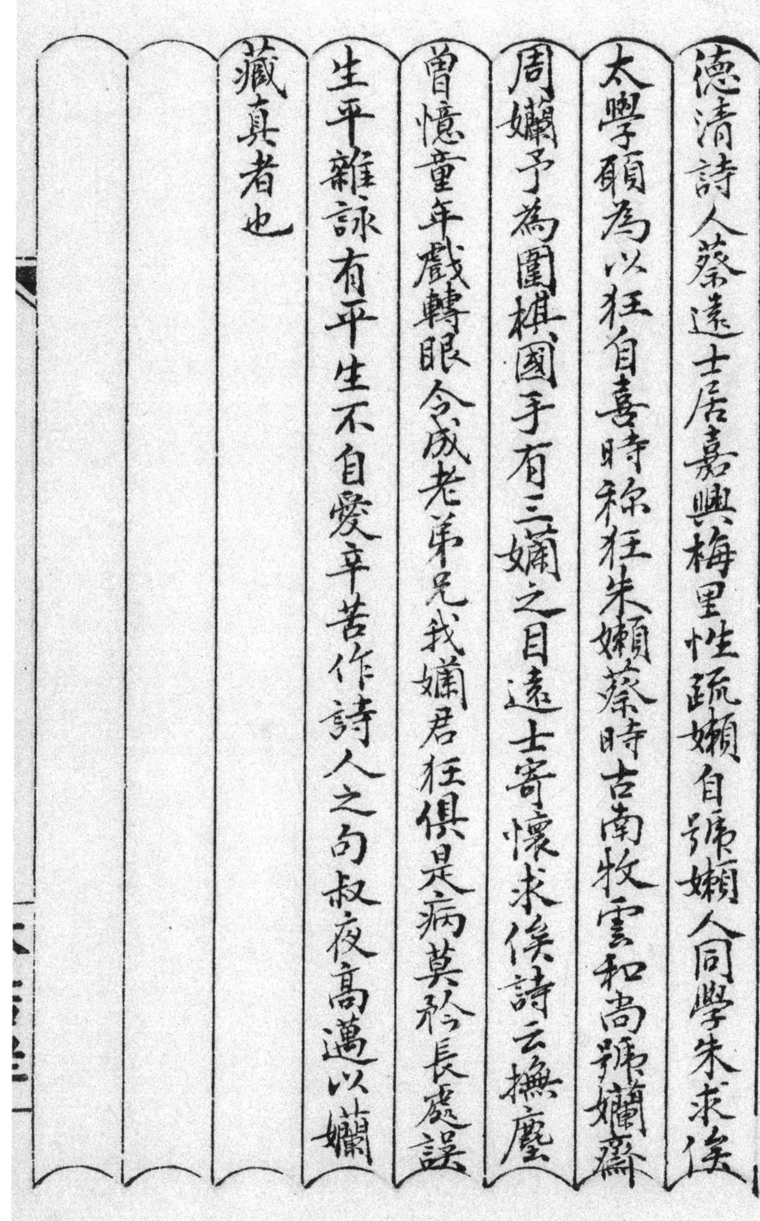

德清詩人蔡遠士居嘉興梅里性疏嬾自號嬾人同學朱求侯太學頎為以狂自喜時稱狂朱嬾蔡時古南牧雲和尚號嬾齋周嬾予為圍棋國手有三嬾之目遠士寄懷求侯詩云撫塵曾憶童年戲轉眼今成老弟兄我嬾君狂俱是病莫矜長處誤生平雜詠有平生不自愛辛苦作詩人之句叔夜高邁以嬾藏真者也

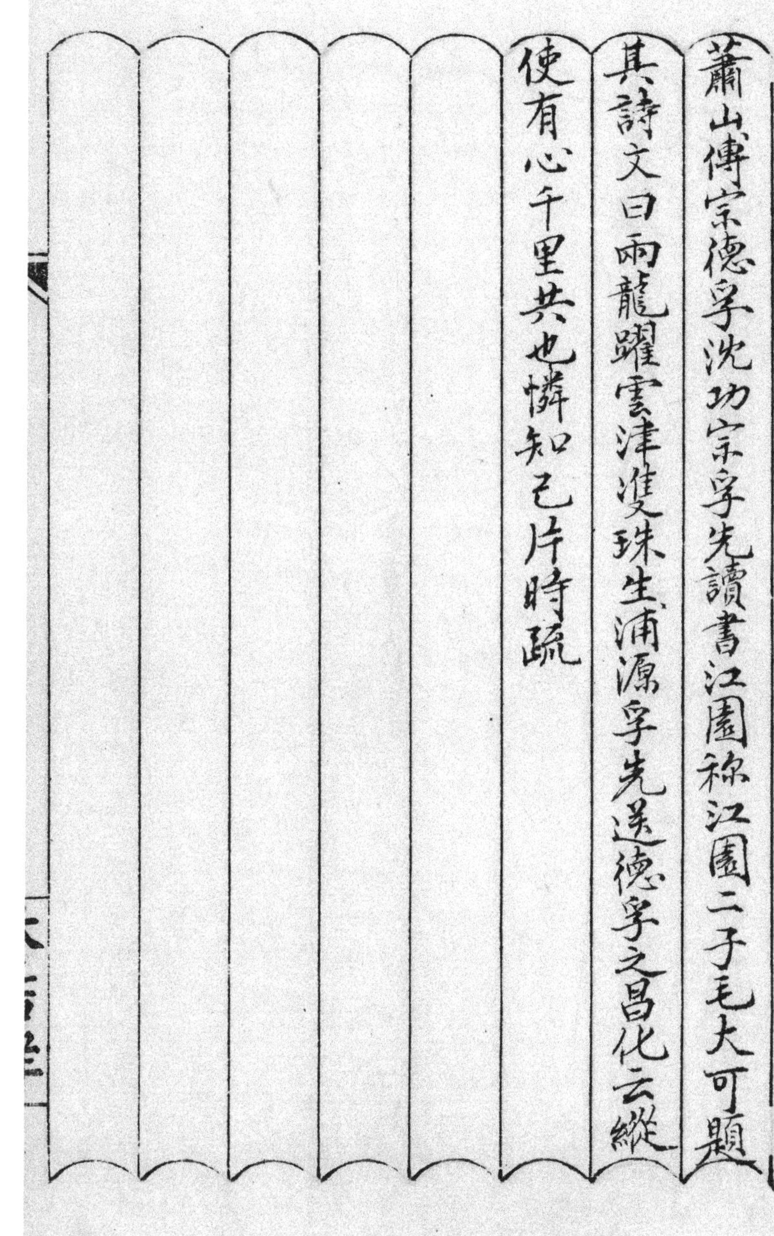

蕭山傅宗德字沈功宗字先讀書江園稱江園二子毛大可題其詩文曰雨龍躍雲津雙珠生浦源字先送德字之昌化云縱使有心千里共也憐知己片時疏

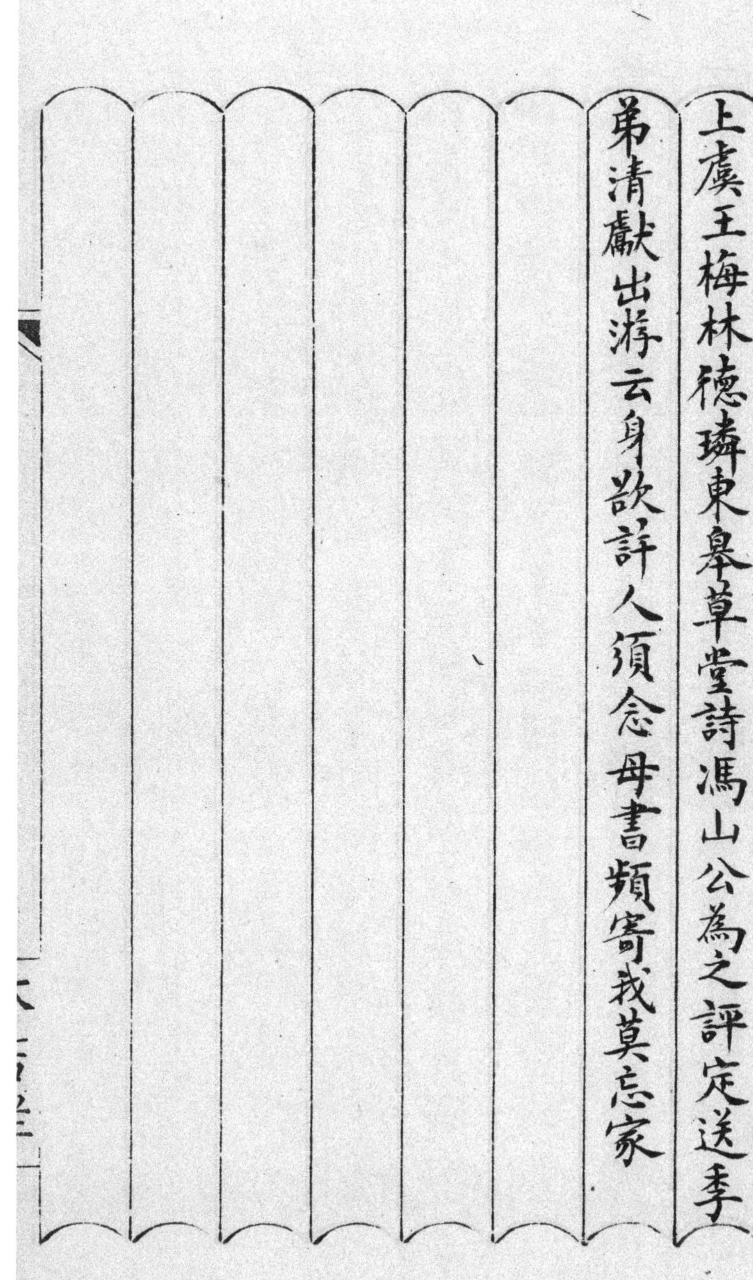

上虞王梅林德璘東皋草堂詩馮山公爲之評定送季弟清獻出游云身欲許人須念母書頻寄我莫忘家

鳥程董雨若三子樵字裘夏耒字江屛舫字閬仙均能詩裘夏句如滿川風雨公無渡一軸圖書忽不貧讀騷醉便呼奴僕看竹狂思策子孫對句皆用孟東野語江屛哭兒二首云峽猿清晝雨沈沈病憶孱羸痛愈深誤把三生捐故紙纔餘一骨裹秋衾烟鎖劉蜕埋文冢魂結方千及第心博得斷腸碑一統影堂哀輓字南金汲古鉏經桂自勞藥鑪聲裏煮莊騷抱來膝上王文度看殺江東衛馬曹友許傳文能槀稿苐思慰母諱楚膏病

夫不作多時別新點秋霜入鬢毛真摯之思出以雅切自是詩人之詩原序兒名士驌字鳴遠學制舉業鏤心病羸而死死時纔十九耳宗文一去長愁之杜甫奚堪熊子重來垂老之逋翁無望吟成楚些用代大招其寄子深云晴窗淡墨箋朱子草閣孤鐙點杜詩會取通儒舊風格唐音宋理一莖絲蓋自道其得力之所在也裘夏登朝元閣次韻云雲移樹影南唐畫雨洗山容北宋詞春閣捲簾人語寂青梅如豆燕來時碧澗磷磷走白沙風迴丙舍埽松花拈毫欲繪芝山景黛色雲巒似米家江屏雜言云

纚縱破墨點金焦，意氣橫生十丈綃。餘瀋別成秋數筆，
小窗微雨急蕭蕭。界破青山到眼，詩驚人華頂句誰攜。
雌黄雞徇時嚬笑，只學毘邪杜口。詩繁哇一洗舊箏琶。
觧穢頻將羯鼓撾，玉茗紅泉重按拍。雪蕉真本落誰家，
抉髓披肝語自豪。丹青贋鼎目難逃，丰標縱或輸崔琰。
横槊英雄肯捉刀，談天炙輠小齊州。蒙叟荒唐快溟游，
大塊浮青烟九點。古今何處著窮愁，宣和帝子六朝僧。
賸馥殘膏冷畫屏，步屧好尋蕭寺壁。楊芝羅漢鐵樵鷹，

諸詩皆通畫理張鐵橋名穆善劍術畫入神妙裘夏贈
鐵橋詩有鐙前婉轉公孫劍筆下驊騮韓榦圖之句鳴
遠詩如石如傲客當軒立風解留花著樹輕買得文魚
添藻養摘來春茗折松烹雛鳳聲清亦自可誦
董兩若首陽詠云草笠古鬚眉首陽一樵子擔柴入鄗
城閒話青峰裏云有兩男兒餓死西山阯白髮齊太公
淚滴青蘋水還頌召公言采薇人已矣余謂當日之為
太公者雖出處異趣或尚有念舊之思若在今日則盜

憎主人方謂二子為好名而胡不遄死也錢辛楣所為雨若傳稱其詩清淡荒遠有云孟郊不在唐聲在吳山雨又云沈珪對膠法象先澥緝理俟其物性窮始得浮氣死蓋自評其詩云爾所著書甚衆辛楣得其手稿數百葉皆志乘所未及擧者稍次第之合題曰補樵書補樵南潛漏霜皆雨若自號

詩事丙

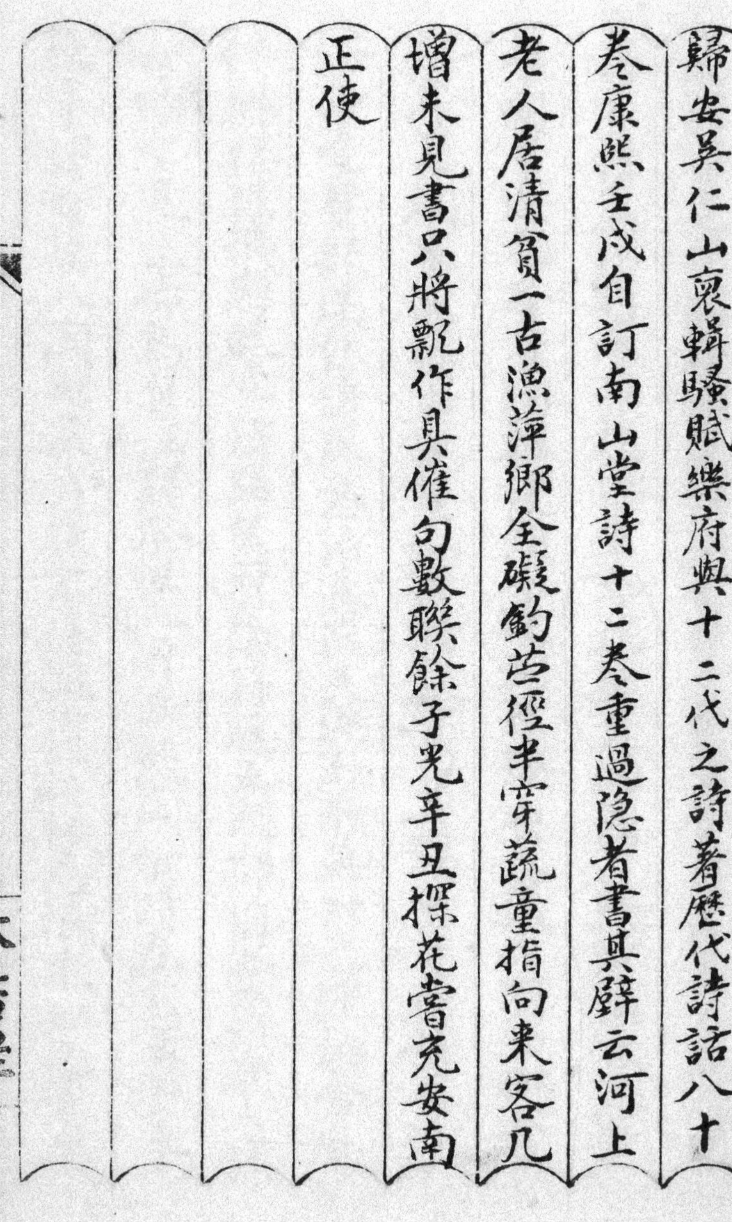

歸安吳仁山裒輯騷賦樂府與十二代之詩著歷代詩話八十
卷康熙壬戌自訂南山堂詩十二卷重過隱者書其壁云河上
老人居清貧一古漁蓱鄉全磯釣芭徑半穿蔬童指向來客几
增未見書只將瓢作具催句數聯餘子光辛丑探花嘗充安南
正使

烏程董芝筠明經漢策博聞宏覽兼善拳勇范忠貞撫浙重其才特薦以科道用旋被臺參放歸蓋柄國者挾有私憾忌者乘間中之也忠貞殉難後浙人建祠於孤山衆議以羽士何含白專司祠事芝筠與兒輩酌處贍給爲其謁忠貞祠詩云淚洒西臺梦欲迷怒濤風急泊長堤天涯渺渺無知己埋劍金庭伴鶴棲握機密啟意躊躇篋有陰符返五湖卻悔囊錐猶未試女墻空見夜啼烏自注謂癸丑八月將赴閩督時在京寓密陳數事謂可安八閩因某遽辣不及隨行贊助爲恨感知之意與

用世之心具見此詩

李鄴園相國由金華司李入為秋曹順治戊戌授言職骨鯁無所避疏言錢糧私僉民解之害請復内直看詳即日票擬公同候旨杜任意更改之弊又疏論順治十八年以後督撫率多夤緣而得有恃無恐横取財物賄賂權奸自興受同罪之法嚴無敢糾其貪黷與者不認則言者涉虚故數年以来未嘗重處乞加甄别以裨吏治他所陳奏多關國體時 聖祖初親大政稱為真御史康熙十二年由副都授浙江總督明年耿精忠反鄴園率師移鎮衢州復義烏湯溪破賊常山復壽昌東陽嵊縣

乃進復仙霞關別遣師徇江西諸賊悉平在軍推誠待士賞罰必信士樂為之死請蠲被兵州縣錢糧民有陷賊來歸給食予耕種具壬戌入閣卒謚文襄查德尹過仙霞感武定相國云誰數南征第一功時危方覺地圖雄金戈已散星河氣猿鳥猶驚草木風路轉千盤通奧窔天開一線入鴻濛封侯不及開元相莫向新豐折臂翁

鄞縣張蓉嶼大令瑶芝詩筆雄健句如人因無事老詩竟近情難無穗不種忘憂草送老宜栽晚節花交從澹處猶防薄詩到真時定可傳皆本色語

姚熙止少保啟聖會稽人隸旗籍康熙二年舉人初知香山縣澳門賊霍侶成弄兵大吏不能制熙止以計禽之俄而逃去又率奇兵縛以歸海始靖督撫忌其才誣以通海將置之死熙止夜見平南王尚可喜而訴之王上疏白其枉督撫皆以是自殺而熙止亦以是罷官其香山雜詠云溼雲愁結暮烟重水白沙明何處鐘夾岸荻蘆橫野色大江風雨暗孤蹤已經去國爲遷客猶有悲歌答老農千古每多零落恨不須此際歎遭逢扁舟

每渡鐵城陰見說農樵出遠岑　聖主已寬邉界令逐
臣未盡撫綏心幾年共爾棲荆棘此日憐余載鶴琴猶
幸斯民還舊業莫教寇盜再相侵無數艨艟犯海波我
來守土竟如何荒陲百事怡情少孤島三年戰血多獻
馘樓頭騰劍氣受降城下起鐃歌彈丸若使勞臣在未
許潢池復弄戈地居天末海濵東況復遷離盜賊充千
里波濤孤枕上萬家飢溺梦魂中寒猨泣月移高樹宿
鳥驚雲過别叢莫問當年臨戰伐只今凴眺有餘恫

李武曾良年與兄繩遠斯年弟符分虎稱三李漁洋送武曾之鳳陽幕詩云故人惆悵題襟集好句玲瓏散水詞竹垞稱其於詩持格律甚嚴於詞愛姜堯章吴君特諸家曹澹餘侍郎出撫貴州在其幕中九嶺詩云昨者暑氣清嵐瘴喜初散幕府有程期鳴鉦戒宵半殘月不到地松梢耿河漢冥冥列炬移灼灼螢火亂空山悟無始静裏閲昏旦九嶺爭一隅徑窄中每斷我行尚層岡僕夫復深澗浮生付飄忽肩腋楚人慣不墜良偶然履

危豈無歎轉苦東日遲坐待火雲爛稍稍荊扉開人語出沙畔前途方迢遥平明且須飯澹餘春盡贈武曾云今日春又盡吾歸竟何時積雨暗晨光茫茫遠山陂好鳥傍檐隙翩翩擇樹枝朱櫻覆左階綠荷冒前池濺珠不成員結子行當離浮雲多聚散草木有榮衰中懷易慷慨形迹同拘羈豈復戀茗華感此歲月馳素心澹以約遇物窮推移我欲奏齊謳子其續楚辭唱和誰復聞一遺殊方悲抗手招禽尚永結山中期投荒念亂與武

陵雜詩同一悽惋武曾以母壽辭歸而雲貴告變侍郎遂淪没異域矣

嘉善魏坤禹平送少司馬楊以齋先生予告終養歸里次悔餘韻云行詣誰從末俗論性情今見衮衣人喜當海宇銷兵日許乞林泉將母身得失不須分出處去留總是戀君親馬蹏篤速行何亟肯待河流伴早春以齋早以諫獵受

世祖知歷三垣三載疏前後三十上明季東南文士倡為復社海内應之著録者二十餘人其後十室之邑三家之邨莫不立有文社蒞牲以盟張樂而宴與者結路

人為弟昆道不同則親懿視同仇敵凶終隙末靡所不
有公上言朋黨之禍釀於草野欲塞其源必先杜絶盟
社得　旨敕學臣嚴禁初釋褐知高要以幣聘朱竹垞
課其子中訥世所稱晚研先生也官中允工草書孫即
次也太守

嘉興曹偉謨秦淮竹枝詞輕輕斷送南朝事一曲春鐙
燕子箋自是快語桐鄉沈中棟隆九秣陵雜詠云浪游
未得買歸船料理春寒旅思牽閒補秣陵風土志新年
門户貼花箋長千古寺嶒崚峭乘興摳衣一再登不管
人間興廢事孤僧日理佛前鐙此江南初定時作漢陽
羅世珍魯峰秦淮竹枝詞云露溼雲林筍正肥家家買
得半籃歸榴花沽酒鰣魚饌可是能消婦子飢翠幌青
槐面面風涼蓬艇子碧波中當年長樂烟花盡猶賸城

南半夜鐘周櫟園見之屬幕中諸子和作令書為册題
半生明月梦秦淮之句於册端魯峰秦淮後游詞有云
一代風流恨絶縱留賓無復舊司農半生明月秦淮梦
付與西州一慟中其感知之意深矣

順治季年奸民揑詞詐害在南方不曰通海則曰逆書在北方不曰于七賊黨則曰逃人台郡守郭日燧凌虐搢紳臨海諸生忿具退狀禍起被逮者六十八人潘震雷玉虎陳大捷霞西何志清若漣張人綱晤蕉蔡磯芥軒皆戍尚陽堡二十年始得赦歸章亦至讀晤蕉葉菌草云朅來買索妒文星慧業齊教隸北庭六十八人同放逐九千餘里各飄零生還屈指身誰健死瘗傷心骨尚停檢罷遺編增浩歎專諸何事劍鋒青太平謝國隆

寄董少尹句云未聞黃綬嚴鉤距不許蒼生敘質成則
冀董之援手也仙居張木生明經贈鬼薪吳道文云落
葉蕭蕭風晚急愁雲怨霧爭相泣忽聞剝啄啟柴扉有
客倉皇隨雨入客自新安千里行飛語遭誣遣赤城赤
城新經百戰後惟見山高共水清朱家俠氣今何有柳
車空載山中酒如我鷦鷯棲未安新炊僅摘荒園韭憶
昔當年相識時耳熱樽前唱栢枝檀板輕敲雲度緩銀
箏慢撥月歸遲世上風波真莫測鴻飛冥冥人猶弋赭

衣忽爾作黥徒江南花鳥俱無色新安家學教商山節
義文章不等閒胥靡已入君王梦莫遣青衫淚盡斑此
詩語苦而氣不衰自是能者

蕭山張遹可詩如社酒寒桑落山花煖杜鵑蟲語含秋

氣龍鱗朿晚雲汲冢未遭秦氏火武陵豈識晉時衣愁

添白髮非春事留得朱顏是醉鄉皆見作意

平湖陳國政紀聞詩云分茅胙土錫恩殊異姓真王近代無出鎮梯航供翡翠賚朝薏苡似明珠忽嘶戰馬雲中草競棄書生塞上繻誰料九重親作詔猶煩嚄唶護兵符粵王原繫漢廷臣復領貔貅作漢賓扉屨已聞過庾嶺巢烏猶自噪羊城鐃歌休賦遼東曲舞隊空思樂浪春試聽海濤疑戰鼓令人千載笑魯循無諸臺畔促戎裝猛士歌風入建章甌越江清賚漢吏烏桓海澗鎮名王承恩舊日聯宮禁賜履新教食帝鄉莫怪榕城多

寂寞三千歌吹在遼陽元功賝國萬人歡威重名全自
古難戰伐幾年開六詔提封今日属三韓帆揚巴水波
濤闊兵到營州宇宙寬遠邵瀘江煩熱地松山五月朔
風寒此康熙十二年從藩時作

義烏金光原名漢綵字公絢少好游偶訪古人登州游覺華島時平南王尚可喜方舉兵略長山諸島挾士衆航海來踈公絢陷爲一見異之欲置幕府逸去可喜追還乃與同事三十餘年康熙甲寅可喜上其功授鴻臚寺卿可喜子附逆夜召公絢至私室脅與共議不從因之逼以刃唾而詈之遇害公絢負不羈才談諧風涌善爲詩有驛路秋雲江上雁鄉心夜月夢中山之句子以桐十三歲舉人扶柩歸絶意富貴終於鄉

義烏陳達德大孚與吳賜如諸人結八詠樓社負詩名
國朝定鼎遼陽置縣下令能招百人往者官之大孚應
募率百人者出關而東授遼陽令勤墾闢招商賈興文
學卒于官詔其子瞻遠承襲亦異數也詩如詠邊云驚
飈馬首搏沙去寒月烽邊點雁來題關壯繆廟云中原
陵寢全無漢西蜀英雄独有髯為吳賜如所稱賜如又
稱其甥盧士儁彥生詩雅暢清遠有隨州考功之響愁
夜云帷卷偏無月牀空覺有寒減懷思强寐起坐轉凭

關葉墜秋風暗星懸夜雨殘朝朝長若此霜鬢不須看
送逸次兄之閩云此去君游舊從軍歎所依路歧何所
贈別淚祇潸揮山色霞關險人烟瘴海稀故園梅信好
莫待隔年歸語苦景真自非尋常物色

桐鄉周孟侯著有莊子影史離騷草木史詩文曰聖雨齋集田家云綰髻學吳女紅花向鬢開借機攜杼出汲井抱甕來洗葛摻梅葉漚絲治蛤灰老姑催瓦祭趁月壓新醅不羨勞人肉一蔬聊自厭治瓜紅杏蜜燒豆紫蘇塩魚骨占風雨鶉羹試苦甜瓦盆吾頗足時復喜丁添為圃仍秋晚閒來息耨鋤菜殘不似甲瓜老欲為魚羊角懸婚酒牛衣曬道書幽懷吾自貴碌碌笑簪裾閒適詩亦以奇麗出之另是一種筆墨其小游仙詩花影

覆棋陰未轉誤人柯爛不成樵所感甚大其非岸上人
精藍句云磬聲依竹住月性與僧謀語極幽雋與陸仲
昭時雍爲友仲昭酬沈恤部子先云桂棹蘭橈東兩頭
送君愁共水爭流參差吹罷芙蓉雨雲鬢羅衣不耐秋
亦有致當明之季同里沈槎墨亭張伯升超賡言方起
兄弟孔文在自洙稱桐川四子已而偕朱潔湘萬錡及
石門錢叔涵人詡爲六子潔湘有惠風堂集僧房看蠟
梅云風光浪擲惜年華已見新黃作異葩仙骨夜涼偷

玉笛小香冬暖透鮫紗座無俗客妨佳句庭有幽禽守
凍花都說上陽金谷好如何及得老僧家以教諭擢樂
陵知縣文在乙丑成進士累官荆西兵備副使伯升乙
未進士一宰華亭廣言辛丑進士官江川縣独墨亭東
德肥遯晚年閉門學易兼悦禅理悲憤詩及和少陵詠
懷諸作慷慨歷落其清潔尤不可及次皮日休訪陸龜
蒙不遇韻云晴墟烟煖竹籬斜蹋雪来尋甫里家閉户
惟遺堆徑葉窺簾還著供瓶花巳聞處士宜除令亦號

徵君未賜麻，百世自當逢賞鑒。太元何必重，侯芭當與
邑人梅花逋客沈機、青堆布衣張炎貞、梅花逸叟馮允
秀合傳。孟侯子寀，履臣孫雲杼，補庵能世其學。補庵以
歲貢官錢塘教諭，結詩社，手《學舍西泠知名之士樂與
之游》。性尤慷慨仗義，仁和沈端恪近思家力農，生九歲
而孤，困之，寄食靈隱寺。補庵器之，力贊其應試，及棄發
獲售，寺僧即欲閉門披剃。補庵預伺之，率衆突入挾以
出，得補錢塘博士員，復延至學舍，朝夕講肄，親爲督課

康熙庚辰遂成進士端恪既尊顯猶敬執弟子禮焉彭芝庭撰端恪墓誌謂端恪家貧游學靈隱有借巢老人者資之讀儒書杭大宗神道碑亦諱其爲僧事全謝山記端恪以吏部侍郎獨對語
世宗爲之改容固自言少年潦倒時逃於此也吾鄉李曼世臣皆端恪門人

會稽姜二濵府丞希轍由元城知縣入爲工科給事中
屢陳百姓疾苦勸
世祖以寬大爲治時土疆新闢多逋賦催科者并新舊
征之二濵言量地所出止有此數移新補舊將并新而
逋之矣嘗請恤旱災因言有司酷罰之弊曰贖杖本用
輕鍰今倍五倍十小不應命鞭扑隨之是罰以省刑而反
以贖刑也時有司多以捐俸得紀録二濵言如此恐
有司營俸外之金冒非分之級是教貪也又言逆賊歸

命不當遠援顯職其切直多類此蕉林相國送姜定庵都諫還越云黄門南去奏驪歌急雨蕭蕭下潞河禁闥誰能憂國切朝端共識讜言多九霄綸命高卿月三徑歸心憶薜蘿宛委山中秋色好趨庭樂事更如何鄰居時共坐斜曛忽漫河橋雁羽分水驛月明停畫舫燕關日暮悵江雲上林諫獵文章貴海國移軍戰鼓聞知爾鋒車能早駕不堪離思轉紛紛順治間言事之臣如陽城田兼善司農六善官御史請弛馬政勸廉吏經筵進

講爲時甚暫請于閒燕之際日理經史以爲出治之本
孝陵懲明季之弊敕責臣下沽名市恩令對狀諸臣
輒惶恐引罪山陽徐山琢侍御越上言諸臣精神智慮
但保功名每奉敕回奏僥倖無事推其初心有不盡然
者畏懼之念轉爲推諉萬幾叢集專恃獨斷所關治忽
非淺請召對大小臣工並許反覆指陳寬好名之禁以
厲中材留死徒之刑以待大慝天下幸甚先後論河漕
事十六疏陳利害甚悉皆可紀也

仁和金梦蜚大令漸皋崇禎丙子以毛詩舉於鄉有黨魁之目國亡遁跡斷半髮作頭陀相九月晦日詩云雙丸互𣏌没人事有通冥不自我後先游魚墮烹鼎天寒贈缴高壁濯蝸涎挺計成棧豆戀心媿驥足騁蕭然冥英落感此身髮等青銅持照影秩秩如列町肯抜揚子毛𢉖磨墨生頂微服規聖智啜醨恧賢醒豁櫝治棼緼聊用觧其紊幸留碩果食敢效小夫悻既而徵詣公車登壬辰進士得邢臺令再任漢陽未五十謝病乞休平

湖陸話山亦名在復社甲申六月納巾衫闕門卻軌久之以歲貢生謁選知汶川縣事當阮大鋮居白下南國諸生顧杲等一百四十人具揭攻之不數年大鋮柄政諸君子多挂黨議話山不與焉與梦蜚皆不能隱居終其身以視周仲馭吳次尾沈崑銅有閒矣

鄞胡道南侍御與李杲堂束髮同研席其後出處不同道南以進士起家出佐郡召入諫臺杲堂杜門著書道南以内擢休沐里門重過杲堂方撰甬上耆舊傳幷錄其遺詩手稿填席道南因盡取所藏共商去取其當杲堂記事詩云誰向生前識子期要從隔世叙相思愛奇肯負驚人句嗜苦偏尋走瓮詞殘螘飽魚深可惜鏤金題玉轉無奇昔賢留得靈光在蹋斷荒崖拾得詩百年寂寂少心知賸骨蒼茫有所思碧落也須傳好句黄壚

恨不答前詩飡多石髓常逢異劉徧芝苗定獲奇某在千秋應一遇可如飯顆見君時杲堂序謂凡先賢士大夫名章軼草有傳有未傳以至單門處士蟲稿鼠篇無不走訪其壻萬允誠助之訪錄道南子德邁杲堂子瞰共事校讐集中載葛邏乃賢詩本回鶻部人來居鄞其詩遂稱江南一絕葛邏祿譯言馬也同治閒董沛覺軒徧讀家藏書復求之同縣烟嶼樓徐氏抱經樓盧氏天一閣范氏繼至杭州借文瀾閣書閱之輯甬上宋元詩

略十六卷彙諸先輩之詩各注所出凡二百八十餘人
較杲堂耆舊集宋元兩代多至八倍甬上明詩略二十
四卷本李氏全書而别彙他書附益之甬上詩話十六
卷亦彙諸家之書閒附己說光緒辛卯潘嶧琴學使續
阮文達兩浙輶軒録覺軒輯四明嘉道後詩凡九百餘
人上之以局於卷帙因復輯國初至今别爲四明詩以
益前後輶軒録所未備可謂勤矣

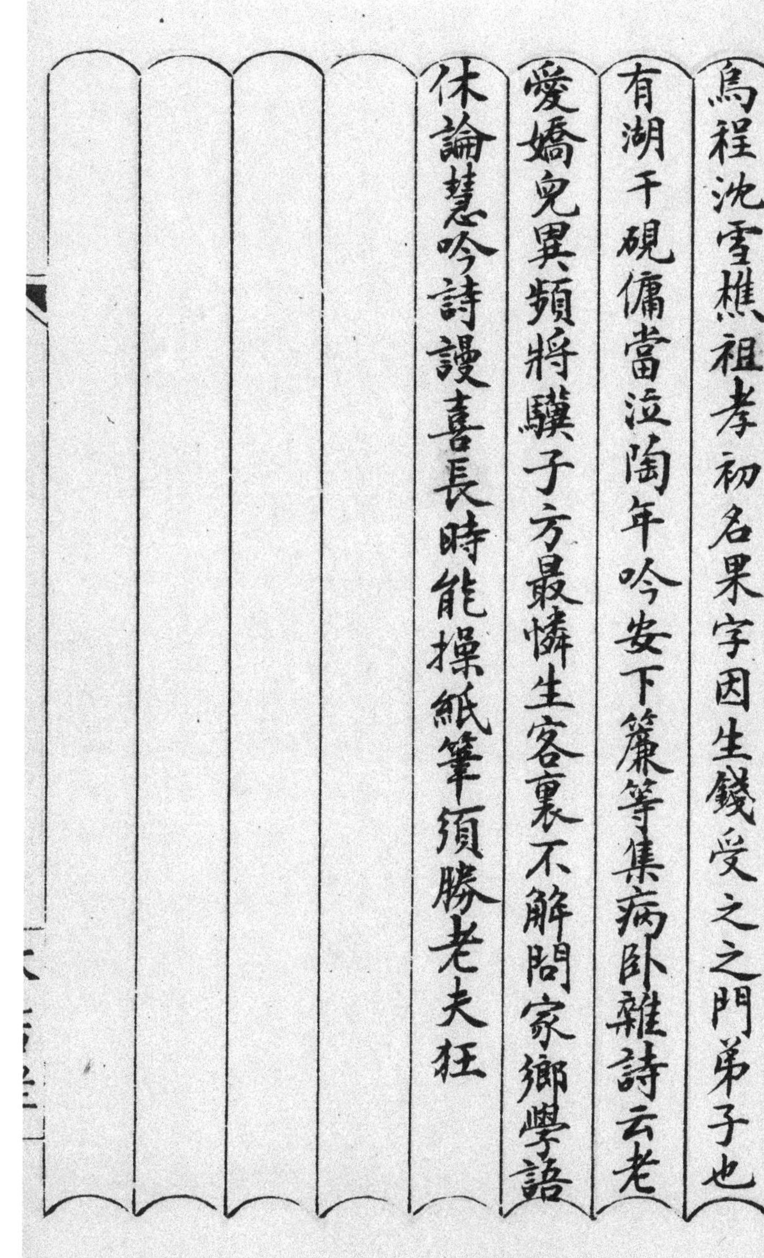

烏程沈雪樵祖孝初名果字因生錢受之之門弟子也
有湖干硯傭當涖陶年吟安下簾等集病卧雜詩云老
愛嬌兒異頻將驥子方最憐生客裏不解問家鄉學語
休論慧吟詩謾喜長時能操紙筆須勝老夫狂

竹垞順治丙申遊嶺南有南車集之刻其南安客舍逢二陸子以滕王閣詩見示漫賦有云君家兄弟才難伍甫里身名動江左揮毫落紙氣凌雲坐令長才失千古戊戌歸自南海有席上留别陸兄詩陸名世楷字英一號孝山平湖人戊子以貢授平陽通判遷登州同知擢守南雄歷思州府引疾歸結方外社與禪人通復今釋縱譚清淨理通復字文可嘉興人工詩今釋者前進士金堡衛公也官御史託於禪悦孝山守南雄日為治丹

霞精舍以居歸後舍之于東園終老焉弟葉原名世枋
字義山號雅坪由中書入翰林累官閣學竹垞少與同
學爲孝山墓誌稱其於詩歸風合雅不墮叫囂之習子
聚侯太史奎勳一字坡星年十二即能詩族叔匡山贈
句云鵠水才華盛吾家太守賢生兒年十二詞賦自翩
翩游京師與楊次也沈厚餘柯南陔有浙西四子之目
嘗選定十二唐人安詩集行世竹垞題其居曰陸堂有
陸堂集易書詩禮春秋均有論著

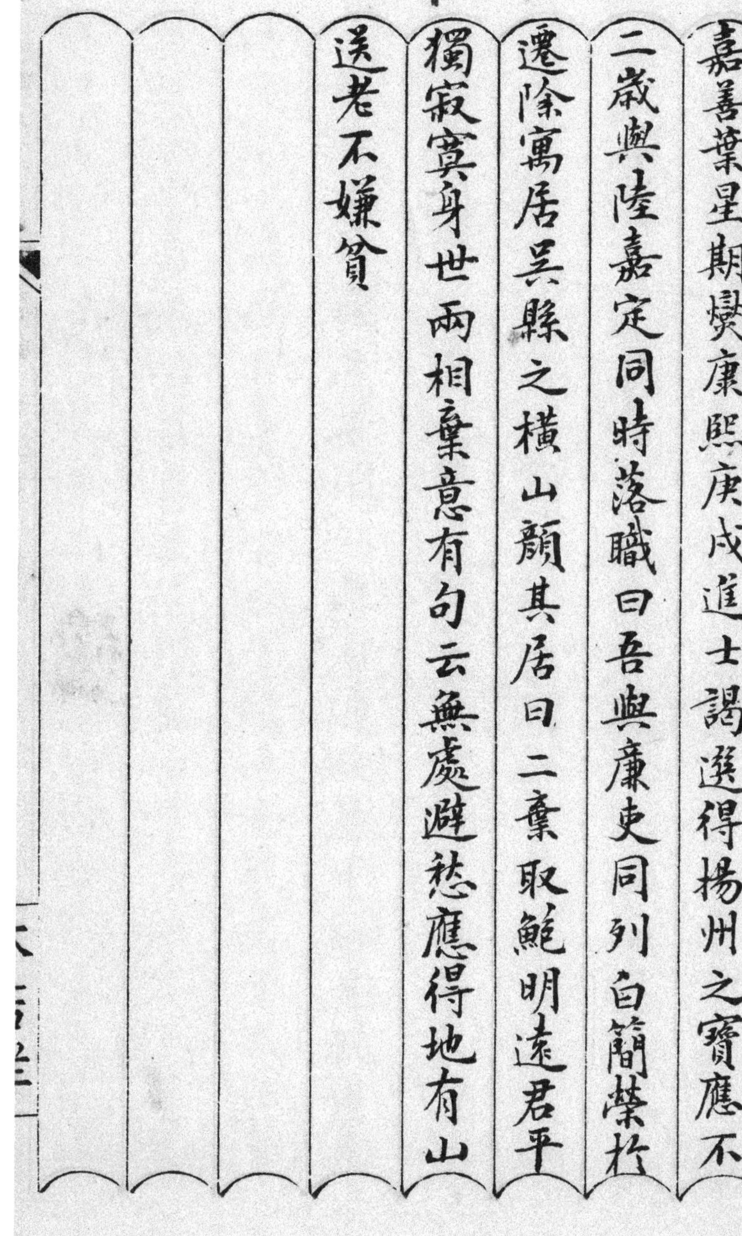

嘉善葉星期燮康熙庚戌進士謁選得揚州之寶應不二歲與陸嘉定同時落職曰吾與廉吏同列白簡榮於遷除寓居吳縣之橫山顏其居曰二棄取鮑明遠君平獨寂寞身世兩相棄意有句云無處避愁應得地有山送老不嫌貧

仁和龔蘅圃介岑光禄佳育子少日喜爲樂章介岑開
藩江左署有瞻園竹垞武曾分虎及沈融谷明府皡日
南渟上舍岸登皆在賓榻刻有浙西六家詞又屬王石
谷寫瞻園舊雨圖以貢士官主事擢御史同日上兩疏
一參吏尚熊賜履欺罔一參右通政張雲翮忘親匿喪
時文端以講學負重望雲翮係靖逆侯張勇子尤怙勢
復疏劾雲貴總督趙良棟張趙皆出孟忠毅麾下以平
吴逆擁節鉞父子兄弟爲美官恃功驕縱疏上尤震悚

十年不改官致仕歸貧甚至舉家食粥閉門以詩詠自
娱未嘗於監司郡邑有所干請常有句云官裝兩世差
堪詡没箇人間造孽錢有田居詩稿紅藕莊詞玉玲瓏
閣叢刻玉玲瓏宋宣和花石綱石也上有字紀歲月蘅
圃得之因名其藏書之閣晚年移家白洋池畔自號田
居舊宅已易主矣竹垞詩蘭臺有柱史敢諫名不虚奮
舌彈將相收身還里閭過其田居留飲作也

石門勞介巖有句云酒能供客醉花不厭官貧康熙丙戌三月補右通政紀事詩云一官坎壈人皆有七度銀臺世所稀戊子由僉都御史晉副憲十二月以密題皇儲復位押出國門甲午卒年七十六

會稽羅坤宏載嘗舉乙未鴻博精小學能篆刻偶作竹木奇石法老蓮毛大可謂其新詩能到劉河間平視邊徐一輩就亭絕句云朝望江口雲暮看江心月芳洲翡翠鳴沿流孤棹發遥遥吴與楚悠悠二千里飛來渡口雲化作清江水所爲游記雖小品頗善摹寫每讀一首如展畫一幀

姜西溟以古文詞名動公卿薦修明史食七品俸初白詩有舉場老負十上名史館貧支廿年俸之句康熙丁丑年七十始捷南宮以第三人及第授館職嘗與宗人約買錢塘東園屋將告歸遂初爲送項霜田溶歸杭州句云我愛東園宅繞池青琅玕主人有成券卜居諒非難所願遂隣並非久同盤桓又送湯西厓編修移居句云一椽如可託準擬住錢塘其眷眷如此己卯主順天鄉試以同官事牽連挂吏議發憤死刑部獄中卜居之

約徒成虚語其書得晋人筆勢徐壇長葦間先生書册跋云宋元後學書者風神則趣米姿媚則趣趙近日董體更多尤苦無筆獨存膚殼傾欹纖弱之習風績斯下先生詩云人情皆米董吾意只鍾王古調歌難竟時眉畫易長先生之書品固有位置矣有研爲渠汾舍人擊碎江都顧書宣圖河爲賦斷研歌云姜候斫小纔如掌（接下）

姜西溟題南齊旌表華孝子小像詩序謂劉裕以義熙十三年秋八月至潼關命王鎮惡大破姚丕軍遂入長安其年十二月裕將東還三秦父老留之不得以弱子義真都督雍涼秦州軍事留鎮之孝子父豪戍長安當以此時時孝子年八歲臨別謂曰須我還當為汝上頭既長安陷孝子七十不婚冠有問者輒號痛彌日自古篡竊若王莽懿操父子俱未嘗親弒其故主也至零陵賊殺自後禪授之際習以為常裕之子孫亦嘗身罹其

毒而君臣之道苦矣獨孝子終身思父不婚冠此其所關於人倫甚大南齊時同郡有薛天生劉懷胤兄弟皆以孝行旌然子独以孝子之所遇有足感者故疏其事於像左且繫之以詩槩義熙十四年沈田子以掩殺王鎮惡伏誅長史王脩被讒死群情解體夏王勃勃遂進據咸陽走義真積人頭為京觀號髑髏臺從此中原分裂生靈塗炭於戰爭又百餘年然後合而為一蓋忠孝失而人類幾乎滅矣此西漢之所以致慨也其詠史小

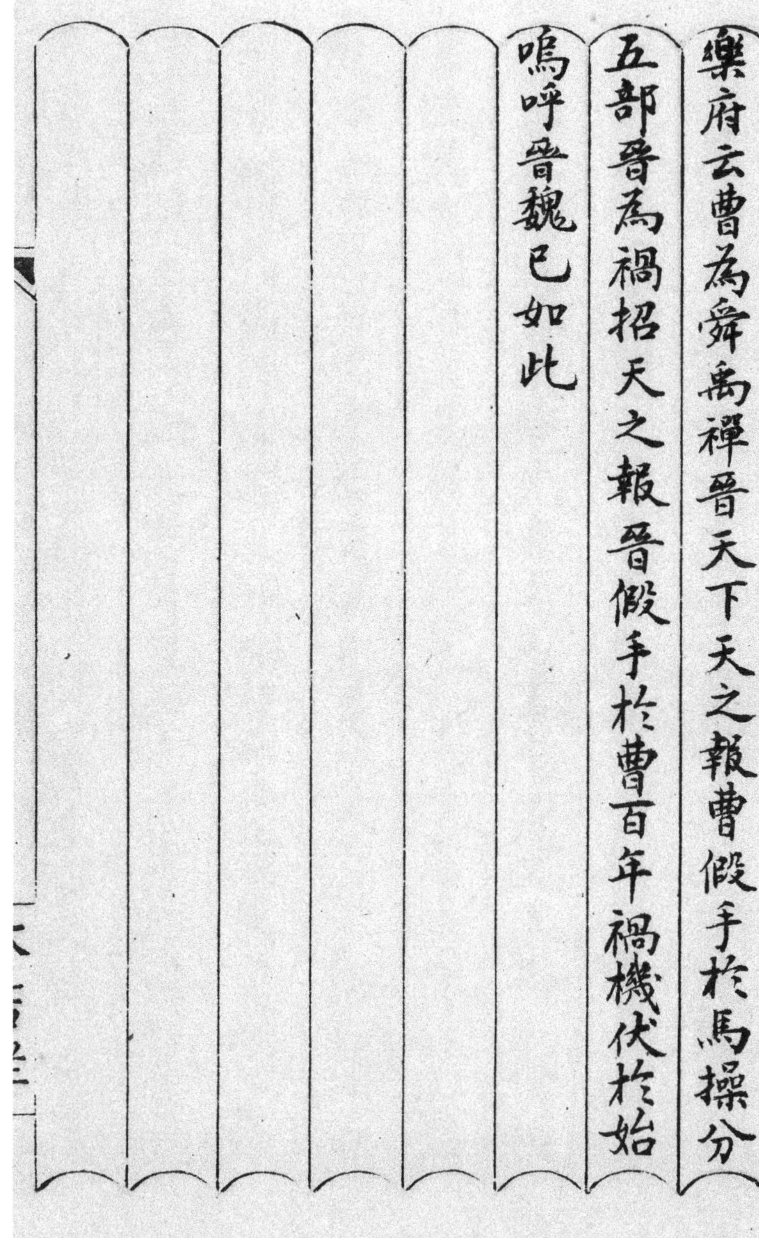

樂府云曹爲舜禹禪晋天下天之報曹假手於馬操分五部晋爲禍招天之報晋假手於曹百年禍機伏於始嗚呼晋魏已如此

女史趙子惠名昭寒山隱君宧光女孫生有夙慧父靈均母文端容鍾愛之適平湖馬萬方子班夫婦不相得嬖妾正位遺書決絶先有上父書至是又上馬氏宗族書號痛自明卒不見省遂祝髮爲尼改名德隱結廬洞庭西山以終有侶雲居遺稿先是合巹之夕昭即叩班所學班謬以翁作誇耀之昭哂曰平平爾萬方聞而大嗛故終風之戚陰雨之悲皆蔑如充耳未幾遭國變禾中謀起義兵萬方以宦族亦廁名其中事敗竄匿無所

乘舴艋夜叩西山庵門昭從内察語音似翁迎入中堂執子婦禮再拜請曰自入空門諒無骨肉相見期矣不意大人倉卒至此萬方具道所以昭掃除密室居之晨夕供飲膳久之禁漸弛隸故里于湯谷東昶當湖雜詠云侶雲詩句絶纖塵住處無人得問津賸有無窮家國恨小蒸休説管夫人有題仲姬畫竹云宋室山河多少淚絶無一點到穌篬故云胡

嵋飛谷題子惠上父及馬族二書後云牧圃亭臺暮靄空寒山蘿薜泣秋風惟餘一滴傷心淚沁入苔牋血縷

紅牧圃馬氏别業也

烏程夏駰宛來康熙戊午以歲貢舉鴻博時浙江學使程某爲魏環極劾其簠簋不飭辭連宛來宛來致書環極自陳其誣言學使未經抵浙先已入都然事未得白竟不獲與試工古文與趙天羽黄門友善康熙七年黄門令交山有巨寇爲民患設方略討平之宛來時客幕中與有力焉因紀事爲交山平寇本末三卷有爛谿集陽灘云疊嶂周遭瑶碧蒼茫去住閒萬松明遠雪一碓響空山背日柴門靜穿雲樵路閒此中真可樂漂泊幾

時還

平湖沈南淳岸登詞居浙西六家之一閒作水墨逼真
雲林詩如江行云見說垂楊渡人家尚姓蕭渚花叢出
岸山木仆成橋馬踏明沙缺鵶啼廢殿驕誰知朱雀桁
裊裊亦飄搖曉發唐山云小郭衝晨去編篷只數家沙
明猶見月籬缺不遮花宿鳥句春語香醪趁馬賒山風
無檢束容我帽簷斜又葉星期梧蒼道中云蕭然倦策
度重巒絕壁摩天傍斗看游子傷心悲九折美人遙睇
隔千盤啼鴂花信他鄉到瘦馬衫痕落照寒不斷亂雲

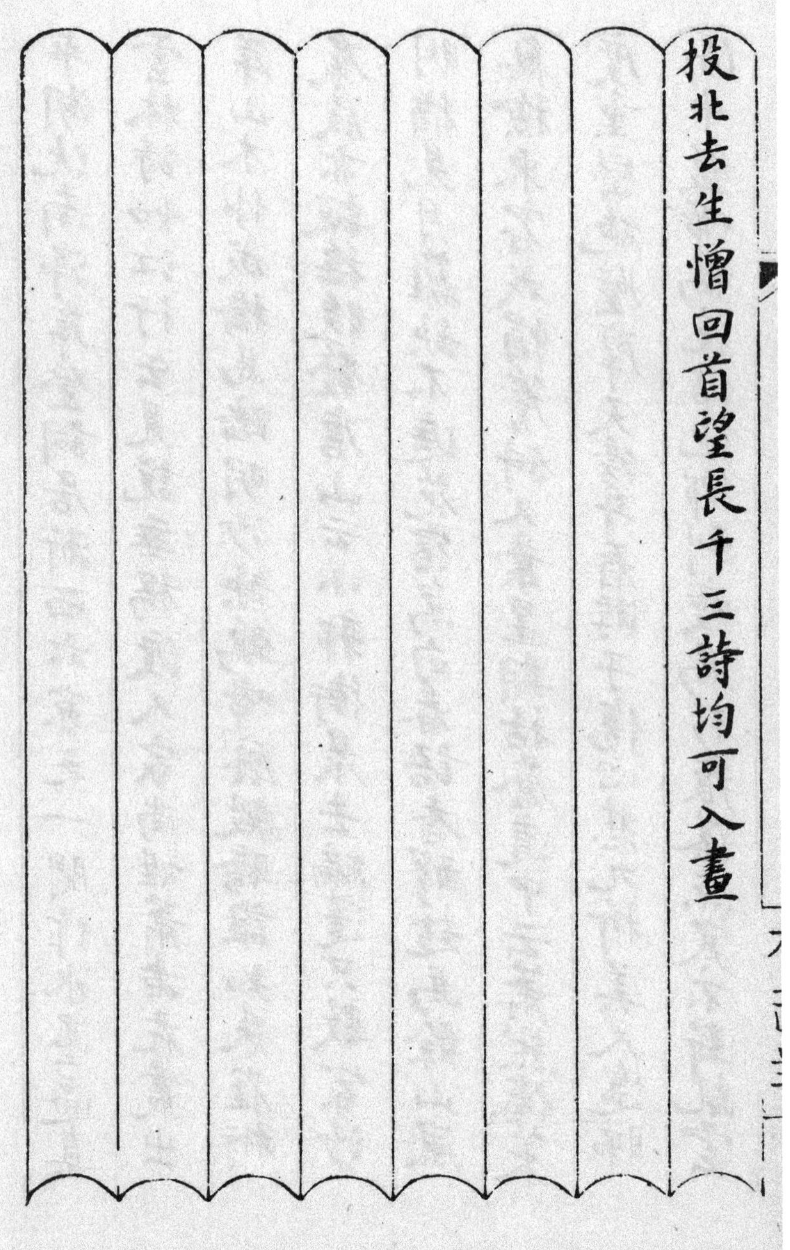

投北去生憎回首望長千三詩均可入畫

歸安徐行還園有德舒堂集樂府最佳善哉行云飢虎在山藏怒不吼五采斑然望之如繡如迎斯步如拜斯伏視為騶虞引躬暱就歎笑幾何攫肩及脰居不擇交莫不顛覆藹藹麟趾實為德鄰道遠莫致涕泗悲辛雞鶩在野甘與為倫雌伏雞卑不與禍親日入崦嵫詰朝東出閶門夜寢嚮辰起櫛言近旨遠漢魏之遺世乃有引虎自衛認賊作子之事執大政者毋乃悠悠其怨歌行云九月露為霜裳衣與時易奉時宜棄捐非君忘夙

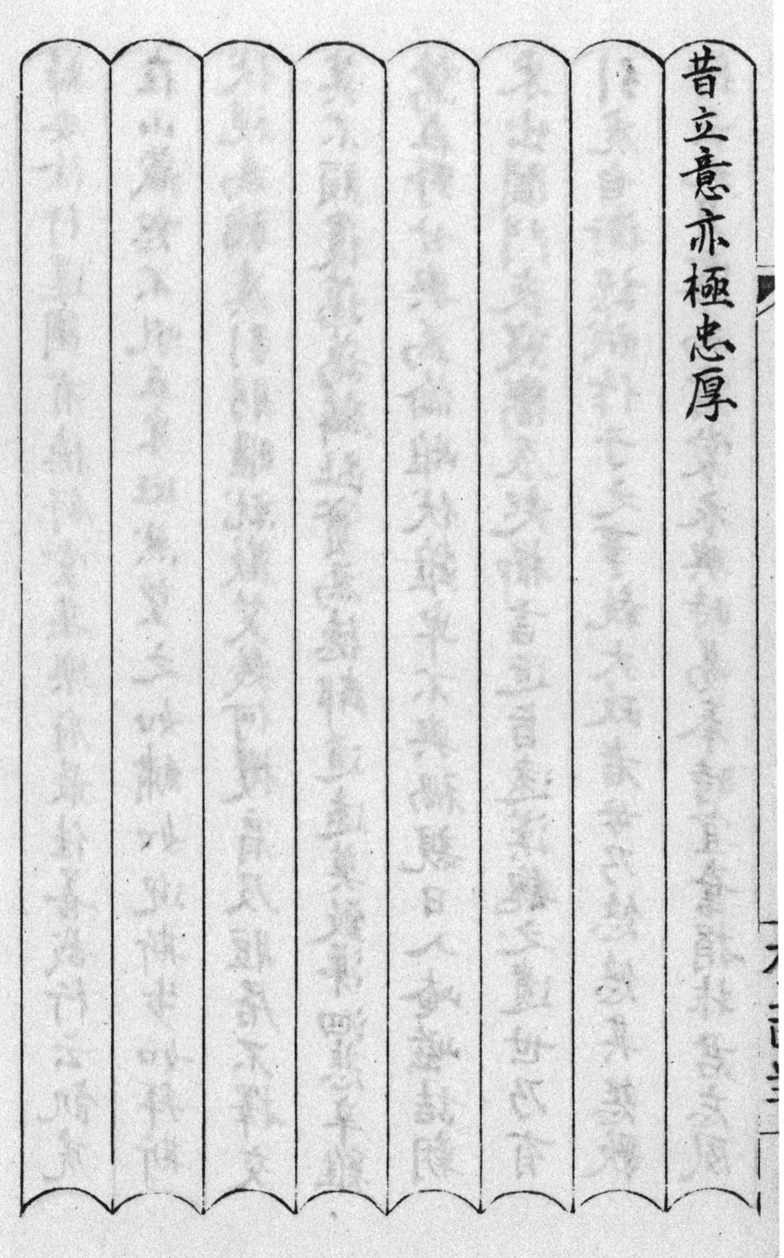

昔立意亦極忠厚

海鹽王可菴世臣爲敬業堂入室弟子詩如半畝池開魚在鏡三間屋矮竹遮窗閒街斜日收魚網遠寺殘鐘起暮鴉雖意盡句中自是初白家法初白嘗稱韓柘田閨思云銀瓶落井無消息紅豆開花有信期秋晚云流螢收火原歸腐絡緯停梭漸著綿則較可庵爲饒情韻矣柘田嘗與匠門秀野查浦分賦送春斷句云花風吹到酴醾雪不信紅歸春亦歸匠門改一落字曰如此則七字俱活矣柘田稱爲一字師柘田名戴錦又號半鄰

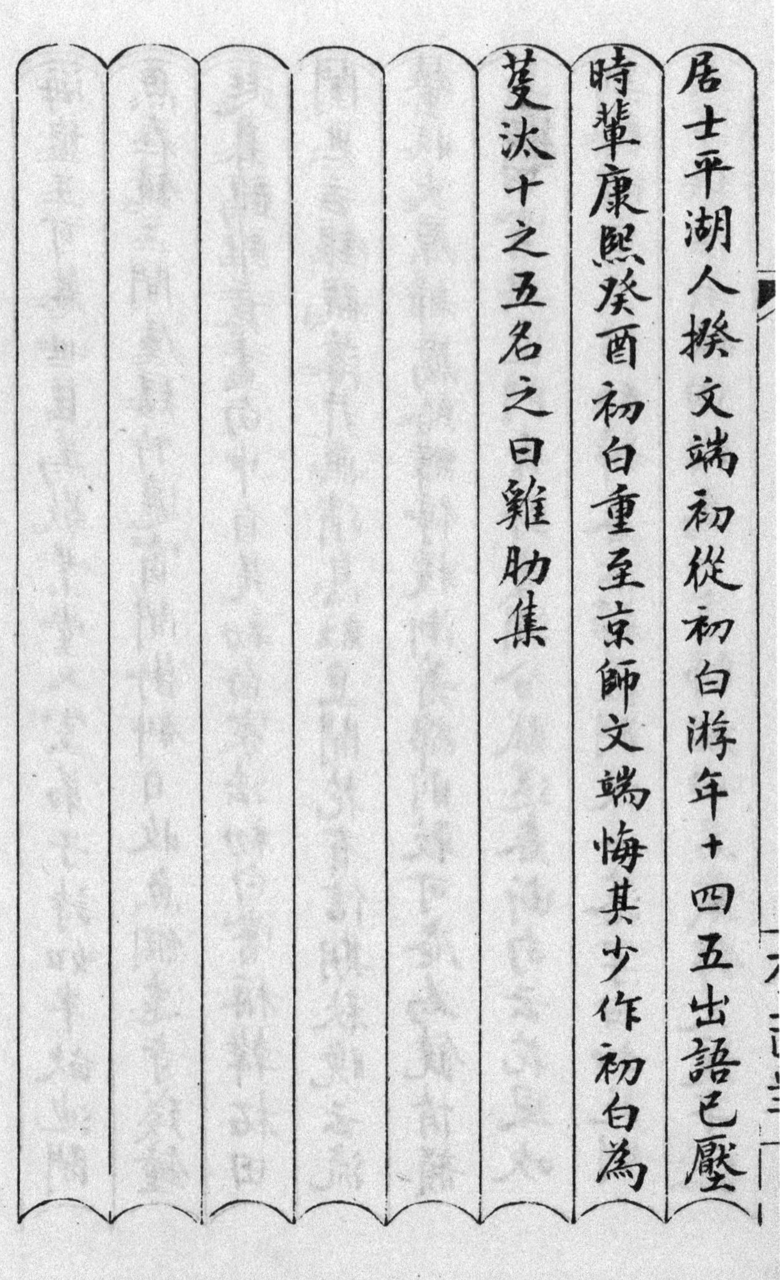

居士平湖人撰文端初從初白游年十四五出語已壓時輩康熙癸酉初白重至京師文端悔其少作初白爲芟汰十之五名之曰雞肋集

吴戴山司空秉謙家世山陰從龍隸漢軍於留村為從孫行尊人静菴先與徐滄浮善遂令受業其門静菴夙證禪悟庭幃雍肅滄浮寄戴山詩所謂入室傳經舊趨庭佩訓頻究知聞道日益重服官身也以中書官水曹康熙丙寅四月聖祖御乾清宫親策試群臣千有餘員戴山擢置高第篤師友之誼滄浮表兄趙南浦卒於都門遣使肆其遺骨嘗治水下河從征塞外自吏部出守東萊洊至卿貳滄浮子詩鈔十卷其所校訂也

詩事丁

沈大誼婦廖氏開封人美容儀工挾弾走馬及鞦韆蹴踘高絙諸技術大誼不能治生賴以活流寓東南所至人遮道觀聚如堵墻嘗於烏程道上群少年方逐射頗見紙鳶起一人出錦織成約曰即中與君錦不中罰如直于是少年皆不中廖行而前曰妾請為君彈之一發而得載其錦以去李武曾嘗呼之園舍中使盡其技鄉比從屋上窺之皆歎絶武曾戲作一詩云傳語東君道牆西别有春桃花三十樹齊笑錦襠人後移居嘉興之南村值歲大旱村人多絶食廖爲給一月糜賴以全者數家亡

何大誼死慨然曰吾少之所爲長而悔焉所爲浮沉者壻非此不活也今壻死罪復爲辱人賤行哉遂薙落著比邱尼服邀其鄰一老嫗者俱入皋亭山結茅屋惡衣糲食焚香誦佛見者不能狎也廖生長江湖之上嬉戲躍冶久矣既美顏色負絕世之技不幸夫死使不自愛其身則土豪俠少且爭致之頤含此不爲作苦居深山終其身不得以方技少之武曾聞其事復詠一詩云調笑紅埃二十年翻令襯者悔從前美人一自歌黃鵠不博纏頭財紙爲蓋自歎昔之淺于窺氏而天下英傑無以自

見託于藝術者之未嘗無人也

黄梅子抱樹不落浙中有之海寧曹烈婦詠蠟梅詩添得冰霜枝葉無此花自與衆花殊共知秋菊貞心在尚有黄梅抱樹枯

石門詩人自貝清江後明季覲察郭舜舉源本王李孫子度
淓牧齋之門有劍南風度吳孟舉少與從姪自牧同學所作詩
俱效伯敬隱秀軒體年十六七始交晚村又共摹初盛唐互相
礱錯後乃數變而爲宋人蘇黃之詩藥葉村莊及橙齋足不
踰户外刻宋詩鈔於青壇侍御震方爲從祖行而年齒相若
青壇己未通籍廷議時力主開下河闢海水高於内地之説且
請去攔黃壩反復力持者三興湯文正合卒以建言里居興
孟舉詩版往來無虚晨夕癸未南巡賜御書復其官青壇

摘香山詩中字曰晚樹樓以名其集輯有朱子論定文鈔進呈
御覽刻有說鈴一書詩亦隱秀多風句如豆花香似烹新芥竹
影深如對遠山亦類孟舉辛未七月蝗自江北渡江至毘陵數
郡遭害有諭蝗四十韻附預除蝗種法亦司牧所當留意也

康熙戊午浙江織造金某以事入朝　聖祖手書七言絶句詩一首以賜云九重夜静御鑪香墳典披觀意味長爲念兆民微隱處孜孜不怠撫遐荒惓惓爲民之意隨時隨事無非爲天下生民計與虞廷賡歌無非百工庶事之交儆若出一轍即夜静鑪香披覽墳典亦爲漢唐以來僅事也

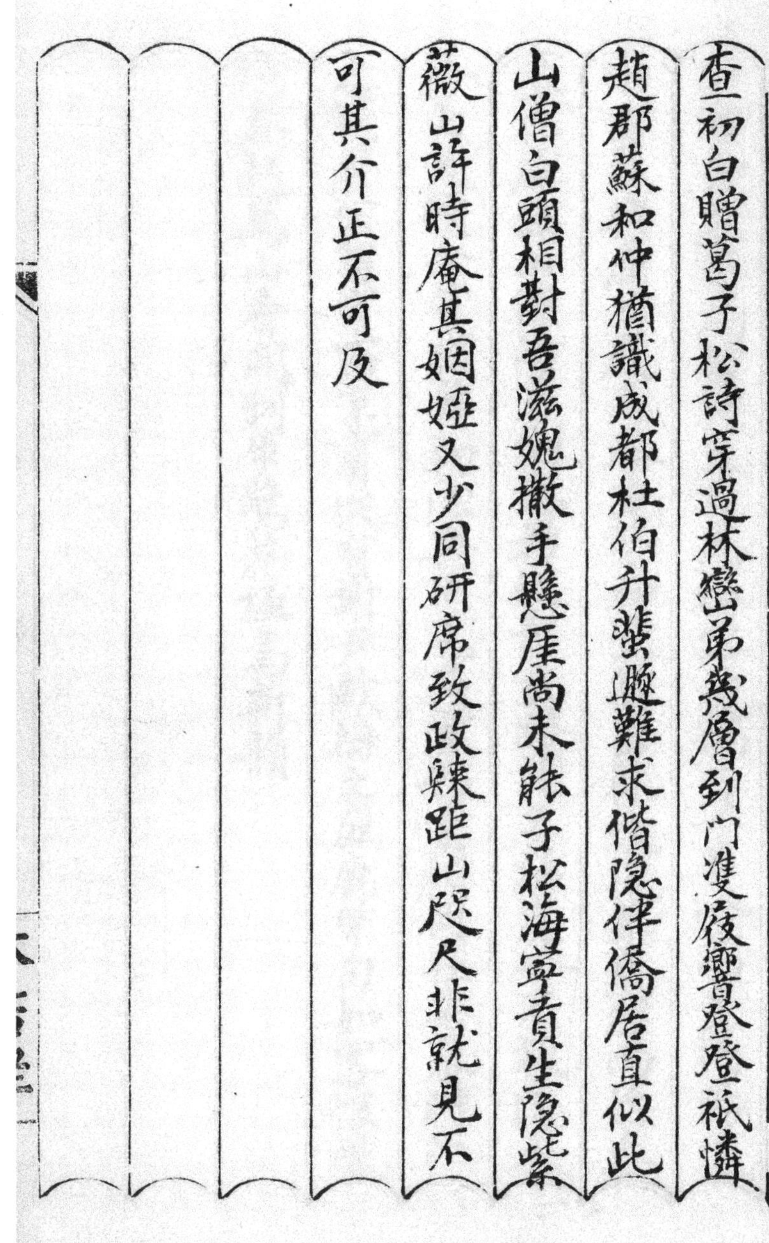

查初白贈葛子松詩穿過林巒第幾層到門雙屐響登登祇憐趙郡蘇和仲猶識成都杜伯升避難求偕隱佯僑居直似此山僧白頭相對吾滋媿撒手懸崖尚未能子松海寧貢生隱紫薇山許時庵其姻婭又少同研席致政歸距山咫尺非就見不可其介正不可及

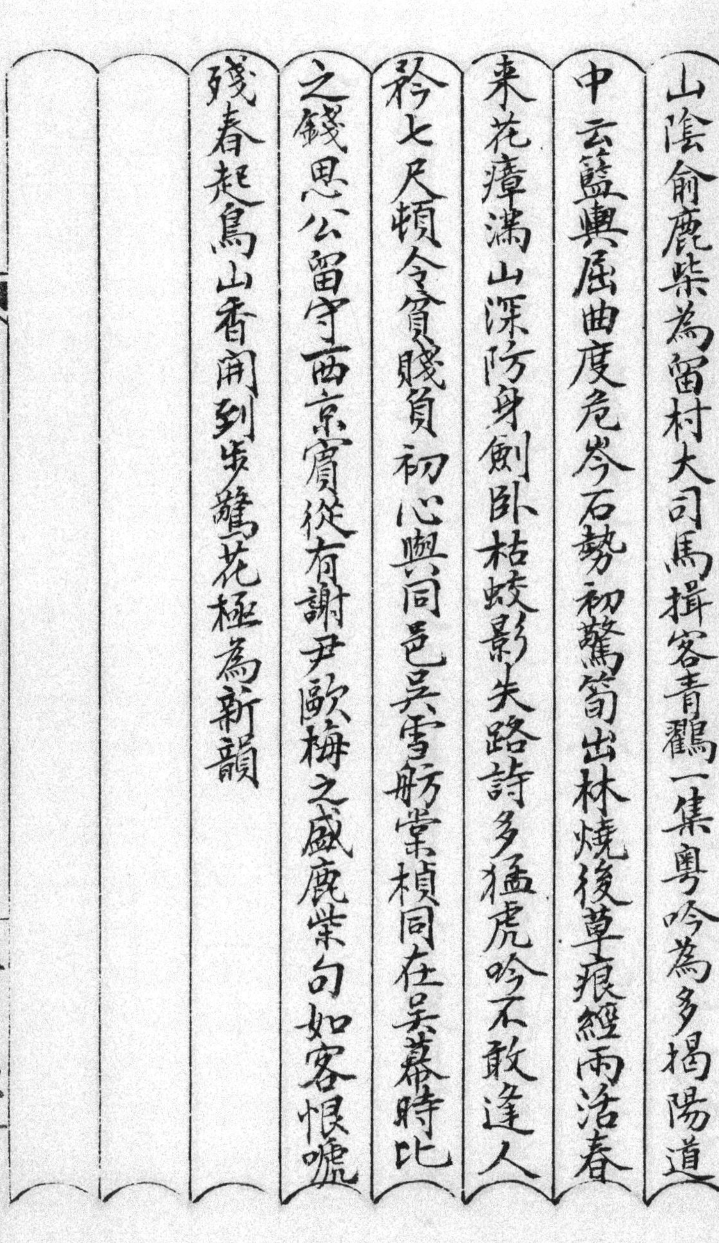

山陰俞鹿柴為留村大司馬揖客青鸛一集粤吟為多揭陽道中云藍輿屈曲度危岑石勢初驚竄出林燒後草痕經雨活春来花瘴濕山深防身劍卧枯岐影失路詩多猛虎吟不敢逢人矜七尺頓令貧賤負初心與同邑吴雪舫棠楨同在吴幕時比之錢思公留守西京賓從有謝尹歐梅之盛鹿柴句如客恨噓殘春起鳥山香鬧到步鷓花極為新韻

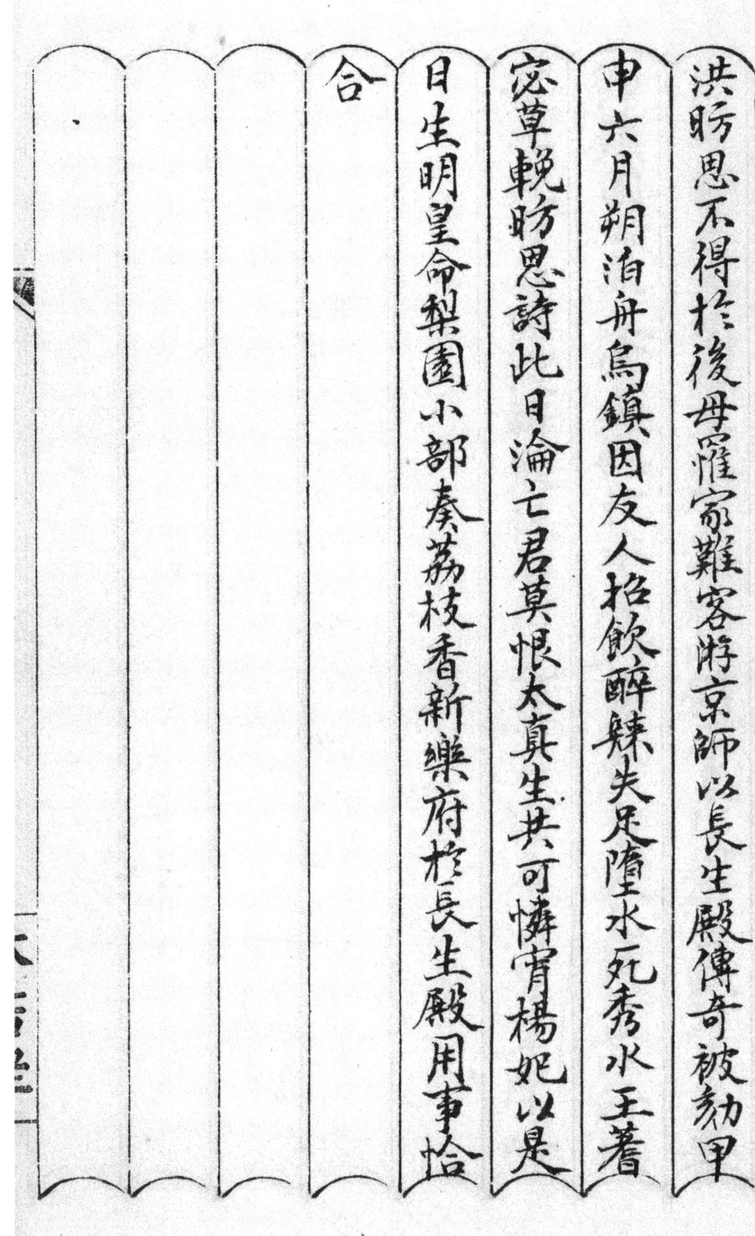
洪昉思不得於後母羅家難客游京師以長生殿傳奇被劾甲申六月朔泊舟烏鎮因友人招飲醉棘失足墮水死秀水王著悉草輓昉思詩此日淪亡君莫恨太真生共可憐宵楊妃以是日生明皇命梨園小部奏荔枝香新樂府於長生殿用事恰合

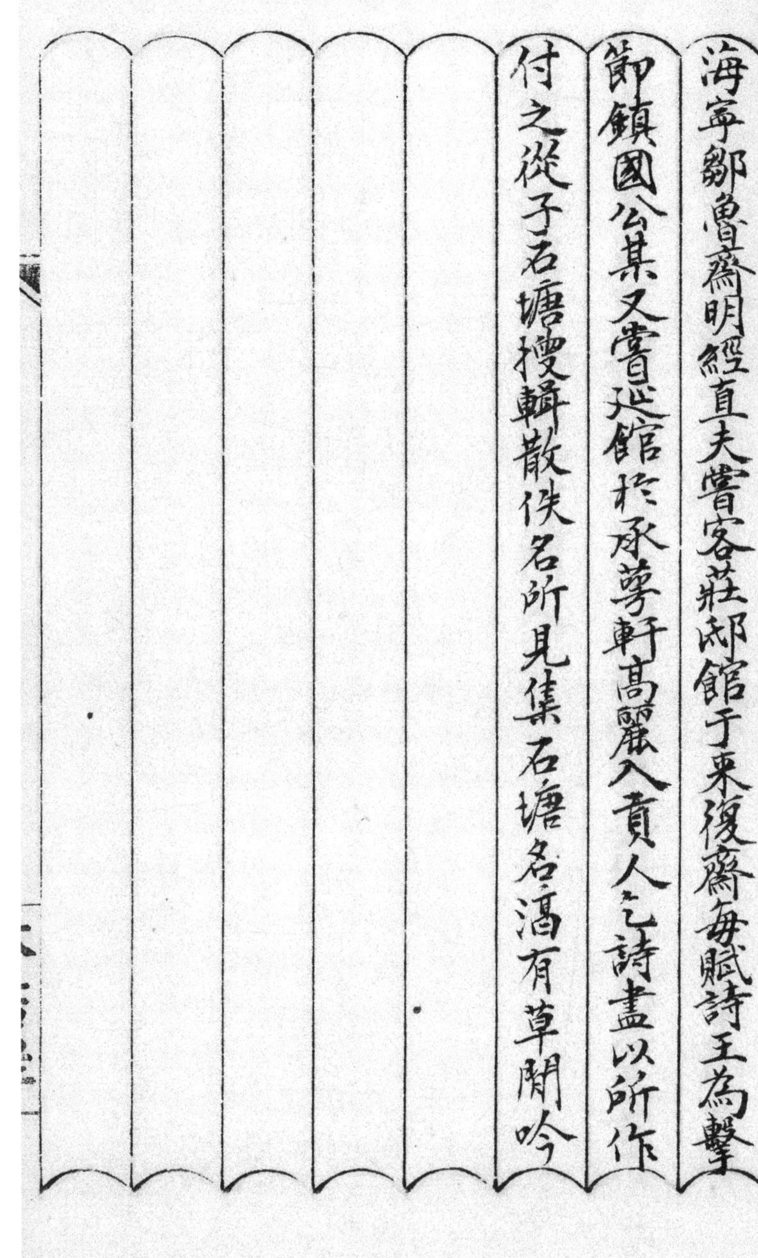

海寧鄒魯齋明經直夫嘗客莊邸館于東復齋每賦詩王爲擊節鎮國公某又嘗延館於承萼軒高麗屢入貢人乞詩盡以所作付之從子石塘搜輯散佚名所見集石塘名澹有草閒吟

鄞張夢山大令起宗少學詩於李杲堂雜感句云花事愁中過
如天未有春可稱独絕馬澄園竹林寺句云得蔭鳥忘天意
正相反澄園名銓陸梯霞門人

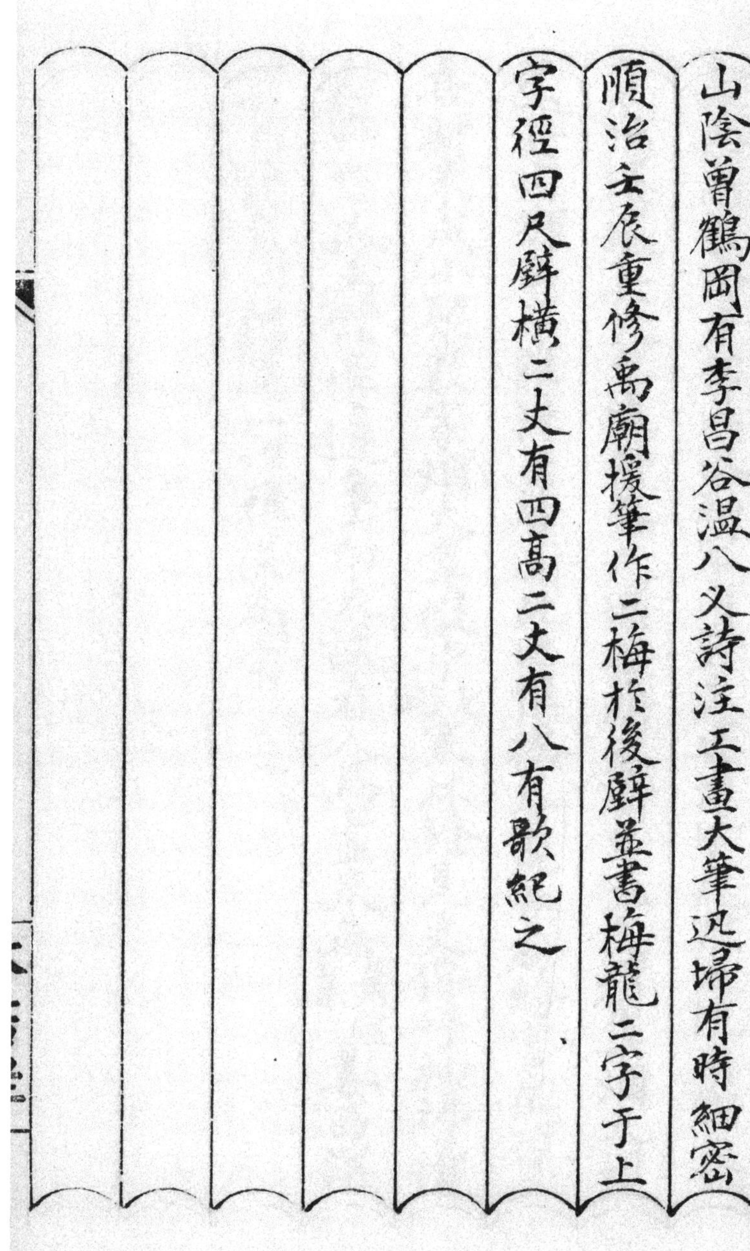

山陰曾鶴岡有李昌谷温八叉詩注工畫大筆迅埽有時細密

順治壬辰重修禹廟援筆作二梅於後壁並書梅龍二字于上

字徑四尺壁横二丈有四高二丈有八有歌紀之

嘉興高子修户部以永初宰内鄉遷安州皆瘢難之地内鄉與襄陽接壤兵火之後村落久墟綏輯未踰年流民蝟集烟火相望其内鄉山中雜詩云昔聞此地惟榛莽麋豕紛紛害歲功且喜新來成小聚數家烟火翠微中七峪寒林鐙見吏傳呼袖拂清霜野店孤土銼旁邊争向火試看人馬盡來無蕭家集姜西溟謂其詩匠心独運一以雅淡為宗

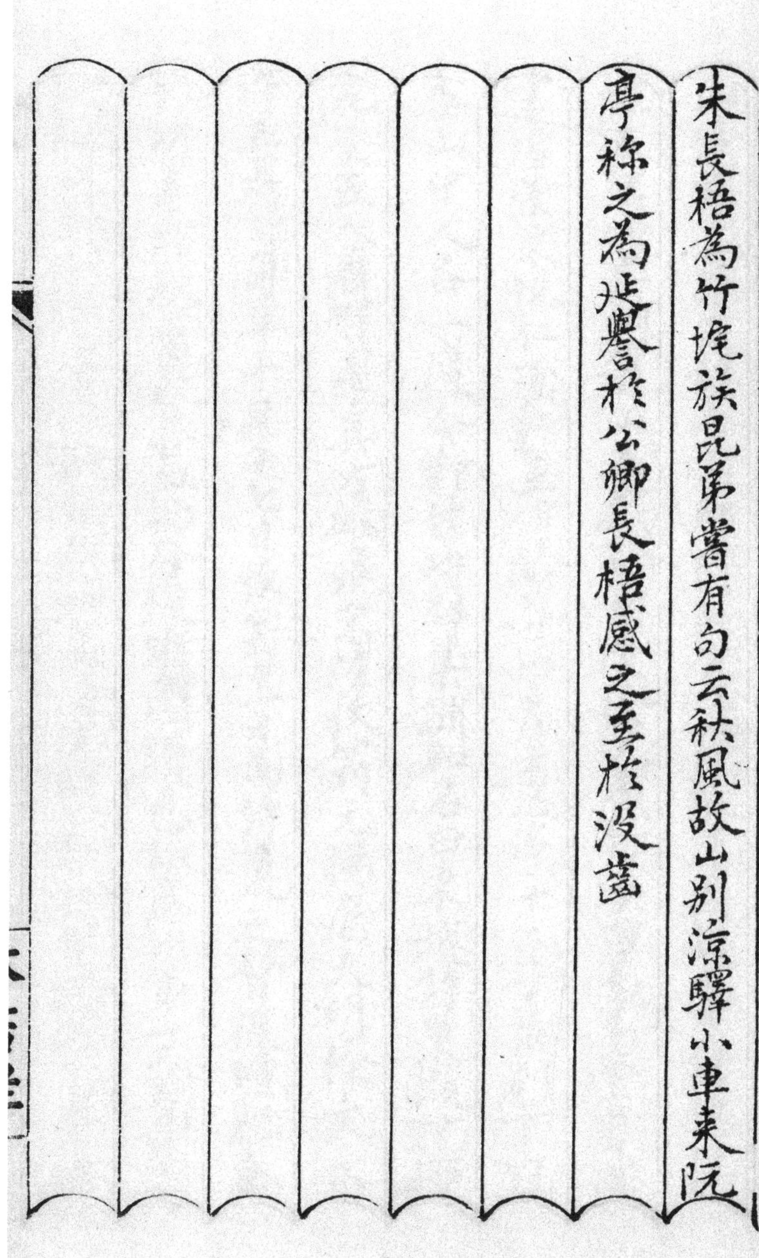

朱長梧為竹垞族昆弟嘗有句云秋風故山別涼驛小車來阮亭祿之為延譽於公卿長梧感之至於没齒

山陰劉正誼戒謀合同郡商和介廬施敞蓮溪錢爲霖飛石渠厲煌石渠何嘉珝筍山王鶴齡素堂徐之熾竹溪田易易堂魯曾國書雪堂朱悅仁查軒王价齡芥山魯士思亭十二子藥別業宛委山中人各一廬令節佳時群集訓和名曰東越詩巢擬祀鄉先生五人唐賀李真方雄飛宋陸放翁元楊廉夫明徐文長作五君詠每年十月十七日放翁生日爲詩巢之會後增祀秦公緒辛卯秋唐執玉益功分校浙闈得戒謀卷以第一人薦主司欲抑之魁列同考以疑詞相加益功矢誓激切爭論經旬竟被

黜落召之餘不為題梦墨齋額引渠藥亭太史未遇時陳元孝贈之詩曰一第蹉跎何足歎貴人傳者向無多為勗謂不必爭目前之尺寸亦足紀也盖功姜西溟门人嘗與戒謀共輯華聞詩集

錢唐陸曾禹汝諧編纂救荒之政爲救饑譜四卷乾隆四年同里倪穟疇給諫奏進之得旨嘉獎賜名康濟錄發武英殿刊刻賜穟疇表裏各二以示旌異汝諧嘗與毛稚黄及陸進藎思吴允嘉志上徐張珠暎川逢吉學珊王武功雒榮沈錫輅六飛趙沈壎漁玉周京穆門錢璜他石周崧曆巖王嗣槐仲昭傅光遇松巖翁必選尹若必遠超若朱宏直沈可璋解天泳釋顥鵬輩二十人有西湖讌會集其後穆門及鄭筠谷吴東壁厲樊榭杭

堇浦丁龍泓張柳漁陳句山施竹田汪西灝金志章江聲戴廷熺鷗亭汪臺復園梁啟心薮林江源敬齋頤之斑月田之麟寸田湖南詩社吟賞為盛杭州詩派稚黄源出陳大樽其弟子為洪昇稗村蔣淑静山張祖望弟子為湯可宗古田王武功雒榮毛大可弟子為朱樟鹿田袁宏謨雪坡新城門人有沈名蓀瑁芳而其子嘉轍門人陳楞山符幼魯衍其傳查田一派傳之楊次也沈萩林萩林弟子則成城衛宗為較著樊榭門人有張東

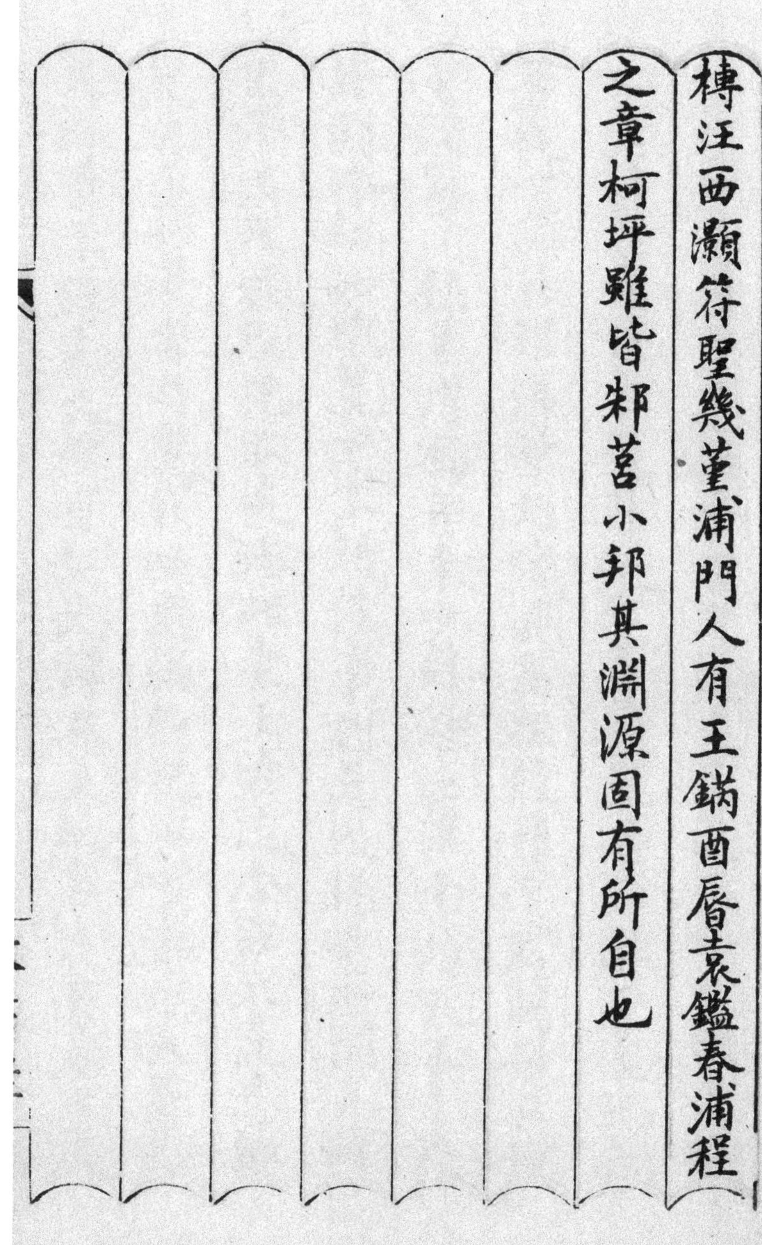

樽汪西灝符聖幾董浦門人有王鏘酉唇袁鑑春浦程之章柯坪雖皆邾莒小邦其淵源固有所自也

仁和邵呂璜少詹與修明史建文帝之死于火明史辨
之甚詳呂璜力主致身録等書之説退而撰帝後紀并
著從亡諸臣程濟等列傳其高祖經邦有宏簡録呂璜
有續宏簡録其贈馮再來少司寇云滇南越天末志乘
苦闕略相如絶麗才不聞修筆削近代楊升庵聞見頗
宏博滇程蒙段記亦復恣研索上古迄今兹未能悉諏
度先生好著書游覽窮幽邈編輯紀滇事亟推大著作
文詳事亦贍良史信有託此謂再來所著滇考再來天

台人於康熙初年官永昌軍民府推官取滇事之最著者分題彙輯爲三十有七篇庚申其中表戴慶華較定授梓尚有續滇考與南枝集詩文刼灰録見聞筆記諸書其建文遯跡一篇亦謂建文不死于火出亡在外諸書言之甚明當永樂時禁令苛切而不聞有告之以取寵者謂非有賢者相從以擁護之不能然矣友人傾輿山岱守武定併爲程濟等置主配帝於龍隱庵亦善善從長之意蓋與吕璜持論略同

烏程姚聚中明經德奎述祖德詩聖治惇寬大欽恤廣
皇仁惟慈故能勇百折必蘄仲袁安釋楚繫于公理
海濱歐陽夜折獄求生常達晨得情則弗喜大德體陽
春及覯吾祖蹟此理乃彌真兩粵安反側嶺海無冤民
陳臬江南時平反活萬人往旂訊難婦一一娕其親悍
帥恣報復飛語遭邅屯邅屯非所避予辜良苦辛自昔
逢百罹荼蓼靡所底　今上未親政無由籲司匭迢迢
歷數載嚴親出從仕對策鶯遷榜侍從鳳池裏兩上書

訟冤部查奉俞旨廷論皆云過終格前議止猶聞蒙難
初里巷皆罷市桐鄉在治城庚桑祀畏壘是非死乃定
天高聽如聰按明經祖延著字彖懸號榕似與兄季廸
給諫延啟同舉順治己丑進士按察江南值海氛犯金
陵居民有登高者邏騎得之提督某命立誅榕似力爭
得釋羊尾黨之獄禍連數百人白督府郎公勿興大獄
搖人心郎以付公公悉遣之有宿怨誣人叛者嚴反坐
之律陞河南右布政使未赴為某文致其罪以死康熙

丁未　聖祖親蒞政子陟山參議滔壽慈成進士授中書
詣闕詣冤未蒙存録高沙吴世杰謂天長賊劉青海掠
民牛馬鄭有姚陳七姓爲仇者誣以助賊榕似察其無
辜令釋之海氛既定大兵掠民間婦女閉大舟中令作
閩語聞有囁嚅者輒露刃恐之不敢張榕似廉得其狀
親詣河干計斥弁卒無使至前獲一少婦作吴語詰之
得實遂大書伊父兄姓名於榜疾呼得之給票護其歸
鄰舟婦相率號呼並使其家雜認之一如前遣歸者凡

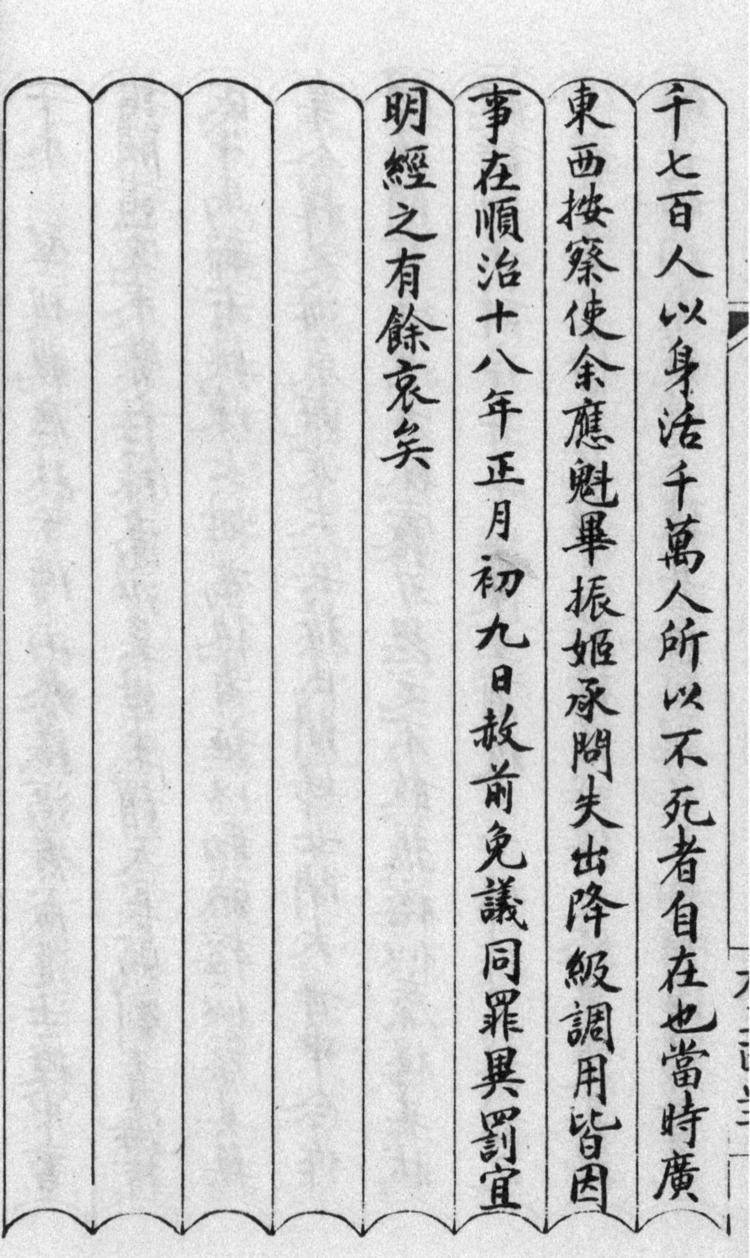

千七百人以身活千萬人所以不死者自在也當時廣東西按察使余應魁畢振姬承問失出降級調用皆因事在順治十八年正月初九日赦前免議同罪異罰宜明經之有餘哀矣

德清談未庵選部九乾學詩於吳孟舉學書於陳子文
嘗以事謫戍軍臺有從軍草句如花戀殘春剛試蕊松
横小澗不成梁杷冷晴鵶猶縮頸負暄霜樹亦開顏寫
荒寒之景如在目前道中書所見云陰厓莽莽山氣殊
野花著霧青模糊沿山四望片瓦無零星氊帳圓如盂
小者單幅矮柱扶大者高頂編細蘆透天罅出西南隅
木牀三角横東鋪中央烈火熾巨鑪一酋上坐兩足趺
衆酋旁立俛首趨酋婦拖髮肩環穿珠羖裘貂飾緣蒼狐

駝羹馬乳珍牛酥一茶烹作竟日餔停驂偶憩晝未哺
厥脊前迓行躍躍搴幔引及妻若孥以手垂膝傴其軀
欲語不語口囁嚅聽之不覺長嗟吁人生百年過隙駒
朱門畫閣成榛蕪穹廬雖小頗足娛春田苜蓿秋田秧
六齡稚子貌且都雙目晩視能彎弧團欒一幅家慶圖
予獨何爲在道途君不見啁啁唽唽草際呼夜向南飛

小鷓鴣

嘉興李秦川宗渭為秋錦從弟有瓦缶集古體多于近
體五言遒于七言于唐人詩酷愛太白康熙癸巳以經
元舉北闈除永昌知府未任卒玉山雨泊云玉山山頭
雲正飛玉山城下夜何其愁雲變作半山雨風吹不度
西江西舟中行客起太息三月辭家隸未得何年芳草
憶歸人已去青陽應可惜荒城鼓角無人聲天明未明
春水生

桐鄉馮伯陽司寇善寫山水張瓜田謂其有董文敏筆意晚年愛以小幅自娱有題畫詩云山頭雲藹藹山腳水粼粼矮屋休嫌小開門處處春雍正五年督蘇松糧儲革斛面耗米鎮江匠某善造斛可伸縮不露纖迹歲取厚酬嚴訊置之法謂浮收之數以斛口大小為多寡部頒斛式方扁口徑大宜博其底崇其身中符舊額所受米數口冒以鐵令薄滑不可駐粒米斗方如斛升規之並改用小口沮於漕帥申議云斛惟所受畫一為準

不必拘形製譬之尺止論度之長短砝馬止論數之輕重巡撫韙其說令試為之民大稱便頒他省皆仍舊式乾隆辛酉運軍以南北斛口大小不同訴漕帥部議將罷變法者其明年陳文肅公始如公製奏上報可改鑄鐵斛頒行蘇松閶呼小口斛為馮斛云

歸安沈厚餘編修樹本晚號觭翁詩出入眉山劍南間與海寧楊次也平湖陸陸堂嘉善柯南陔稱浙西四才子汴城南昌長沙懷古諸作俱佳短簿祠云東亭才藻滿東吴何事低顔事老奴遂使軍聲齊處仲可知祖武是東吾彛婚謝傳情原厚入幕郗生迹不孤今日靈祠薦杯酒阿瓜風貌尚堪呼語極藴藉

桐鄉呂堃筒坡有題余澹心板橋志後詩四首其序劇
佳今並錄之文云曼翁當鼎革時賸水殘山潸潸淚眼
祖香草美人遺意記南曲珠市諸名姬述其盛衰悲其
聚散一寓睠睠故國之思至一唱三歎著淑慝寄褒譏
抑微而顯矣此自序有知我罪我之説不誣也特借酒
于歌兜狎客冶游豔遇之勝使人目駘神蕩歷百數十
年都被騰過其曰雪衣曰眉樓曰董宛曰馬嬌諸名色
大抵行役大夫之彼黍彼稷耳所見不同興懷則一尤

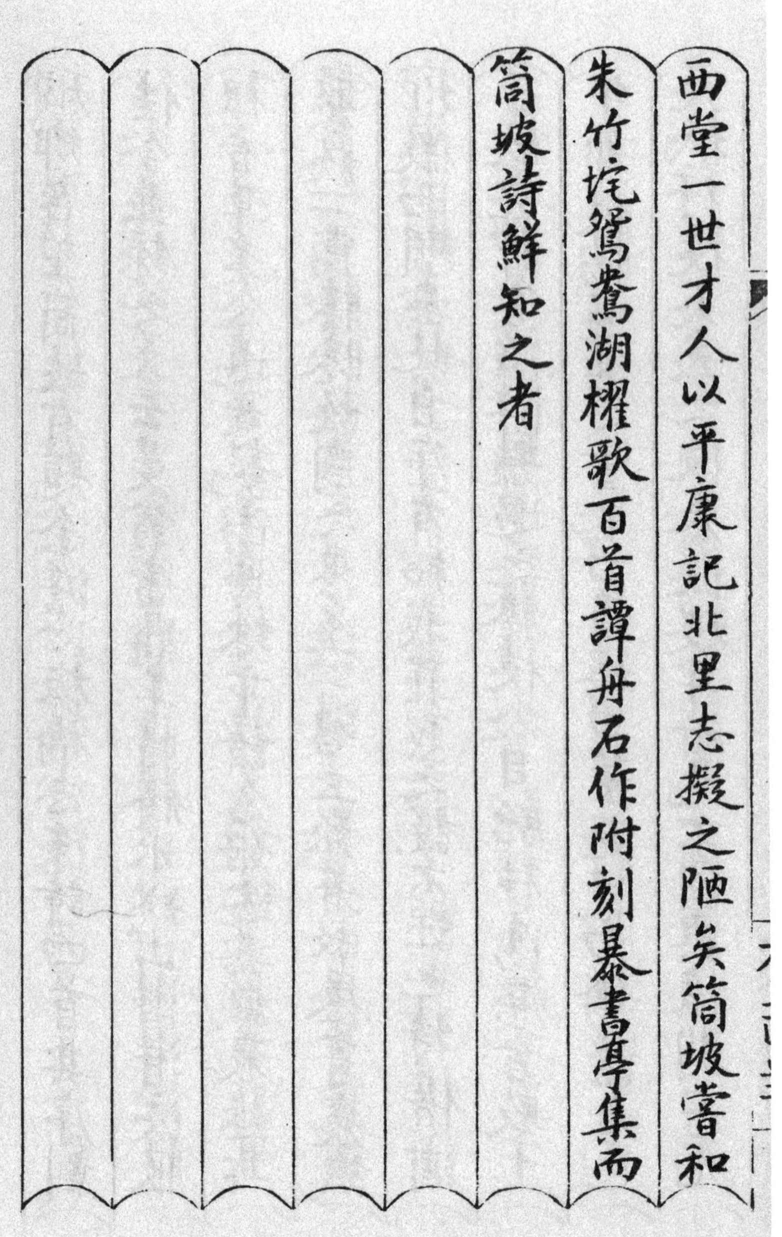

西堂一世才人以平康記北里志擬之陋矣筒坡嘗和朱竹垞鴛鴦湖櫂歌百首譚舟石作附刻暴書亭集而筒坡詩鮮知之者

陳訏言揚本海昌人得鄭端簡公故宅遂移家海鹽從黄梨洲受籌算開方後請卒業句股著句股引蒙五卷句股述二卷嘗渡錢塘江登岵山謁禹陵過曹娥游天台其華頂至石梁從樵徑行深澗中偪側可怖坐石梁縱觀瀑布欲渡不敢緣山行乃出其後諸作縋險鑿幽窮赤城之勝可抵興公一賦

秀水盛丹山學正楓盆花云木性本條達山翁乃多事
三春截附枝屈作迴蟠勢蜿蜒蛟龍形扶疏巖壑意小
夢試嫣紅清陰播蒼翠擕出白雲來朱門特珍異售之
以兼金閑庭巧位置疊石珍磊砢鋪苔蔚鱗次嘉招來
上客讌賞共嬉戲詎知根榦薄未久倏憔悴始信矯揉
力托根非其地供人耳目玩終慙棟梁器芸生各因依
長養視所寄賦質諒亦齊豈乏干霄志遭逢既錯誤培
覆歆其類試看千尋松直榦無柔媚託興甚為深遠

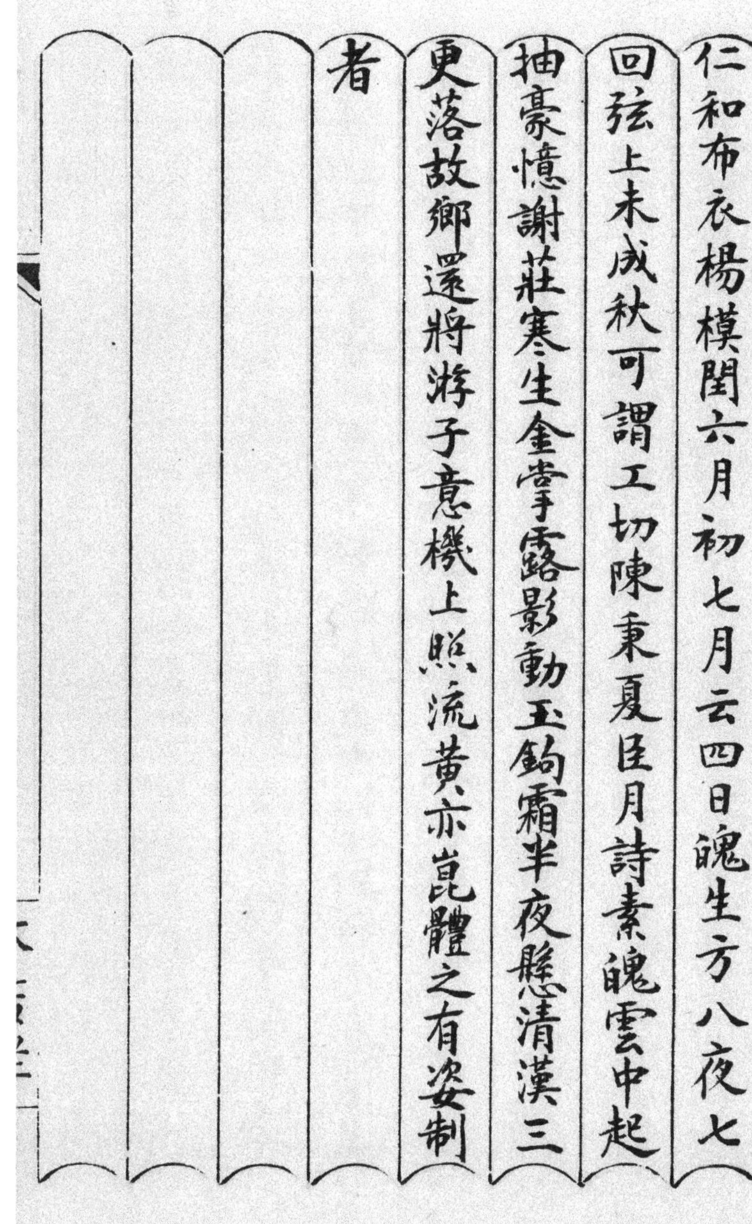

仁和布衣楊模閏六月初七月云四日魄生方八夜七回弦上未成秋可謂工切陳秉夏臣月詩素魄雲中起抽豪憶謝莊寒生金掌露影動玉鉤霜半夜懸清漢三更落故鄉還將游子意機上照流黃亦崑體之有姿制者

黄巖潘最屆右刺鼠云移家倉廩邊貧竈亦鼠穴其族日以繁所過輙殘缺惟彼架上書何與于飢渴呼兒理零落望古一愁絶天地之貪饕無如此輩劣中夜忽觸聲好夢爲之折高髻牀頭杖慣鬭殊無怯緣梁墮塵坱汙我缸中潔更難寬不祥白晝立門闌泣師于烏圓爲我宣武烈平生狡黠性毋乃徒蹀躞朱國權平物田家歎云竟夜無眠直到曉驚聽秧長麥黄鳥麥黄喜得充飢腸秧長又怕傭錢少剜肉爲補眼前瘡糶麥且種及

時秧呼兒雖弱强努力莫教荒卻一年糧男子飽食好
出力女子省食餉南陌辛苦種得早田下晚田乾燥如
雪白上邨闇足米價高下邨空腹推桔槔阿婦典衣共
朝夕田吏徵賦入官廒天道人事何時足空將兩耳聽
布穀息忘林十二子中此爲佼佼

東陽李梧岡鳳雛執贄于毛大可之門論春秋策書樓特度物于三家是非多所考駁著春秋紀傳五十一卷貢入太學試瀛臺觀荷詩拔第一出宰曲江一年落職發五仙驛爲徒因自號仙驛狂徒嘗以琴贈朱菊山菊山卒輓以詩云江東詩好誰如爾天上樓成只爲渠又云當年綠綺猶存否子敬人琴兩失聲菊山名慎武義明經亦振奇人也

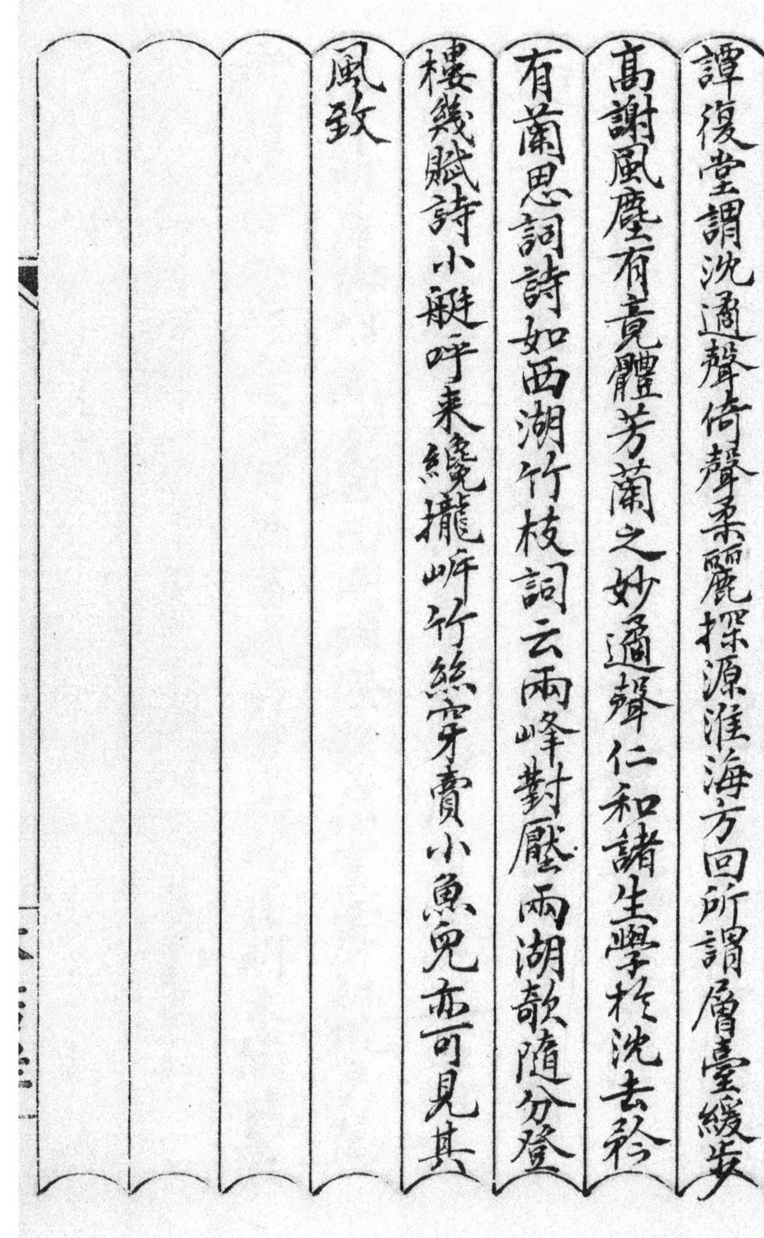

譚復堂謂沈適聲倚聲柔麗探源淮海方回所謂層臺緩步高謝風塵有竟體芳蘭之妙適聲仁和諸生學於沈去矜有蘭思詞詩如西湖竹枝詞云兩峰對壓兩湖敧隨分登樓幾賦詩小艇呼來纔攏岸竹絲穿賣小魚兒亦可見其風致

毛西河云奇齡作山陰何氏藏書記毛會侯見之曰何氏藏書有幾不及姚立方腹笥耳立方著有九經通論庸言錄古今偽書考家藏東坡笠屐圖貌似西河戲贈一絕云笠屐圖中貌逼真千秋遺墨早傳神前生曾向眉山過莫認西河是後身所居海峰閣西窗面湖檐際懸舊窯紅椀夕陽映射滿室皆作霞光有西窗絕句云高閣虛明木榻施晝閒凡坐每移時湖山一角當窗面烟樹殘霞晚更宜

山陰王雨豐結社龍山與王素堂及金補山以成傅閬林王露商刻溪元柏胡鏡舫國楷丁芝田鶴有越州七子之目中乙酉鄉試主試為周桐野解首詹銓吉榜末戚麟祥號吉祥榜為詩始出於王田晚薦制科以鄰號畢嘉點宰南宮五載棘結社西林吴芳甸劉楓山童二樹皆出其门胥宋翁卷字靈舒以趙師秀為靈秀徐照道暉為靈暉徐璣文囦為靈囦稱四靈專工五律雨豐題四靈詩卷云不愧稱靈秀詩人趙紫芝科名惟薄宦老大幾相知生就清癯骨吟成冰雪姿最憐工絕處四十字吾

師道是三秋草靈暉独苦辛拙難為世用老自號山民名欲無來者天應忌此人攝生何用訣多少逐輕塵紫芝哀山民詩君如三秋草一日不見好又云寄言苦吟者弗棄攝生訣藉甚靈囦子同時識二徐瀟湘開眼界蘭芷龍衣裾出語都超俗為丞不負予靈囦嘗為永州掾平生翁與趙相視定何如儕輩推翁十因之號四靈雕將心共碎言肌得鬢如星詩已當時好山猶未了青偶然題卷尾竹雨響疏櫺然四靈之詩僻狹專固兩豐則取法白陸其放翁生日設奠詩巢句云少從萬首傳心印老認三山是本師生平所為詩凡萬首有奇集杜

六百有奇集陸七百有奇可謂富矣集杜如西山紀游詩苒苒
谷中寺村烟對浦沙荒庭步鸛鶴古屋畫龍蛇湍駛風醒酒溪
虛雲傍花前村山路險列炬散林鵶入山先至昌化寺飲溪上阜立群峰外
懸崖置屋牢荒林無徑入亂石閉門高谷暗非關雨厨烟覺遠
庵月林散清影直欲數秋毫秘魔崖石壁滑側足潛通小有天秋
成元圃外晚景卧鐘前披拂雲寧在登臨意寂然欹傾煩注眼
何處覓平川寶珠洞同益思集陸句如行路八千常是客人生五十即
衰翁小草出山初已誤結茅無地竟安棲對酒尚如年少日讀

書偏愛夜長時窗昏又輟讎書課屋老時聞墮瓦聲絕句如歲暮罷官僦居城東玉帶街觸事成詠云寸懷無奈百憂攻落佩鑽冠慣放慵幽夢欲成誰喚覺城樓殘角寺樓鐘閱世深疑已爛柯死期未到且婆娑牀頭小甕今朝熟新酒黃如脫殼鵝世事原看等一毫所悲故里隔胥濤客愁相續無時斷試覓并州快翦刀野鶴乘車只自驚身閒且免負鷗盟呼兒結束須今日山澤何妨老太平悉如己出使人忘其為集句也

山陰金壁晴村性凌物游京師不遇歸浙中吾鄉道福色官都統愛其才延以上客然亦屢被嫚罵都統優容之及内召握手爲别雪涕相戒終不改人皆揺手相避有銅鶴山人詩讀書成均時孔東塘爲博士其白下重逢東塘先生有浪淘十四年前事燈聚三千里外人之句曾在姑孰青山下得司馬相如玉印自賦古風沈冰壺嘗爲之傳

會稽金補山未第時，以百韻長篇投漁洋山人。山人曰：「詩家上乘，全在妙悟。」取所訂唐賢三昧集貽之。補山賕曰：「新城一生只識王孟境界，杜之北征、韓之南山，豈是一味妙悟者？蓋敏妙出自靈府，而沈酣資于學力。」其持論如此。然學人爲詩，往往以書卷掩其性情，二者正未可偏勝也。至何屺瞻謂三昧集乃鍾譚之唾餘，五七言古詩選又道聽於牧齋之緒論，而去取失當，未免輕詆前輩。其云吳立夫早逝，其詩全然生吞活剝，不合古人節度，取爲七言之殿，可以知其不越耳鑒。誠不能爲漁洋

申辨矣

德清戚麟祥聖來號鉼谷康熙己丑通籍官侍講學士
雍正元年拜
仁皇遺物之賜有瑪瑙水中丞珠筆架鴛鴦荷色鼻
烟餅兩一硯尤所寶藏硯背御製以靜爲用足以永年八
楷字銘嘗以事戍寧古塔及歸而室儲盡遺書蕩然久
之乃得賜硯孫芸生馥林生距鉼谷九年思慕勿諼因
取以顏其齋曰寶硯并繪爲圖秀水蔣春雨系以長句
有云君家學士選中秘聲振鸞坡翔鳳翙嚴徐庾薛何

足論能使　至尊頻寵異龍魚河圖火珠林人間不見
窮文字承明朝夕與論思　先帝私人煩重寄李謫仙
應詭鑑湖元才子亦傳宮侍一自鼎湖龍上昇哀纏弓
劍藏橋陵　天子親呼舊侍從文房攜具各拜登松花
之硯乃其一銘辭煌煌長服膺想當肘硯值幾暇五雲
華蓋玉几憑秋風瓠子日月煥龍書穗跡雲烟蒸天章
宸翰接時出金門雨露同分承歸田以之爲嘉話梦回
鈴索通觚棱後來學士遭家難火炎不分玉石爛國書

杯棬盡飄散頭白身爲萬里竄覆巢之下無卵完何況
區區一文玩君也名孫生太晏文采風流擅詞翰念祖
長思手澤存捜尋不惜兼金換卿家惟有故笏爾撫硯
猶當作三歎馥林爲春雨編次遺稿有詩云風義師兼
友情懷弟與兄何曾相爾汝秖自罄平生馥林爲詩從
春雨得宗法或連日夕交相折其交契良非恒泛也

樂清梁祉字介繁有池上編其李斯一首云李斯未焚書黨墊已塵埃為治師申韓六經安在哉黃犬何足惜儒術良可哀斯文當廢興所係非人才商山綺里輩采芝去不來獨有濟南生隱居誦餘灰一代無幾人氣數實難回秦雖能賤士士亦自為媒議論到地趙二酋教授君宋送崔五笠之苕谿云君訪烟波舊釣徒冷齋尊酒夜頻呼十年新出三都賦半篋長攜五岳圖春雨乍看苕溪合秋陰行送箬帆孤匡廬應得王宏祖回首苕

谿雁有無仙居張明焜字木生重游憩雲亭云攜壺重
赴碧山堂好客從來數鄭莊看竹尋摩今日眼聽歌猶
斷昔年腸沿溪紅葉矜秋色隔隝元猨怨夜霜漫道亂
餘殊慘澹黄花偏引縷衣香天台胡作肅字恭士遣悶
云經時未理出城游長雨闌風水閣頭生也有涯無奈
病悲哉爲氣不勝秋閒憑曲檻看鶇鶩倦倚繩牀駭鬥
牛已是題糕佳節過倩誰高處共登樓太平戚鳴鳳字
啟周戚鶴泉之祖方正學先生祠云遜燕翻教啄禁門焚蛇

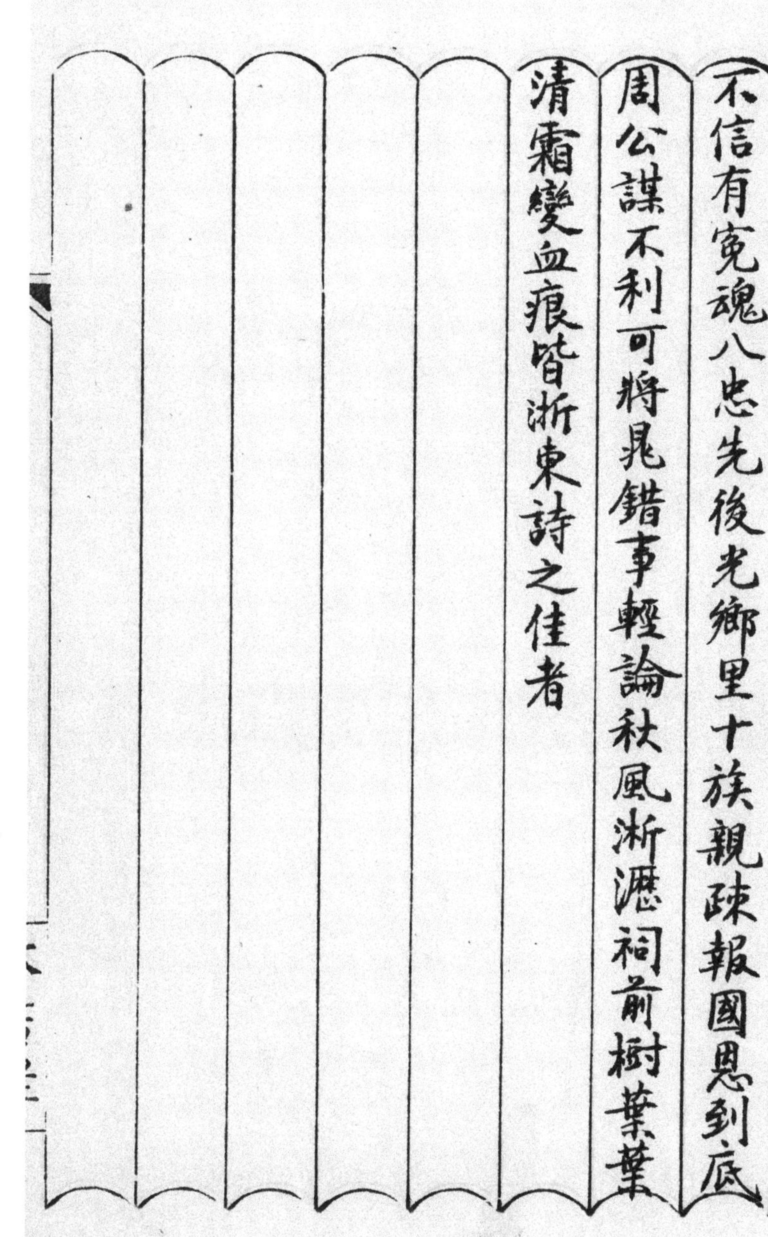

不信有冤魂八忠先後光鄉里十族親疎報國恩到底
周公謀不利可將晁錯事輕論秋風淅瀝祠前樹葉葉
清霜變血痕皆浙東詩之佳者

浙江文叢

浙江詩事

〔下册〕

佚名 編

浙江古籍出版社

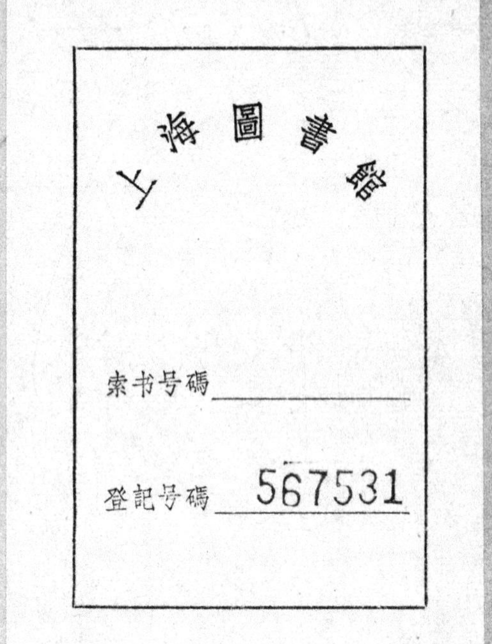
上海圖書館
索书号碼
登記号碼 567531

詩事戊

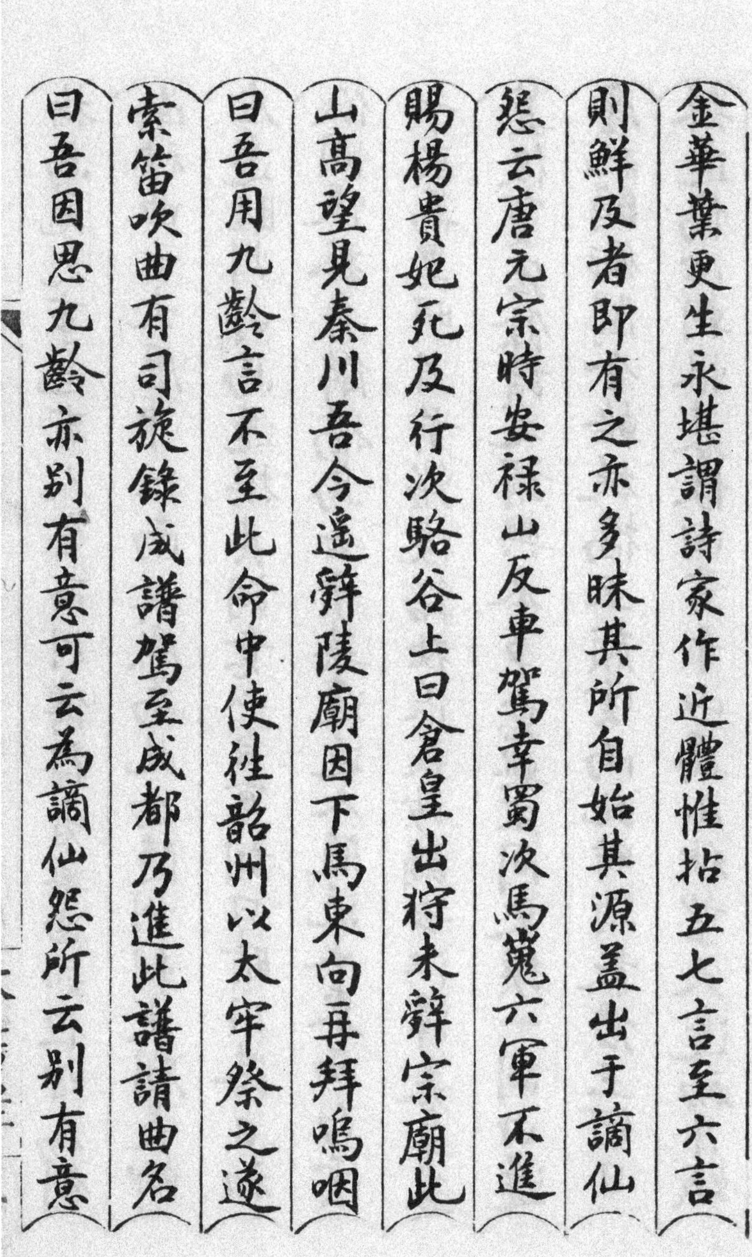

金華葉更生永堪謂詩家作近體惟拈五七言至六言則鮮及者即有之亦多昧其所自始其源蓋出于謫仙怨云唐元宗時安祿山反車駕幸蜀次馬嵬六軍不進賜楊貴妃死及行次駱谷上曰倉皇出狩未辭宗廟此山高望見秦川吾今遙辭陵廟因下馬東向再拜嗚咽曰吾用九齡言不至此命中使往韶州以太牢祭之遂索笛吹曲有司旋錄成譜駕至成都乃進此譜請曲名曰吾因思九齡亦别有意可云為謫仙怨所云别有意

指馬嵬之事也有人自西川傳得者無由知但呼爲劍南神曲云大歷中江南人盛爲此曲隨州刺史劉長卿左遷睦州司馬遂撰其詞意以自寓詞曰晴川落日初低惆悵孤舟解攜鳥去平蕪遠近人隨流水東西白雲千里萬里明月前谿後谿独悵長沙謫去江潭春草萋萋後竇宏餘讀之謂與本事意興不同更撰一詞曰邊塵犯闕衡關金輅提攜玉顏雲雨此時消散君王何日𨽻還傷心朝恨暮恨回首千山萬山独望天邊初月蛾

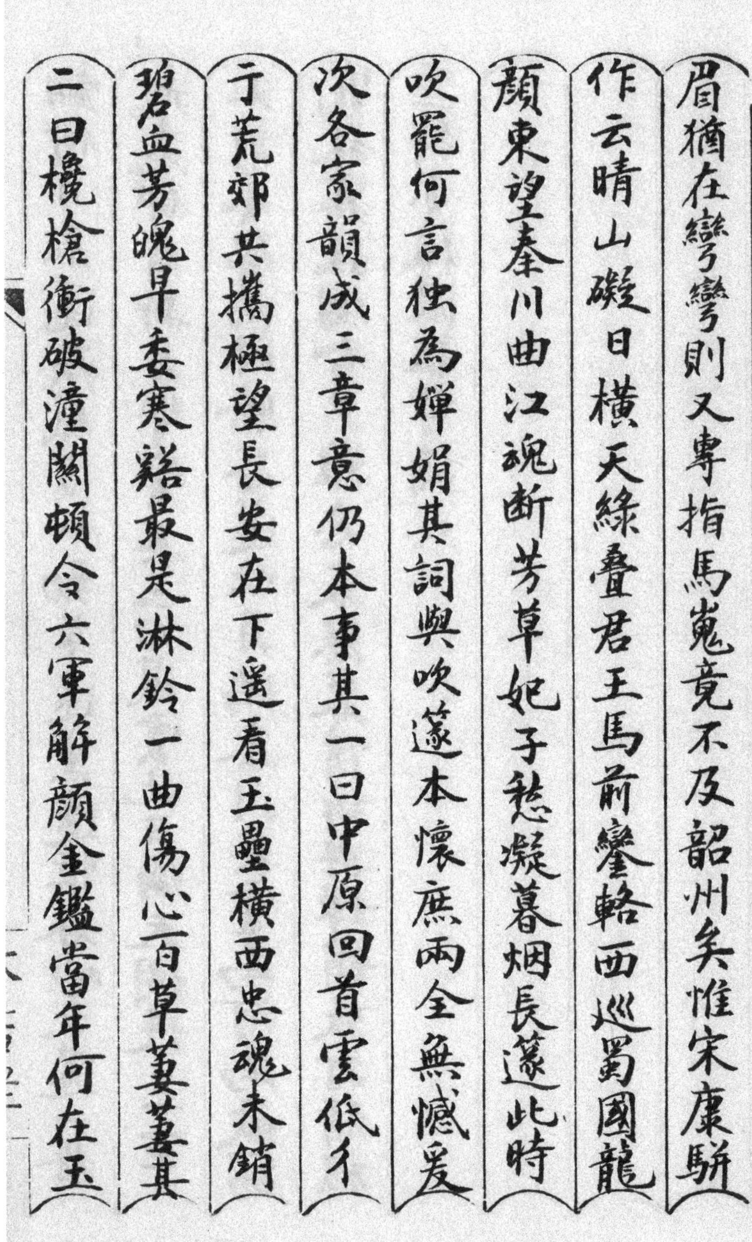

眉猶在彎彎則又專指馬嵬竟不及韶州矣惟宋康駢作云晴山礙日横天綠疊君王馬前鑾輅西巡蜀國龍顏東望秦川曲江魂斷芳草妃子愁凝暮烟長遂此時吹罷何言独爲嬋娟其詞與吹遂本懷庶兩全無憾爰次各家韻成三章意仍本事其一曰中原回首雲低千亍荒郊共攜極望長安在下遥看玉壘横西忠魂未銷碧血芳魄早委寒谿最是淋鈴一曲傷心百草萋萋其二曰欃槍衝破潼關頓令六軍解顔金鑑當年何在玉

鈿何日來還疾風方知勁草遠黛遥憶春山長簫遂一聲
起處卻看新月彎彎其三日風雲此日彌天惆悵三軍
不前鑾響雨淋駱谷簫吹月满秦川英靈爲河爲嶽窈
窕疑霧疑烟今夕難忘哀怨衷情訴與嬋娟孜訂精核
三詩亦復温雅可誦

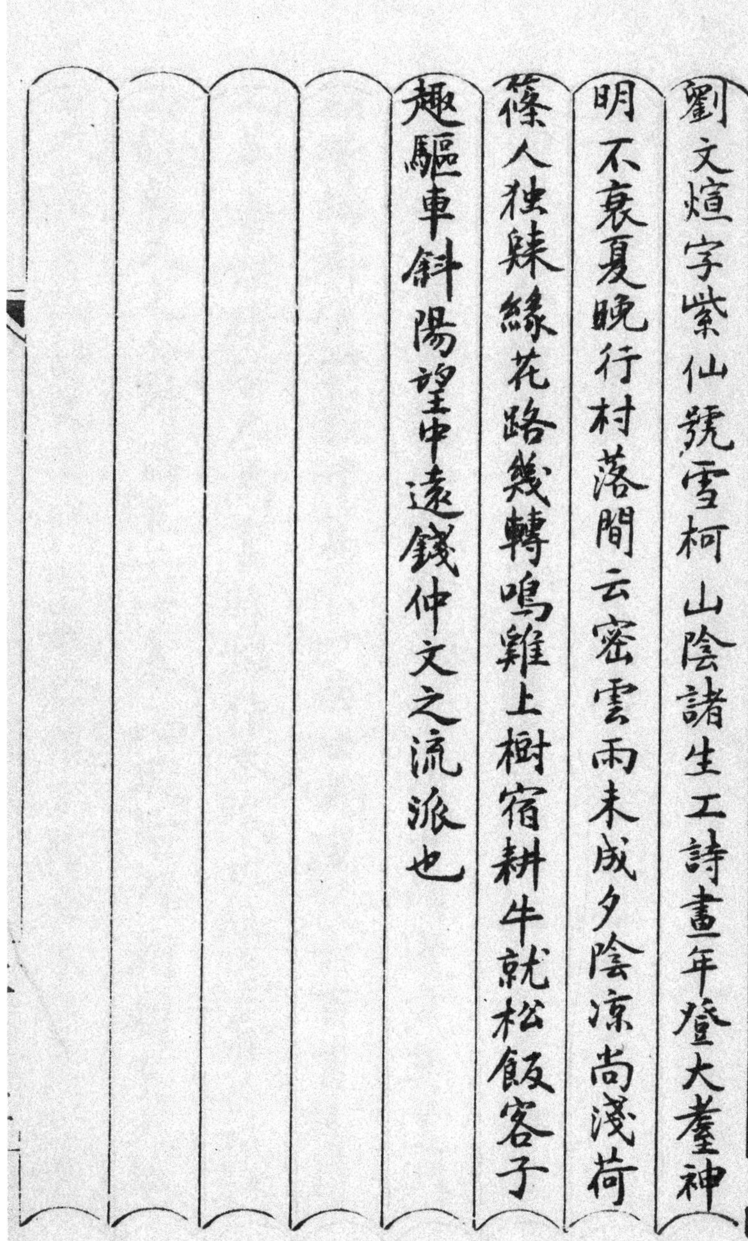

劉文煊字紫仙號雪柯 山陰諸生工詩畫年登大耋神明不衰夏晚行村落間云密雲雨未成夕陰凉尚淺荷蓧人独鋤緣花路幾轉鳴雞上樹宿耕牛就松飯客子趣驅車斜陽望中遠錢仲文之流派也

山陰胡國楷鏡舫為周漁璜門下士自粤東高明令入
為郎居禮部者幾二十年乾隆戊辰奉命出守中州復
有回部之命雜感詩有一封啟事殊推轂兩角生輪便
止車之句其尊德堂詩鈔為稱感徵君所選定其選倒
謂昔梅都官詩數千篇六一居士為選定六百首梅詩
之英華傑構皆在焉當時稱佳本後世編聖俞集始取
其餘雜入之今所傳且六十卷而瑕瑜乃相錯矣大抵
古人集不論詩文並以簡嚴矜慎不務求多貴在可傳

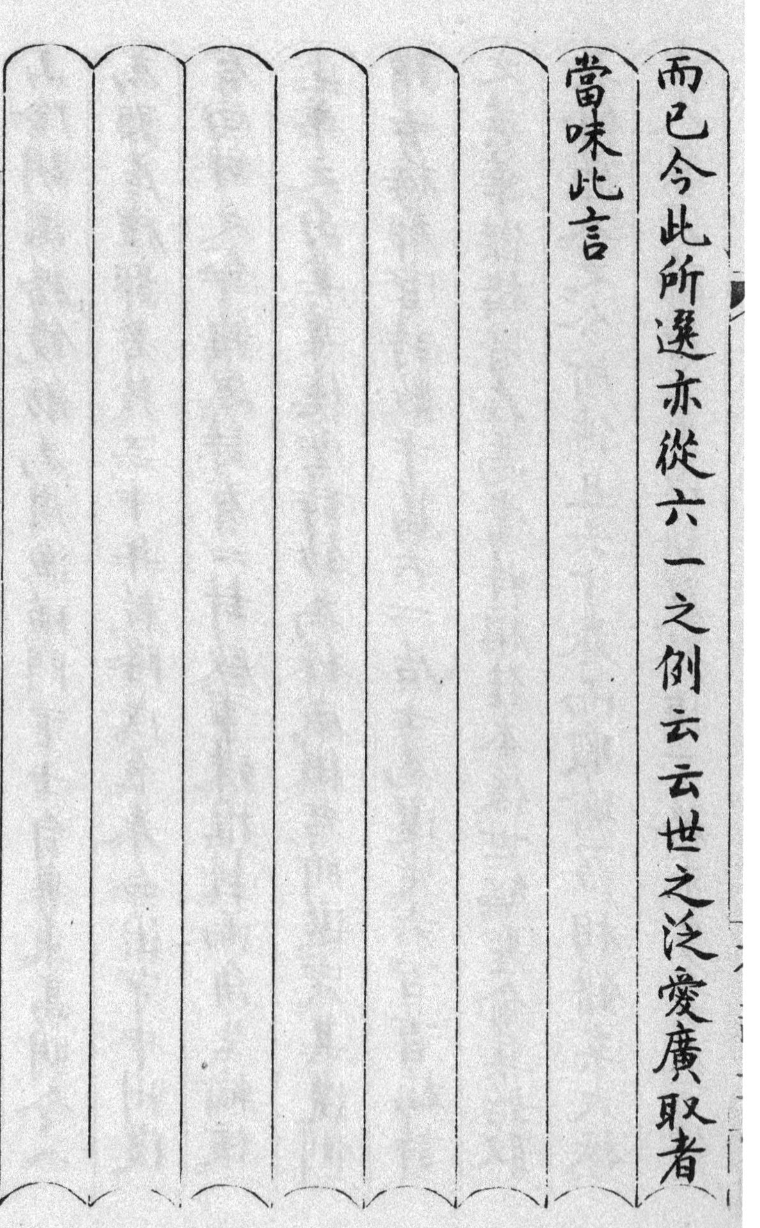

而已今此所選亦從六一之例云云世之泛愛廣取者當味此言

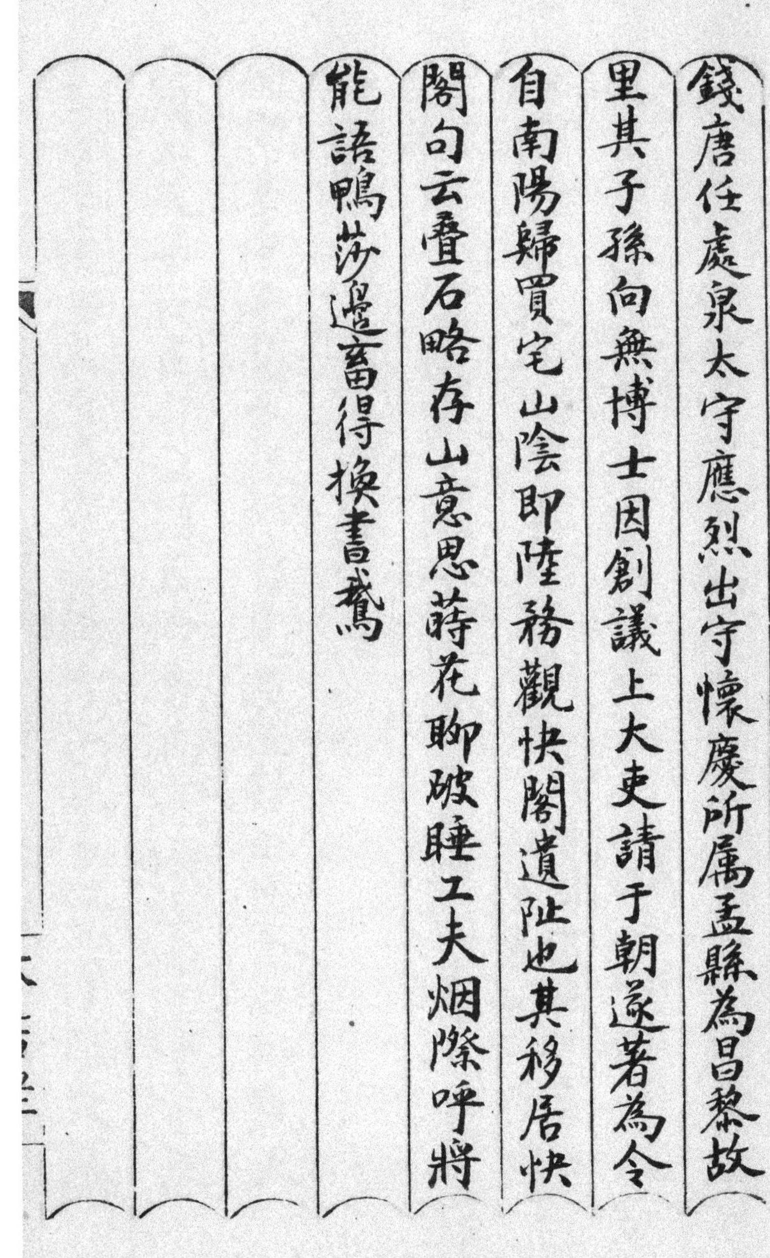

錢唐任處泉太守應烈出守懷慶所屬孟縣爲昌黎故里其子孫向無博士因創議上大吏請于朝遂著爲令自南陽歸買宅山陰即陸務觀快閣遺阯也其移居快閣句云疊石略存山意思蒔花聊破睡工夫烟際呼將能語鴨莎邊畱得換書鵞

雍正丙午江西考官查嗣庭獲罪諭停浙江人鄉會試至乙酉復舉行典試者為任香谷王次山庚戌科舉人加倍中式是榜一甲三名皆浙人錢唐周澍西坪秀水沈昌宇泰初錢唐梁文莊薌林西坪修撰舉大魁年四十有七矣時方苦旱唱名得澍

世宗甚悅承問云朕似曾見過汝對曰臣今日初覲天顏其及第口占句云碩名恰喜為霖協識面還宜肖象真督學陝西吏有妄希夤緣者私諷家奴西坪於覆試

諸生日設瓷盌公案上注水滿之令其人捧而擲諸堂
下其人愕然西坪曰爾惜之乎爾身之弗惜而惜此區區
者乎卒使擲之復謂曰一經敗壞能復全乎吾與爾
猶是也忘身徇賄直鴆酒止渴耳其人免冠謝涕泣悔
罪遂宥之蓋懲儆而曲全之如此

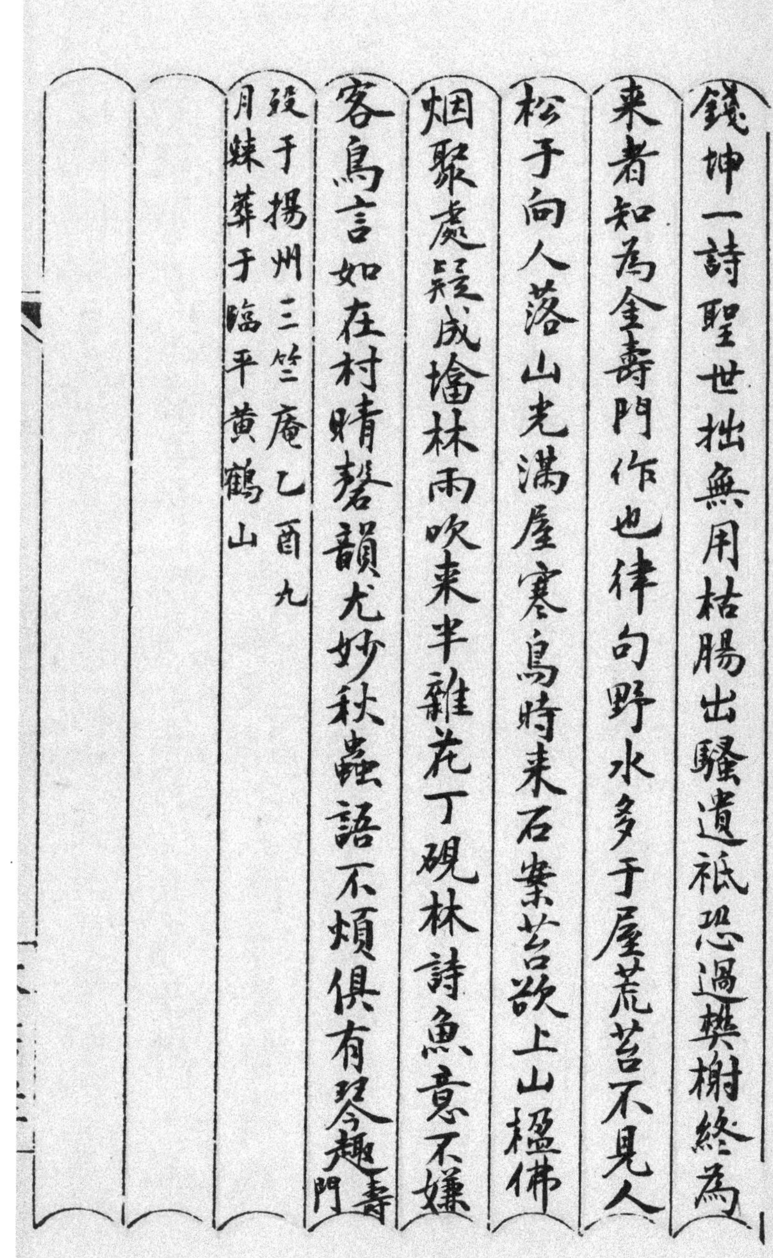

錢坤一詩聖世拙無用枯腸出騷遺祗恐過樊榭終為来者知為金壽門作也律句野水多于屋荒苔不見人松于向人落山光滿屋寒鳥時来石案苔欲上山楹佛烟聚處疑成檜林雨吹来半雜花丁硯林詩魚意不嫌客鳥言如在村晴磬韻尤妙秋蟲語不煩俱有琴趣壽門殁于揚州三竺庵乙酉九月殊葬于臨平黄鶴山

拜都文勤公永貴趙横山副憲門下士也文勤初撫浙
詣辭問曰此去政將奚先曰劾貪笑曰貪吏贓入已者
不必劾也文勤愕然曰贓入已者不分潤上官上官早
劾之不待君也今之巧宦全取諸民而半致之上或且
全致之以貢媚而營私上下固結牢不可破譬如獲盜
胠篋百萬有所恃為則無敢蹤跡之其所禽者皆竊鈇
攘雞輩耳文勤再拜曰微先生無能言及此也横山工
書在詞館日與陳紫瀾李玉洲諸襄七名望相埒以養

歸杭歿時慈親健在杭大宗有輓詩

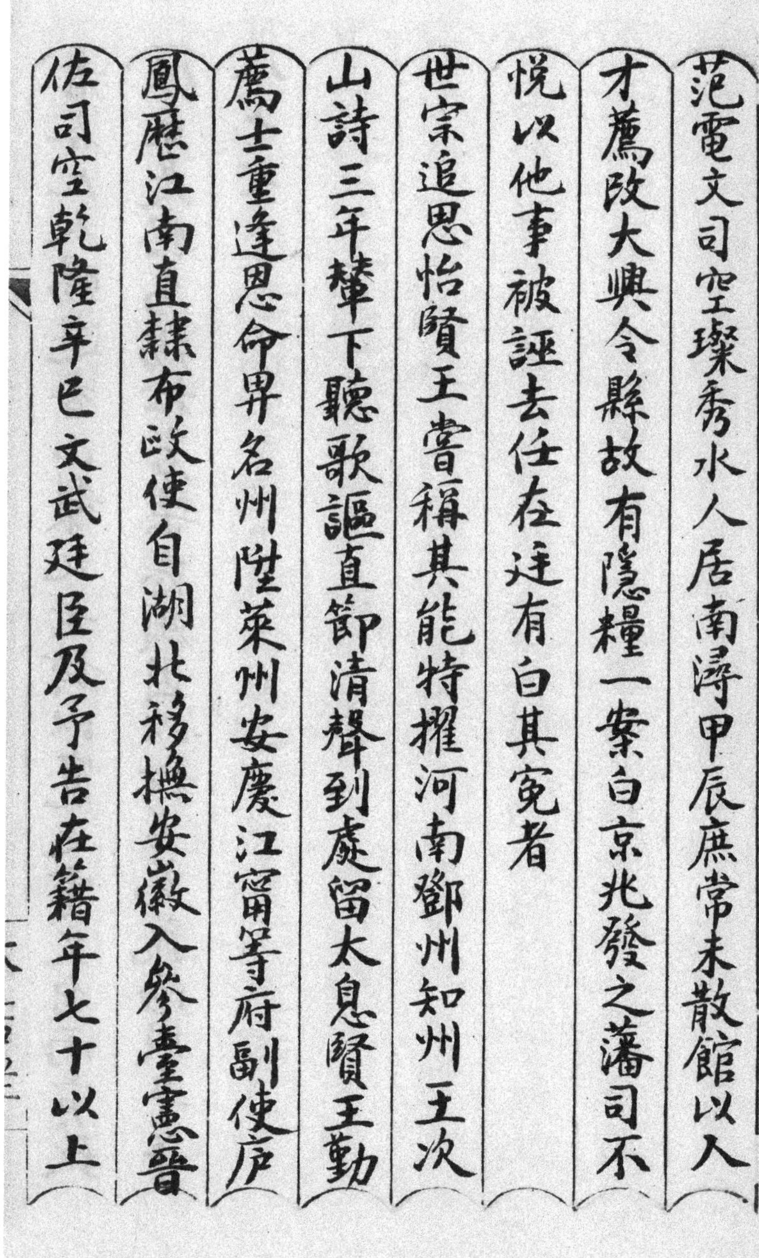

范電文司空璨秀水人居南潯甲辰庶常未散館以人
才薦攺大興令縣故有隱糧一案自京兆發之藩司不
悅以他事被誣去任在廷有白其寃者
世宗追思怡賢王嘗稱其能特擢河南鄧州知州王次
山詩三年輦下聽歌謳直節清聲到處留太息賢王勤
薦士重逢恩命畀名州陞萊州安慶江甯等府副使庐
鳳歷江南直隸布政使自湖北移撫安徽入參臺憲晉
佐司空乾隆辛巳文武廷臣及予告在籍年七十以上

者各九人賜遊香山製九老詩以寵之電文自丙寅致
仕至是與焉賜松岩樂志額因以松岩爲號丙戌卒年
八十七

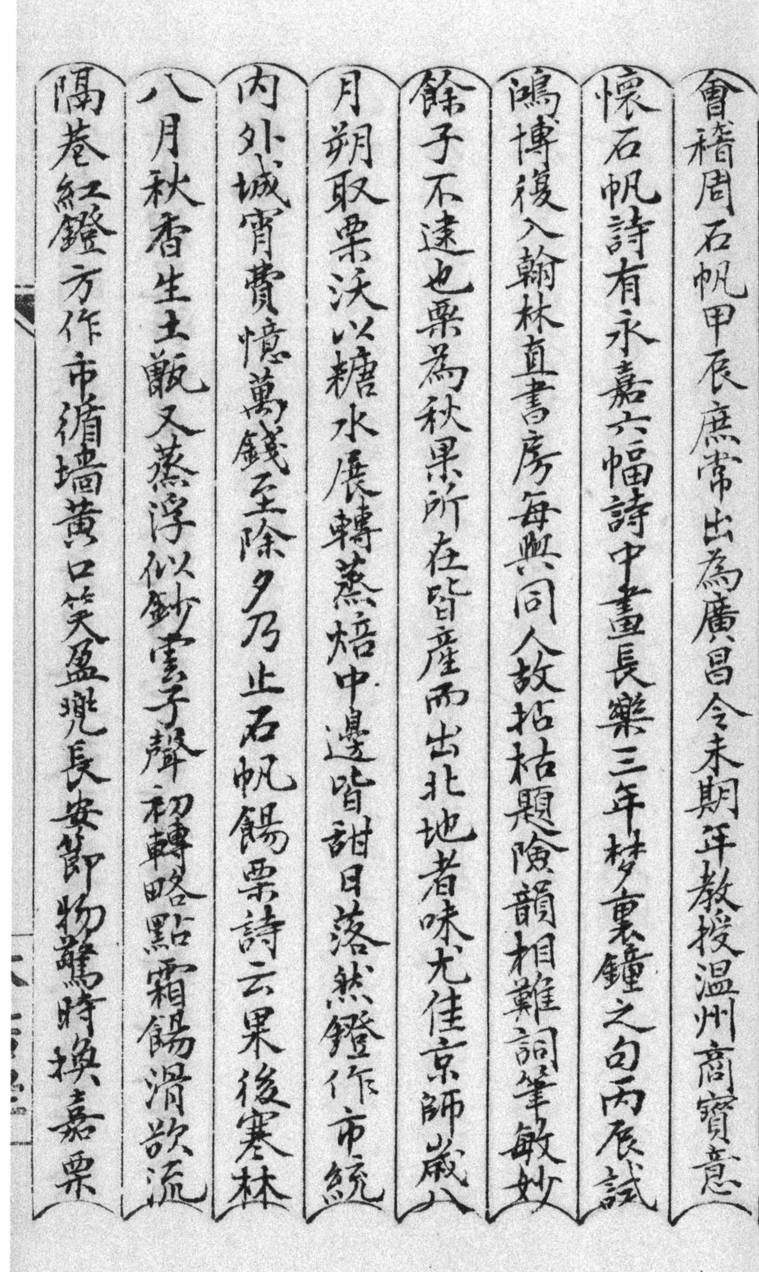

會稽周石帆甲辰庶常出為廣昌令未期年教授溫州啇寳意懷石帆詩有永嘉六幅詩中畫長樂三年夢裏鐘之句丙辰試鴻博復入翰林直書房每與同人故拈枯題險韻相難詞筆敏妙餘子不逮也栗為秋果所在皆產而出北地者味尤佳京師歲八月朔取栗沃以糖水展轉蒸焙中邊皆甜日落然鐙作市統內外城宵賣憶萬錢至除夕乃止石帆餳栗詩云果後寒林八月秋香生土甑又蒸浮似鈔雲子聲初轉略點霜餳滑欲流隔巷紅鐙方作市循墻黃口笑盈兜長安節物驚時換嘉栗

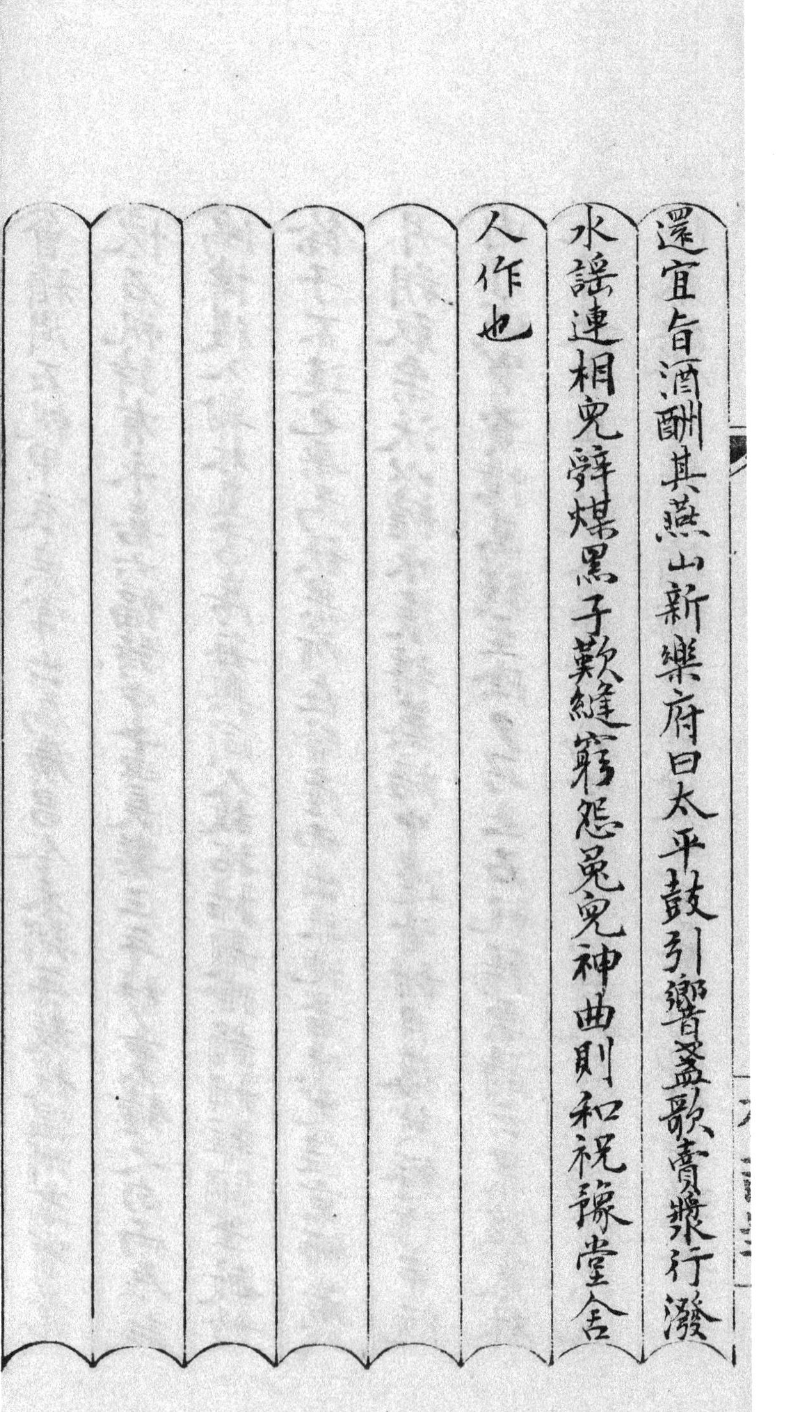

還宜旨酒酬其燕山新樂府曰太平鼓引響盞歌賣漿行潑水謡連相兒𨃍𪹽黑子歎縫窮怨冕兒神曲則和祝豫堂舍人作也

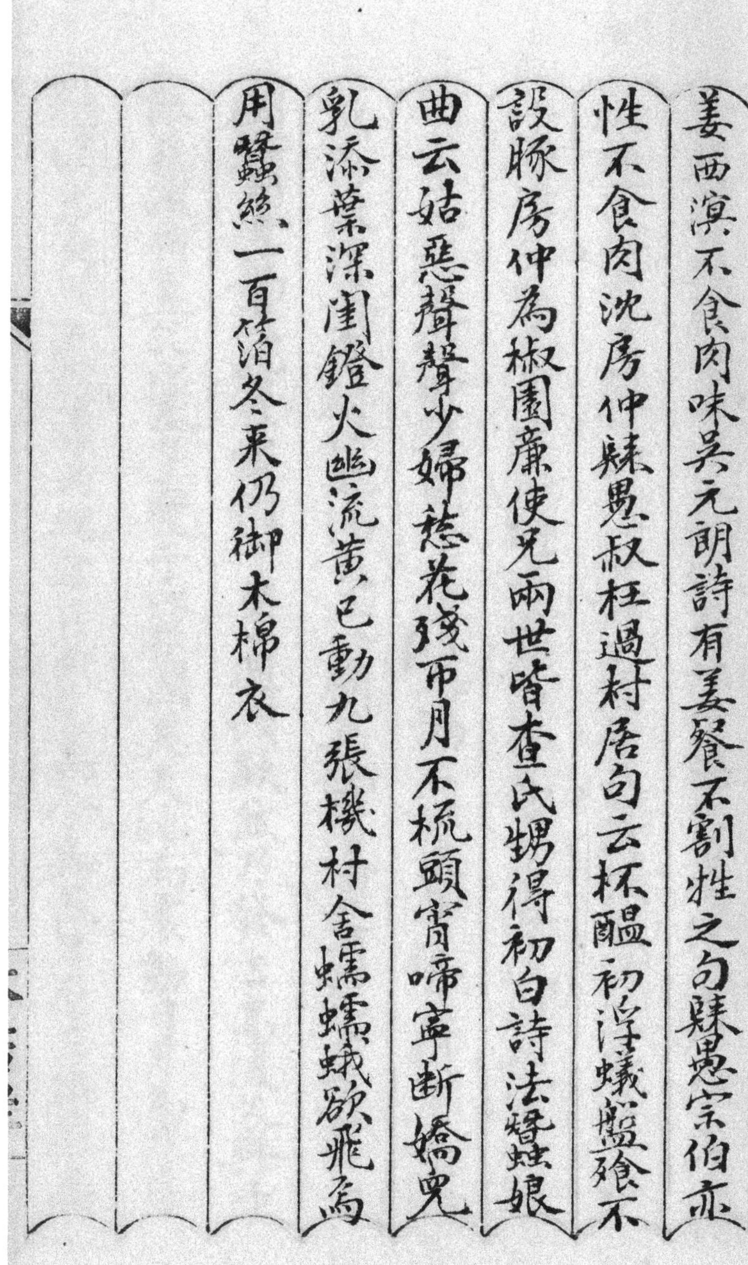
姜西溟不食肉味吴元朗詩有姜餐不割牲之句隸愚宗伯亦性不食肉沈房仲隸愚叔枉過村居句云杯醞初浮蟻盤飧不設豚房仲爲椒園廉使兄兩世皆查氏甥得初白詩法簪娘曲云姑惡聲聲少婦慈花殘市月不梳頭宵啼寡斷嬌兒乳添葉深閨鐙火幽流黃已動九張機村舍蠕蠕蛾欲飛爲用蠶絲一百箔冬來仍御木棉衣

會稽魯秋塍自辛丑入詞垣即陳情歸養歷修廣州志主汴州
杭州書院有三州詩鈔憶昔詩云憶昔曾騎款段行王融漫動
八騶情西風塵土污方麴遠道鶯花惹寄生略晚周旋寧作我
何當復起更煩卿梁園今夜清光滿不似東華曉月明辛丑總
裁為張清恪專祠以配湯文正公祠其諸生論史因記十首有云
翩翩兩黃鵠過此翟家門一步一迴顧欷歔乃發言高陵父與子
誅死誠何冤父以塞星變子以報國恩天地為震動日月為悲昏
秋墳恩夜哭五棘毒其魂昔日第宅高今為茂草原三族雖蟲

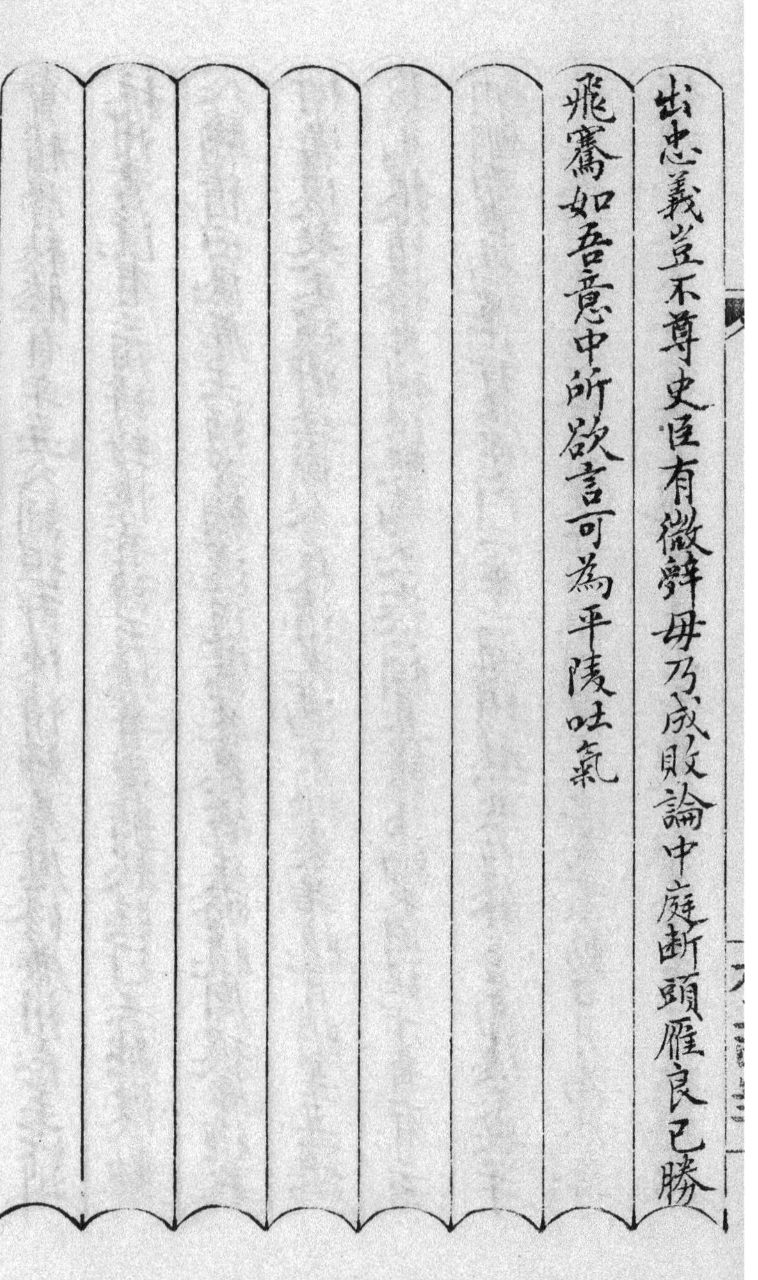

出忠義豈不尊史臣有微辭毋乃成敗論中庭斷頭雁良已勝

飛鶱如吾意中所欲言可為平陵吐氣

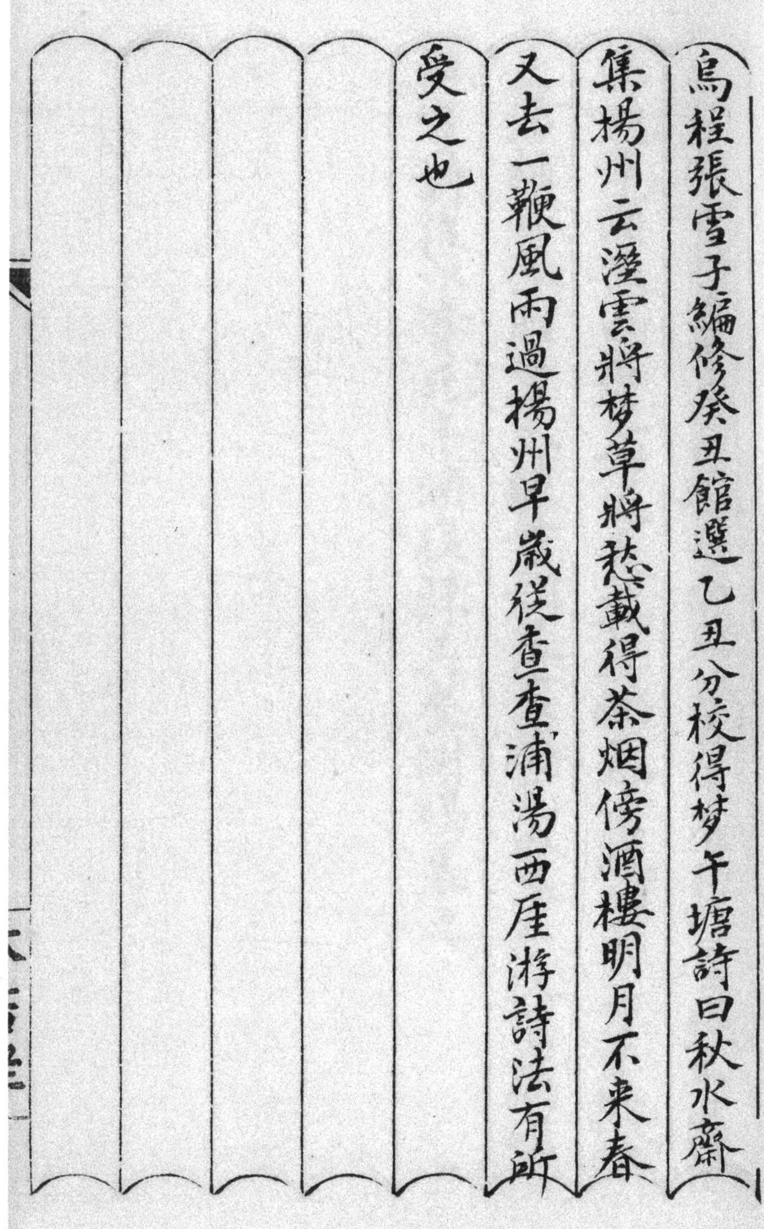

烏程張雪子編修癸丑館選乙丑分校得梦午塘詩曰秋水齋
集揚州云溼雲將梦草將愁載得茶烟傍酒樓明月不来春
又去一鞭風雨過揚州早歲從查浦湯西厓游詩法有所
受之也

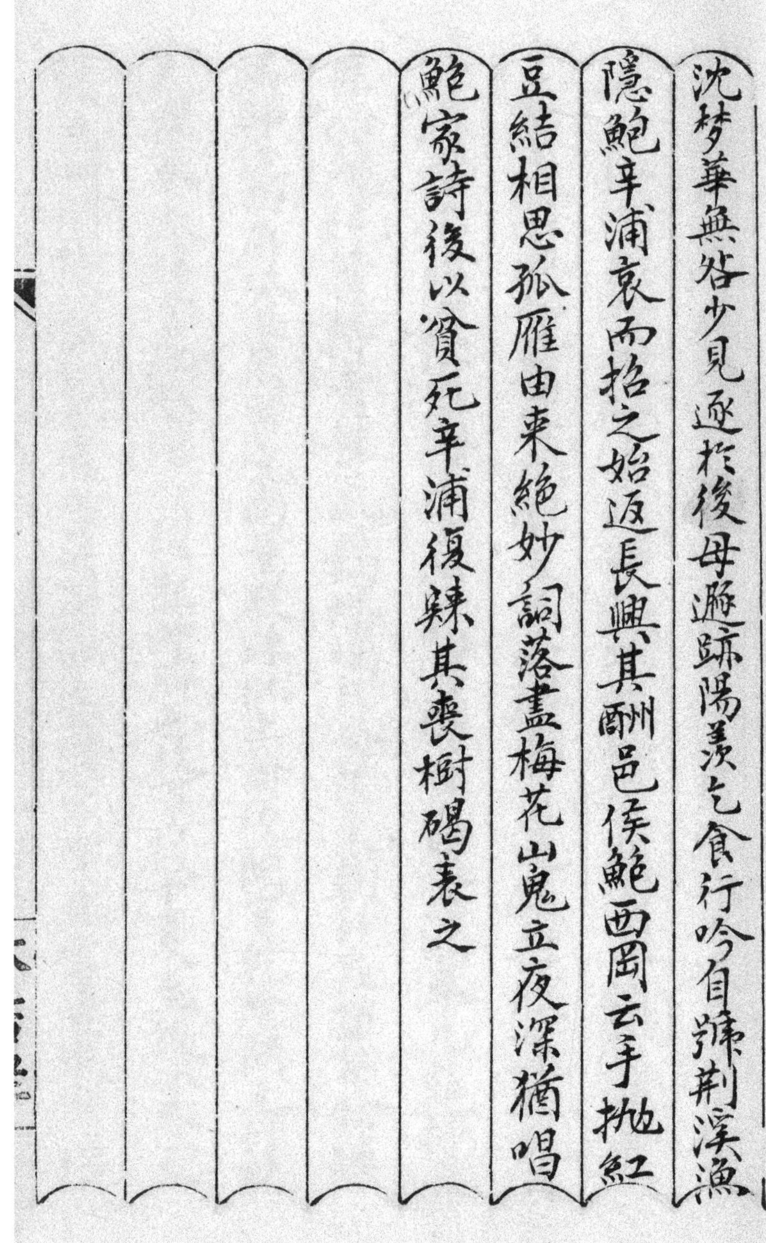

沈梦華無咎少見逐於後母遯跡陽羨乞食行吟自號荆溪漁
隱鮑辛浦哀而招之始返長興其酬邑侯鮑西岡云手拋紅
豆結相思孤雁由來絶妙詞落盡梅花山鬼立夜深猶唱
鮑家詩後以貧死辛浦復賕其喪樹碣表之

甬上范西屏感遇詩路繞南薰已近天雍熙门右武英前朱文捧出珊瑚架黄袱擎来玳瑁筵冰設銅槃闻滴水鑪然獸炭裊香烟回頭金雀恩光迥寸草心猶向日邉鉅典欣逢大酺天神碑肅穆列壇前徽流玉冊瞻宫廟字印金泥奉几筵拜赤臣心趨曉箭掃青佳氣靄燔烟只今篋裏朝衫在猶染餘輝滿袖邉西屏癸丑庶常充南薰殿硃批上諭校閲官乾隆開元行酺天禮奉派繕書地祇壇　列聖神牌也故事殿中夏至設冰冬至設火神牌塗縣泥金左書清字右書漢字字先書素紙傅以

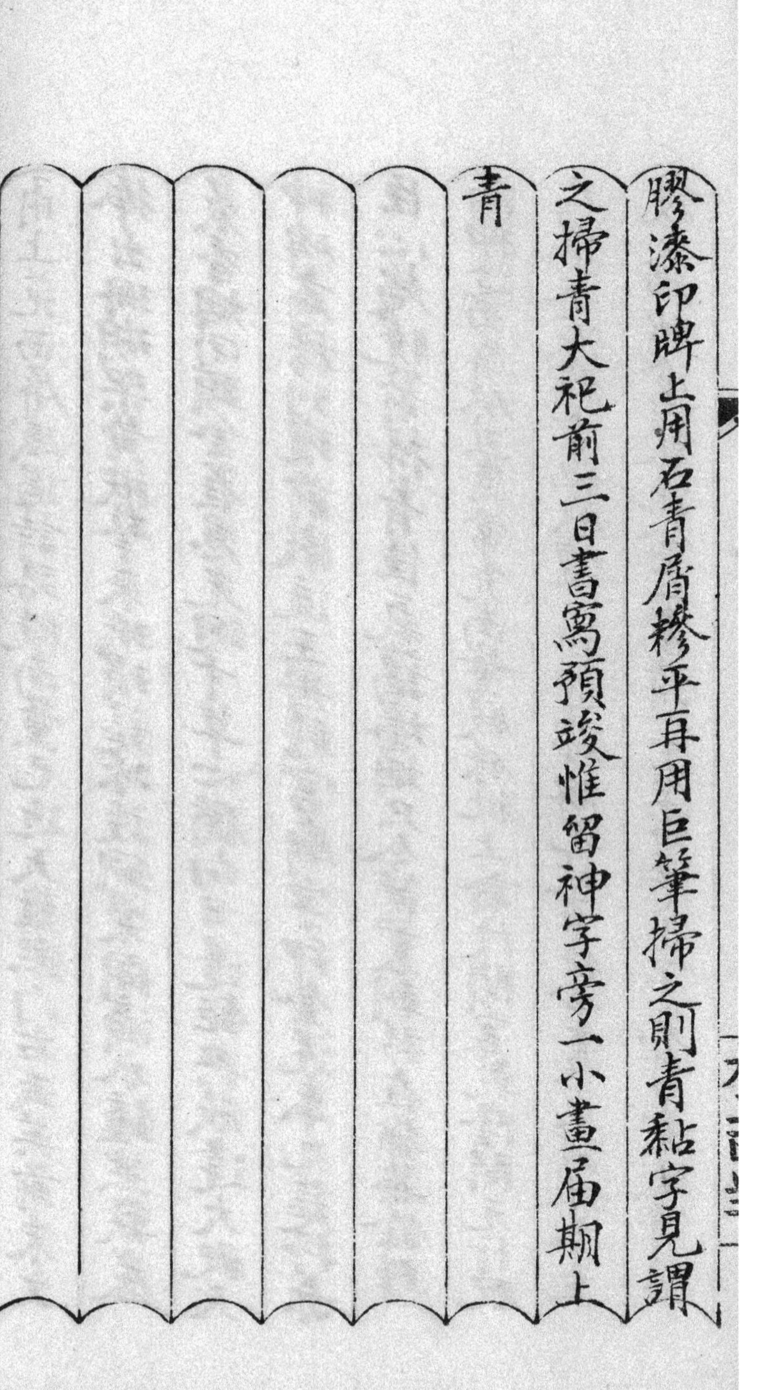

膠漆印牌上用石青盾㮼平再用巨筆掃之則青黏字見謂之掃青大祀前三日書寫預竣惟留神字旁一小畫屆期上青

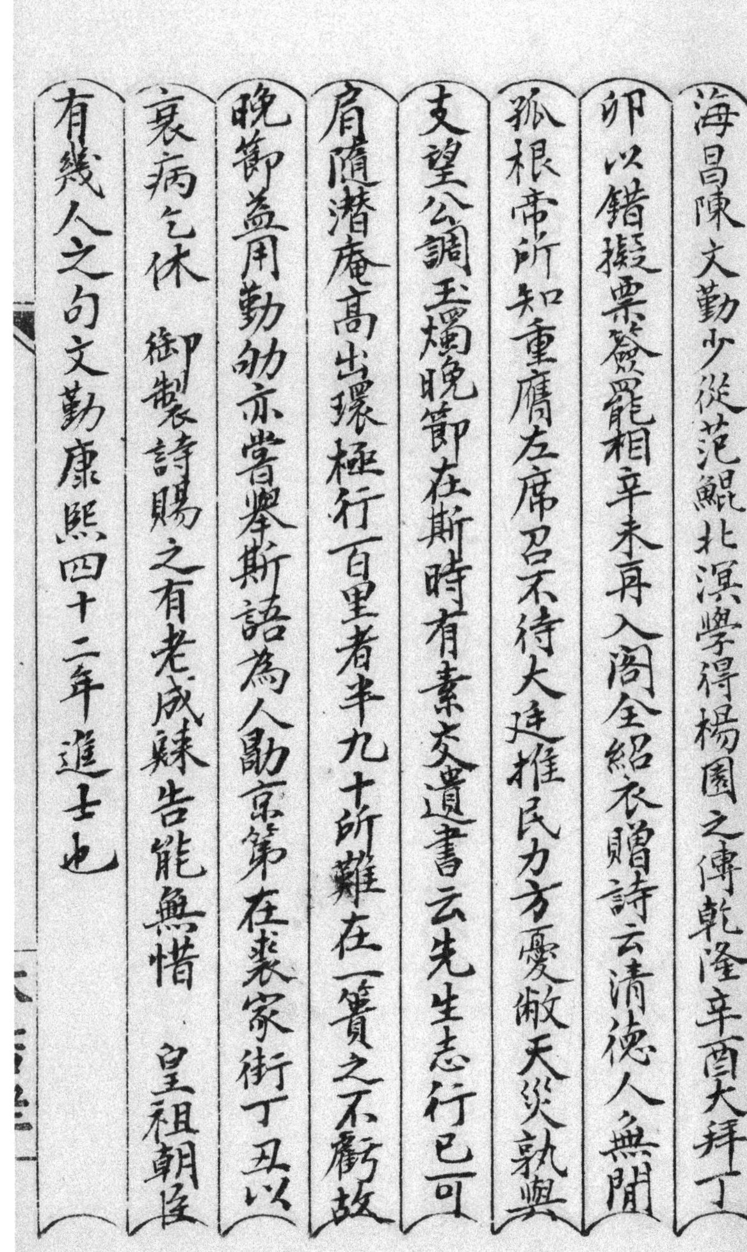
海昌陳文勤少從范鯤北溟學得楊園之傳乾隆辛酉大拜丁卯以錯擬票簽罷相辛未再入閣全紹衣贈詩云清德人無閒孤根帝所知重膺左席召不待大廷推民力方憂敝天災孰與支望公調玉燭晚節在斯時有素交遺書云先生志行已可肩隨潛庵高出環極行百里者半九十所難在一簣之不虧故晚節益用勤劬亦嘗舉斯語為人勖京第在裘家街丁丑以衰病乞休 御製詩賜之有老成昧告能無惜 皇祖朝臣有幾人之句文勤康熙四十二年進士也

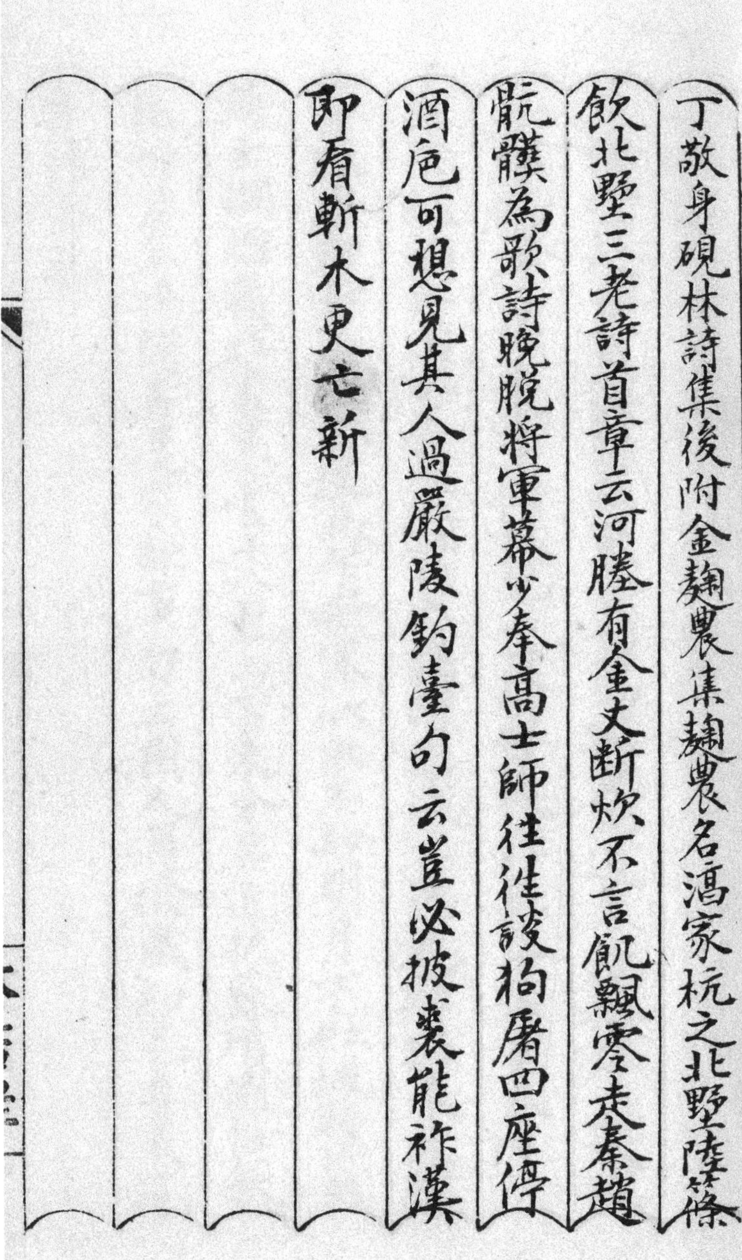
丁敬身硯林詩集後附金麴農集麴農名湄家杭之北墅陸條飲北墅三老詩首章云河滕有金丈斷炊不言飢飄零走秦趙骯髒為歌詩晼晚將軍幕少奉高士師往往詖狗屠四座停酒巵可想見其人過嚴陵釣臺句云豈必披裘能祚漢即看斬木更亡新

嘉興許晦堂尊人官甘州叅將雍正甲寅以任內辦駝核減官逋晦堂赴甘對簿留數載會詔賜豁免而還朱稻孫序其歛煌集稱爲孝子沙棗云檐杖兒童觧擊枝狂花落盡覺春遲、桑陰緑徧江南水正是紅蠶入簇時紅城云凌競驛路暮天晴倦旅垂鞭夢忽成瘦馬乍嘶寒似水不知明月下紅城臨洮雜詩云胭脂嶺北盡寒雲十八盤山雪未分莫近扶蘇墳側住妖狐叫月不堪聞其還家即事句云困人還儉歲知已有寒花亦佳句也

全謝山序陳授衣孟晋齋集謂世之操論者每謂學人不入詩派詩人不入學派杭董浦序鄭筠谷詩亦力主之予獨以為是言蓋為宋人發而殊不然張芸叟之學出於横渠晁景迂之學出於涑水汪青溪謝無逸之學出於滎陽吕侍講山谷之學出於孫莘老李公擇而宿歸於范正獻公醇夫此以詩人而入學派者也楊尹之門而有吕紫薇之詩胡文定之門而有曾茶山之詩湍石之門而有尤遂初之詩清節先生之門而有楊誠齋之詩此以學人而入詩派者也章泉澗泉之師為静春栗齋之

師爲東萊西麓之師爲慈湖詩派之兼學派者也放翁千岩得之茶山永嘉四靈得之葉忠定公學派之中但分其詩派者也謂授衣詩之工其胸中所造殆有得於學道者其讀南北史云九錫纔加便即真島夷索虜醜相訾可憐天地難容事不信君臣大有人作俑至今疑宋祖立班幾箇作虞賓羨他三閤昏酣者轉得胭脂井底身足以風世

仁和趙昱功千與同里沈嘉轍樂城吳焯尺鳧陳芝蔚九符曾幼魯厲鶚太鴻及弟信意林集南渡遺事系以斷句名南宋雜事詩萬經九沙爲之序有云野史傳聞不可盡信如勝國愍帝遺録載十七年三月甲辰李自成陷昌平州燬十二陵余核之實昭定二陵西山口天下大師墳乃蒙古僧朱竹垞日下舊聞辨之極爲屈翁山謁陵詩至指爲建文君夫有明事其近者也猶難信如此況其遠者乎此論最爲有識甬上萬氏從自定遠

世以武功顯至履安先生泰與黄梨洲學于劉念臺子
充宗季野兩先生相繼高蹈九沙受三禮春秋學於充
宗受史學於季野杭大宗詩所謂先人傳經角嶽嶽季
父讀史腹便便也著有增補禮記集解續纂春秋隨筆
明史舉要歷代建元考官編修視學貴州派城工去職
工漢隸求書者踵踵相接絹素堆積因取古来論隸學
及作隸人姓字碑刻題跋爲漢隸偶存一書成於雍正
辛亥年七十三矣丙辰召試鴻博九沙年最高袁簡齋

年最少
九沙從子開遠承勲少即以詩名與鄭南溪謝北溟李
東門為四子之集初白簪贈以詩云孟郊没後千餘載
苦語何人更別裁風雅道衰無至性海山地大有奇才
翻瀾渫淚隨聲出徹骨冰霜鍊句來竊喜故人還有子
一編浮白為渠開開遠號西郭為貞一徵君言子榮洲
女孫婿貞一與弟九沙以學問相切劘薦舉入史館其
時故明輔相家子弟多以賄入京求史館諸總裁未滅

其先人之傳貞一適主管崇禎長編力格之坐是忤貴
臣出令五河上官妄承風旨摭細故致其罪罷官論死
西郭未弱冠踉蹡萬里乞哀告急久之得論贖生還已
復嚴追贖鍰重繭走京師知交零落計無復之思自投
西安獄已入關遇故人子某力援之爲完帑項事乃寢
江湖閒有萬孝子之目雍正初元以諸生保舉端方授
磁州知州其被徵也鄭南溪謂曰按以古人出處之義
當辭西郭不能從中途寄聲曰吾悔不用良友之言東

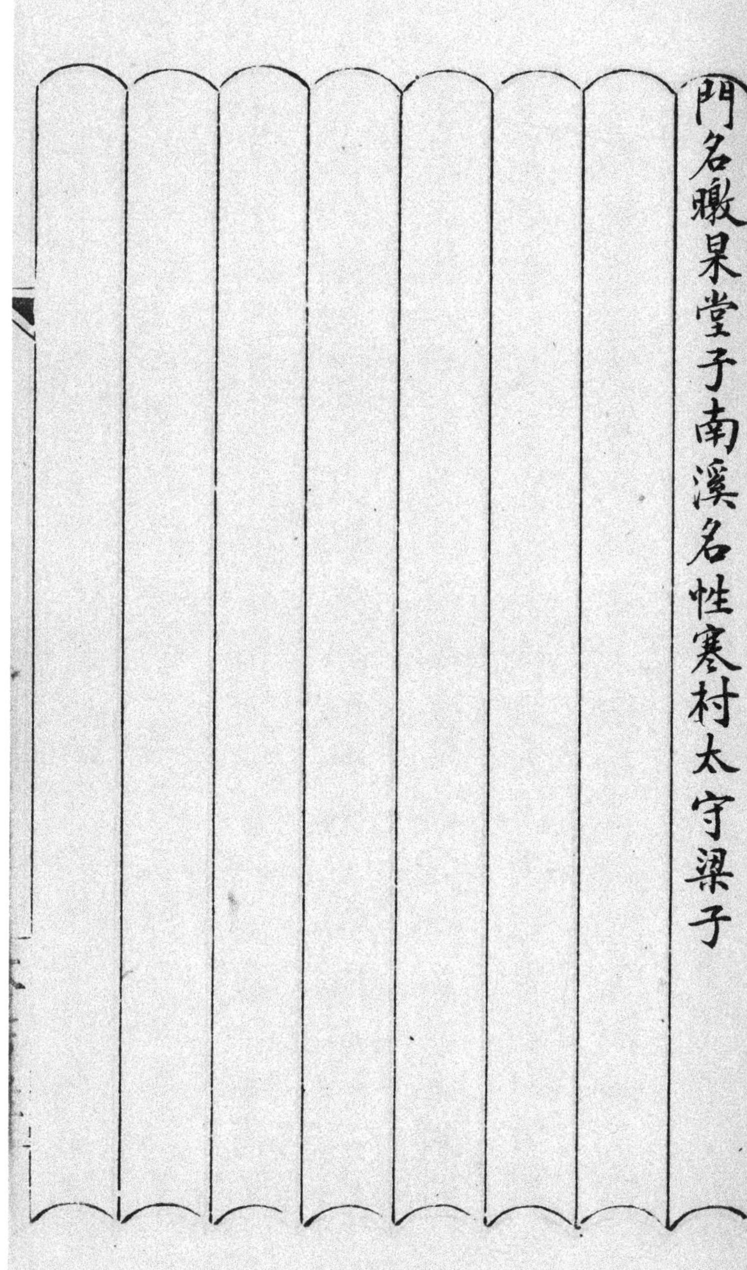

門名瞰杲堂子南溪名性寒村太守梁子

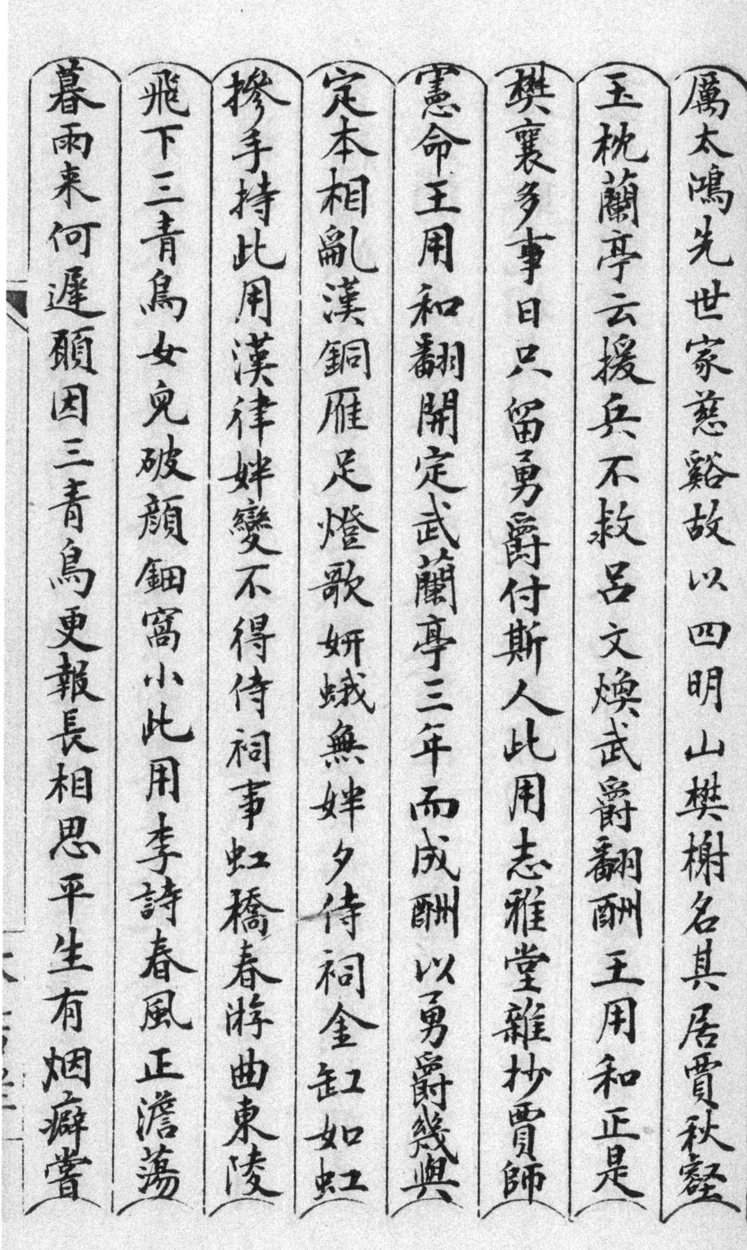
厲太鴻先世家慈谿故以四明山樊榭名其居賈秋壑
玉枕蘭亭云援兵不救呂文煥武爵翻酬王用和正是
樊襄多事日只留勇爵付斯人此用志雅堂雜抄賈師
憲命王用和翻開定武蘭亭三年而成酬以勇爵幾與
定本相亂漢銅雁足燈歌姸娥無娌夕侍祠金釭如虹
摻手持此用漢律娌孌不得侍祠事虹橋春游曲東陵
飛下三青鳥女兒破顔鈿窩小此用李詩春風正澹蕩
暮雨來何遲顫因三青鳥更報長相思平生有烟癖嘗

譜天香詞其爲陸南香作烟草倡和詩序自云以肺疾
禁不復飲幾同毋旻論茶有利甦累大之慮
樊榭讀五代史二首云五季方龍戰蜀亂失昏曉士有
苟祿者傾身以營飽遐哉鄭先生冥心棲靈顥松脂去
三尸獨立塵壒表吾愛張監軍心爲巨唐有不知鬥雞
兒自取竟相負刑餘誠何傷報韓同不朽區區六臣輩
晝日但顔厚意有所觸輒爲録之其義石謡一篇亦有
古意

嘉善曹楷人號慈山所居中阿里東園向畜雙鶴忽生
卵哺得二雛因搆亭名以産鶴詩曰産鶴亭集即事云
緑陰籠壁勝於紗默默攤書到日斜兩意欲來簾不捲
一聲風磬落桐花風磬以銅爲之制類鐵馬楷人按律
呂自造命以今名嘗撰琴學内外篇辨聲舉隅録自營
壽藏曰永宇谿莊著有逸語婚禮通考孝經通釋魏塘
紀勝老老恒言所輯宋百家詩存刻於乾隆辛酉取慶
湖集爲冠其少時所好也

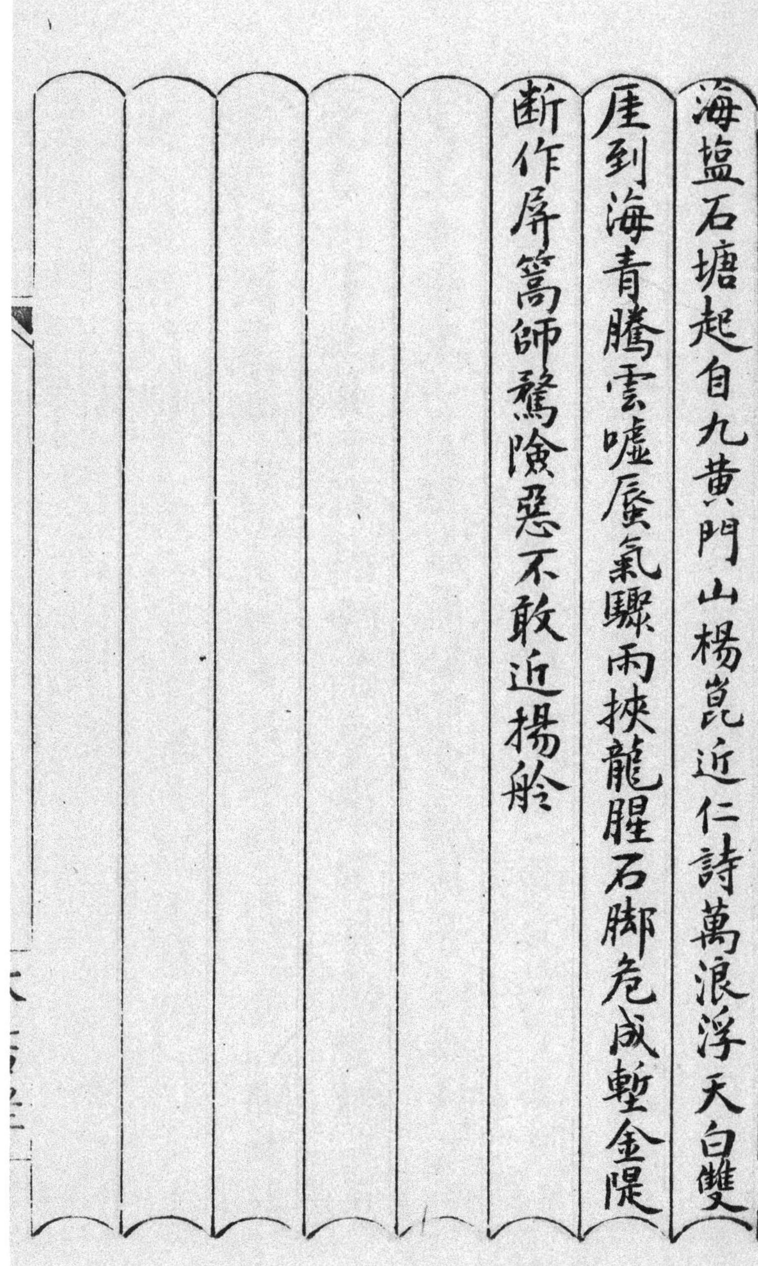

海塩石塘起自九黄門山楊崑近仁詩萬浪浮天白雙

厓到海青騰雲嘘蜃氣驟雨挾龍腥石脚危成塹金隄

斷作屛篙師驚險惡不敢近揚舲

山陰諸生劉大申天台追紀貝子功績四首有云藩籬
先徹謀如晉水陸成禽將是飛霹靂齒憑誰救鉅鹿
沈舟誓不留壘帀三重誅叛亟網開一面受降寬南國干
戈思吉甫東山袞繡識周公記惠獻貝子討耿精忠平
定台州事也貝子諱福喇塔多羅定貝勒斐揚武子
嘗從征闖孽殲海寇康熙十三年耿逆阻兵以閩與吳
尚二逆應特拜寧海將軍偕康良親王督師討之八月
至杭州謂扼賊之要在溫台遂分兵趨台州時精忠將

曾養性已由福寧渡海陷溫州台郡東南已為寇踞又
別攻處州將與嶺南江西為犄角台州失則甯紹之門
户奪浙以東悉為賊有賊且抄衢州之後而三逆相連
接貝子首復仙居十四年五月入黃巖九月樂清太平
青田大荊盤石五城皆下別遣將下嵊縣于是台杭數
百里道路無梗得一意討賊十五年二月解處州之圍
遂克溫州三逆之聯絡也藉福建為樞紐自大軍攻勦
溫台收定處紹使不得分顧衢州遂由慶元入松谿與

康親王會建寧循延平抵福州耿逆束手乞命三逆伍

離相繼服罪其由栟䈪出青田自章所乘馬以渡失足

折其手指攻溫州齒落者二軍次往往露宿積勞疾作

薨于福州台州人撰有寧海將軍固山貝子功績録一

卷台州訓導何石雲爲之傳簡儀親王其文孫也乾隆

四年以鎮國將軍督閩浙建祠于烏石山王中丞恕爲

撰功德碑大申此詩作于百年以後其勳勞德善入人

者蓋久而不忘如此

錢唐袁肇鼎字定年號雲門老於諸生與長洲沈虩齋
進士王芝軒明經善酒酣耳熱三人往往相對嗚咽不能
成聲或杜門哭竟日晚節以窮死子聾且啞相繼亡竟
無後有洛思堂集與沈歸愚素不協故別裁集不選
其詩詩以七律為多詠淮張遺事云魚塩自昔竄奸民
況直皇綱解紐晨數賊倉皇持白棓一城奔命走黃巾
乘機遂作鯨鯢窟失守誰司鎖鑰人當亡須懲慶元誤
羈縻莫漫賜恩綸相臣親自啟戎行指日妖氛靖楚疆

豈謂在庖仍出柙，翻然烏合復鴟張。朱弓漫作真王想，
青蓋徒聞劇盜狂。從此蔓延憂不細，縱橫鐵騎下淮揚。
吳越提封控制遥，擬門黄屋作南朝。霸圖每自思孫策，
王命何能悟隗囂。猴戲棘端空恃巧，鼃居井底易生驕。
當年高鳥藏金日，已有西風菜葉謡。北降豈必畏天威，
飢即依人飽即飛。奉命空聞隸版籍，領藩仍許建旌旗。
軍中虎節尊方伯，坐上龍衣出禁闈。何待異時憂跋扈，
撫綏已識廟謨非。操戈一旦罷輸將，聞説參軍有諫章。

漫指河山邀寵命妄期帶礪貴恩光車書無路通王會
匕箸何人憶尚方此日津門盡翹首海天帆影轉茫茫
參佐風流迴絶倫翩然承制盡垂紳即同黄歇三千客
可及田横五百人供箸未聞籌勝算揮豪何用競清新
梁亡江總頭仍黑莫笑彈冠又入陳喪師仍得擁旌旄
諸將何心汗馬勞縂恃主恩寛斧鉞便同兒戲曳弓刀
十年乘障丁男盡五夜鳴鐘甲第高已報上游烽火急
更催樂部進檀槽楚公死後棟梁摧市儈終非霸王才

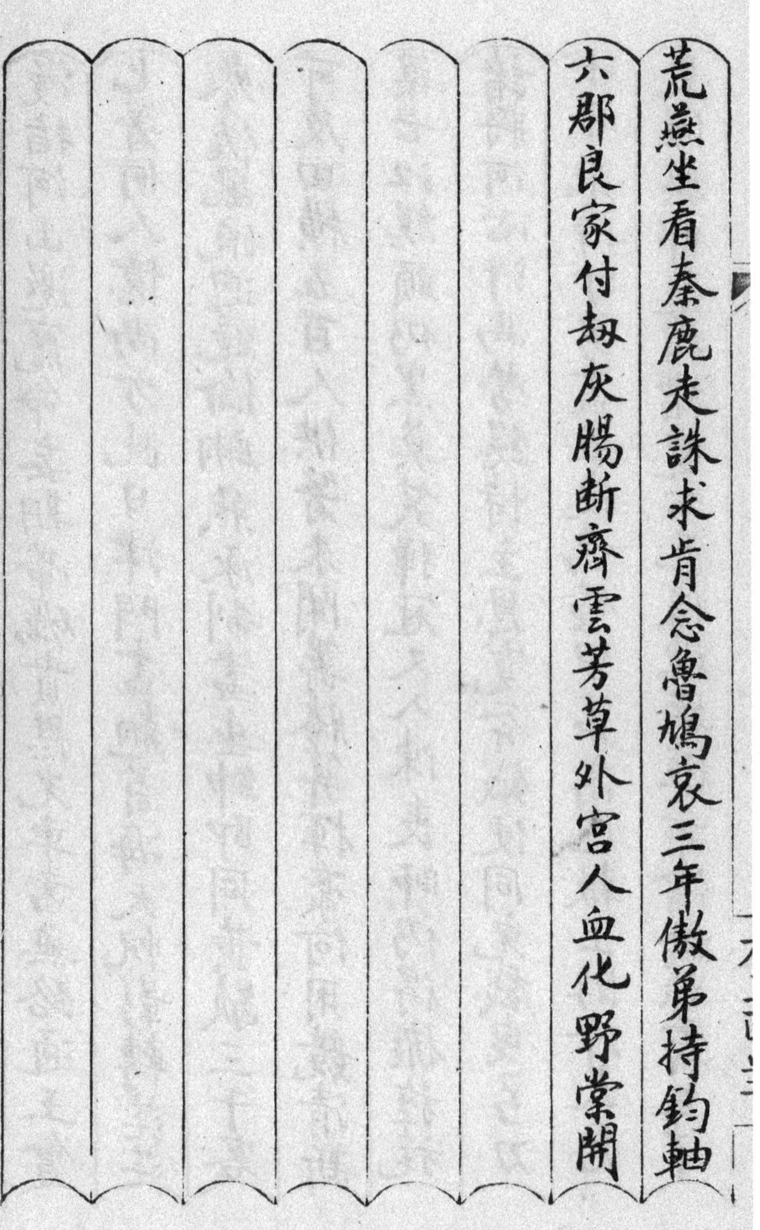

荒燕坐看秦鹿走誅求肯念魯鳩哀三年傲吏持鈎軸
六郡良家付刼灰腸断齊雲芳草外宫人血化野棠開

秀水蔣德秋涇雍正乙卯舉於鄉游京師與徐飛山員外浩鄭炳也翰林虎文結詩文社及門之士朱竹均石君兄弟最知名竹均送秋涇夫子南歸云蘇君化神鶴渴來一游嬉本不謀稲粱彈者亦何為夫子盛文章下第將南歸我貴物乃棄得失豈所疑翻鶩臨乖淚欲洒清潞西鄭公慕季長趙子辭昌黎離師當不及独立恐路歧客游廣陵以授經主易諧蔓勳抱山堂張四科哲士榮木軒辛巳飛山知山西平陽府聘主書院講席三

年丙歸丙戌没於虞山書院竹均為作傳其詩清沖夷澹如月下汎舟紅橋云日夕川氣白林月耀新境乘興打雙槳郤與野風趁水花出岸側烟霞洗更淨忽見白鳥下注目棲不定與厲太鴻陳授衣相角立清風雅裁如其人邵叔宀因炳也識秋涇其懷秋涇詩云瑟瑟秋風作薄寒故人杯酒隔江干月明一院梧桐影憶爾論文到夜闌秋雨沈沈似昨年桂花飄落滿堦前今年不共詩人賞獨對殘花倍悄然、

長興王豫敬所一字立夫爲姚薏田姊婿骨相臞臞與
薏田同歲才相埒皆貧不克自贍其生鋭意著書徵文
獻雍正壬子全謝山將赴秋試前一夕敬所與談張尚書
冰槎集中考證火盡取闈中樺燭焚之雞三號童僕
盡起席間燈火尚熒然敬所乃曰吾過矣子得無入闈
而困耶題杭堇浦松吹讀書圖云讀書攷前古所要精
與博時風求速化經史束高閣徒然逞胸臆惟恐勞齒
齶譬諸耕田夫曾不庤錢鎛縱或强記覽窺尋昧蔓蘧

磊磊群聖文撐腸等糟粕譬諸無制兵何能猛刺斫吾
友董浦杭百鷙中一鶚雖處闤闠間未嘗異邱壑雙松
爲表門亭子香茅縛架揷秘閣抄巨細悉領略心識作
者意英華飽咀嚼積久鑄偉詞落筆風掃擇手持示
流輩相顧互驚愕曩爲苔雲游結交事如昨别去動經歲
令我風味惡披圖如見君亦足慰寂寞爭得縮地術共
聽秋城柝不慎擇交遭奇禍逮繫西曹者五年故孱瘦
神魂魄力不足以當大難家貧鋃鐺就道一無所資配

姚世鑑字金心薏田姊也於十七皆有背誦亦能詩
嘗有梅花香裏待春耕之句壬子六月以望夫而死事
觧出獄董浦問曰患難之中所著多少敬所曰無有也
董浦曰古人遭患難正可立言何忽忽耶敬所謝之蓋
志氣不可復振矣不數年卒無子草殯山間謝山為之
志壙鮑辛浦為梓其孔堂集以行世乾隆癸丑長興丁
崙峰醉山兄弟合葬之於東渚村之陽伐石表之其山
莊雜詩云隙地四十雙深草三尺許疇曩本膏腴棄置

等埒鹵。方悔游惰非何辭困貧寠今歲捐筋力荷鉏學

爲圃編籬藝菜本投種遠春雨雨甲與烟苗茸茸漸覆

土茁此二十品便可助鼎俎惜哉霜降後枯倒同榛莽

復悟用力淺成功安得巨不如桑種松共結歲寒侶彈

指十餘年一一中梁柱東林好耆舊謂丁長孺先生於世既不

合未老營菟裘愛此山千疊規爲五畝園草菜半蘿茸

水木既明瑟琴書復妥帖更聞招諸生咿唔共講習乃

知有道士出處皆足法後來作招提方袍此中集高坐

句讀師教授門常闔兜時亦從游昕夕抱書入像設雖
堪憎清芬如可挹别去逾十年已歷塵沙劫精廬無復
存廢墟風瀘瀘我聞為憮然重来看一帀惟見荒榛閒
石筍如人立清雋疏爽頗近東坡律詩如病中六月十
八夜對月有懷錢塘諸游好云竹樹饒凉意微風来颯
然懷人成独立多病失佳眠稍待荻苗水相尋鴨觜船
明明頭上月尚隔幾回圓雨阻風秀軒欲訪董浦不得
郤寄云漢土憶題襟停橈欲過尋江鄉三日雨孤客一

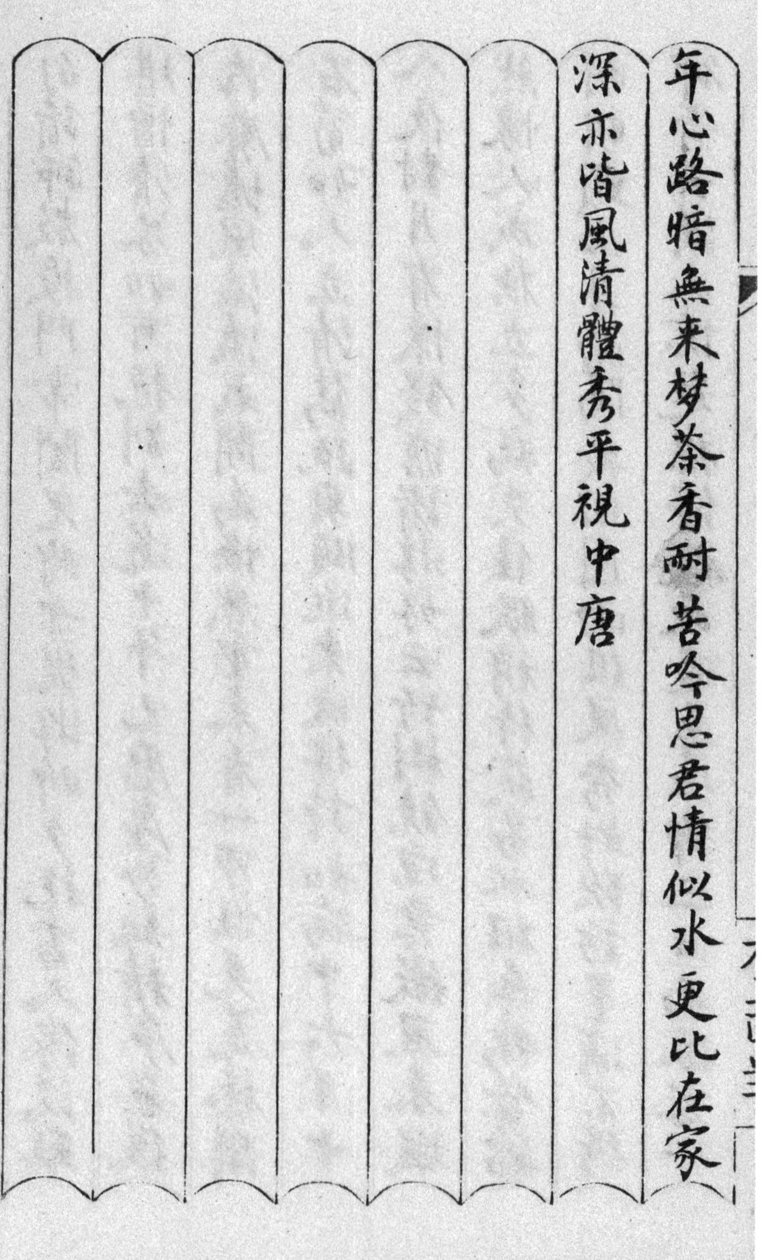

年心路暗無来梦荼香耐苦吟思君情似水更比在家深亦皆風清體秀平視中唐

陳霸先故宅在長興城東五里許陽烏山麓今爲廣惠
寺寺中有井相傳其始生時取水以浴水自涌出數尺
歸賦甫爲令時令人去翳蔽而出之作亭於其上爲之
銘其旁銀杏一株亦數百年物王敬所若谿雜詩云閑
尋寺井憶陳王寂寂空林貝葉香說與游人莫惆悵景
陽宮井更荒凉厲樊榭詩我來漱井眉銘辭義崚嶒傳
是洗兒日寒溜湯泉騰更著辱井戒不覺欷歔增可憐
馬上郎義憤尤足稱成敗有天定隙爲英雄乘煌煌江

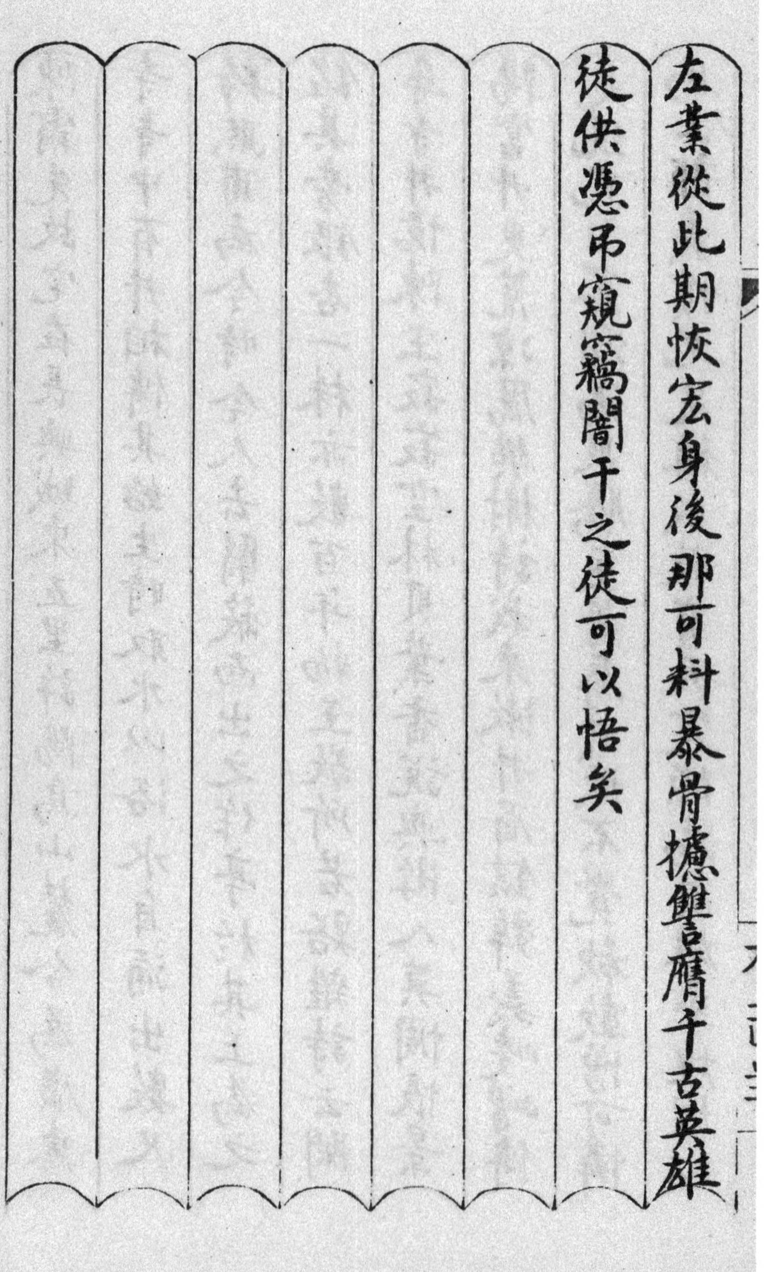

左業從此期恢宏身後那可料暴骨攄讐膺千古英雄徒供憑弔窺竊闇干之徒可以悟矣

歸安沈東田方伯由丙午孝廉官中書司名法入臺諫
壬戌出爲大名道癸亥東行迎駕途次雜記語三十二
首灤鄲波磔安肅槀真定韭各入題詠戊辰分廵江左
辛未擢任湘臬癸酉量移湖北布政使丁丑調黔中以
事降蕪湖道在皖七年重秉楚臬丙戌被議就養兒子
咸熙京邸爲吳梅村祭酒舊宅顏其左舍曰飼鶴猶言
將雛之意也臨海壽人王世芳南亭年百二十有六歲
生於順治乙亥少隨父樂冠壯而讀書四十九補博士

弟子八十貢成均九十六司訓遂昌乾隆辛巳百有三
歲俸滿引見晉秩六品在京祝慈壽訪錢籜石于繩匠
胡同厲書堂額壬午乙酉兩次迎鑾丁亥引乞大吏請
旌前後恩賜金帛及　御筆璺序期頤昇平人瑞二額
庚寅慶祝
高宗六旬萬壽來都金帛外又賜詩加司業銜並予在
籍食俸蓋百十有二歲矣耳微重目不借鏡而能作楷
齒牙初落飲食健於中人不扶杖子四長八十有八孫

十一長六十有九曾五人元七人來八人帬一人共三
十六人各以耕讀自食問何術致此曰無他惟茹淡泊
祛憂慮而已飼鶴軒草一百十二壽翁王廣文詩云盛
際龍飛歲指寅雲蒸霞起帝城春北辰疊叶無疆慶
南曜重來不老身駐景神方從紫府祝釐誠悃達蒼旻
最誇十里天街路滿駕平趨蹋輭塵赤城勝蹟昔曾傳
杖履春風得氣先甲近再周天放客星移十紀地行仙
百年麤糲三餐飽五夜心清一覺眠欲識延齡惟淡泊

不須采藥並逃禪冷官百歲始登程抱道惟傳讀與耕眼底来昆弟擁七代堂中絲竹樂群英坐令元化推兄事後漢華陀字元化百歲有壯容只許彭鏗畏後生裒晋章身旋引乞手提藤杖倚柴荆奇姿仙骨動天顔珍重殊恩屢敕頒已許姓名登寶籙勝如金紫綴崇班筵開洛社行居首圖向商山色更斕知是鶴齡無量在十年一度賜恩還

歸安戴農南大令永植同錢立夫晚步在酒亭云潦倒
同𩦎選勝場寒鵶啼處路荒涼相攜在酒亭邊路一帀
孤城半夕陽又有夕陽紅半樓及好山多赴夕陽邊之
句時人目爲戴夕陽其答箸冷挂水清淺一尺鷺鷥漁
夕陽之句又號爲戴漁淮陰侯祠云面背動關天下計
死生不出婦人謀樵李亭懷古云偏教臣妾知天意不
謂君王有父仇揚州雜詩云自有三朝連北魏可憐二
世學亡秦陸陸堂汀風閣集謂其以史事入詩奔赴手

腕間者也

會稽布衣丁煌鶴泉有繼吴禮部師道十臺懷古詩姑蘇章華朝陽黄金歌風戲馬望思銅雀鳳皇凌歊也吴詩如戲馬臺云寄奴千載心争雄登高把酒臨秋風詐移晋鼎非男子君看百戰東城死氣骨錚錚可稱傑出其序言詩係濟南王所倡又栲栳山人岑安卿集中亦有此題而無凌歊止九臺而已商寳意越風云往見高澹人天禄志餘云許渾凌歊臺詩宋祖乃劉裕也南史稱宋祖清簡寡欲嬪御至少安得有三千歌舞之事耶

按澹人止知高祖稱祖而不知孝文廟號太祖孝武廟號世祖蓋三世稱祖也澹人誤指孝武爲高祖未閲全史何得妄議古人然其誤始於明焦弱侯竑其説見焦氏筆乘近時和是題者唯嚴海珊與予及鶴泉不誤海珊詩三千粉黛哭失聲群巫又掘殷妃墓予詩陰室開時知儉德麻拂葛籠猶挂壁嗣孫好作色禽荒田舍翁聞應歎息若杜雲川誰奉赤書隸傳亮自來黄屋笑桓元亦指爲劉裕其考訂極爲明瞭至宋玉神女賦序昔

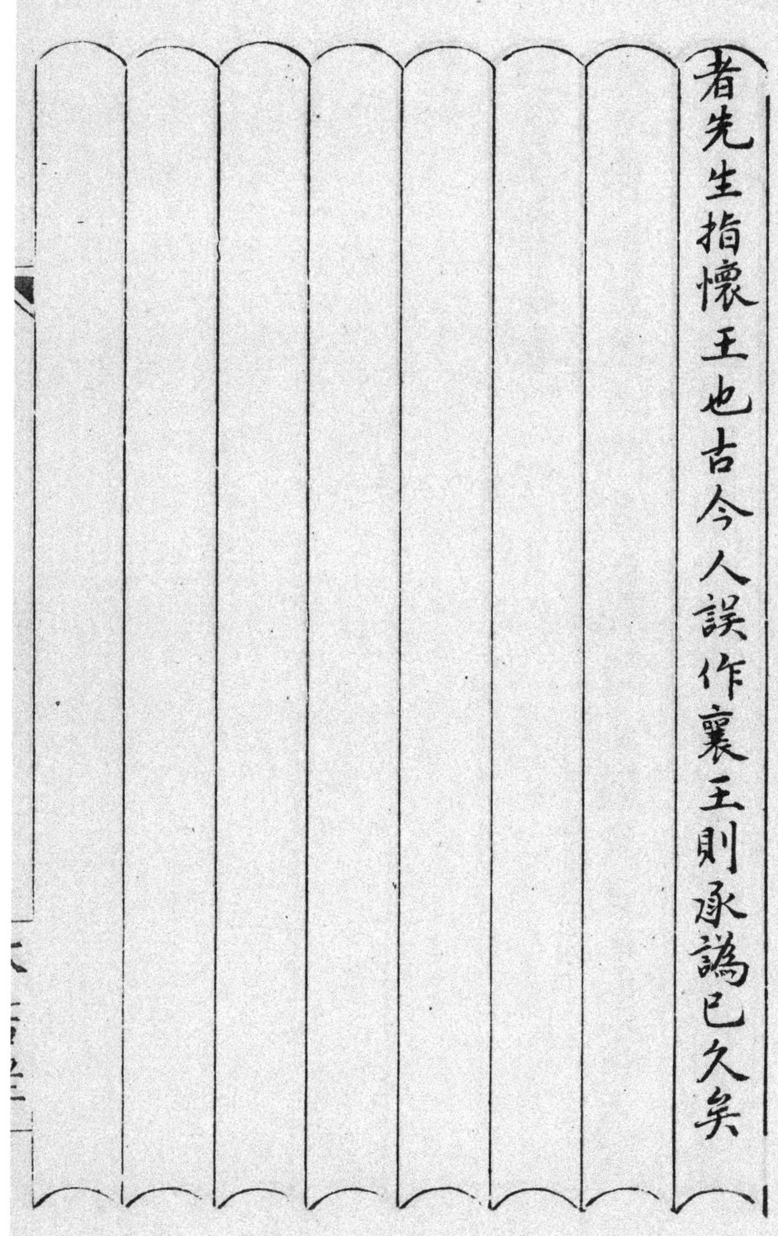

者先生指懷王也古今人誤作襄王則承譌已久矣

嘉興金陳登病起述懷云花落正如佳客去書存時當
古人看海鹽朱之溥夏日感懷云睡思及午濃於夜花
好當階豔若春

錢文端主乾隆丁卯庚午江西兩科鄉試東林寺和王文成題壁詩丁卯作也時籜石尚困諸生擕以同行亦有用韻之作試畢隨文端灘行還浙壬申籜石成進士文端以是年予告疎甲午正月卒是秋籜石典江西試重游東林寺文成公次邵二泉韻詩已刻石墨蹟壁已壞寺僧出觀文端次韻詩庚午再過所錄碧箋因取畫蓮幅寫丁卯同作詩于上付之再用韻云山游何用傳詩草豈謂山靈盡知好十八高賢久已非疏林只待秋

霜老武夷君唱人間哀姚江節鉞章江開壁間黑寶成
終壞門外錢生去復來香爐之峰頻矯首嘗共茶甌不
同酒風雨劫外公當仙廿八年前吾已朽殘僧兩三立
荒庭藕葉出花如江汀匡君留與山匡姓任爾匡山青
不青其百花洲燕席感賦第二首云卯歲庚年又九秋
躍瑜舞徧只芳洲　君恩時有涯家事四座翻催一客
愁天上公隸星緯爛漢南樹老露華流酒悲已破哀絃
覺詩好仍煩素壁留丁卯庚午文端兩燕百花洲皆有

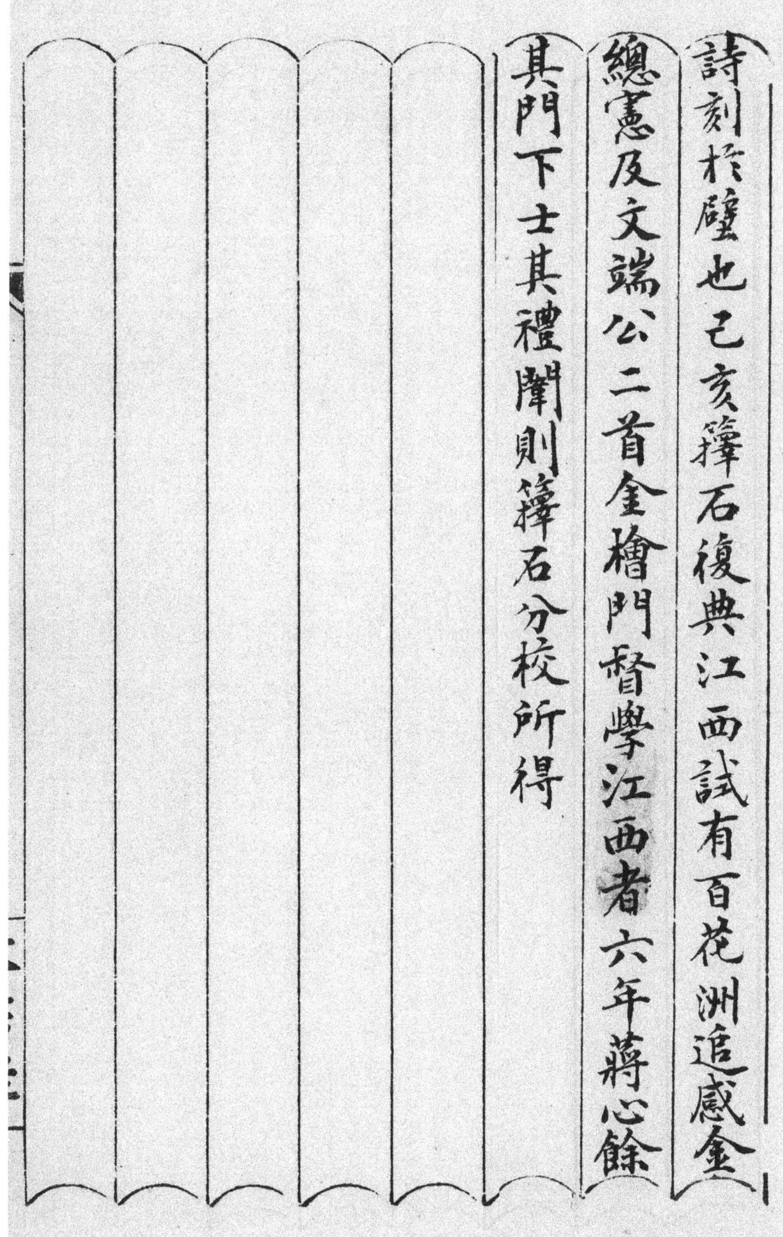

詩刻於壁也己亥籜石復典江西試有百花洲追感金總憲及文端公二首金檜門督學江西者六年蔣心餘其門下士其禮闈則籜石分校所得

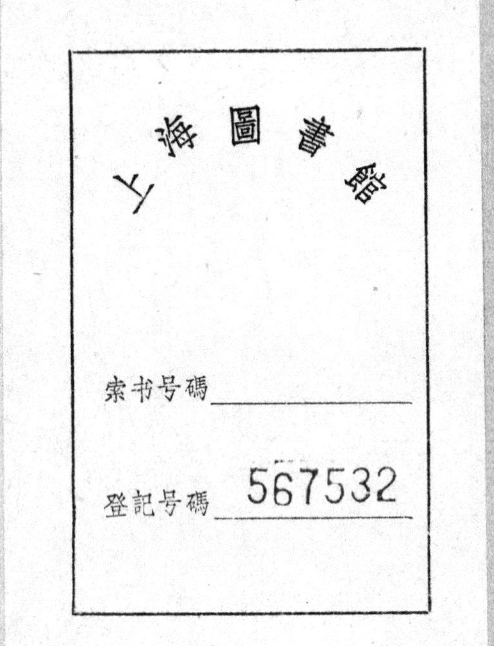
上海圖書館
索书号碼
登記号碼 567532

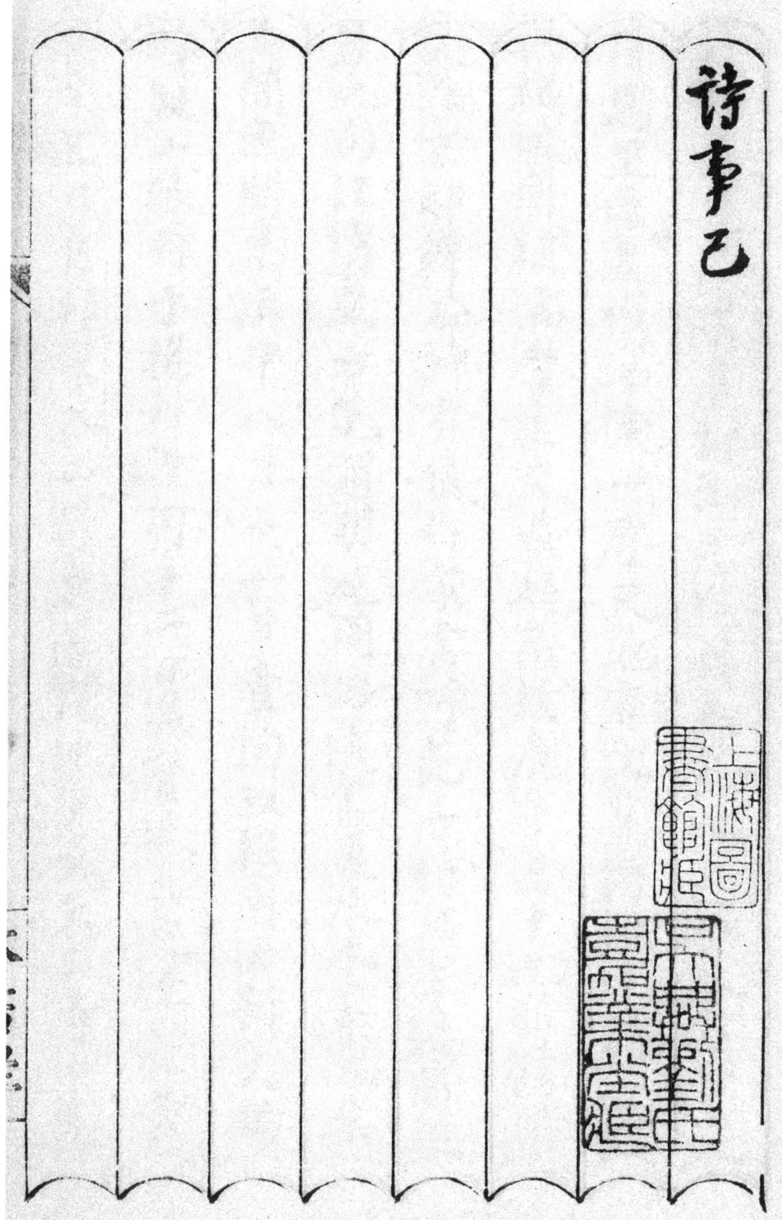
詩事己

錢犨石哭萬孝廉詩銜悲宛轉尋餘味在世蒼茫累此
情萬里母妻惟涕淚一塵天地有文章語極沈痛犨石
興柘坡同補儒學生交最契卒於庚午三十九時館梁
文莊京邸犨石詩有倩作家書呼范子侍傳手稿寄汪
君之句汪渭康古范謂明經同治遺書盈尺未盡裒集
其閩漁閣集庚申八月十一日查恂叔招同西顥文錫
游盤山晡時于楊村渡河十二日過寶坻二更至崔黃
口十三日自邦軍入山停車蓮花池步至天成寺少息

至西甘澗老僧法天出所藏李隱士琴觀之又引觀元
全真王棲真所居石龕至東澗還宿天成寺樓十四日
由東甘澗樵徑至古中盤登正法寺閣望紫蓋峰下闇
避雨於五松堂雨霽過中盤飯於少林寺至紅龍池觀
明正德十年除夕盧師邵等題名出黑塔溝失道陷深
谷中攀繩而上至上方寺夜宿東竺菴十五日游雲罩
寺登自來桂月二峰下山歷石筍洞青溝禪院萬松寺
上斂臺翫月翠屏峰下十六乘山輿至感化寺又至天

香妙祥寺寺多柿一池養魚云冬寒則納之于井又至佑唐寺觀洗盔池搖動石唐咸通時碑尚存還至鯨甲石是衆水交滙處再宿東竺庵夜大風十七日重過上方寺遂至山後游青峰法藏雙峰諸寺皆有詩紀之其云薊州李隱士穹谷龍蛇蟠負薪以養母用勞爲承歡笠逢盤上九高尚同伏鸞當途勸不譍名晦迹亦刊老僧業淨土結屋臨哀湍示我壞琴一古聲如未彈年深漆色碎嵐重絃絲寬旋觀不敢弄挂壁苺苔乾隱士李

光四也

桐鄉汪珊立太守筍少與祝豫堂錢籜石王穀原結詩
社晚歲自長沙歸囊橐蕭然以詩畫自娱有謙谷集泊
富陽云郭門面江啟人家背城住厭看陽江山巘巘青
無數遠遂逐漁来残鴉逆風鶩而我倚蓬人躊躇憚前
路驛喧鐙漸上天澹月微吐何處有清醪一尊釋寒沍
晚過太湖云十幅春風緩張拓淡烟回首吴江郭隄樹
沈沈約約約鏡中船翦朝光薄金庭玉柱青悄然包公
動定還年年安得蘸筆東峰巔三洲坐擁醉不眠畫出

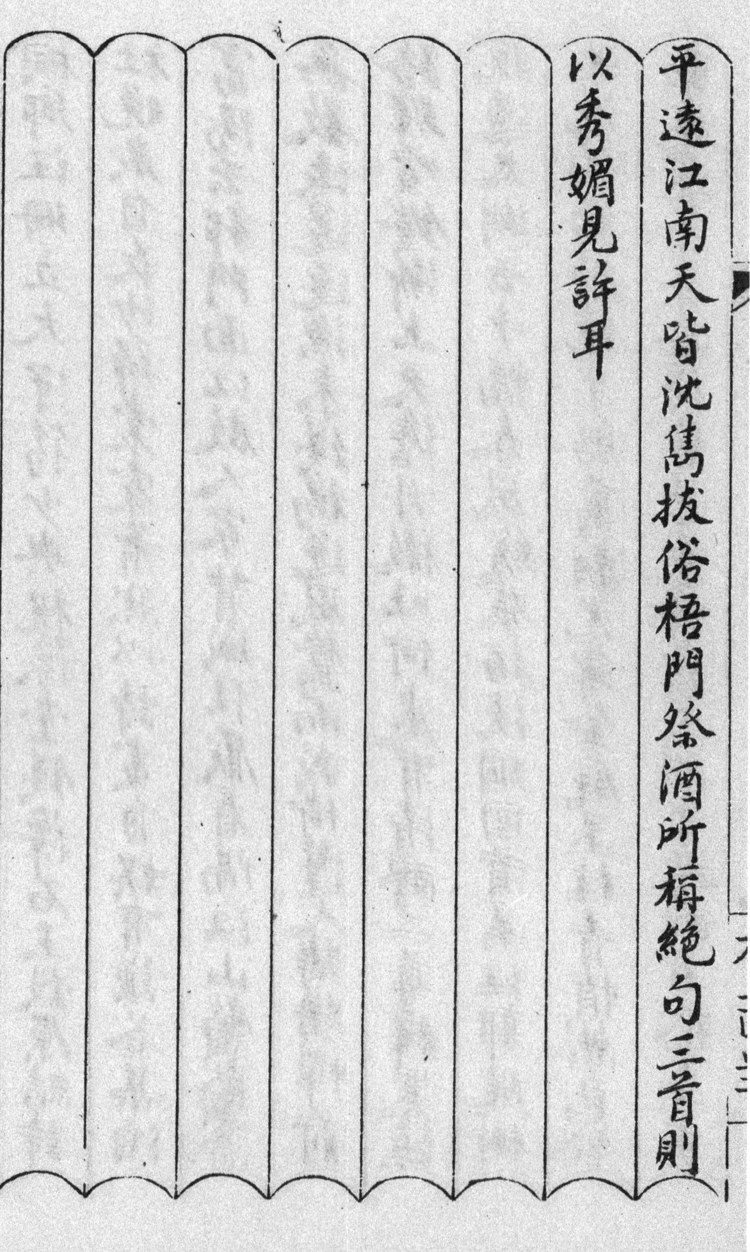

平遠江南天皆沈雋拔俗梧門祭酒所稱絶句三首則以秀媚見許耳

大宗雍正元年舉人用宏詞入翰林未久保送御史條
陳失指罷隸其言滿洲官督撫者過多及天下藩庫宜
有餘款存留以備不虞不可悉解內部皆切當時之務
沈文慤送之詩云殿頭磊落吐鴻詞文采何嘗憚作𠍱
王吉上書明聖主劉蕡對策治平時鄰翁既雨談牆築
新婦初婚議竈炊隸去西湖理場圃青青還藝向陽葵
其論詩謂漢魏以降澹古澹泊之風微富麗繁密之製
漸興高齋十學士所選以迄周隋名曰古詩中間不雜

儷句少陵詩千四百六篇排律多至百三十五首集中五古屬對者十之八九昌黎詩三百七十一首益以集外之詩不滿四百篇其中排律凡十五首聯句十四首用平韻者凡四篇惟遣興一篇不用對句餘皆古詩也鮮有不對者元白尤以長排見奇皮陸亦然自來大家名家未有不工排律而可冒託者也

陳夫指罷縣其言諸州官督撫者過多及天下藩庫宜

大宗雍正元年舉人用玄詞入翰林未久除江御史條

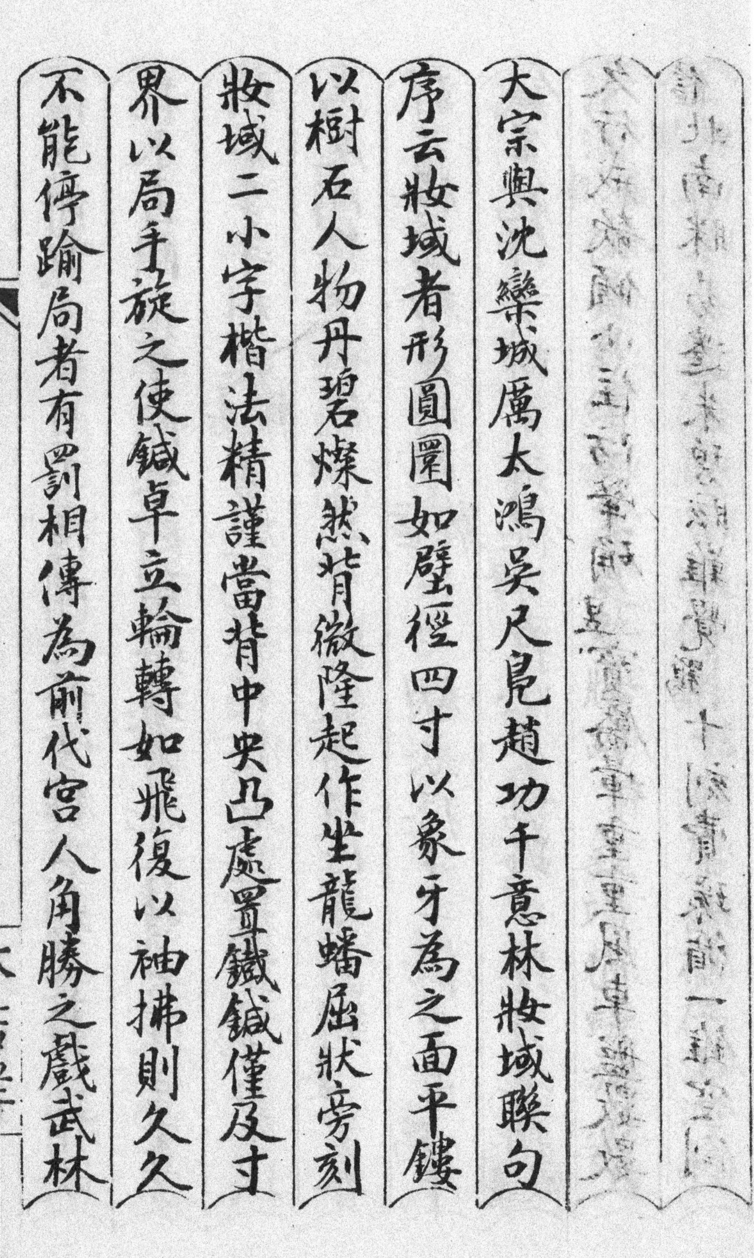

大宗輿沈欒城厲太鴻吴尺鳧趙功千意林妝域聯句序云妝域者形圓圜如璧徑四寸以象牙爲之面平鏤以樹石人物丹碧燦然背微隆起作坐龍蟠屈狀旁刻妝域二小字楷法精謹當背中央凸處置鐵鍼僅及寸界以局手旋之使鍼卓立輪轉如飛復以袖拂則久久不能停踰局者有罰相傳爲前代宫人角勝之戲武林

舊事所載千千日下舊聞之放空鐘之類蓋藉以銷吹花永晝閑題葉閒思所謂妝域者也其詩云深宮晝多閒樂事年年相較嘉轍舊戲擺灘錢餘歡收握槊鶚高擊拭烏皮圓轉走贏骰焯花背龍紋蟠巧心象齒斲昱黃香別方滕蒻粉界橫㩻世駿一一翻衣痕千千拂巾角鶚午鍼豈能停丁㽞不須捉焯在次星離躔中規月還朔嘉轍久行戒敧傾小住防犖确昱寶奩暈重重風車盤數數信北南眯易遷朱碧眩難覺鶚十刻費環循一錐空倒

卓（世駿）烏三帀未棲蕉百回仍剥（信）蓬卷無根株渦洄亂
清濁（嘉黻）徐時影繽翻急處勢騰踔（焯）氣竭揗蟻旋局殘
屢鶴啄（昱）文窗紛合圍紅袖競鬭撲（嘉黻）快奪金百鍰偏
輸玉斐珏（信）迴腸託防閑匪石謾謡詠（鶚）攏鬟婢爭看
扶腰女初學（嘉黻）眉顰側輕鈿臂瘦動寬鐲（世駿）人語喧行
廊花光飐繡楄（焯）前塵已微茫小物尚高邈（昱）細字認
蠶眠兒嬉等燕濯（信）蒐羅譜莫憑輿衍句從駮（鶚）徒用
刻楮工相看齋一握（世駿）朱朗齋文藻妝域歌序云余見

樊榭手稿曾有妝域聯句詩謂是明神宗宫人兕嬉之
具後於鮑氏知不足齋見有求售者是雕漆所製上刻
神宗年號今來泲上黄司馬小松署齋出睇所藏乃琢
象齒爲之其體圓徑二寸五分面平而底稍隆起正中
有臍六稜突起臍中卓一錐長三分寸之一麤如燈心
而不鋭可使几上旋轉者即此錐也六稜周刻小楷字
自右而左順讀曰甲寅年七月二十四日造李得仁蓋
萬歷二十四年也六稜之外雲氣繚繞於仙山樓閣琪

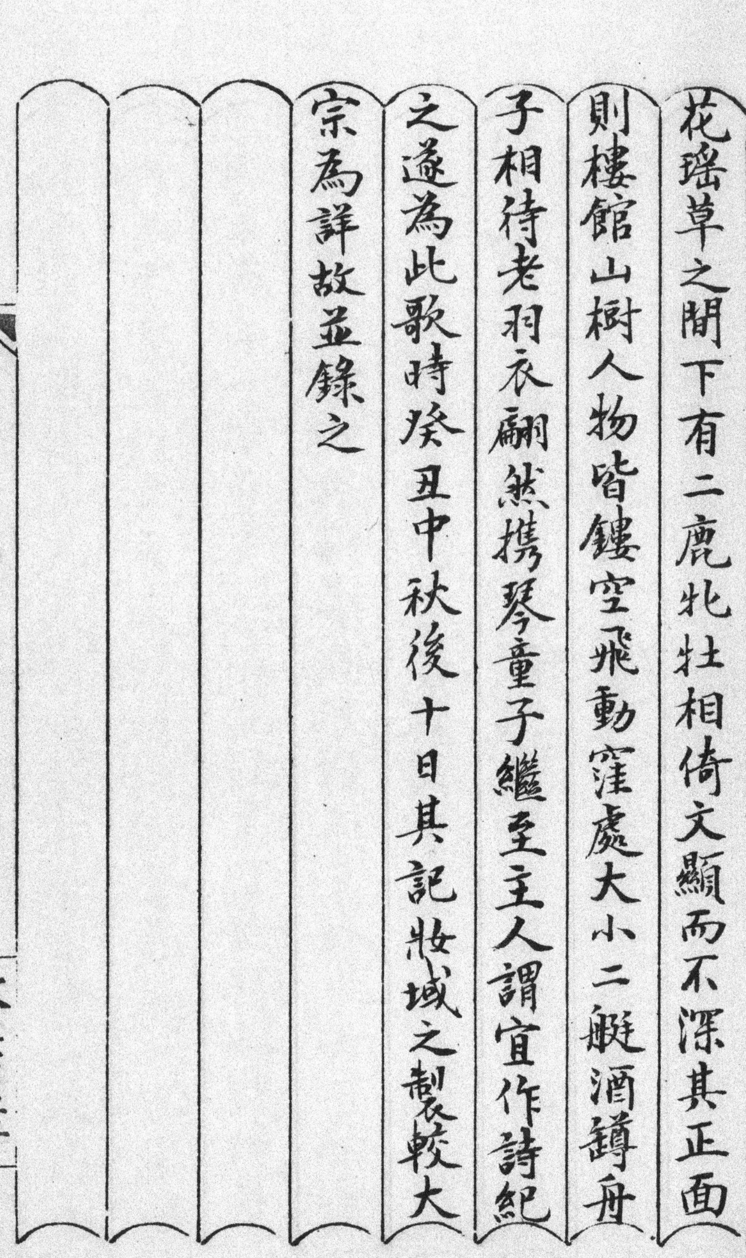

花瑶草之間下有二鹿牝牡相倚文顯而不深其正面則樓館山樹人物皆鏤空飛動窪處大小二艇酒罇舟子相待老羽衣翩然携琴童子繼至主人謂宜作詩紀之遂為此歌時癸丑中秋後十日其記妝域之製較大宗為詳故並錄之

杭州宗陽宮即南宋德壽宮舊有穹石傍石有古梅一
株襄七宋故宮梅石歌云華陽宮成狀難起壽山艮岳
溝中委海棠龍柏摧爲薪絳桃垂楊半成杞二蔡二惇
未厭亂厲階誰生動父子崩騰靖康互絡繹淒涼南渡
開基阯傷心細柳與新蒲滿眼殘山兼賸水六百餘年
過故宮尚存一片青芙蓉梅花蝕盡空餘影劫殘曉月
淩霜冬零星石柱見古礎槎枒枯樹含悲風冥冥黑水
青楓道杜鵑啼號山鬼笑青城寥廓雪窖深一枝冰玉

同誰照冬青陵欑已無樹蒼梧路長不知處惟有長編纂輯餘一抔義士懷終古瑛乎瑛乎吾與汝（藍瑛圖梅影石壁）所南之蘭已無土石不能言花解語觀馬文毅公彙草辨疑書冊云辨疑兩縛公所寫捧來恍若騎箕下當時逆帥同姓名合鑄黃金網惡馬（提鎮馬雄絕援歸逆）孫吳作賊處懸軍磬聲思死封疆臣憐公僅辦擊賊笏作伴尚有中書君愬槐鬱壓不流宕裂月撐霆排榻上畫沙空倚平原顏籌筆數揮丞相亮君門萬里難補戈一群那促蔡

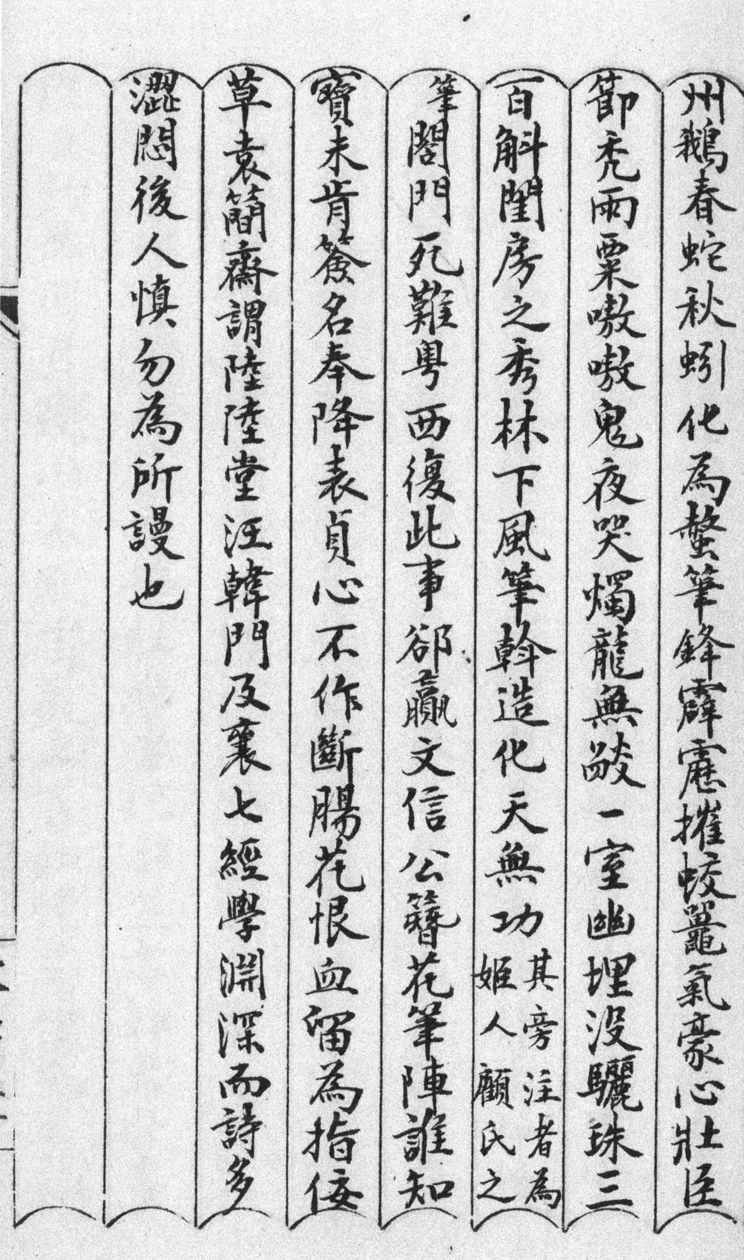
州鵝春蛇秋蚓化為螢筆鋒霹靂摧蛟鼉氣豪心壯臣
節秃兩粟嗷嗷鬼夜哭燭龍無跛一室幽埋沒驪珠三
百斛閨房之秀林下風筆幹造化天無功（其旁注者為姬人顧氏之
筆）閣門死難粤西復此事郤贏文信公簪花筆陣誰知
寶未肯簽名奉降表貞心不作斷腸花根血留為指佞
草袁簡齋謂陸陸堂汪韓門及襄七經學淵深而詩多
澀悶後人慎勿為所謾也

烏程嚴遂成松瞻官嵩明州知州有海珊詩鈔紀俺荅

事懷明王襄毅公云城郭豐州帝制雄鈎連三鎮潰雲

中脣吹石勒漚麻嶺血浴高歡避暑宫奇禍粜来和始

定名經請去貢長通相臣主議民休息宋事虚徽葉梦

熊不信漁陽突騎麤連年膽落鐵浮圖奇功忽逸桃林

塞小勝惟誇莜麥湖海若何心邀祭典関氏有手握兵

符西方以次皆粜欵衣飾紅獅老把都五言如東坡書

院云竹非因月瘦山不厭雲癡七言如怪鳥呼風天忽

冷危風到地晝常陰詠物如海棠云睡味似逢鶯喚起
酒痕仍借笛吹消梅云殘笛一聲涼在水遠峰數點碧
于烟咱可入摘句圖

歸安沈東甫炳震著書最多新舊唐書合鈔外有九經辨字瀆蒙廿一史四譜唐詩金粉井魚聽編歷代帝系紀元歌增默齋集辟科召試未用以歲貢終弟繹旃炳巽有水經注集釋訂譌幼牧炳謙亦膺鴻博之篇吳斯洺云東甫生平未嘗談禪歿後半月示夢其弟雲漁口吟二句云飛時已忘爪消後豈知冰

會稽高寶意太守以編修乞外授鎮江府同知同時東宜年亦以翰林改授杭州司馬馬澗川贈詩有左遷仍授職吾道莫辭貧燈火蠣頭舫湖山雉尾蓴之句解官居秦淮水榭春一姝麗臨去出白玉墜爲贈把翫不忍釋手袁簡齋過之投諸河以防止水使人涸而出爲累官邊郡投老沅江追念昔游形諸篇詠嘗曰吾鄉放翁在蜀十年曾有所盼睞日每懷舊游屢見吟詠僕於金陵亦然月地花天復此追憶不知身滯百蠻也詩曰選勝鶯花幾度經吳孃低唱酒微醒誰知暮雨瀟瀟曲偏

向鑾村意外聽何處南朝不可憐屏中樓閣鏡中船茫茫洗馬愁難遣已過羊車入市年鸞坊寂寞鳳臺空白髮吴伶話故宫外院尚横金鋸鉞内橋誰奏玉玲瓏謝莊玩月憑欄坐渠緒簪花側帽鶇古巷斜陽誰認得重來惟有舊烏衣名士當年説過江圍棋邀笛總無雙只今惟有青溪水九曲潺湲到客窗王德甫司寇詩温李風華絶代才鑾荒淪落儘堪哀逢時若比韓熙載空向歌姬乞食來非惟前輩風流抑亦承平舊話也

錢唐王介眉延年與其弟步元孝廉騰蛟並薦大科嘗
以史編經進賜官學正犨石題其紀梦詩後云國子先
生冬病腓夜梦有適户闥旅立者胡来陳承祚坐者不
識習彥威三揖立者荅且顧一揖坐者蹇弗揮立者乃
指坐者語帝魏之正其庶幾前身後身君豈憶盍即寫
此吟依稀白頭累犂猶未第史學可傳復何祈風寒梦
回紀其二一十四字懷珠璣足成六章章四句説梦向
人人笑譏蓋嘗夢至一室一人揖而言曰余漢之陳壽

黜劉帝魏後人以爲口實指榻上人曰賴彦威先生正之汝乃先生後身手授一卷俾題六絶句寤後僅記二句曰憖無漢晉春秋筆敢道前身是彦威其事雖恠然較之動輙言梦見孔子者爲韻勝矣

仁和汪臺抱璞爲湯西厓少宰撍南屏坐雨句云雲氣
半遮山下塔秋光早入水邊村家有復園因以自號嘗
取陳簡齋亭角尋詩滿袖風句繪亭角尋詩圖

金檜門總憲贅於檇李汪氏讀書鐵舟園甥館汪鶴孝
范湖老宿也盡窺其藏書丙辰以中翰中式出松泉汪文
端之門廷試擢第一入直内廷屢典試事詩宗韓黄
常與錢汪相提唱蔣苕生張瘦銅奉瓣香焉其說詩謂
文詞之要古人所以不朽者只一切字切則日新而不窮
否則牽附粉飾外强中乾覦腆神悴苟知切之爲用
則變化卷舒象外箇中開闔無盡第各就學識才分成
其大小若浮夸以侈規模狹隘以詡矜貴是皆虚車也

其詩自題曰詩疑今刻曰詩存非先生志所删亦多不當故瘦銅有太元不副故人求之歎吾愛其劉表傳云苦費書詞譬二袁自家豚犬向誰言鹿門未遂高人旨何處荆州遺子孫讀閒居賦云官情巧拙細爲分養志須知在守身乾沒到頭成大負版輿安否太夫人

錢唐汪氏有聽雨樓康熙甲午至戊戌舍亭孝廉招樊榭主其家塾課二子汪沆師李與兄浦蘅洲先後列弟子員蘅洲早卒師李沈敏多才屢爲諸侯上客樊榭贈句云擧鐙書好才稱撓横槊詩成氣自雄杭大宗序其津門雜事詩云吾友汪君西灝滞滚是邦以詩傳事夫攬奇紀游之什大抵詳南而略於北西灝抽妍騁祕豈非肴方者之惇史乎得樊榭詩法其盛西紀游之作如託根莫嫌孤特立物所尚詎識快心地人生有蹢步締

造綿一紀役罷萬夫瘠生平誰滿百辛苦營臺榭山林
俗不爭遺榮亦遠辱諸句皆有名理東堂觀劇句云久
識人生同爨演銷沈不待管絃終讀之輙爲悵悵

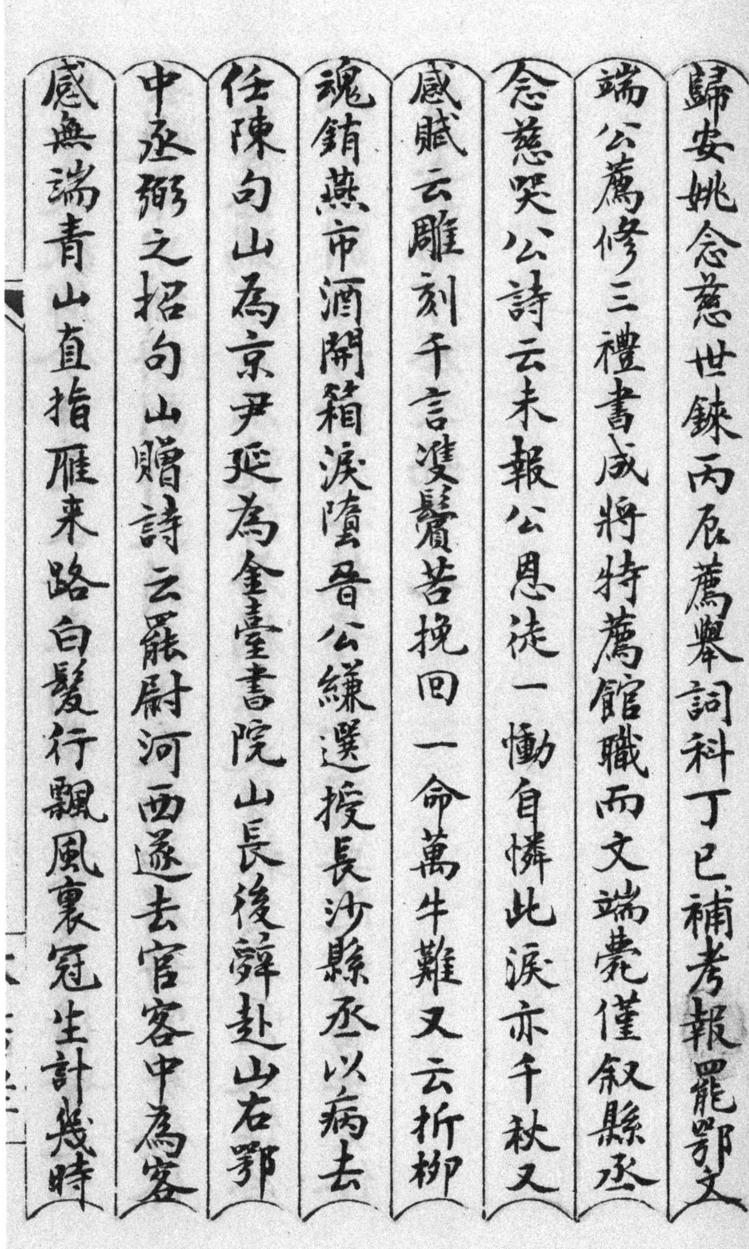
歸安姚念慈世鋉丙辰薦舉詞科丁巳補考報罷郭文端公薦修三禮書成將特薦館職而文端薨僅叙縣丞念慈哭公詩云未報公恩徒一慟自憐此淚亦千秋又感賦云雕刻千言凄鬢鬢苦挽回一命萬牛難又云折柳魂銷燕市酒開箱淚墮晉公縑選授長沙縣丞以病去任陳句山為京尹延為金臺書院山長後辭赴山右郭中丞𨚗之招句山贈詩云罷尉河西遂去官客中為客感無端青山直指雁来路白髮行飄風裏冠生計幾時

歸雲水故鄉今日是長安東門帶草叢在待繫先生
去轍難申拂珊副都次韻云山長新如得好官夢餘休
更惹愁端才名不愧陳蕃榻豪氣曾輕貢禹冠久住忽
成千里别强移聊借一枝安草堂資要隨時蓄垂老依
人畢竟難中丞文端子也

鄞縣袁德達字性三號近齋乾隆六年舉於鄉七年成
進士授刑部主事庚午京兆試以員外郎與分校遷直
隸司郎中有趙如勲者定州人父趙和為其同姓趙簡
拳而殪趙簡論抵絞越十五年而如勲殺趙宋詣有司
自言報父仇言趙宋實同趙簡毆殺其父而屬趙簡独
承宋得詭免是時如勲年十四弱從兄趙欽錫不平指
控趙宋以誣告人論徒及長母婁婁言趙宋切齒如勲
痛入骨母老弟幼自禁耐今母已葬弟能食力矣乃竟

殺宋而詣獄就死有司以故殺論當如勳熙斬直隸總督
方觀承以獄上事下司近齋爲仿駮復讐議上之曰該
督慮是獄情未得尚疑遽質擬非詳刑弼教之本意也
此案題結久已十五年案內審明無干之人而該犯富
謀粗殺口稱報仇其趙宋同毆致死之語僅屬該犯一
偏之辭出自其已葬之母之口無别證左承審各官曾
不究覈該總督亦遂依違奏當意謂乃按本律擬斬輕
重適等奚俟深比不知殺人造意罪在不赦而爲父執

仇情則可原以不赦之罪傅可原之情使將來秋審倖
邀矜恤暴而逸誅何以懲後且聽其飾詞未覩其真或
凶狡姦民而與天性激昂奮不顧身之子混相景冒此
間誠偽若不明白所關匪細若該犯供詞屬誠則舊案
何妨改正該犯律有本科應從寬典其或舊案並不差
謬該犯亦實無它嵩止因母言痛傷父命銜恨祚金一
十五載至母亡弟長內顧失戀搯金揕仇束身赴法此
其處心良可哀憫亦不應與尋常謀殺一例問擬刑本

教理共貫同條豈宜遷就轉致乖疏此案應令該督再
行研究確鑿具題到日再議奉旨部駮甚是依議獄再
上報仇明白如勲得減戍鄭炳也為作定州趙孝子歌
紀其事既而出為雲南永北府知府永北治金沙江外
萬山中民獠雜處地窳呰不知治貧瘠頑悍無禮教其
俗無子子壻不立宗法奴婢之異主者相匹偶各役於
主如初不共居室夜則就婦宿生子從父生女從母役
屬亦如之父子夫婦莫辨乖離忿懟毒聲流聞至則理

諭法禁令曉倫理知羞惡煦煦懇懇境內丕變親教之
耕疏墾灌殖如內地又興塾學以開其子弟居二年以
禮去官歸作東歸篇其略曰滿目荒荊榛山城一壺繫
懸隔金沙外誰復思撫字地僻雜夷獠生獰多榲氣利
乖父子恩詬誶況兄弟族亂宗法七無子子贅壻錮婢
囮眾雛生子非伉儷濟濟膠庠英耳不聞六藝吁嗟俗
如此掉首不忍視瘢痍似巢禽板屋架巖際二月春雨
生耡耰雜姒娣樂歲一飽難身無完衣衣甫釋行手艱

又對此凋敝龔黄召杜賢才薄何由繼鬱結摧心胸設施慮無自爲之浚故渠宛轉引灌溉爲之營始耕開倉給廩饘爲之平舊征銖粒必親涖爲之董塾師訓課依傳記時復慮因餘親指六經義放衙行田間勞勸不辭瘁譬彼蠶三眠温厚以爲飼又如病起初藥石忘猛厲綢繆二載中稍稍起顛躋嗟哉風木悲北堂凶問至方寸既已摧何能復談治服闋起爲廣西慶遠府知府未行卒于京師時乾隆二十五年年四十九其子鈞學于

炳也爲作家傳羅臺山別爲記秦小峴爲撰墓表特爲之要刪以備傳循吏者財擇焉

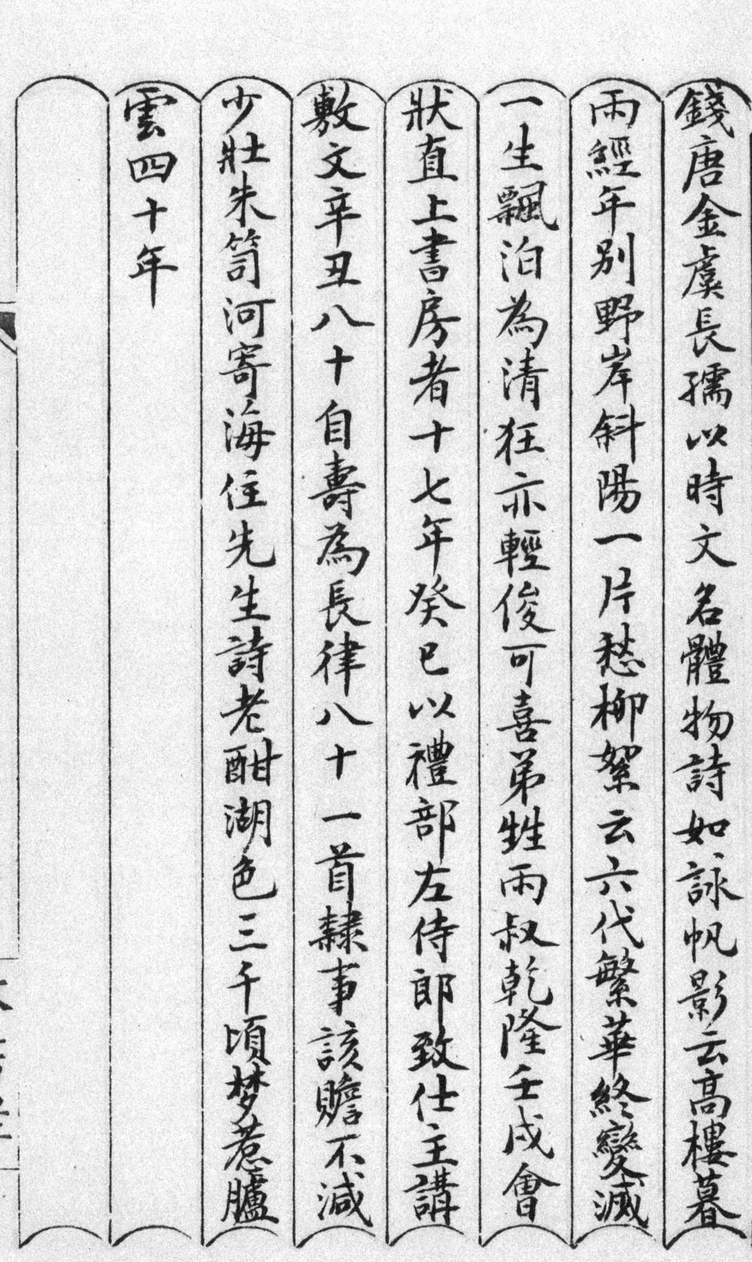

錢唐金虞長孺以時文名體物詩如詠帆影云高樓暮雨經年別野岸斜陽一片愁柳絮云六代繁華終變滅一生飄泊為清狂亦輕俊可喜弟甡兩叔乾隆壬戌會狀直上書房者十七年癸巳以禮部左侍郎致仕主講敷文辛丑八十自壽為長律八十一首隸事該贍不減少壯朱笥河寄海佺先生詩老酣湖色三千頃夢惹廬雲四十年

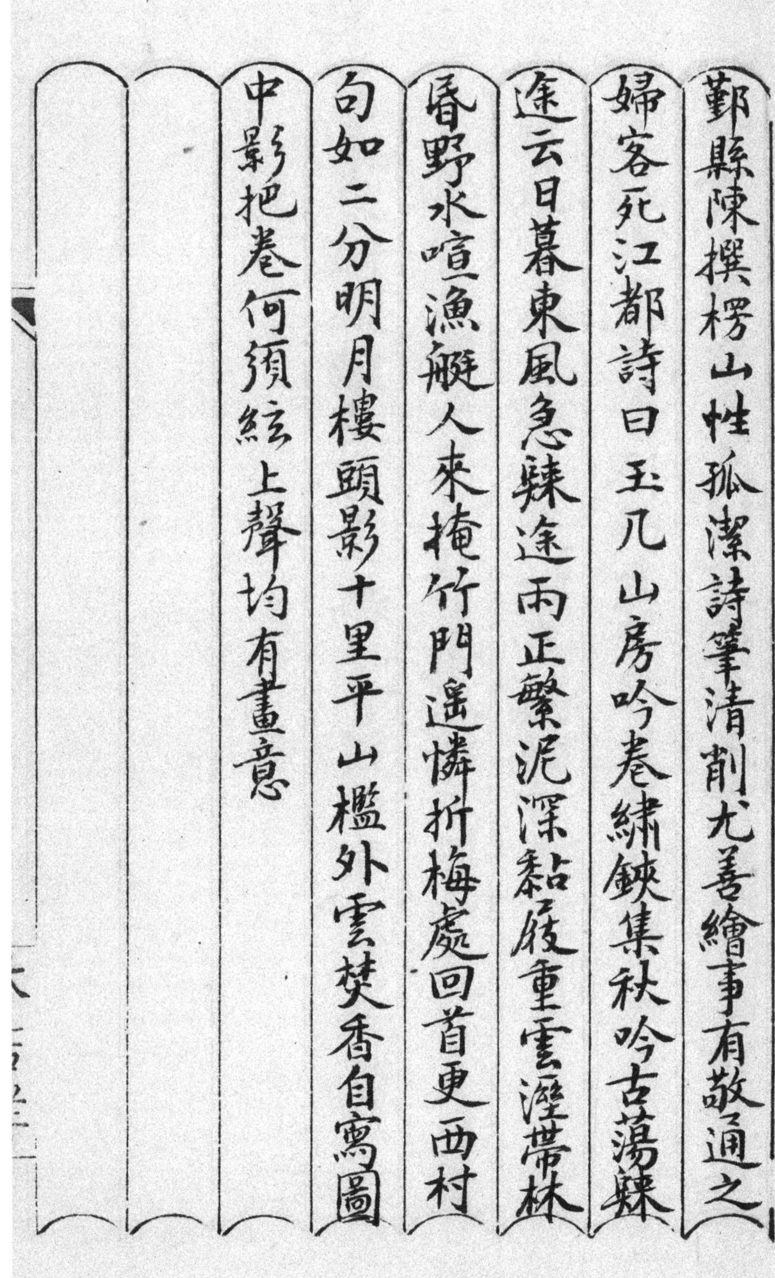

鄞縣陳撰楞山性孤潔詩筆清削尤善繪事有敬通之婦客死江都詩曰玉几山房吟卷緑鋏集秋吟古蕩竦逡云日暮東風急竦逡雨正繁泥深黏屐重雲溼帶林昏野水喧漁艇人來掩竹門遥憐折梅處回首更西村句如二分明月樓頭影十里平山檻外雲焚香自寫圖中影把卷何須絃上聲均有畫意

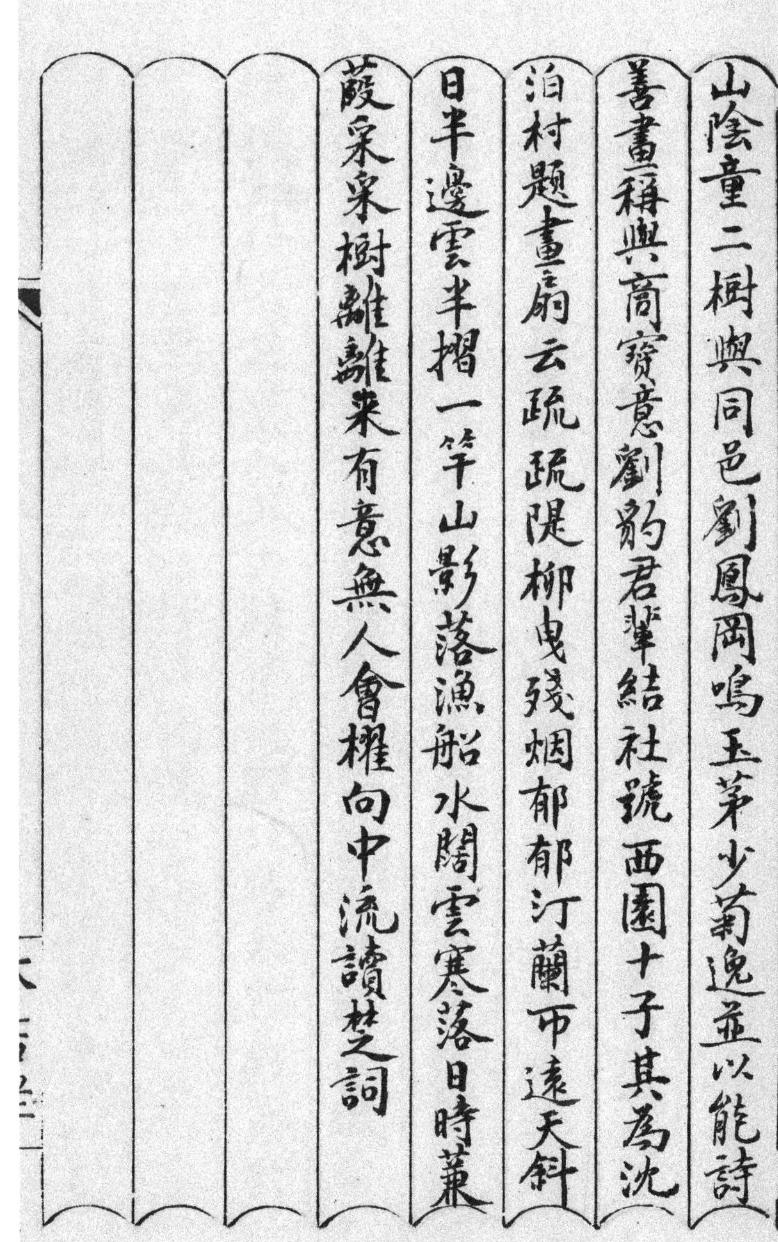

山陰童二樹與同邑劉鳳岡鳴玉茅少葡逸並以能詩善畫稱與商寶意劉豹君輩結社號西園十子其爲沈泊村題畫扇云疏疏隄柳曳殘烟郁郁汀蘭帀遠天斜日半邊雲半摺一竿山影落漁船水闊雲寒落日時蒹葭吳吳樹離離来有意無人會櫂向中流讀楚之詞

歸安姚荃亭明經文泰有論詩絶句六首其序云雙林
詩人勝朝有張梦坡渊國初有沈雪樵祖孝尚矣近自
沈蓉鄉侍御懋華沈泊村太守瀾茅湘客學博應奎及
孫遂初明經培沈養拙文學三秀諸老輩相繼徂謝後
生小子有舉其名而不知者感慨之餘賦此紀之張居
鴻璈即以名其集入丑大祜樂天鄉社勞太守府志出
其手又少時梦東坡授以詩法故號梦坡詳見都南濠
詩話詩云坡老傳詩是也非鴻璈遺集識應希誰知太

守徵文獻五馬親来叩竹扉沈為何北司寇猶子入江
南鉅公之門晚寓烏戍賣卜以給詩云名重詞場沈雪
樵果然屈宋祖風騷石頭又見降旙豎晦迹何辭賣卜
勞泊村太守遂初明經俱出蓉鄉侍御之門記丁丑春
太守南旋曾命予受詩法於遂初詩云宗工哲匠典刑
存前數蓉鄉後泊村一自傳衣經指點瓣香不惜奉蘇
門文學號石塘舊客高丘冡宰西陂歸里與先子結蕖
月社晚歲復同小子倡和從游甚衆詩云梁苑遥辣鬢

有霜列卿子弟半門墻忘年廿載投鄉社競鑄黃金老
石塘余因文學明經兩先生復受業博士門時偕游者
爲淩子薌華俞子散仙一時忝齊名之目詩云真訣自
從芊氏得論詩三子忝齊名海流萬派原歸一畢竟才
華敵兩京盧䣕使紅橋修禊詩和者徧大江南北散仙
五章最爲所賞薌華金陵懷古諸什余獨愛何期燕
子飛來日正是王孫化去年一聯而故友高東井專許其
風調沈問莊先受詩法於淩子後始同余從明經游詩

云雅雨憐才到散仙鄉華風調更翩翩所嗟擫笛先偷譜吾黨還來沈下賢其於鄉先生詩學源流可謂盡心近世學者師心蔑古於前輩輒一意抹殺其用心之厚薄不侔而世道隨之矣

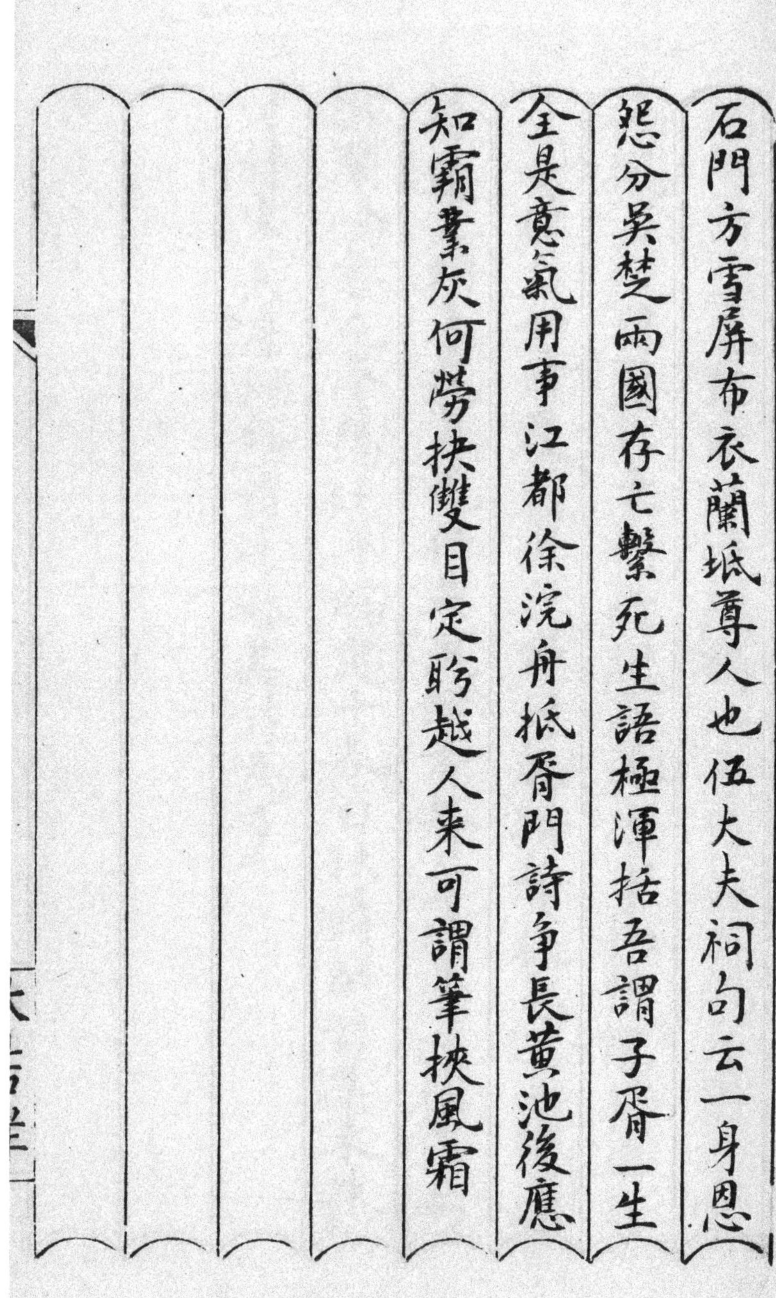

石門方雪屛布衣蘭坻尊人也伍大夫祠句云一身恩
怨分吳楚兩國存亡繫死生語極渾括吾謂子胥一生
全是意氣用事江都徐浣舟抵胥門詩爭長黃池後應
知霸業灰何勞抉雙目定盼越人來可謂筆挾風霜

桐鄉諸生朱珏瑜仲晚覔鶴沙古體如别離怨朝霞霜
操擬昌穀雜謡代東門行緼袍吟指事切情深得樂府
遺意律句如修巖明夕照野竹亂谿聲秋色迴三楚江
聲送六朝未夜月先得無風樹有聲亦皆清迥拔俗兩
游閩嶠客死臺陽晚年編定十卷曰秋籟閣詩集未能
付梓宋茗香桐谿詩述録其詩爲多

山陰吴修齡子延有帆帶好山移之句人呼爲吴好山
遂以好山自名其集吴樸庭舍南蓄有古樸一本卓犖
可喜遂名其庭以自號子延作歌贈之云君家老樹連
天大半塘流影空婆娑雷門日落古巷深月明滿地春
雲墮霜皮颯颯鱗甲張秋蛇迸出寒蛟破讀罷南華星
漢高空庭一夜風濤過詩筆遒緊不徒五言爲工

烏程董蓉采上舍兆元爲嚴海珊甥其孝子詩云浮雲
凝晦色雛雁正悲嘶四座且勿喧聽歌孝子詩孝子者
誰翁氏兩孤兒馥馥庭中蘭奕奕階前芝高堂當具
慶晨夕繞膝嬉阿翁更愛惜出入常自攜俄爲西粵游
當與家世離臨行撫二子忍愛復割慈太息屬我婦汝
當教育之成立汝之責勿復顧我爲揮淚出門去孤帆
泊天涯命蹇廹險阻奄忽隨湘纍雖遇掩骼恩葢今蹤
跡疑婦弱子復少相顧徒淒悲婦又齎恨沒弱息將安

依伯也甫童子尋父湘江滔捨身波浪屍骨立神亦疲
訪求意未息僕夫病將危中道委溝壑孑身益难支慟
哭叫虞舜愁雲起九疑鄉貫挾以歸憔悴無容姿伯姊
前搥胸弟何不再思父母重嗣續身體當保持殺身復
何補徒令罪咎滋二子泣且謝良訓豈敢違從此益勵
志緗帙勤探窺源流溯虞夏根柢窮孔姬季子學術茂
巍科擬春闈閨房邇擧子佳夢維熊羆自念且有後飄
飄從此辭密室戒行裝勿令旁人知相將走萬里履險

常如夷洞庭連天濶衡岳興雲齊蛟龍挾舟怒虎豹蹲
路虓炎風扇扈暑瘴霧白晝迷野宿雜蟲豸攢體成創
夷窮冬十二月雪落何霏霏兩脛涷欲脱兄弟同時飢
破襆擁作衾斧冰持作糜妻子倚門泣矯首望天傀人
生重禮義終不爲此移身命且不恤何言頋恩私寒暑
忽再易日月不可追消息卒何有筋力安所施傍徨入
古廟撫心相頋嘻季也忽攘袖抽刃自刺肌出血取書
疏揮淚何淋漓旁觀紛雨泣良友前致辭事不究其原

自賊毋乃癡新塘亦蹤跡求之當在斯長跪謹受教命

匠乃庀材一舟初製成上下極沿洄殑痛倚中流淚盡

且復隨川為咽不波日光淡無暉路人走相告一一推

心膂窮村有老翁短髮亂於絲指示父屍處骸骨薶沙

泥一為述日月再為述容儀復為出佩鑰故物昔所遺

胞合既無謪斯翁寧我欺求生乃得死物在人已非孤

墳覆若斧馳逐鹿與麋爰命除荊棘巍然樹豐碑冠裳

一布奠行路生光輝念昔始辭家生子初嬰孩及今還

柴扉再拜迎我歸井桃昔未花灼灼今已開所歎田園
蕪滿目生蒿萊姊弟重會面痛定有餘哀母兮如有知
庶幾慰夜臺存歿兩無憾孝道寧有虧嗟誰非人子聞
此多苦懷況我少失怙能不肝腸摧染翰竟此曲譔譔
悲風迴此爲餘姚翁運槐楫生運標蓼野兄弟作也康
熙壬申其尊人大環游粵歸及祁陽白沙洲歿於水近
村有鄭海生者要兄海寰瘞之收其佩鑰一具楫生兄
弟稍長沿溯江湖求之三十又二年乃得往返證以書

笥舊鎖而決之廬墓築祠張瓜田朱梅崖均紀其事而鄭氏之義亦世所稀張叙百知祁陽爲作二詩附續志

查藥師爲初白先生文孫戊午秋客秦淮雜詩有流盡舊家簾幕影之句爲時傳誦後稿佚去重游補成八首云烏衣名巷里名珂夾岸亭臺貯翠蛾流盡舊家簾幕影秦淮依舊水如羅亞字低闌護板橋大舫鐙影已蕭條游人不管南遷事一樣興亡話六朝玉樹金釵句極妍丁丁新調試吳弦袖中紅本多官妓宮戲新成燕子箋市隱園中樂事稠白門柳曲記眉樓彦回少日真名士老去從人唱石頭鴨毛新漲白鷗潭瀲瀲波紋縐淺

藍殘月曉風楊柳岸詞人低唱憶江南斷雲零雨莫愁湖樂府流傳此地無邀得閒人來泛艇紅衣散處引雙鳧（湖上多荷花）柳翠梅妍十六樓任他蕭索亦良游顛花殢酒生來嬾自是當年許散愁（北齊書許散愁自少不登孌童之牀不入季女之室）

百花洲畔跡全蕪聞說天開似畫圖桃槳一枝隨鏡轉教人回首憶西湖馬光祖青谿園舊有百花洲天開圖畫樓宋時號小西湖也

沈沃田客武林假吳山之天開圖畫閣偶過火德廟
外有短碣面錢江而立鐫字曰九原丈人徧問土人無
知者或漫擧蒿里丈人對葢以九原可作意之及考志
乘咱失載積疑二十年讀東方朔十洲記始知九原丈
人主領天下水神及龍蛇巨鯨陰精水獸之類葢當時
立石於此鎮壓錢江水怪蜀之三石犀耳為作九原丈
人石碣歌可備武林掌故其湖上雜詩云徧安遺蹟久
消磨人過棲霞感慨多嚴上焚書門外唾到頭忠佞竟

如何扶蘇古桂舊山莊巾子峰西落日黄」一種誤人家
國事烏金不鑄買平章少林寺有蔡元長書面壁二大
字沃田句云巨𡙇遺墨在吾欲洗芙蓉題甘泉宫瓦有
莫詰通天臺畔事江東已老沈初明之句則自傷其不
遇也

桐鄉朱方靄字吉人號春橋工長短句能繪事詩如同閏玉井紅雲磔淨香園納涼云繞過紅橋繫槳牙入門曲折水廊斜柳陰濃綠全遮暑荷葉清香卻勝花隨處迎涼施夏簟有時消渴點春茶晚来忽送催詩雨歸路依然照落霞極近劍南兄合叔蒙恩放還故里喜而賦詩二首有九重恩大身難報歷劫身留許自新之句蓋香南編修與張文和公有連以丙辰鴻博入選視學四川簠簋不飭繼母死以為父妾不解任朝官頗有聞以

文和故未之發也儲梅夫宗丞時官御史疏請逮治遂棄官走詔捕不得逮繫家屬其弟頌繫成都者三十七年乙巳春釋歸田里含叔於丙午正月抵家春橋即於是年四月卒

嘉興曹孺巖孝廉培亨有松風堂集工於集句集陶如不學狂馳子聊爲隴畝民揮觴道平素緩帶盡歡娛妙造自然集杜尤多遺興二首云經濟慚長策哀歌歎短衣雲晴鷗更舞月細鵲休飛竟答兒童問其如儔侶稀灌園長取適永息漢陰機幽棲誠簡略客至罷琴書南極青山衆西郊白露初宿陰繁素槳別浦落紅蕖對酒都疑困歌野興疏張瓜田稱其妙集良材巧裁狐腋興萬循初爲濡楊之戚自作者多輕率不逮集句爲可傳

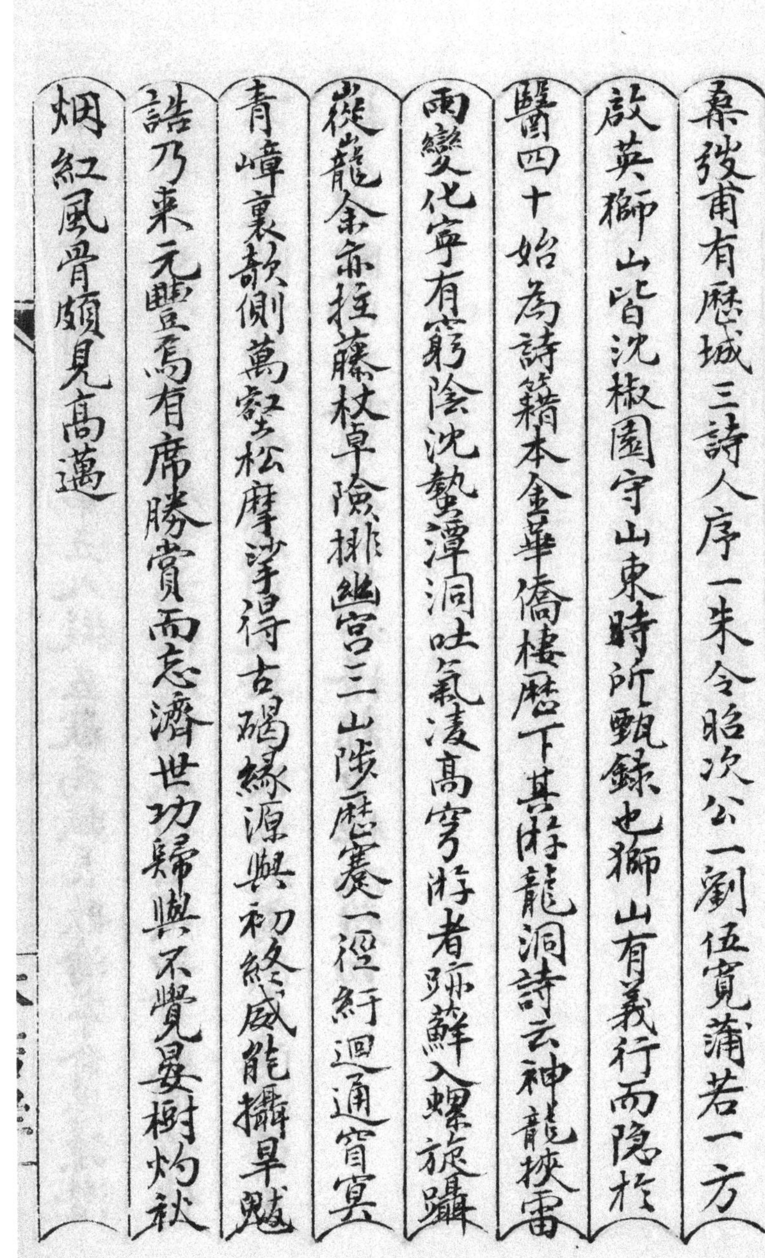

彝䍐甫有歷城三詩人序一朱令昭次公一劉伍寬蒲若一方啟英獅山皆沈椒園守山東時所甄錄也獅山有義行而隱於醫四十始為詩籍本金華僑棲歷下其游龍洞詩云神龍挾雷雨變化寧有窮陰沈蟄潭洞吐氣淩高穹游者跡鮮入螺旋躡嵸龍余亦拄藤杖卓險排幽宮三山陟歷處一徑紆迴通窅冥青嶂裏欹側萬壑松摩挲得古碣緣源與初終咸能攝旱魃誥乃東元豐爲有席勝賞而忘濟世功歸與不覺晏樹灼秋烟紅風骨頗見高邁

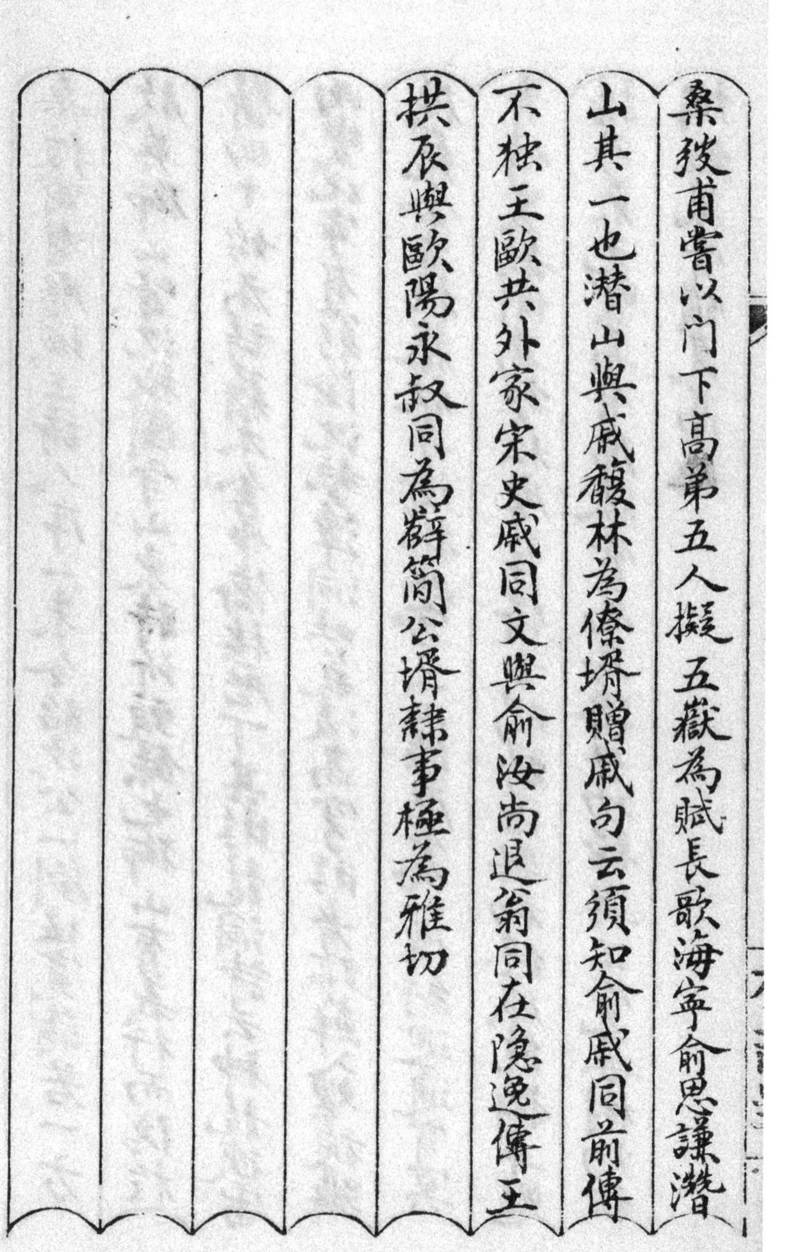

桑弢甫嘗以門下高第五人擬五嶽爲賦長歌海寧俞思謙潛山其一也潛山與戚馥林爲僚壻贈戚句云須知俞戚同前傳不獨王歐共外家宋史戚同文與俞汝尚退翁同在隱逸傳王拱辰與歐陽永叔同爲薛簡公壻隸事極爲雅切

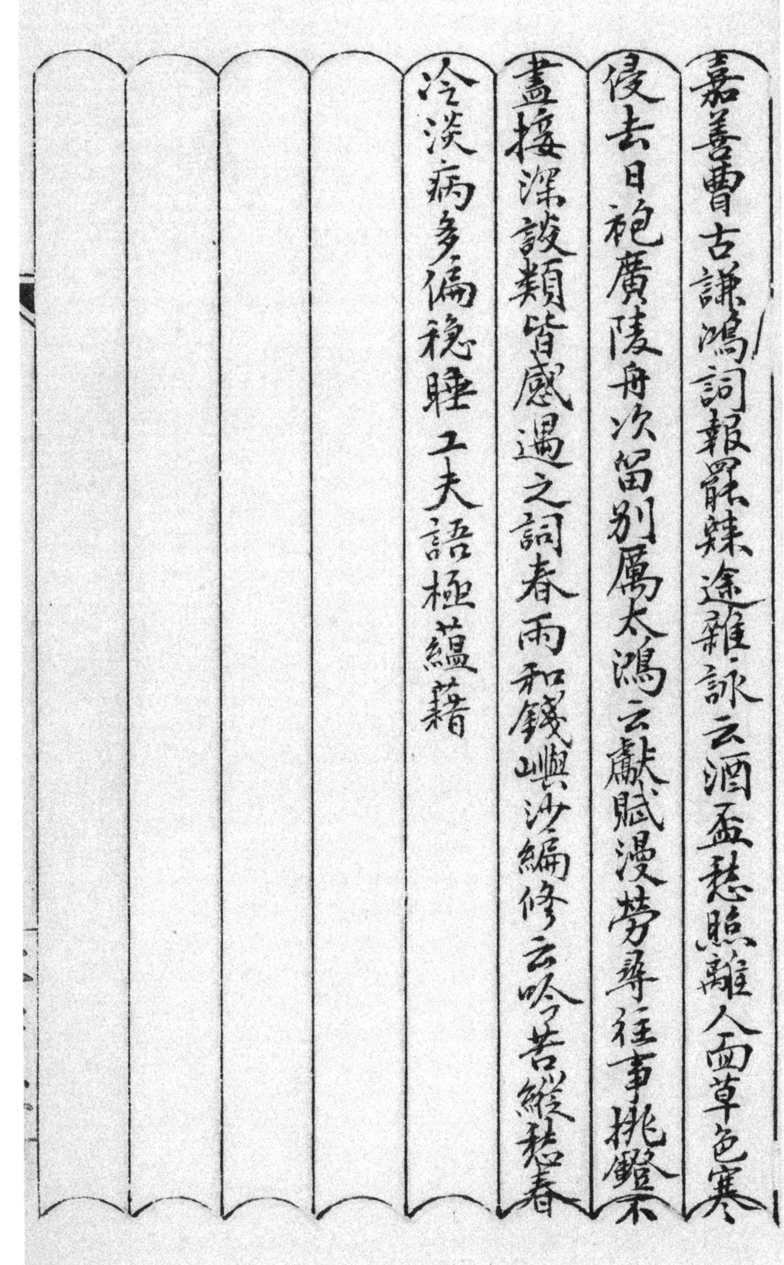

嘉善曹古謙鴻詞報罷辣途雜詠云酒盃愁照離人面草色寒侵去日袍廣陵舟次留別厲太鴻云獻賦漫勞尋往事挑鐙不盡接深談類皆感遇之詞春雨和錢嶼沙編修云吟苦縱秸春冷淡病多偏穩睡工夫語極蘊藉

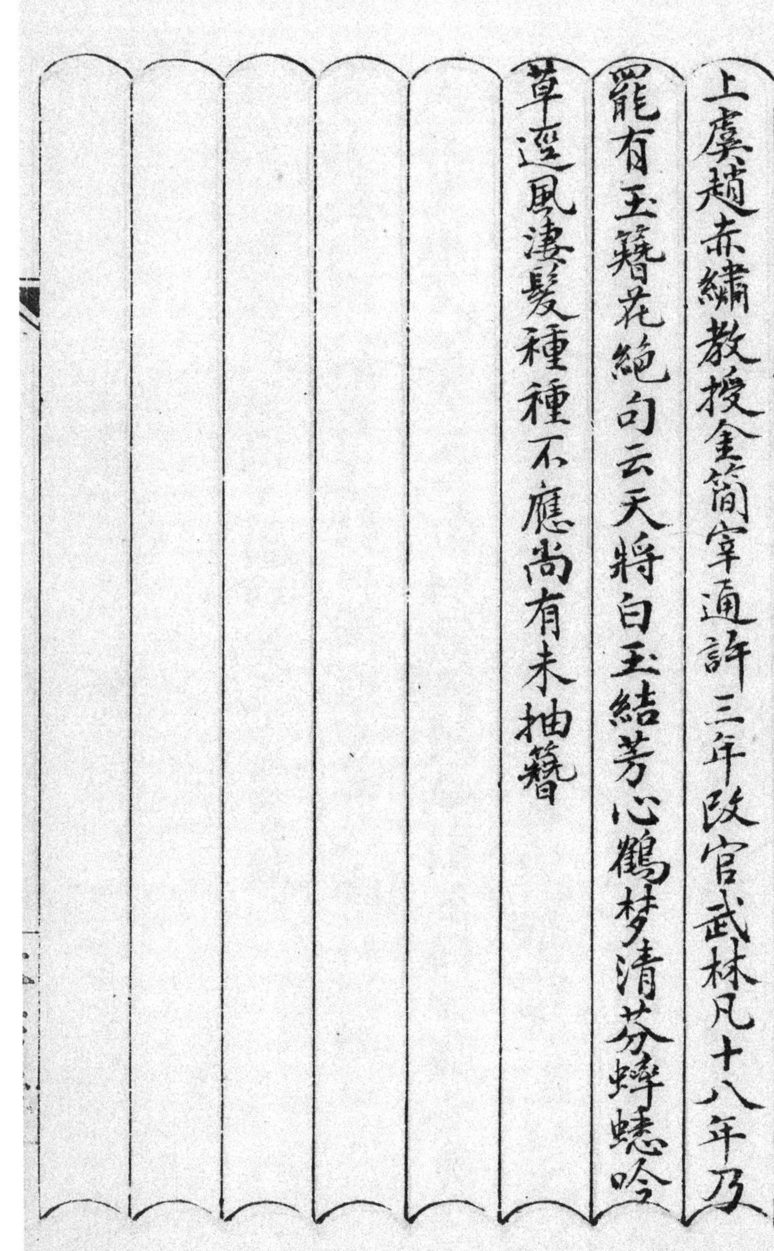

上虞趙赤繡教授金簡宰適許三年改官武林凡十八年乃罷有玉簪花絶句云天將白玉結芳心鶴夢清芬蜂蟪吟草逕風淒髮種種不應尚有未抽簪

平湖張龍威太學雲錦工長短句和厲樊榭天香賦薛鏡云
粉潔休磨塵輕不染識取夜來名字樊榭書其詞後云蹤跡
江湖燕尾船一回相見一流連新詞合付兜娘唱可惜紅牙
久寂然樂笑翁今不可回補題五闋屬清才薛家鏡子塵
昏後悽絕何人喚夜來詩曰蘭玉堂集甚南莊探梅句云人
來淺水綠邊汊花向夕陽紅處亭亦有致

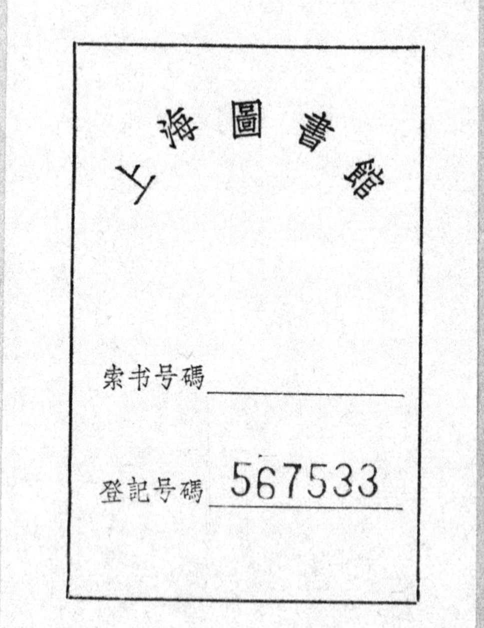

詩事庚

歸安慎瑞揆上舍朝正居近菰城因號菰村居士家貧訓蒙自給手編研露齋詩集西杭董浦作序董浦稱其發源栗里出入儲王著春秋闡義及毛詩原本趙東山范逸齋不能過也讀春秋二首云客舍寂無事晨起檢春秋三傳互牴牾百家盈紛糾注釋本凡例持論如刻舟又如城旦書鍛鍊何其周遂使宣聖筆幾與申韓侔哀哉困長夜一鐙不可求不知傳經者曾考其義不竊取有遺旨昭如大路由儒欲求筆削試從孟氏謀何休真讒賊程積齋說杜預亦面友陳鐵山說傳信復傳疑無出范氏右然此

一家言師承祇墨守膏肓誰與鍼在唐稱趙叟叔佐開奧窔伯
仲從授受原父揚其波東山步其後辨是析毫芒一洗千年垢
立言領其要庶足垂不朽慎書未見此詩可覘其說經大旨

仁和顧涑園太守光乾隆戊午舉人由直隸令長游守廣州在職廉潔以忤節使去官用詩古文倡導後生潘德園懷人詩有寶玉鄉中賀太守香鐙座下老諸生之句至門牆士有諸王貴則早時嘗館朱邸也著橋頌堂詩文集嘉慶戊午重赴鹿鳴曾宰清豐有惠政漳衛水災盡心振務有勘災吟四首至是且五十年矣邑中父老禮天竺大士至杭問太守里居無恙相率三十人登堂羅拜而去湯點山為作清豐賢宰篇後二年辛年八十四嘗作桃枝詞於柳枝橘枝之外自成聲逸亦前哲所無也

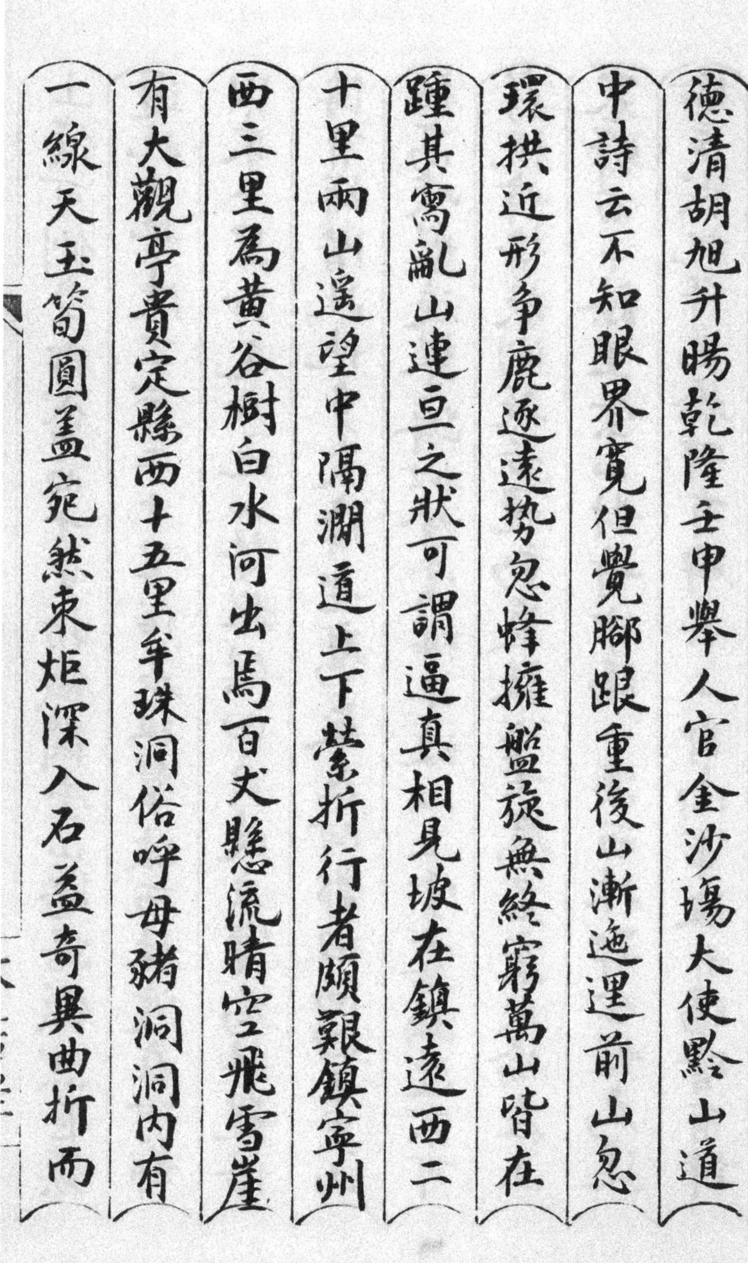

德清胡旭升暘乾隆壬申舉人官金沙塲大使黔山道中詩云不知眼界寬但覺脚跟重後山漸迤邐前山忽環拱近形争鹿逐遠勢忽蜂擁盤旋無終窮萬山皆在踵其嵩亂山連亘之狀可謂逼真相見坡在鎮遠西二十里兩山遥望中隔澗道上下縈折行者頗艱鎮寧州西三里爲黄谷樹白水河出馬百丈懸流晴空飛雪崖有大觀亭貴定縣西十五里牟珠洞俗呼母豬洞洞内有一線天玉筍圓盖宛然束炬深入石益奇異曲折而

上僅可側身郎岱西十里打鐵關崇山蟠踞儼然巨鎮過此山勢陡下可二十里俗名拉幇坡西林渡在阿都田東十里即毛口也山勢雄傑四角陡立實爲壯觀俗傳有蟒潛此地多炎瘴老鷹巖在阿都田西四十里山極高峻盤旋攀躋似登雲梯半坡以上雲霧瀰漫不可窮視峰勢欹側疑若飛動巖故以老鷹名庚戌橋在土塞驛西十餘里崇山對峙中隔一溪西林鄂公始爲建橋庚戌紀年也橋畔有碑其上即南軍坡升賜皆有詩

紀之

梁山舟跋董文敏書楊參政師孔墓誌墨蹟云楊冷然先生善擘窠書每牓書輒署吉州某不知爲楊龍友文驄父也父子異籍閱此卷始了然此古人所以重碑版文字也志錄凡二千餘言文敏書時年已耄耋故前後大小行楷不倫閱者往往以此少之不知古人作書唯無名心故能成大家看精神到底不懈其性情自在流露處豈復他人所能仿擬今留之几案閒年餘錄其副而後卷還之俌之其善藏爲弗爲墨豬箕子輩所惑也

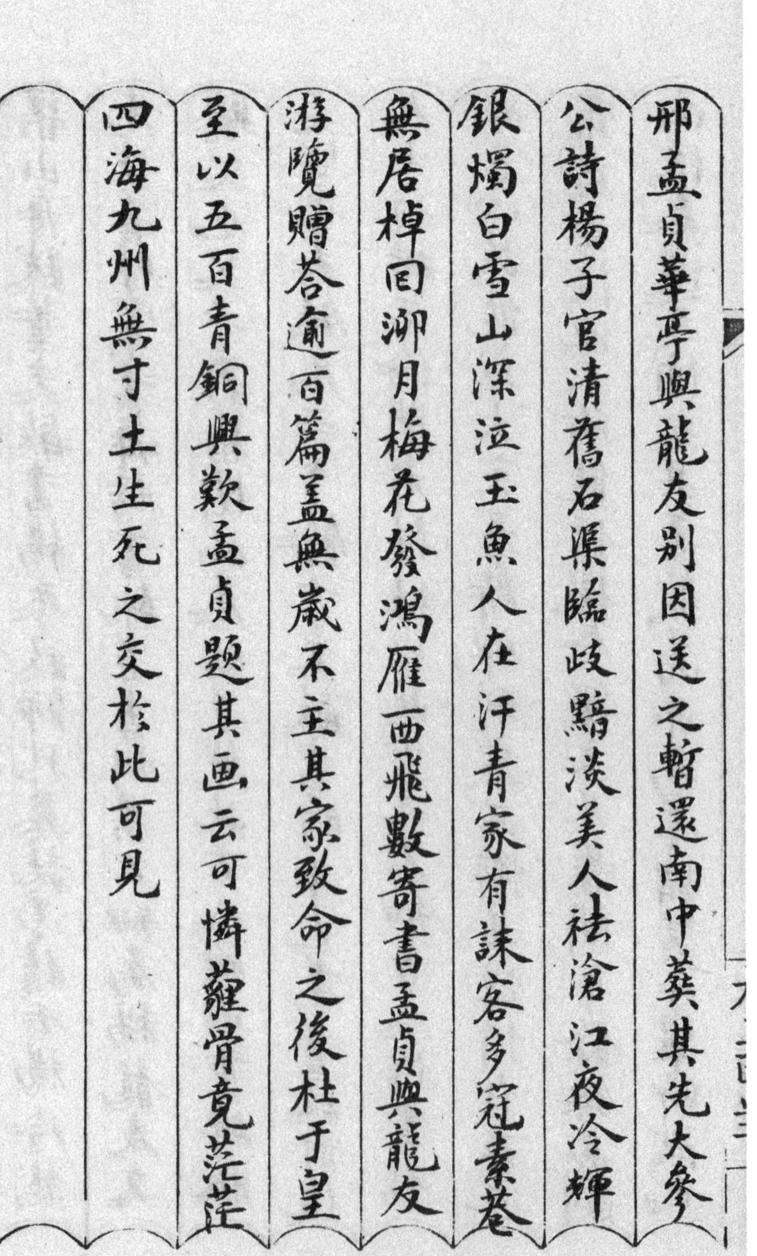

邢孟貞華亭與龍友别因送之暫還南中葬其先大參公詩楊子官清舊石渠臨岐黯淡美人袪滄江夜冷輝銀燭白雪山深泣玉魚人在汗青家有誄客多冠素巷無居棹回溯月梅花發鴻雁西飛數寄書孟貞與龍友游覽贈荅逾百篇蓋無歲不主其家致命之後杜于皇至以五百青銅與歎孟貞題其画云可憐蘿骨竟茫茫四海九州無寸土生死之交於此可見

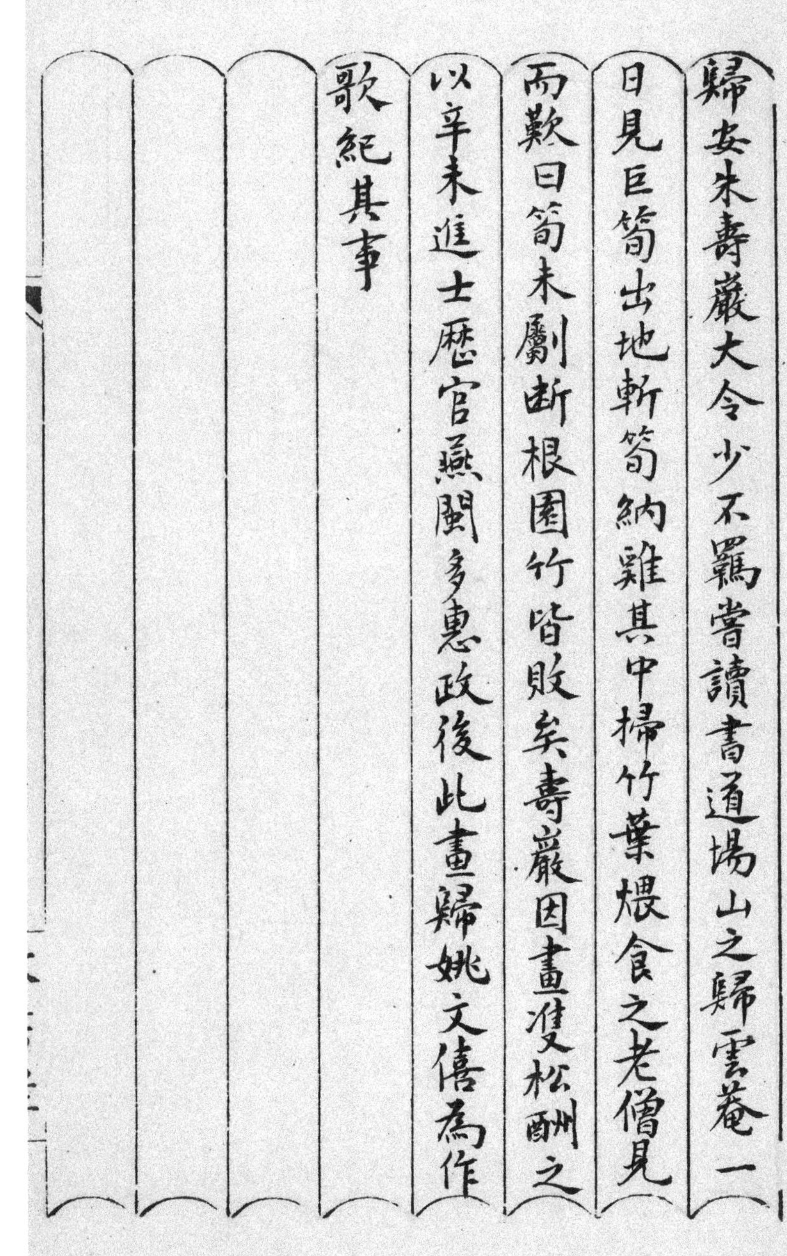
歸安朱壽巖大令少不羈嘗讀書道場山之歸雲菴一日見巨筍出地斬筍納雞其中掃竹葉煨食之老僧見而歎曰筍未劚斷根園竹皆敗矣壽巖因畫潑叟松酬之以辛未進士歷官燕閩多惠政後此畫歸姚文僖爲作歌紀其事

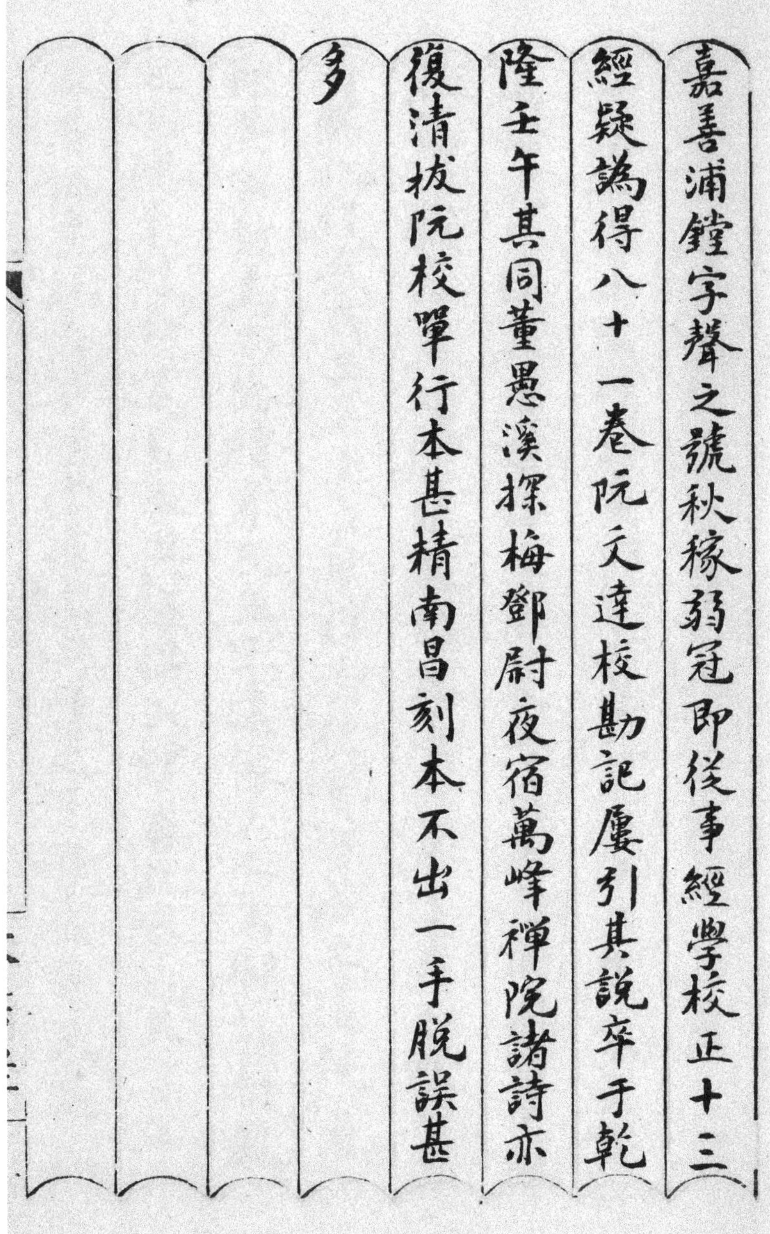

嘉善浦鏜字聲之號秋稼弱冠即從事經學校正十三經疑譌得八十一卷阮文達校勘記屢引其說卒于乾隆壬午其同董愚溪探梅鄧尉夜宿萬峰禪院諸詩亦復清拔阮校單行本甚精南昌刻本不出一手脱誤甚多

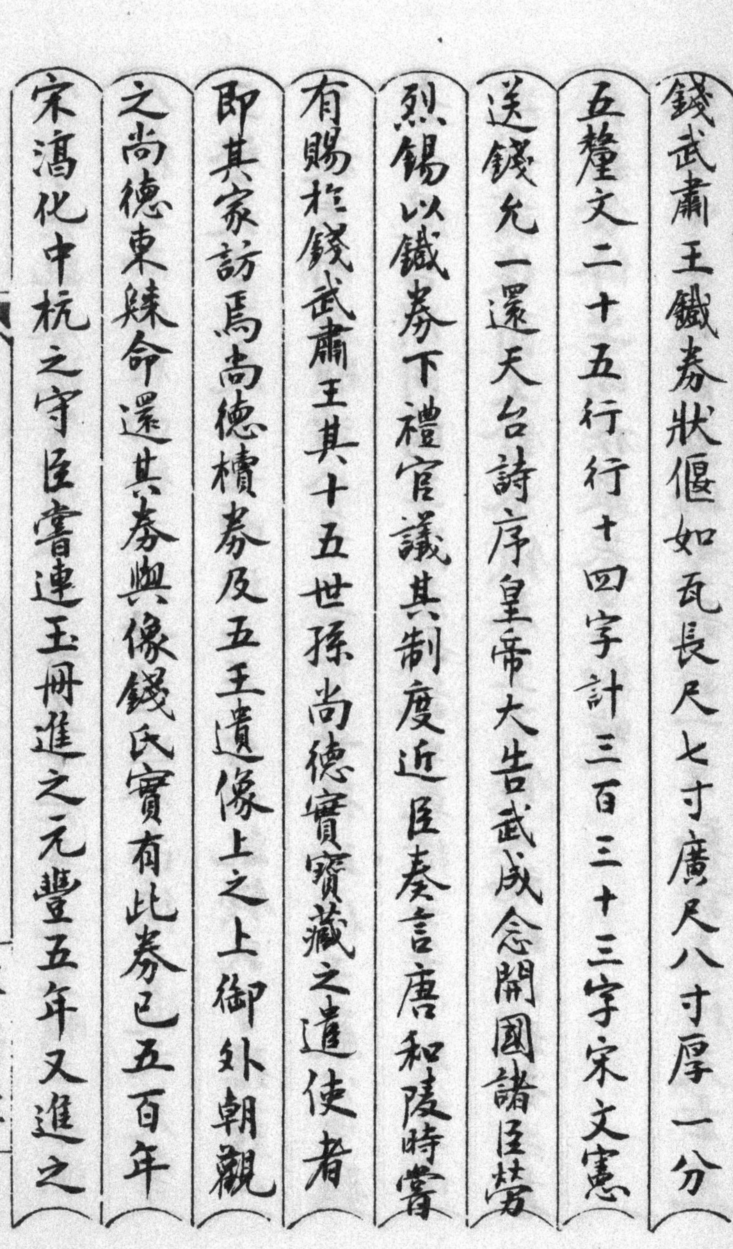

錢武肅王鐵券狀偃如瓦長尺七寸廣尺八寸厚一分
五釐文二十五行行十四字計三百三十三字宋文憲
送錢允一還天台詩序皇帝大告武成念開國諸臣勞
烈錫以鐵券下禮官議其制度近臣奏言唐和陵時嘗
有賜於錢武肅王其十五世孫尚德實寶藏之遣使者
即其家訪焉尚德櫝券及五王遺像上之上御外朝觀
之尚德東隸命還其券與像錢氏實有此券已五百年
宋澮化中杭之守臣嘗連玉冊進之元豐五年又進之

宋季兵亂券沈官渭水中者五十六年元至順二年漁
人獲之而售於尚德之父世珪迄今尚德又進之是書
三登天子之庭云云順治二年台州亂錢氏子孫蘿山
中旋失所在順治八年其二十世孫珍得于巖穴中頎
赤方過台州同陶季深為歌記之乾隆壬午　聖駕南
巡武肅後裔文銓奉鐵券至省錢文端時以刑部尚書
在籍食俸率同族衆恭呈御覽
純皇帝垂念前勲御製歌詩一章勒諸券櫝天章光

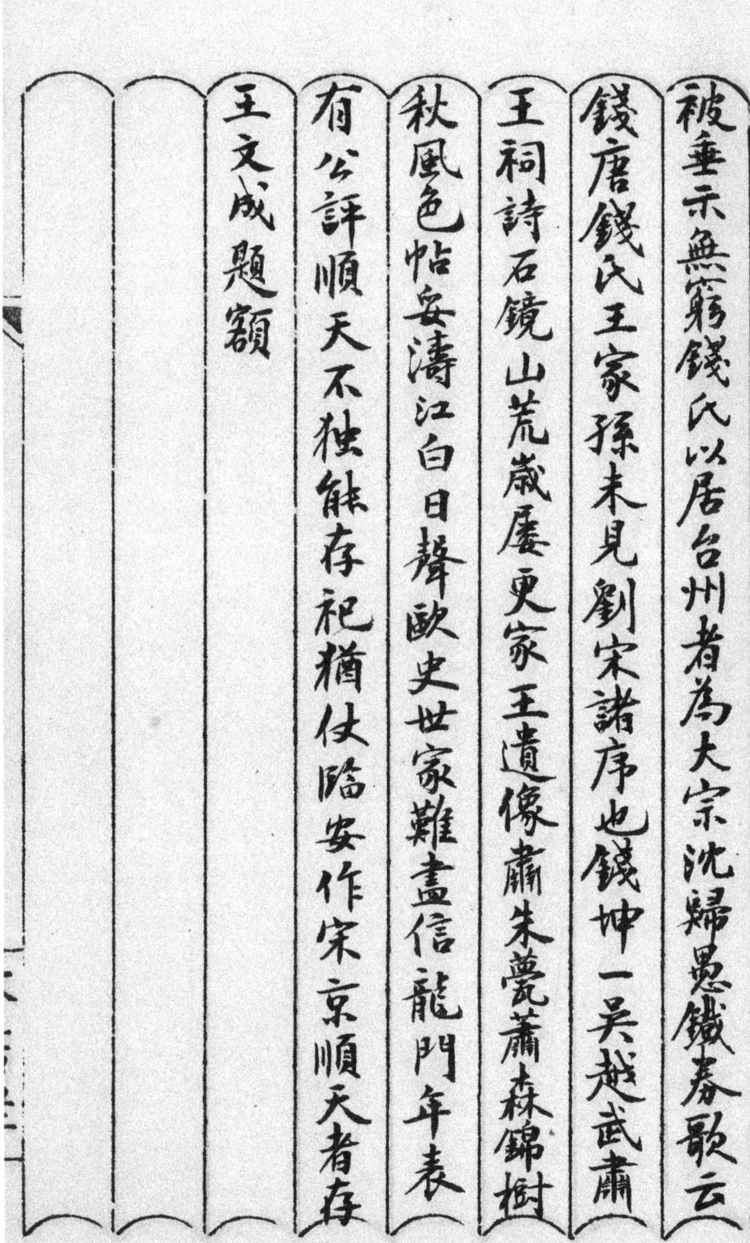

被垂示無窮錢氏以居台州者為大宗沈歸愚鐵券歌云

錢唐錢氏王家孫未見劉宋諸序也錢坤一吳越武肅

王祠詩石鏡山荒歲屢更家王遺像肅朱甍蕭森錦樹

秋風色帖安濤江白日聲歐史世家難盡信龍門年表

有公評順天不獨能存祀猶仗臨安作宋京順天者存

王文成題額

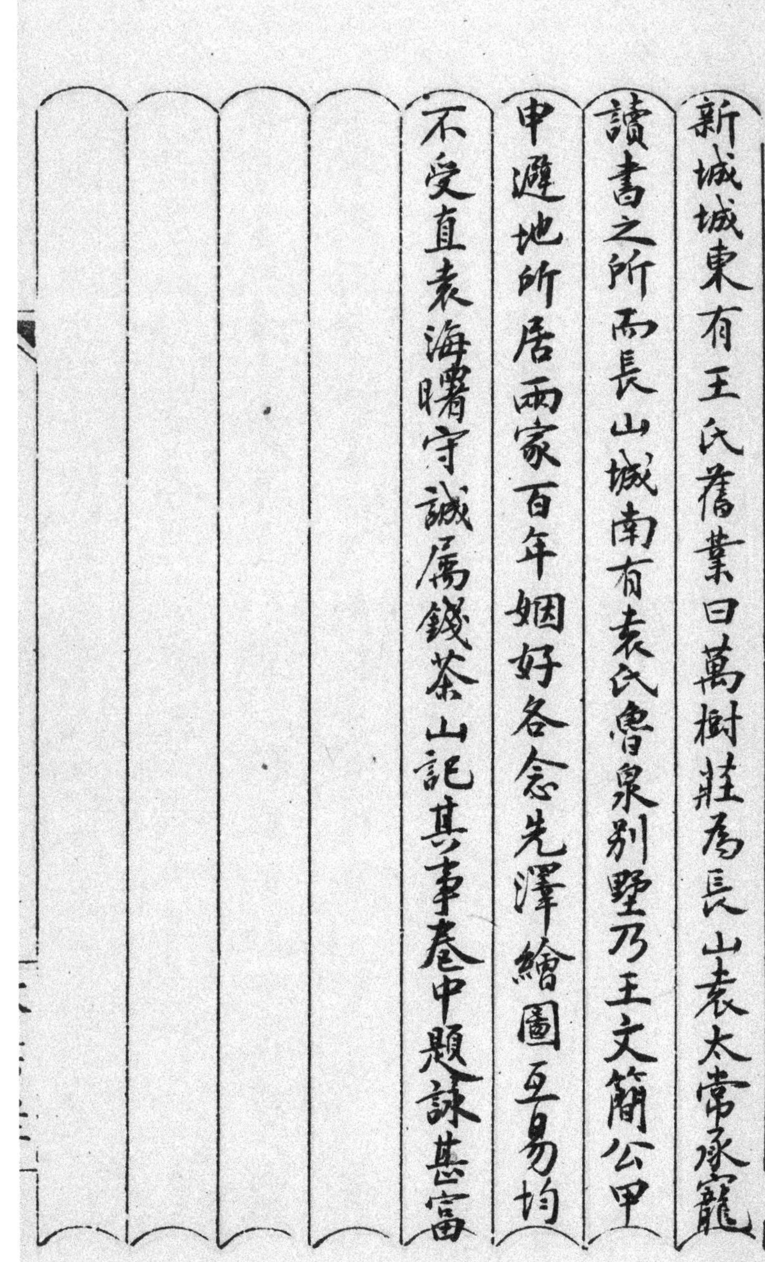

新城城東有王氏舊業曰萬樹莊爲長山袁太常承寵讀書之所而長山城南有袁氏魯泉别墅乃王文簡公甲申避地所居兩家百年姻好各念先澤繪圖互易均不受直袁海曙守誠属錢茶山記其事卷中題詠甚富

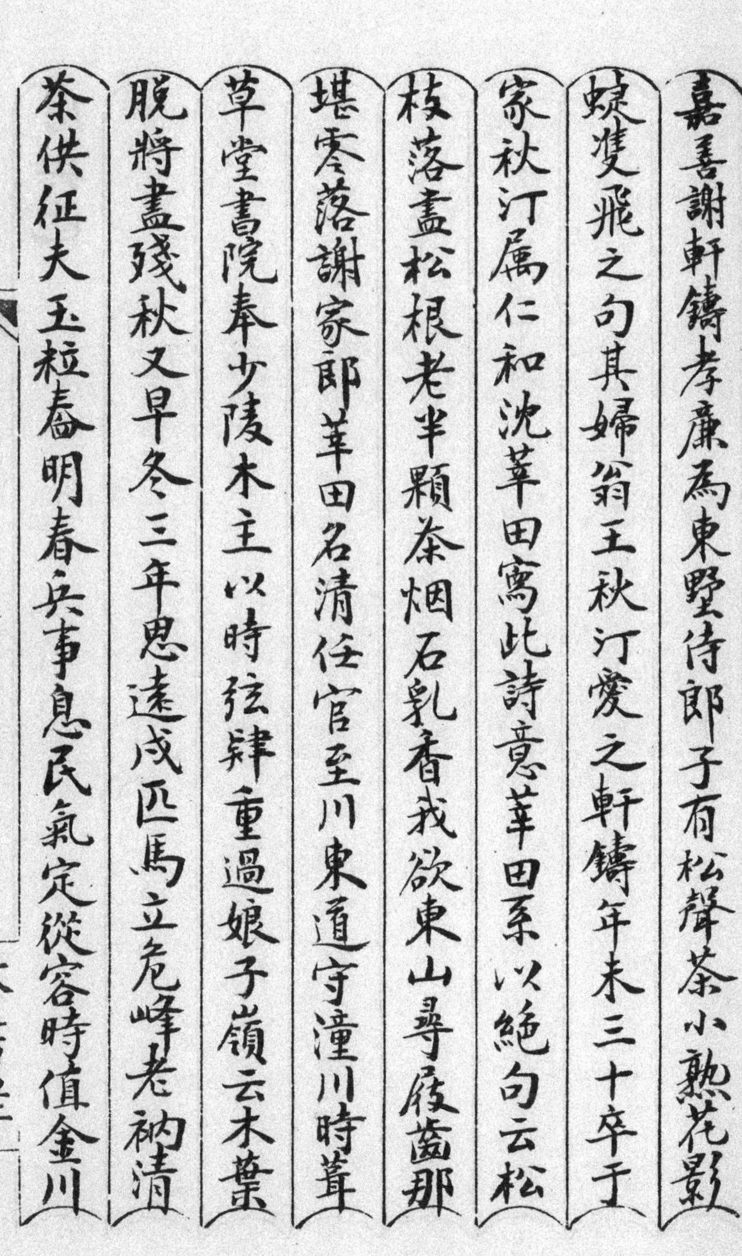

嘉善謝軒鑄孝廉爲東墅侍郎子有松聲茶小熟花影蝶雙飛之句其婦翁王秋汀愛之軒鑄年未三十卒于家秋汀屬仁和沈莘田寫此詩意莘田系以絶句云松枝落盡松根老半顆茶烟石乳香我欲東山尋履齒那堪零落謝家郎莘田名清任官至川東道守潼川時葺草堂書院奉少陵木主以時弦肆重過娘子嶺云木葉脱將盡殘秋又早冬三年思遠戍匹馬立危峰老衲清茶供征夫玉粒舂明春兵事息民氣定從容時值金川

用兵也

會稽范蘅洲太守家相説經鏗鏗其三家詩拾遺就深
甯王氏詩考蒐補刪正雖不及後来左海陳氏父子之
書較九經古義古經解鉤沈採掇已爲賅備又著詩瀋
二十卷則斟酌於小序朱傳之間而斷以己意者也有
環滌軒詩草維揚云綠楊城郭暑初銷十里秋雲覆畫
橋何事人間最惆悵月明風細聽吹簫蘅洲初官比部
錢竹汀詩歷下弇山詞客盡風流重見白雲司謂蘅洲
與王穀原也

桐鄉宋貴鏡樓秋夜雜感詩廿年蹤跡細評量新署頭銜字阿狂慚愧梦魂無檢束又隨秋雁過衡陽夜半濤聲到枕邊忽驚簾外落飛泉情然省得浮生梦兩鬢滄桑一指禪逐隊新妝競入時望恩甘作有情癡安閒不及長門女無事平明起畫眉秋風秋雨正秋三書卷鑪烟共一龕龍賦到蘭成難卒讀儂家況復住江南鏡樓乙酉拔貢東鐸寧海常有句云詩猶垂老學家為服官貧先官西安訓導歷權湖州德清太平臨安蕭山諸學篆

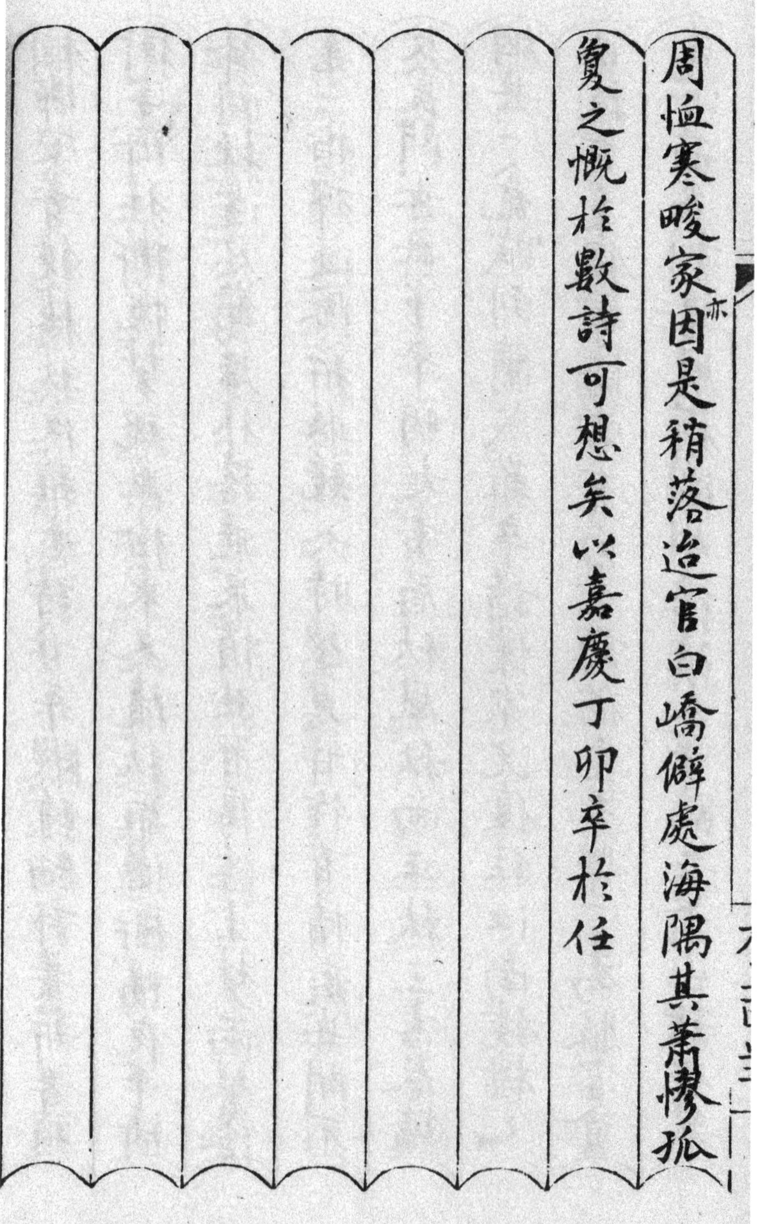

周恤寒畯家亦因是稍落迨官白嶠僻處海隅其蕭慘孤寡之概於數詩可想矣以嘉慶丁卯卒於任

海塩吴鐙菴孝廉文暉爲侃叔尊人閉户著書嘗效范石湖四
時田園雜興六十章叙述土風可補志乘又有憫俗四篇錢竹
汀謂爲香山諷諭之遺其博戲一首云博戲古亦有迄今何紛
綸稱名日以多制器日以新相喚相呼日徵逐野狐迷人無此
酷一場縱博幾家貧後車誰鑒前車覆長官豈不禁遣吏布教
言上言國憲嚴下言物力艱諄諄勸改轍宛若流涕宣朝來坐
衙一何怒捕得博徒兼博具屢教不悛罪難恕後堂照耀紅鑼
褕退與賓客還呼盧

嘉興魏舒初爲僧名一壑住持桐鄉鳳鳴寺會鄉民有與土豪爭田者縣令某已斷歸豪壑助鄉民使上控因得直于是豪與令咸切齒於一壑誣治之爲榜于通衢有能持壑私事者悉以告數日無所得將陰斃之於獄適令以他事去舒雲亭至閱獄中得題壁詩一首歎曰此湘纍遺音也立爲平反釋使返初服復姓更今名字更生爲詩呈雲亭云纔解軍持別梵王臨歧心事半堪傷冠巾重上先人冢衣鉢分傳弟子行舊剎風旛塵滿座寒窗夜雨夢連床止一弟早逝將身好比青蓮潔雖在汙泥亦自

香年來恩怨已忘情回首前塵涕尚橫羅織已成三字獄盛才翻借一時名青蠅黃犬吟徒苦落葉秋風思更清不遇知音終見厄憐才千載抉吾生雲亭家世通顯屏去紈綺之習歷宰浙東西四邑壹稟溫柔敦厚以爲教所至頌其廉傳其詩即更生一事洵仙吏之逸軌藝林之佳話也施竹田贈更生詩有云掃除蔬筍無兼味收斂冠巾又一時龐老尚留居士號東坡自署罪人詩語極雅切

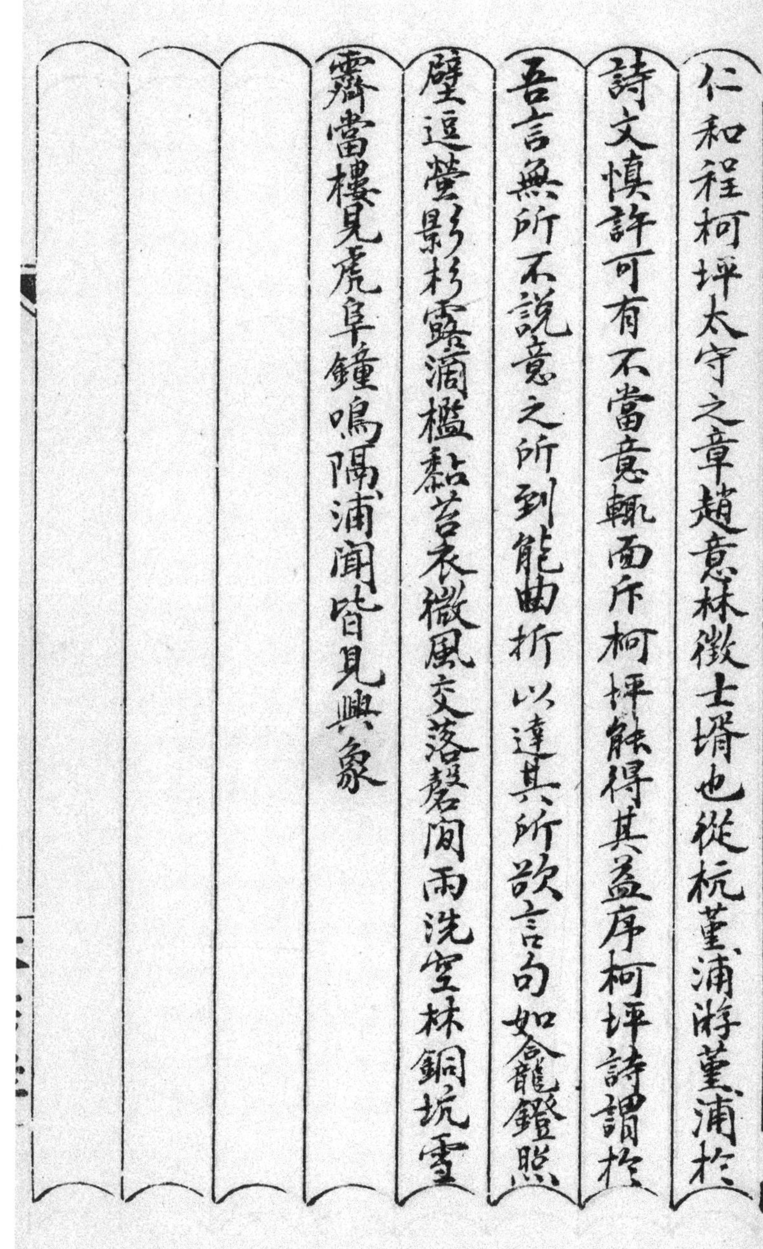

仁和程柯坪太守之章趙意林徵士堦也從杭董浦游董浦於

詩文慎許可有不當意輒面斥柯坪能得其益序柯坪詩謂於

吾言無所不說意之所到能曲折以達其所欲言句如龕鐙照

壁逗螢影杉露滴檻黏苔衣檝風交落磬閣雨洗空林銅坑雪

霽當樓見虎阜鐘鳴隔浦聞皆見興象

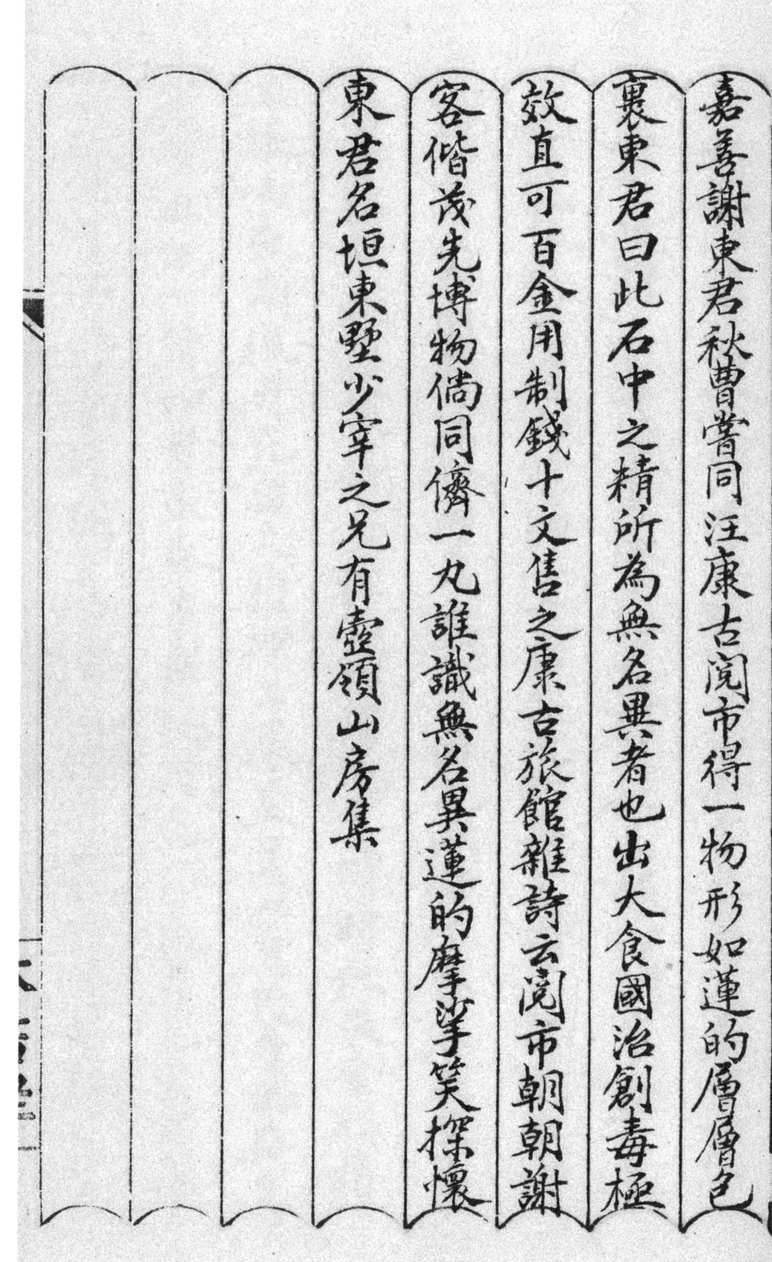

嘉善謝東君秋曹嘗同汪康古閱市得一物形如蓮的層層包裹東君曰此石中之精所爲無名異者也出大食國治創毒極效直可百金用制錢十文售之康古旅館雜詩云閱市朝朝謝客偕茂先博物倘同儕一丸誰識無名異蓮的摩挲笑摆懷東君名垣東塈少宰之兄有壺領山房集

王淑姑者臨海人父博士昌熙游象山與李參將莊善以女字
其仲子既聘矣李家金陵不知也婿之叔為姝訂姻吉氏書來
李不能負約不得已議兩娶女亦安之而母不諧其請退李聘
物別字人女聞飲泣知母志之不可回也賦詩言志有我生不
辰妾薄命我生不合賦至性二語母還李聘時拱失金約指
二枚女乘間投井死出之指押二環蓋隨以自矢者也齊息
園宗伯紀以詩和者盈卷事在乾隆乙卯嘉慶乙亥得旌
周松眠學博詩素輝閣下吟壇寂騰有哀音告我師蓋女

嘗從洪素輝學詩李哀其志迎柩祔云厲駭谷古井篇亦紀其事

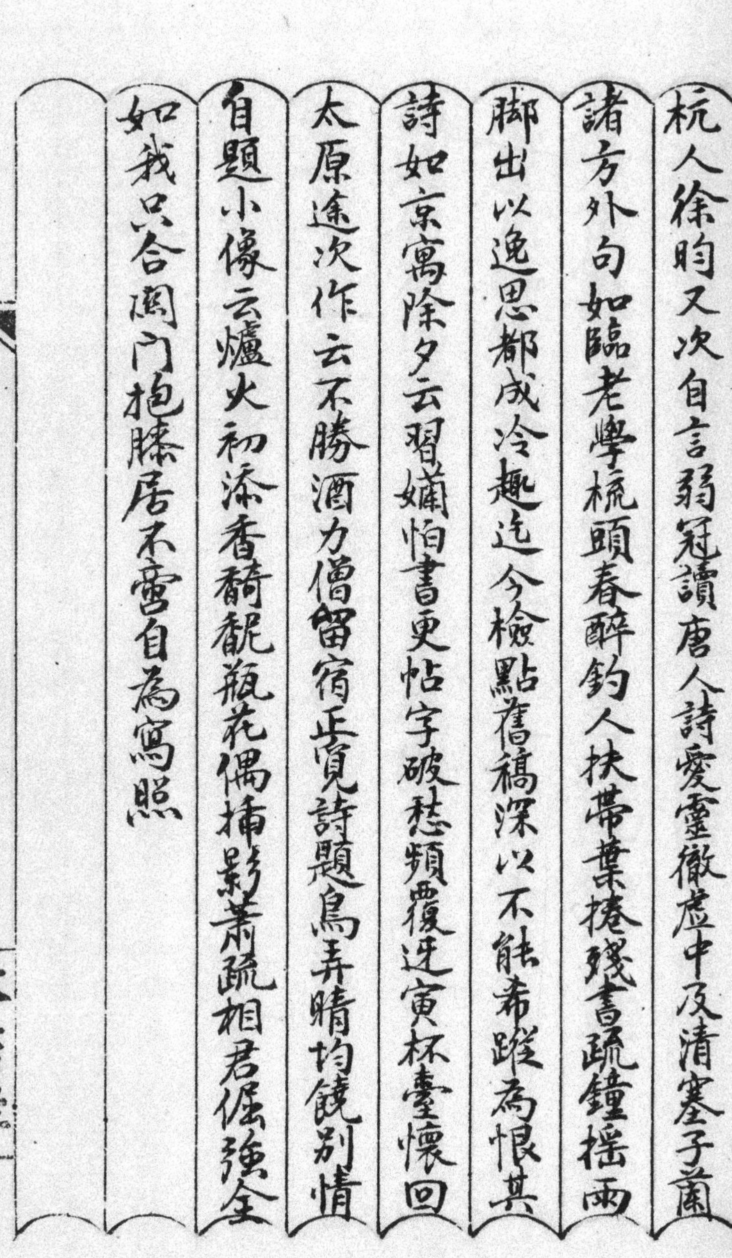

杭人徐昀又次自言弱冠讀唐人詩愛靈徹虛中及清塞子蘭諸方外句如臨老學梳頭春醉釣人扶帶葉捲殘書疏鐘摇雨脚出以逸思都成冷趣近今檢點舊稿深以不能希蹤為恨其詩如京寓除夕云習媚怕書更帖字破愁頻覆迓寅杯臺懷回太原途次作云不勝酒力借留宿正覓詩題鳥弄晴均餞別情自題小像云爐火初添香靄氤瓶花偶插影蕭疏相君儘強全如我只合關门抱膝居不曾自為寫照

山陰石蘭老人胡慎儀字采齊為駱儀仙秀才烜繼室家大興有石蘭詩鈔丞寡翁歿于官石蘭扶櫬攜幼弱肄自粤西度嶺見梅傷感詩云七櫬十三人艱危仗一身經冬淚洗面逾嶺独傷神江北無茅屋燕南有老親如何千樹雪不似去年春宋茗香與令子善得拜母爲未幾子亦卒家益落乃受聘爲閨塾師歷四十年女弟子至廿餘人多能詩茗香悲歌一首為石蘭老人作也其詞云女子多才且勿喜廿口同生七人死不死者誰仗女子忍飢褰裙幾千里水有山

兮山有水觀者疑神自疑鬼廉吏本無冢土穴聚螻蟻貫文
聊作活好文者有幾重到長安更何倚飢不讀書無一是兒
飢兒讀母弗箠天風張弩篷擲矢慷慨悲歌不能罷不及
古人吁可恥蒼茫歎嘆英雄起老婢吞聲掩兩耳造物忌才
從此始噫嘻乎悲哉孫兒纔壯又已矣童孫幸勿成名士妹
慎容有紅鶴山莊詩

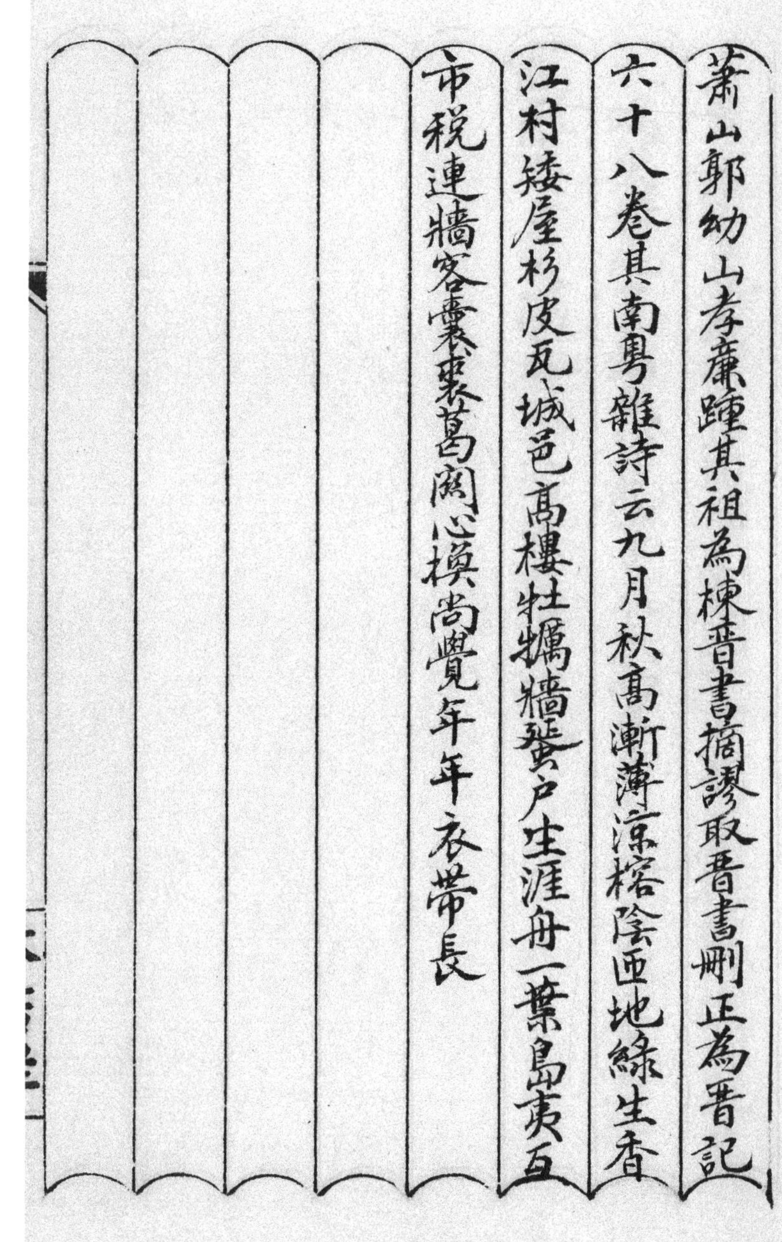

蕭山郭幼山孝廉踵其祖爲棟晉書摘謬取晉書删正爲晉記六十八卷其南粤雜詩云九月秋高漸薄凉榕陰匝地綠生香江村矮屋杉皮瓦城邑高樓牡蠣牆蛋户生涯舟一葉島夷互市税連檣客囊裹葛腐心摸尚覺年年衣帶長

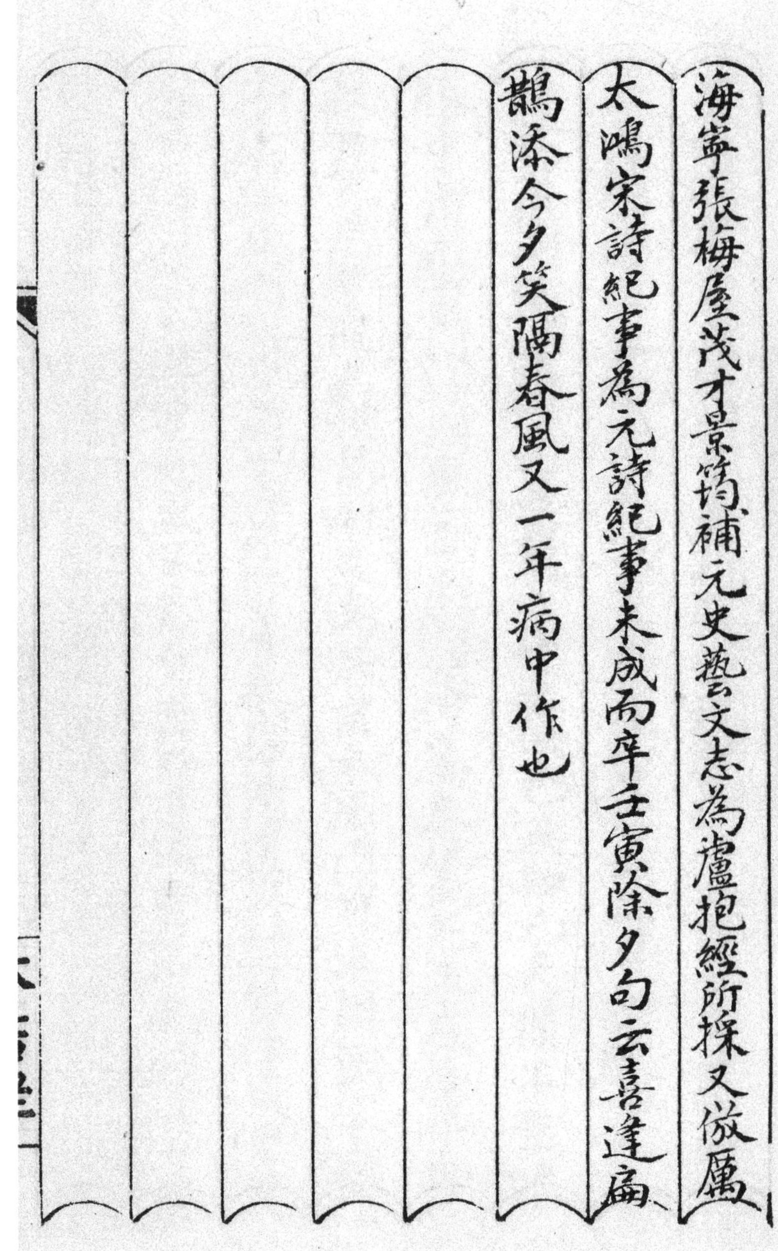

海寧張梅屋茂才景筠補元史藝文志爲盧抱經所採又倣厲太鴻宋詩紀事爲元詩紀事未成而卒壬寅除夕句云喜逢扁鵲添今夕笑隔春風又一年病中作也

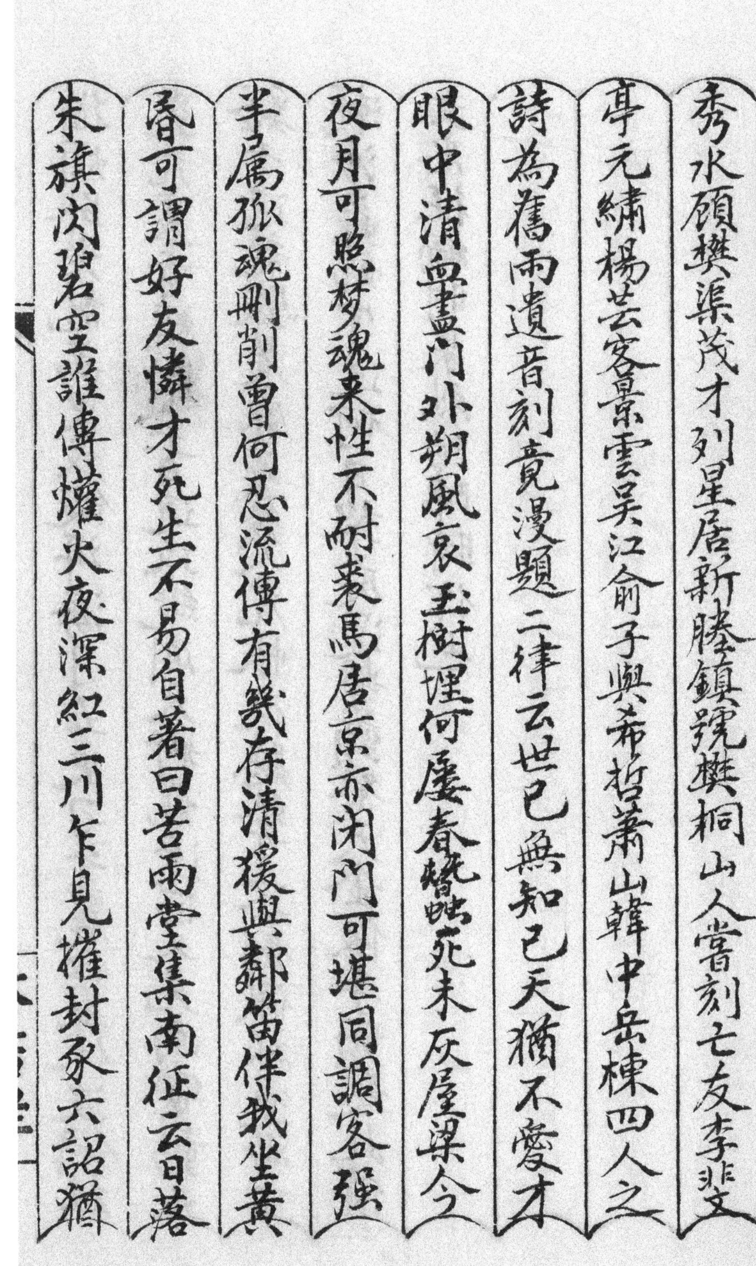

秀水頤樊渠茂才列星居新塍鎮號樊桐山人嘗刻亡友李非文亭元績楊芸客景雲吴江俞子與希哲蕭山韓中岳棟四人之詩為舊雨遺音刻竟漫題二律云世已無知己天猶不愛才眼中清與盡門外朔風哀玉樹埋何屢春蠶死未灰屋梁今夜月可照梦魂來性不耐裘馬居京亦閉門可堪同調客强半屬孤魂刪削曾何忍流傳有幾存清猨與鄰笛伴我坐黄昏可謂好友憐才死生不易自著曰苦雨堂集南征云日落朱旗閃碧空誰傳爟火夜深紅三川乍見摧封豕六詔猶

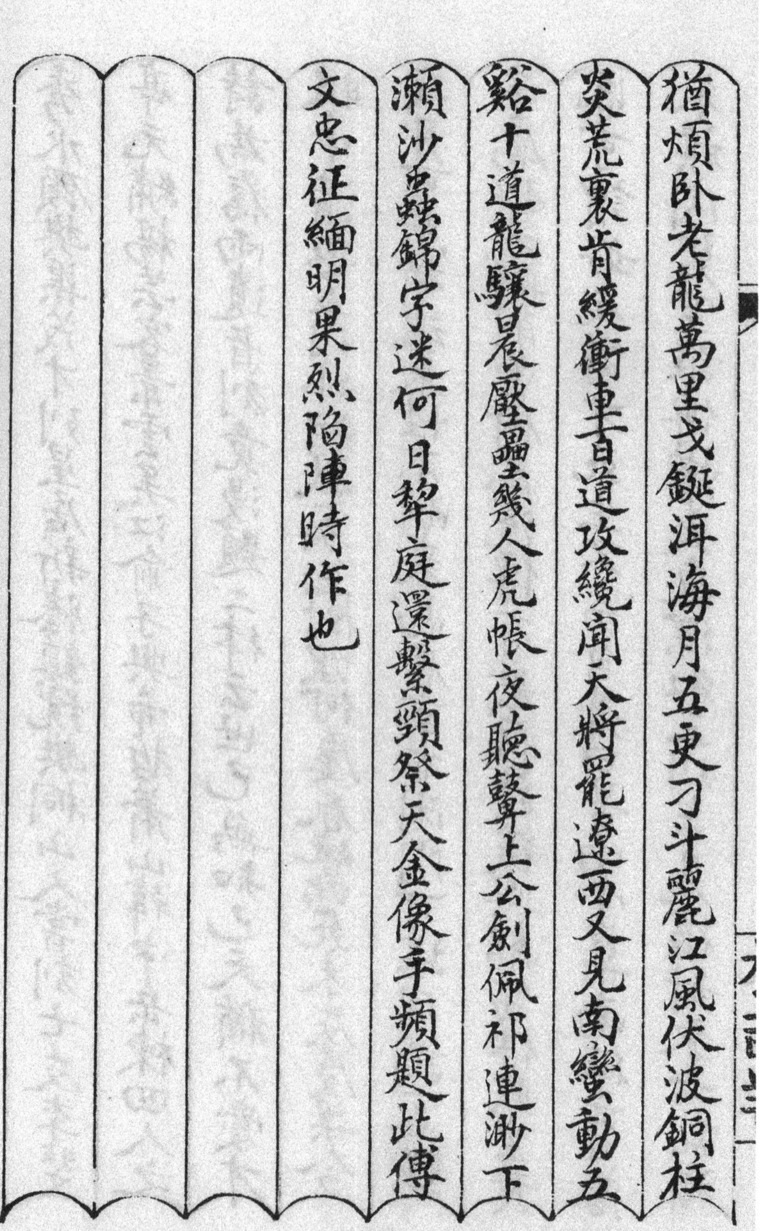

猶煩卧老龍萬里戈鋋洱海月五更刁斗麗江風伏波銅柱炎荒裏肯緩銜車百道攻纔聞天將罷遼西又見南蠻動五谿十道龍驤辰壓壘幾人虎帳夜聽鼙上公劍佩祁連渺下瀨沙蟲錦字迷何日犁庭還繫頸祭天金像手頻題此傳文忠征緬明果烈陷陣時作也

辥魯哉廷文嘉興布衣以雪後春歸樹花前客到門之句時號

辥春樹五十不娶晚居僧院吴澹川訪魯哉詩靜者柴門

外看雲帽影斜晚風膝吠蛤暑着雨瓦生花可想見其高致

其鄞都懷古句云但有漢臣尊武帝獨無天命到文王與田

枌秋水交善秋水句宵来一暖竟成雨曉起滿溪多落花爲時

所稱亦負才而老於鄉井者也

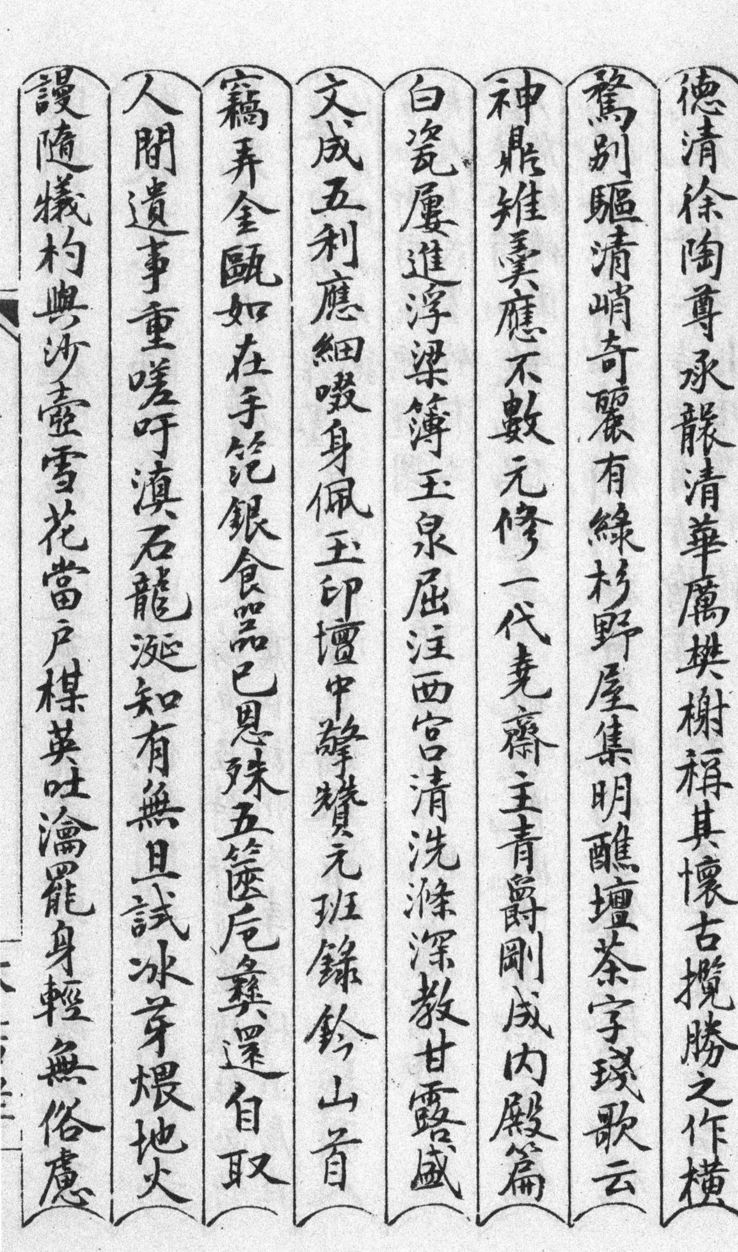

德清徐陶尊承龍清華厲樊榭稱其懷古攬勝之作橫
鶩别驅清峭奇麗有綠杉野屋集明醮壇茶字璣歌云
神鼎雉羹應不數元修一代堯齋主青爵剛成内殿篇
白瓷屢進浮梁簿玉泉屈注西宮清洗滌深教甘露盛
文成五利應細啜身佩玉印壇中薛贊元班錄鈐山首
竊弄金甌如在手笵銀食器已恩殊五箧危彝還自取
人間遺事重嗟吁滇石龍涎知有無且試冰芽煨地火
謾隨犧杓與沙壺雪花當户楳英吐淪罷身輕無俗慮

回頭笑謝紫極翁讓我蓬萊且飛去天聖寺管夫人畫

壁歌云墨竹師承難定斷清氣偏鍾閨閣輩自描腕影

月光中許有盧孃李有妹梅堯臣詩許有盧孃能画竹盧氏許州人李公擇山房在

盧山其妹爲作墨竹見周必大記蕙心蘭質更嬌春羅綺休誇越國人

宣和御府藏魏越國夫人王氏墨竹有二茗椀閒居看作賦山廬繡佛不生

塵夫人有山庐繡佛圜散花偶遇吴言地盤龍殿古凉無二東壁

光明粉乍新一時烟雨拖春翠腕約金鐶運撥輕滿檐

颯颯風檜聲寺旁有古檜堂松雪嘗作圖一幹一筆筆齊立十指十

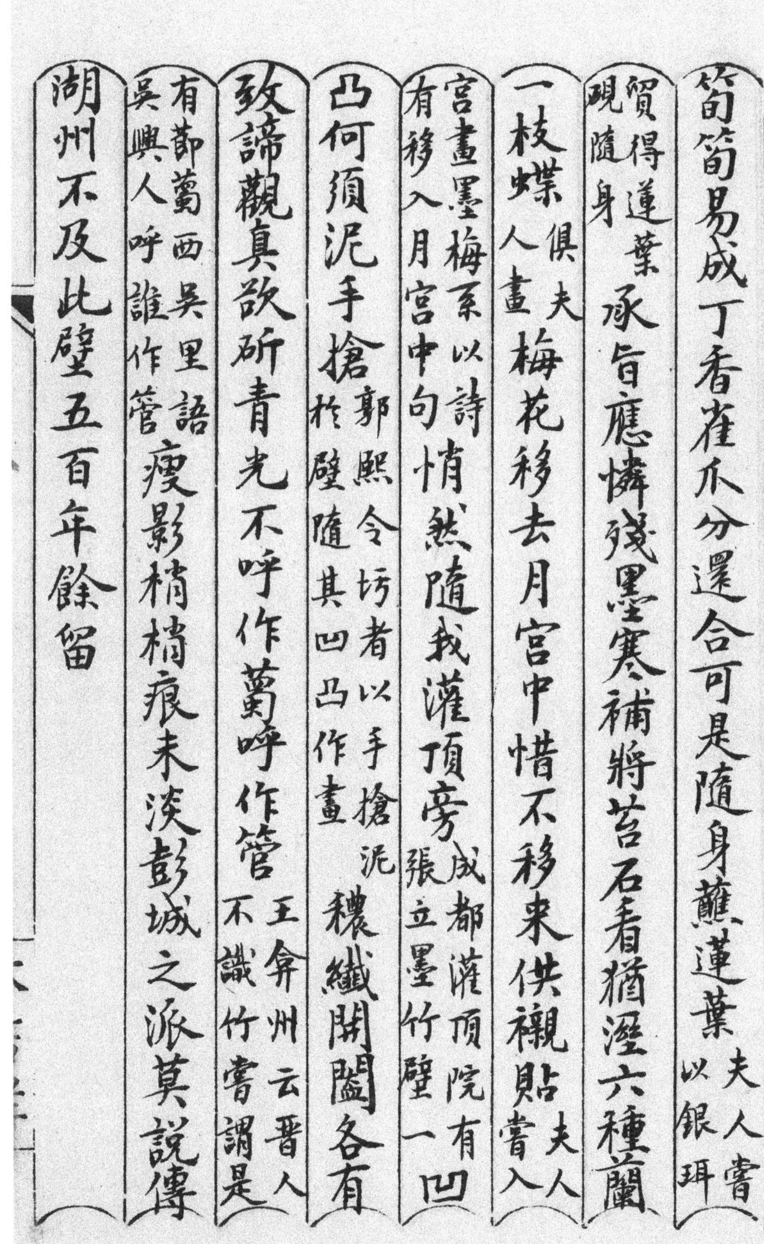

箇箇易成丁香雀爪分還合可是隨身蘸蓮葉夫人嘗以銀珥賀得蓮葉硯隨身承旨應憐殘墨寒補將苔石看猶溼六種蘭一枝蝶俱夫人畫梅花移去月宮中惜不移來供襯貼夫人嘗入宮畫墨梅系以詩有移入月宮中句悄然隨我灌頂旁成都灌頂院有張立墨竹壁一凹凸何須泥手搶郭熙令圬者以手搶泥於壁隨其凹凸作畫穠纖開闔各有致諦觀真欲斫青光不呼作蔔呼作管王弇州云晉人不識竹嘗謂是有蔔蔔西吳里語吳興人呼誰作管瘦影稍稍痕未淡彭城之派莫說傳湖州不及此壁五百年餘留

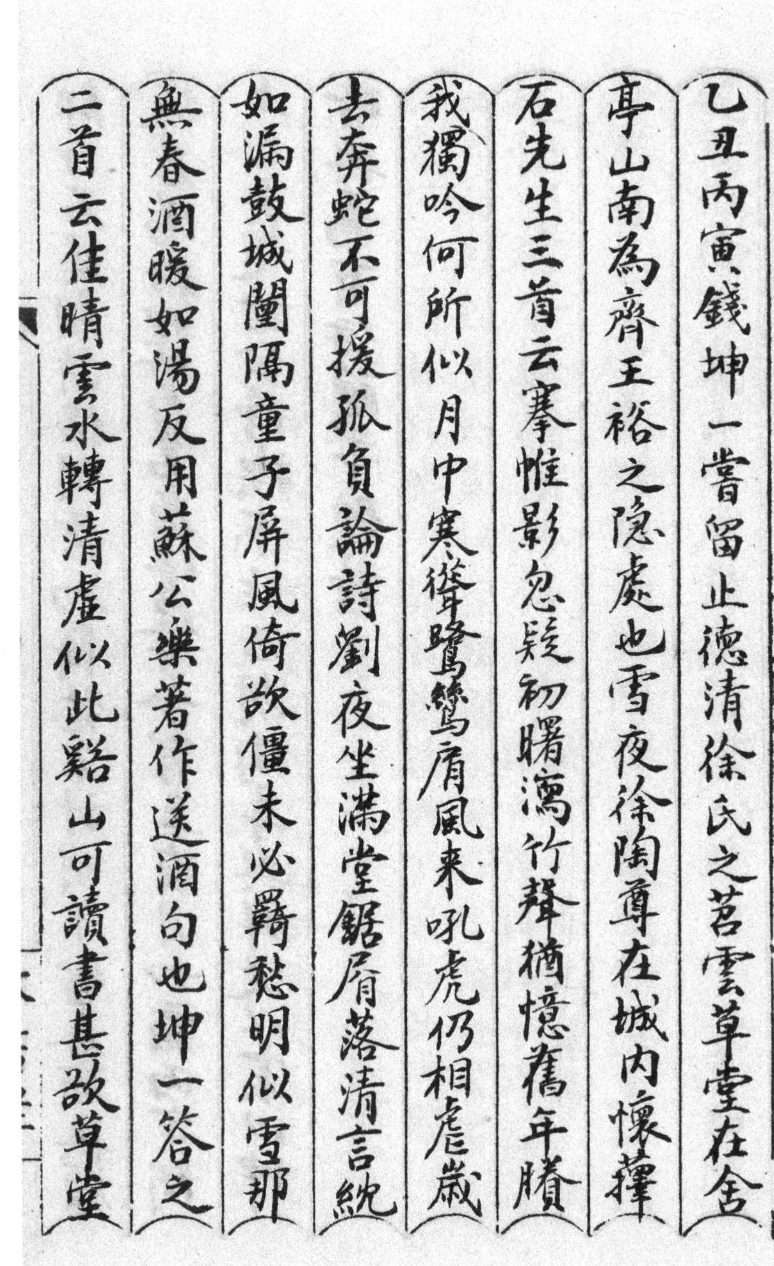

乙丑丙寅錢坤一嘗留止德清徐氏之苕雲草堂在舍亭山南爲齊王裕之隱處也雪夜徐陶尊在城内懷韡石先生三首云搴帷影忽疑初曙瀉竹聲猶憶舊年賸我獨吟何所似月中寒聳鷺鷥肩風來吼虎仍相虐歲去奔蛇不可援孤負論詩劉夜坐滿堂鋸屑落清言統如漏鼓城闉隔童子屏風倚欲僵未必羇愁明似雪那無春酒暖如湯反用蘇公樂著作送酒句也坤一答之二首云佳晴雲水轉清虚似此谿山可讀書甚欲草堂

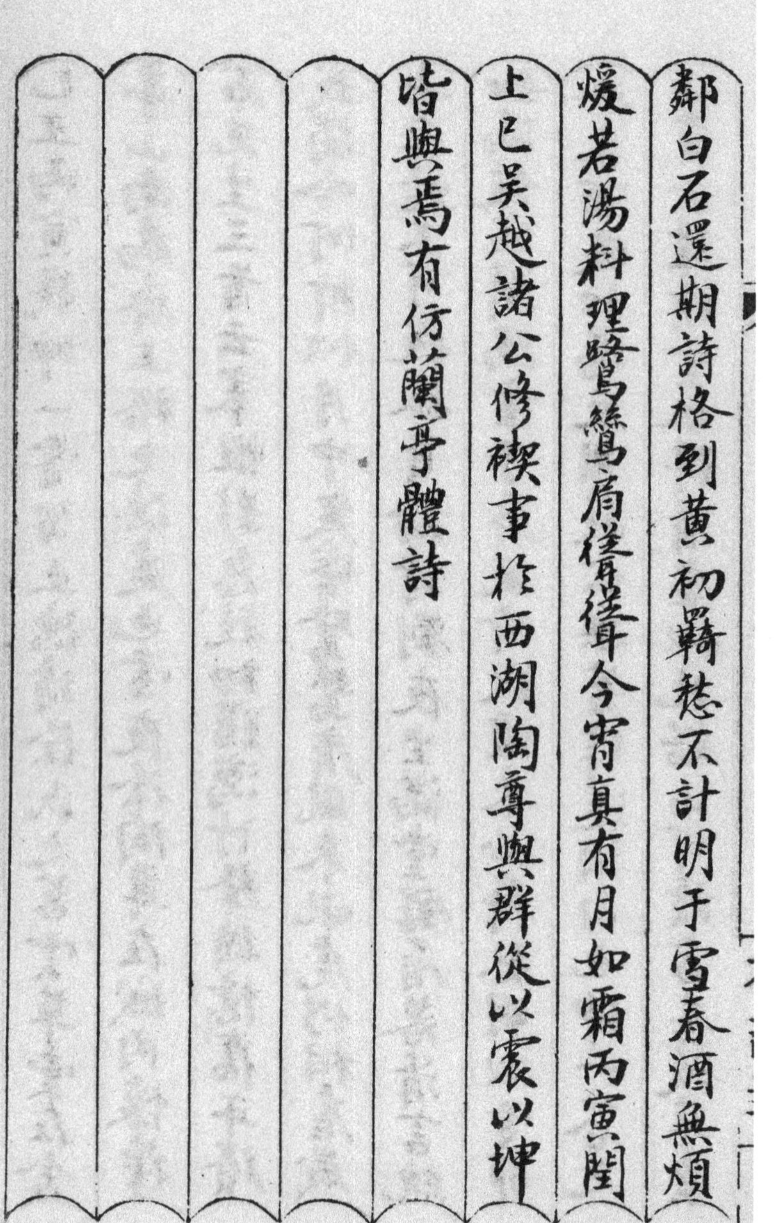

鄰白石還期詩格到黄初覊愁不計明于雪春酒無煩

熳若湯料理鷺鷥肩儹儹今宵真有月如霜丙寅閏

上巳吴越諸公修禊事於西湖陶尊與群從以震以坤

皆與焉有仿蘭亭體詩

錢蕙伯檢討鹿山老屋詩集論宋人絶句十二首和陳
檢齋司馬云雪夜鐙前酒細傾詩人憂國念邊兵何須
好語同韓愈鐘鼓園林飾太平歐公於晏元獻席上賦詩云須擁鐵甲冷徹骨四十餘萬屯邊兵晏曰昔韓愈亦能作言語赴裴晉公會但云園林窮勝事鐘鼓樂清時不曾如此合鬧膏
潤無窮書似詩輕裘緩帶有餘姿太平氣象雍容甚想
見仁宗御宇時神采秀發膏潤無窮東坡跋歐陽文忠書法云然余謂二語不独評公書惟詩亦然
長卿怨刺本非宜況復紛紛新法時孤負故人文與
可殷勤相勸莫吟詩西湖雖好莫吟詩與可送東坡詩也彭澤田園是古

賢惠州細和謫居年晦翁巴妄雌黄下筆力雖高欠自

然（朱子謂淵明天真爛然東坡篇篇追和筆力雖高而乏自然之趣）權書氣味先秦得

詩亦如文格老蒼絶勝韓門翱與湜吉光片羽有吟章

誰能學杜得元珠鉤棘槎枒派自殊魯直太生我無取

論詩終服小長蘆（魯直太生竹垞論詩語也又云我先無取黄涪翁）不盡唐賢

作典型歐梅蘇陸各門庭盛時詩律從經出深識無如

戴石屏（或語戴復古宋詩不及唐復古曰不然本朝詩出於經此人所未識而復古独心知之者也）

函關渭水夢馳驅耿耿中原壯欲圖果是輪囷肝膽在

始知詩外有工夫劍南示子遹詩曰汝果欲學詩工夫在詩外嫵媚清新鮑

謝俱誠齋斂衽不爲諛令人絶憶江南好雜興田園范

石湖誠齋序石湖詩曰我於詩豈敢以千里畏人者而於公独斂衽焉青冢千年恨未

平春風可好在氈城荆舒禍宋商君甚出語分明不近

情介甫明妃曲二首已絶不憶漢恩然則介甫而當靖康豈能作李若水哉故曰不近人情者鮮不爲大姦

懸鈞璜英氣鋭偏師合古無妨與古離不独春風妙詞

筆縱横試讀昔游詩余酷愛姜白石昔游詩如風掠水縱横自然真大家數也白石自作

詩序論與古離合之際極精鈞璜英氣横白蜺誠齋贈白石句萬卷陶鎔絶點塵仙人

游戲果通神兒童目眩休輕學且讓坡詩百態新慈伯
論詩嘗引荆川與鹿門書舉陶元亮沈隱侯兩人詩見
文章之高下由其人本色有高低爲言又嘗記戊寅春
陪王又曾於天寧禪房看梅談論詩律先生語世錫云
好詩固須煅鍊然當隨手拈得爛然具有天趣淋漓酣
嬉轉於積唐中見態度必執一成之法苦苦相纒是亦
刻舟矣慈伯承摯石宗學又與心餘西澗東井諸公上
下其議論所好不同而各自有所得金檜門視學京畿

與張瘦銅舍人校文幕中檜門與論詩趙州試院中取
少陵沙苑行天育驃騎丹青引凡詩之及於馬者類聚
得八九篇云可以見少陵布置篇篇之妙南棘每過朱
梓廬書屋輒留宿談至四更或達旦師友淵源亦可紀
也其謂心餘詩於循吏節婦凡孝義之事淋漓頓挫爲
工自是篤論其先侍御公書屋故址在麗山之麓故以
名其詩有老書屋曰葯房竹垞題額

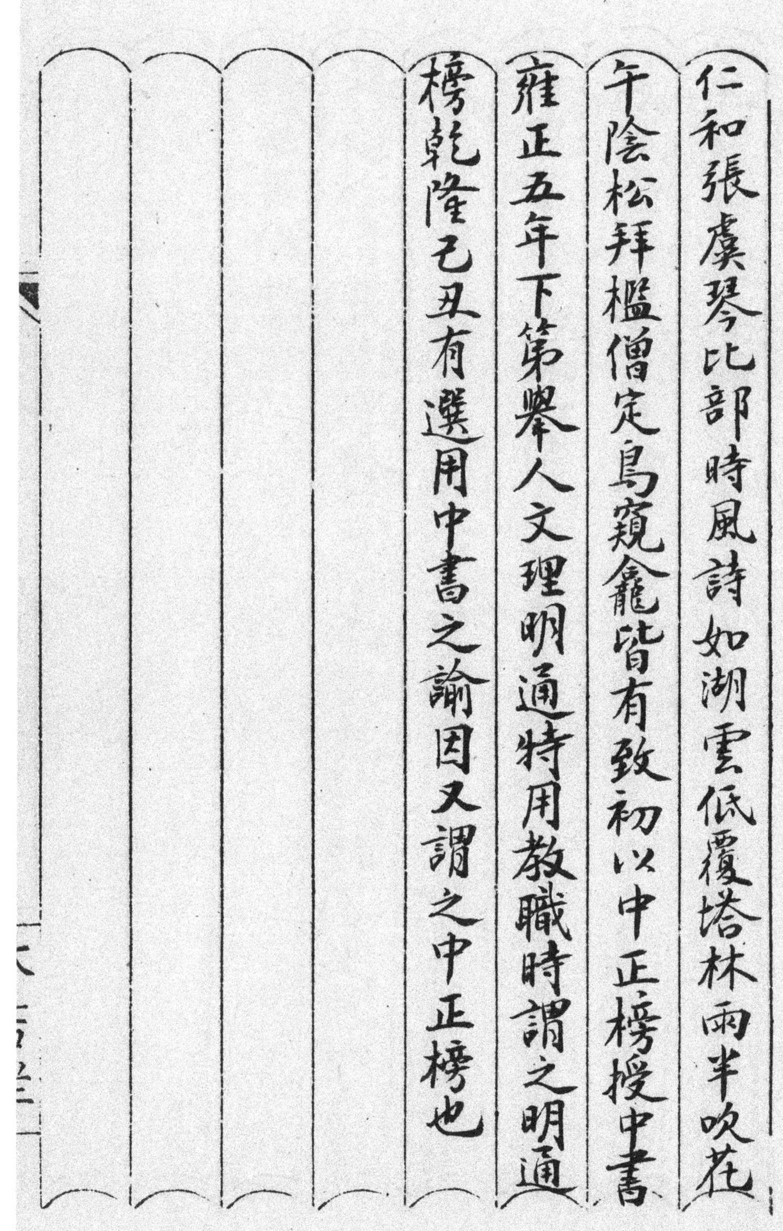

仁和張虞琴比部時風詩如湖雲低覆塔林雨半吹花
午陰松拜檻僧定鳥窺龕皆有致初以中正榜授中書
雍正五年下第舉人文理明通特用教職時謂之明通
榜乾隆己丑有選用中書之諭因又謂之中正榜也

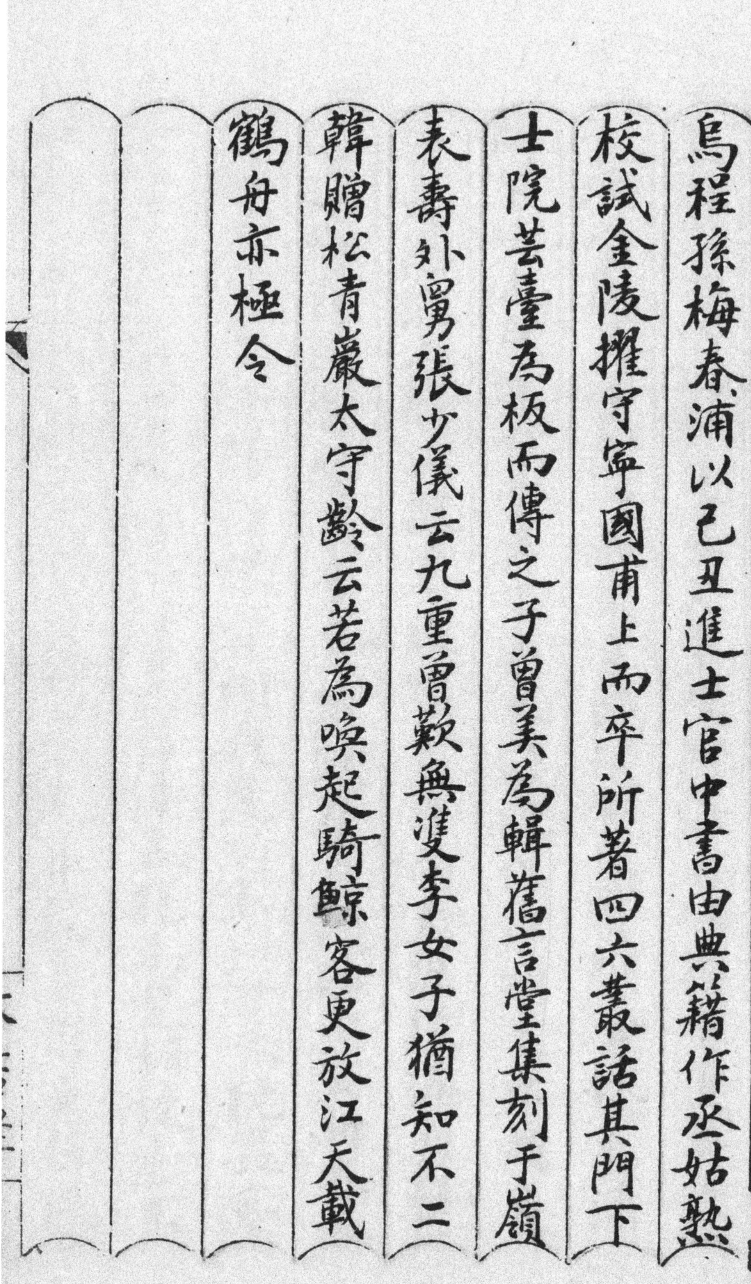

烏程孫梅春浦以己丑進士官中書由典籍作丞姑熟

校試金陵擢守寧國甫上而卒所著四六叢話其門下

士阮芸臺爲板而傳之子曾美爲輯舊言堂集刻于嶺

表壽外舅張少儀云九重曾歎無雙李女子猶知不二

韓贈松青巖太守齡云若爲喚起騎鯨客更放江天載

鶴舟亦極令

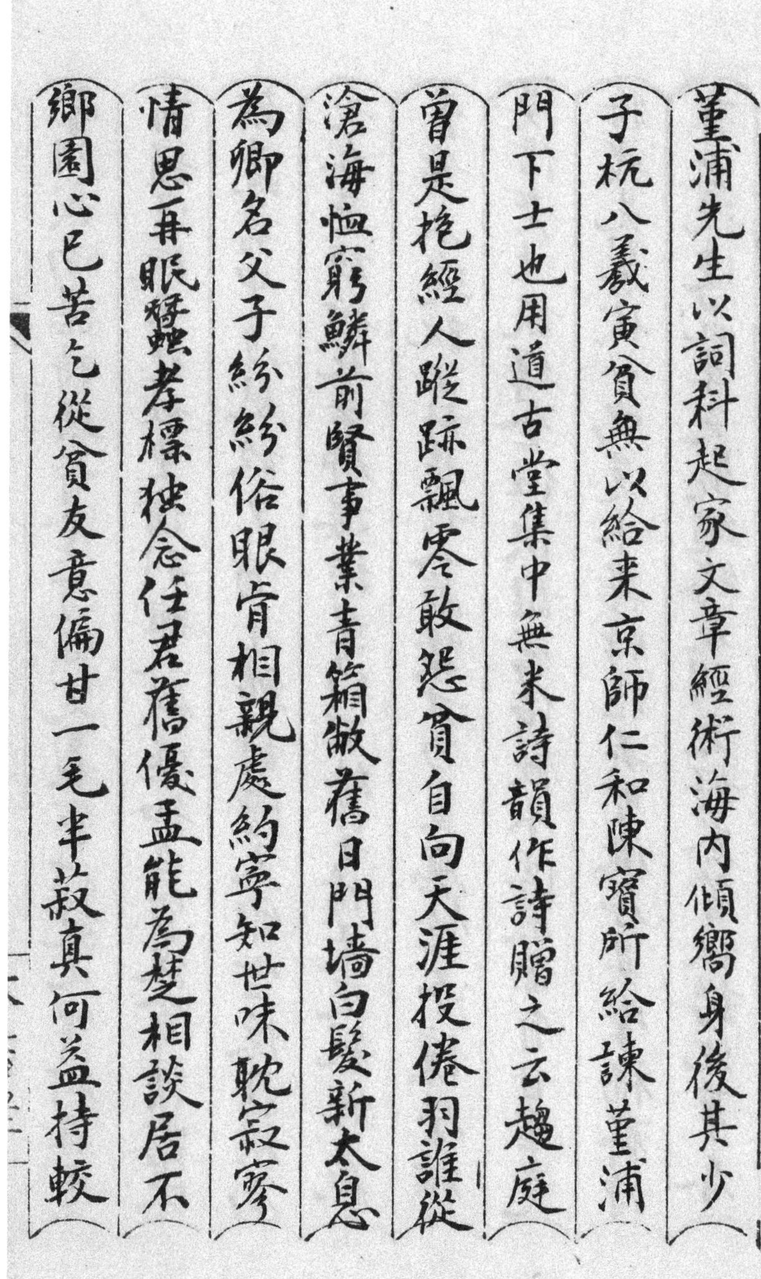

董浦先生以詞科起家文章經術海内傾嚮身後其少子杭八義寅貧無以給来京師仁和陳寶所給諫董浦門下士也用道古堂集中無米詩韻作詩贈之云趨庭曾是抱經人蹤跡飄零敢懇貧自向天涯投倦羽誰從滄海恤窮鱗前賢事業青箱敝舊日門墻白髮新太息爲卿名父子紛紛俗眼肯相親處約寧知世味耽寂寥情思再眠蠶孝標独念任君舊優孟能爲楚相談居不鄉園心已苦乞從貧友意偏甘一毛半菽真何益持較

豪門我尚堪時渠肯堂守保定義寘往就之寶所再用
前韻送行云悲秋更愴别離人餞送知吾宦況貧清露零
朝蔬翦甲涼風散夕酒生鱗詩壇大雅空懷舊棋局
長安莫訝新此去郡樓橫翠待不勞筭幘是交親經籯
素業未遑耽生計勞於八繭蠶才力豈應餘子讓榮枯
漫信老生談揮金任俠誰當倚飲水儒風亦自甘畢竟
將飛先罥翼伏一鳴還卜異時堪吳聖徵序其學福齋詩
有云流連昆季之歡繾綣友朋之好岑苕秋諸池草春

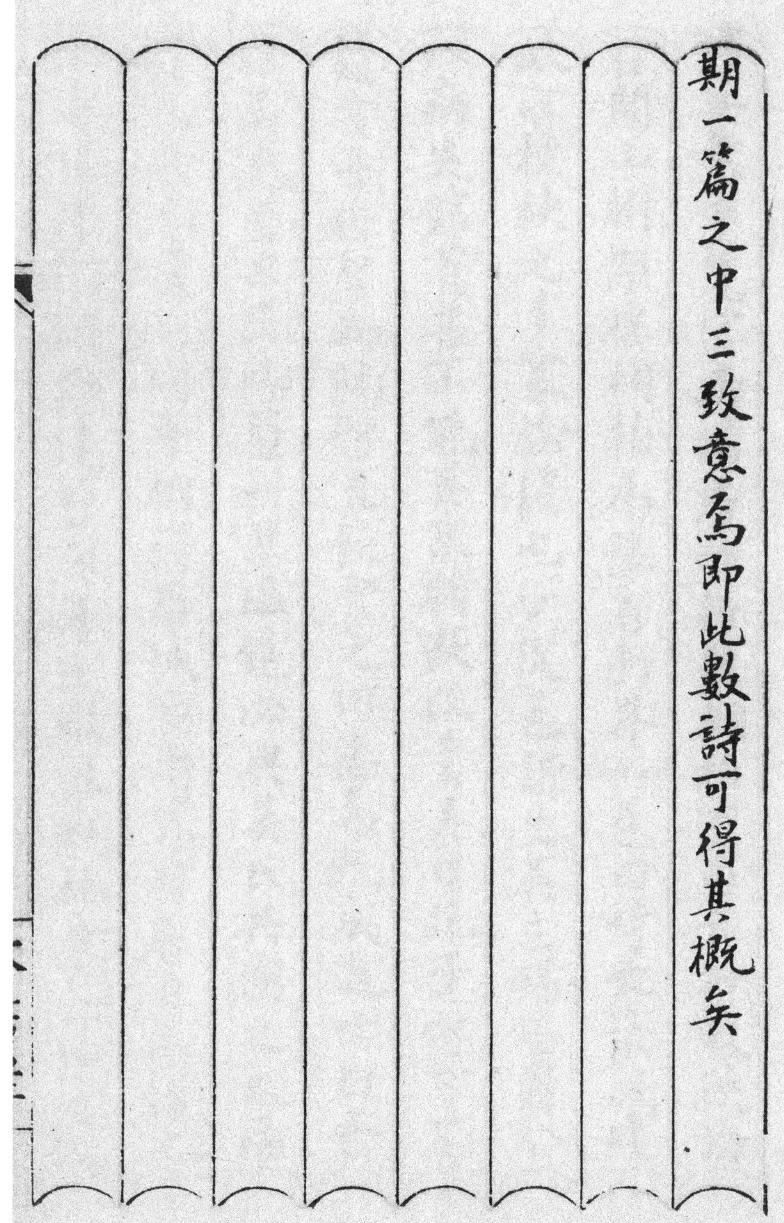

期一篇之中三致意焉即此數詩可得其概矣

歸安葉辛麓官南陽府時行縣桐柏有句云計畝秧論石開山樹架樓桐柏為豫省南界小邑田畸零不成頃畝以種秧之多寡論價也少從邑諸生吴三錫學贈公以病失館貧甚不能具束脩欲改業吴曰此子何可不讀書吾將挈而就館且飲食之何患焉既成進士曰吾非吴先生不及此苟一旦温飽必與吴氏共溯之人兩賢之與朱笥河同年相得居城西南笥河居日南坊之李鐵拐斜街相距遠笥河每出雖往城極東北必迂道

相訪著有易守四十卷子紹楏字琴柯亦嫻吟事客暨

陽絶句云枇杷庭院長莓苔小閣輕陰燕子來吟徧江

南花落處斷腸人是賀方回

秀水戚柚堂題柚詩序先府君令龍川時官舍東西齋各有柚一樹東樹鄰徼紅西樹鄰白而微碧味更勝爲邑中冠予攜核以歸種之堂北十七年不花丁丑春予入長安其歲始花垂實六且大味亦不減於粤十月歸里見餘果二一投瓜田徵君張丈張丈繪圖題詩并爲說以贈又以其一並徵君說呈於司寇香樹先生先生亦題詩又别爲書並書詩與說彙成卷屬百二題詩於左作吾鄉佳話俾後之志物産者有取焉柚堂字秦川

為桑弢甫高弟丙子舉人官淄川知縣著尚書繹天六
卷王德甫贈詩所云袖中一卷書談經恣疑難中旦要
義和相宅溯姬旦指此將之揚州夜過平望作云江豚
吹浪梦還驚来去三湘萬里程郤喜櫻桃湖外月今宵
猶作故鄉明楊誠齋平望詩櫻桃湖裏月如霜即鶯
脰湖也

桐鄉馮養吾侍御注玉溪生詩其子星實鴻臚復為蘇詩合注正王施查三家之誤而補其漏略最為精審嘗繪梦蘇草堂圖錢曉徵與鴻臚書云施氏元本春帖子在端午帖子之後查本始易其次以僕考之兩帖子皆元祐三年所進是年閏在十二月諺所云一年兩頭春者也其正月乙酉朔據子由元日宿齋詩今歲初辛日正三明朝風氣漸東南還家強作銀旛會雪底蒿芹欲滿籃是正月三日辛亥祈穀四日壬子立春也公於時

已差禮部知貢舉例當鎖院故不及供帖子其閏十二月十五日丁巳爲已巳歲之立春節公次韻劉貢父春日賜旛勝詩有臘雪强飛纔到地之句此立春在臘月之證也任注元祐三年戊辰作正謂此時作於戊辰臘月非謂戊辰之春也施氏編此詩於戊辰歲本無差誤查氏强作解事移此詩於己巳卷首并將春帖子移於端午之前則真誤矣劉貢父集中題云呈子瞻沖元内翰子開器之舍人執事據許將傳知成都府元祐三年

再爲翰林學士謂將於三年方旋京未必立春時即在
朝疑任注有誤僕攷東坡内制集有元祐三年四月十
九日宣詔許内翰入院口宣是則正月立春許固未在
朝列若閏十二月立春正與東坡同直任注本無誤也
年譜先生生於景祐丙子十二月十九日不見干支執
事亦疑而未決僕以遼志朔攷證之是年十二月實乙
巳朔則公生日當爲癸亥施元之以爲壬戌者殊未足
信後来王見大編注集成考證視馮氏更加詳博惟詞

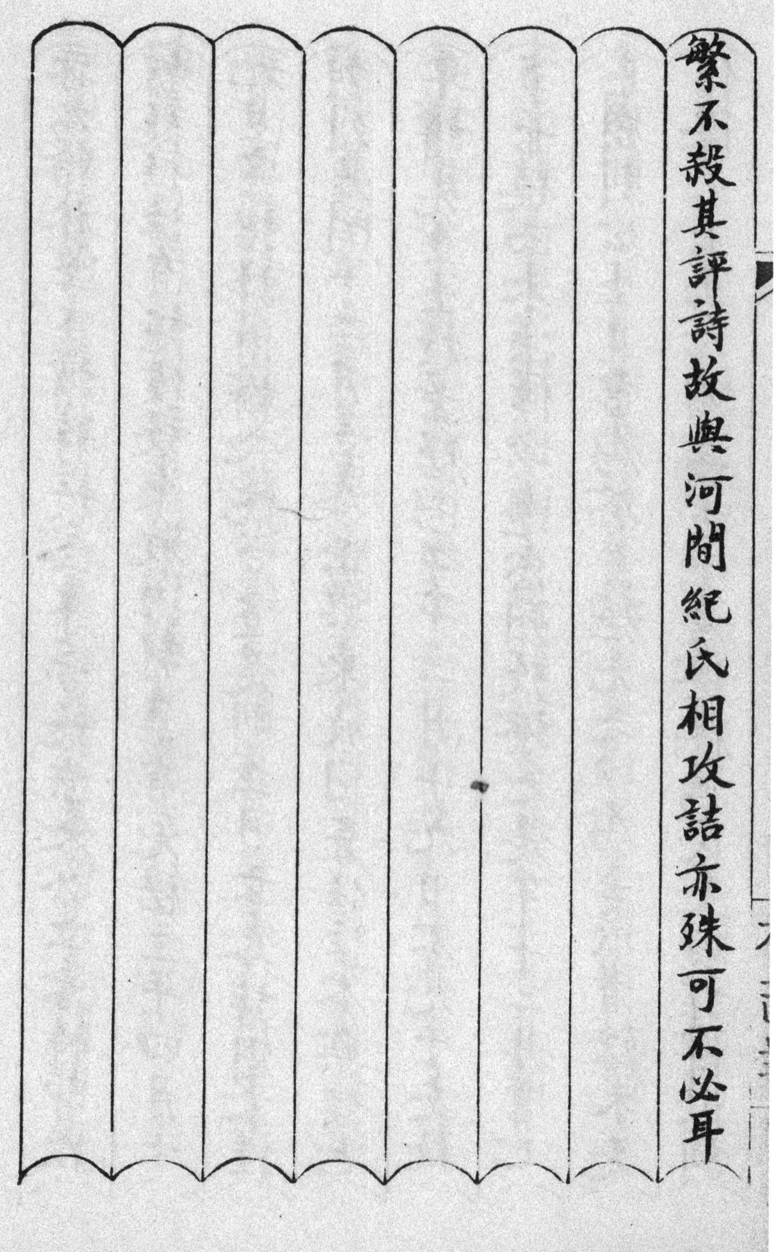

繁不殺其評詩故與河間紀氏相攻詰亦殊可不必耳

詩事辛

仁和吳南𥖁副貢可馴爲中林司馬廷華子嘗隨中林
客天津查氏水西莊沽上題襟亦分一席所葺宣化府
志頗稱賅洽其上谷雜詩注謂明武宗在宣府日盤游
無度常聚樂妓數百人騎從歌舞道路閒以絲竹按新
聲今所傳玉娥郎曲乃御製也鐙夜村莊城市多立竹
木設黄河九曲鐙男女中夜穿之謂之銷百病每村鎮
設立鐙官有司先期給以劄付皁役輿從衣服甚都各
鋪户醵金爲賀其牌書正十品加半級或數十品不等

鐙場有争鬬者許其薄責開印日繳劄于官宣俗娶婦設香案于天井中置斗斗插弓矢而拜之拜畢男執弓矢導引入房内合巹乃按置弓矢而與婦同拜宣郡四面皆山至春暖人家纔携簾幙雞鳴黄羊二山尤秀對影如眉四月男女多郊游謂之耍青北山寺在城北五里北山上四月初一日郡人携酒群游此時桃李盡開自清遠以北出廣陵門一路霏香聚雪足稱勝賞宣城内亦有二十四橋五月初十日郡人羣進香城隍廟至

十五日止廟左右人家皆垂簾排日嬉游有徹夜者俗
最重中秋節處一二百里外者必策騎踈家蓋過此以
往即寒凍無良會矣是夜庭前咸設瓜果轟飲賞月十
月一日哭祭墓所剪紙爲衣焚之謂之送寒衣宣俗清
明日七月十五日及是日闔門老幼哀哭無節新喪者
亦然蓋前明陣亡軍户遺俗也案沈虹舟西征賦注邊郡凡天中及中秋諸佳
節則望遠悲痛當起自征
戍之家後遂相沿爲俗耳除夕幼女剪綵爲衣并果餌
置筐中夜靜開户送之謂之送窮媳婦周天度心羅十

誦齋集上谷雜詩云清遠樓高挹翠尖萬家列屋覆華
檐重城不礙青山入一到春來盡捲簾白楊獵獵起悲
風玉几金牀往事空月落髑髏山鬼出野燒紅照谷王
宫其彌陀寺銅佛歌謂宣城東北隅去府治二里許彌
陀寺在焉梵宇巋然垣墉崇麗政之地志不載何時所
創大抵金元故跡也階下植立數豐碑是宣德十年重
修時立文爲楊士奇金幼孜篋並有扈蹕巡邊同寓兹
寺云云亦不詳其所自始碑于紀元之處不知何故悉

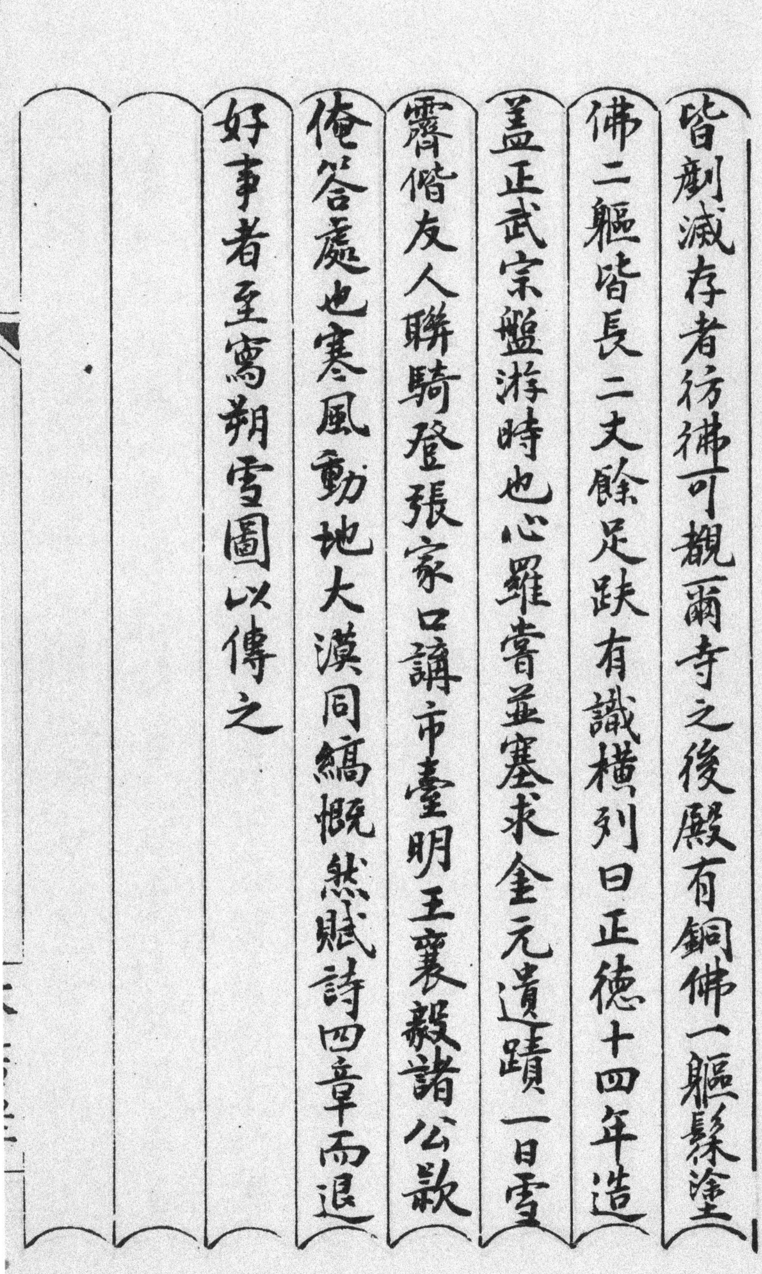

皆剷滅存者彷彿可覩爾寺之後殿有銅佛一軀髹塗
佛二軀皆長二丈餘足趺有識橫列曰正德十四年造
蓋正武宗盤游時也心羅嘗並塞求金元遺蹟一日雪
霽偕友人聯騎登張家口譙市臺明王襄毅諸公歘
俺答處也寒風動地大漠同縞慨然賦詩四章而退
好事者至寫朔雪圖以傳之

吴樵石名嗣廣字芑君居峽石嘗以詩受知於查初白有樵石詩稿其宛陵集評本云宛陵先生謂作詩須寫難言之景如在目前含不盡之意見于言外讀其集方知此語實先生自道所得也敬業師語余宛陵正是宋過摩詰又云宛陵仍是唐音非宋調也阮亭詩話作詩曰典曰遠曰諧典諧易得遠字惟蘇州及宛陵到之此評為真知宛陵近人多學梅詩苦不得其遠韻正李百岳所謂無端郤傎歐陽九彊被章句作孟郊者也

蘭溪孝子徐驌有巧思其俗設祭每刻楮作魚龍花鳥
置盆盎間驌爲之工不與他人等鄉鄰報賽輒多得錢
市肥鮮以供母已常蔬食母疾禱於神刲左股和藥以
進母歿葬費壠山下廬墓三年嘗掘地作潭汲水人稱
爲孝子潭驌曾祖母余年二十而寡携子依母家以居
爲諸嫂執爨終歲勤苦未三十而傴僂如老婦兒年十
三復携之以餗歲大祲哭云天乎與兒俱死矣夜夢神
語之曰有雞可賣何泣爲詰朝視塒桀無雞也見藉牀

草在門後試曲折之宛然雞也悟曰此豈可賣也復剪
紙爲冠距傅之翼命兒携之市人競取之一雞得錢三
母子藉以俱飽象山姜炳璋爲蘭溪院長作母有雞詩
云阿母飢飢兒啼兒母啼母有雞有雞無飢神告之母
青年貌若媪索雞不見雞乃見藉牀草屈草作雞形
剪紙錭與尒一雞三青蚨百雞一束粟雞乎雞乎飢母
飽母有曾孫其名曰驌三年藉草二親墓旁白日暗黄
壚雞聲䠶曉霜一門節與孝千秋揚其芳炳璋字石貞

䨓白巖

仁和宋茗香助教犖甲午京兆自放於山水間凡徑山
鄧尉天台華嶺黃山無不到詩曰學古集坿詩論一卷
引世之憂憤悲怨淫泆詭譎者而一軌於正其謂齊之
王儉韓蘭英先仕宋劉繪後仕梁梁之范雲丘遲任昉
張率柳惲周捨徐勉先仕齊庾信後仕北周江淹沈約
先仕宋齊陳之陰鏗徐陵沈炯周弘正張正見顧野王
先仕梁周弘讓先仕侯景徐孝克阮卓蔡凝潘徽後仕
隋江總先梁後隋隋之姚察虞世基虞綽王眘王胄先

仕陳柳䛒先仕梁李德林諸葛潁孫萬壽先仕齊于仲
文先仕周何妥先仕梁及周盧思道李孝貞薛道衡魏
澹先仕齊及周元行恭先仕北齊辛德源先仕北齊及
周楊素崔仲方先仕周及梁孔紹安後仕唐袁朗先陳
後唐偶指數之皆詩人之名級故高者也晉宋詩人之
失節者緊豈独無顧晉有陶靖節之高趣入宋終身不
仕又有束皙之沈退張翰之處禍張協之屛居草澤嵇
紹之以身衛帝劉琨之戴帝室郭璞之阻逆謀宋亦有

顔延之不受資供王微素無宦情沈慶之盡言諫諍赫
矣遯跡世敎賴爲齊謝朓不從江祐之謀王僧祐不交
當世風韻清疏如孔稚珪徵而不就如顧歡猶有晋之
遺風梁以後如蕭子雲不樂仕進者寥寥矣齊之柳容
通脱以俳優自居者有之至隋則晋王廣之弑立其謀
遂出自楊素此其由來非獨在慕榮利也蓋廉恥道喪
且有使之然者矣齊武帝布衣時嘗游樊鄧登阼後憶
往歌估客樂曰意滿辭不叙猶尚有羞惡之心者乃導

之者有釋寶月矣若簡文宫體直寫妖淫後主男女倡和極於輕蕩煬帝所撰飲馬長城窟行頗好雅正然有諸内必形諸外則有江都宫掖諸作爲夫一變而爲清讌再變而爲極欲其病同𨽻於必斃頹清讌者聽其自斃而已極欲者又趣之發乎情者不止乎禮義不止乎禮義則無廉恥無廉恥安得有氣節以流極之運加以登高之呼城中好高髻四方長一尺矣盖聲音發于男女者易感風化流于朝廷者莫大也誦其詩不知其人

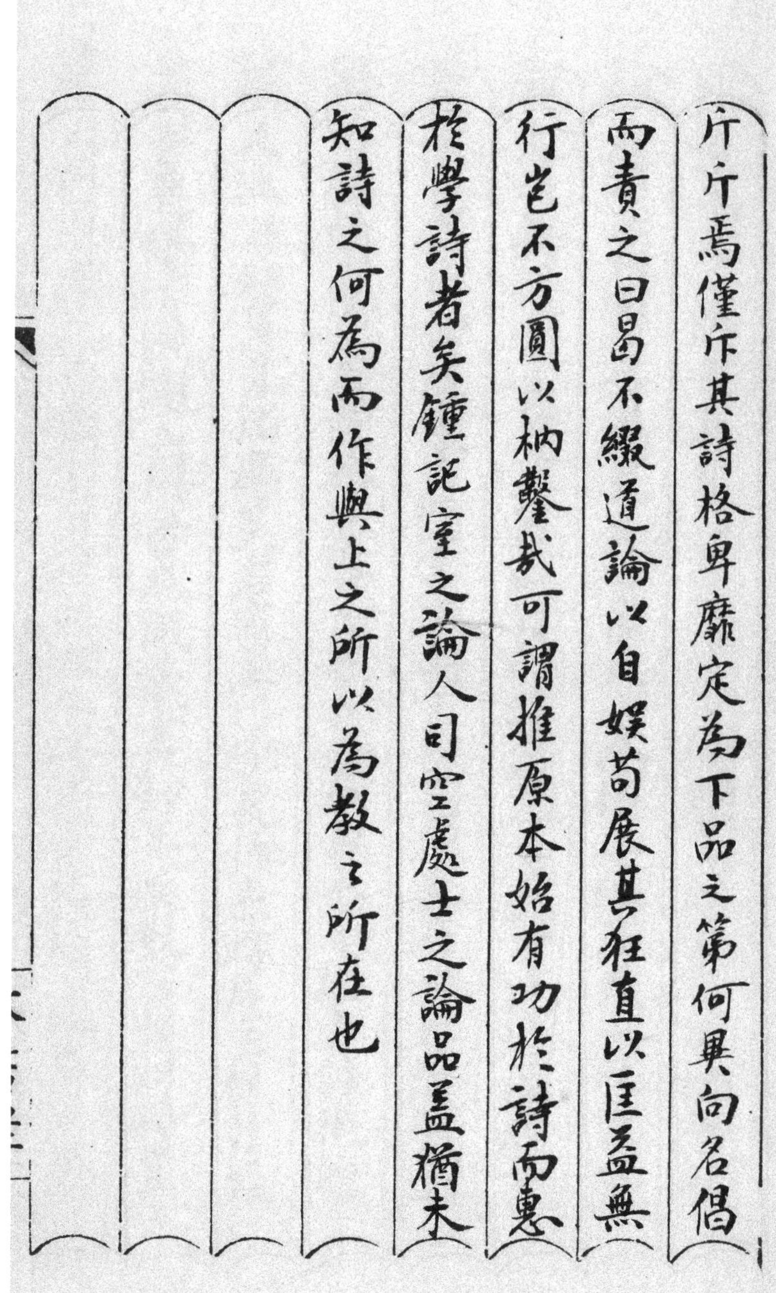

斤斤焉僅存其詩格卑靡定為下品之第何異向名倡而責之曰曷不綴道論以自娛苟展其狂直以匡益無行豈不方圓以枘鑿哉可謂推原本始有功於詩而惠於學詩者矣鍾記室之論人司空處士之論品蓋猶未知詩之何為而作與上之所以為教之所在也

鄞范氏天一閣書進呈乙覽有蒙 御題者閣前有方池半畝初名寶書閣因得搨文安所書天一池柘本改名天一取生水厭火之義架旁多置英石云可辟溼同邑盧氏有抱經樓藏書亦頗富錢竹初題盧東濱書船圖云柳色烟光澹沱春蒲編遥映水鱗鱗扁舟莫道無多客不載今人載古人岑樓方許抱經眠又泛江虹貫月船應笑君家玉川子長須赤脚屋三椽月船居士盧鎬嘗從謝山游每歲假藏書鈔本至數百冊以歸盡讀之樓中藏地志幾六百種同治間修鄞志以補選舉人物

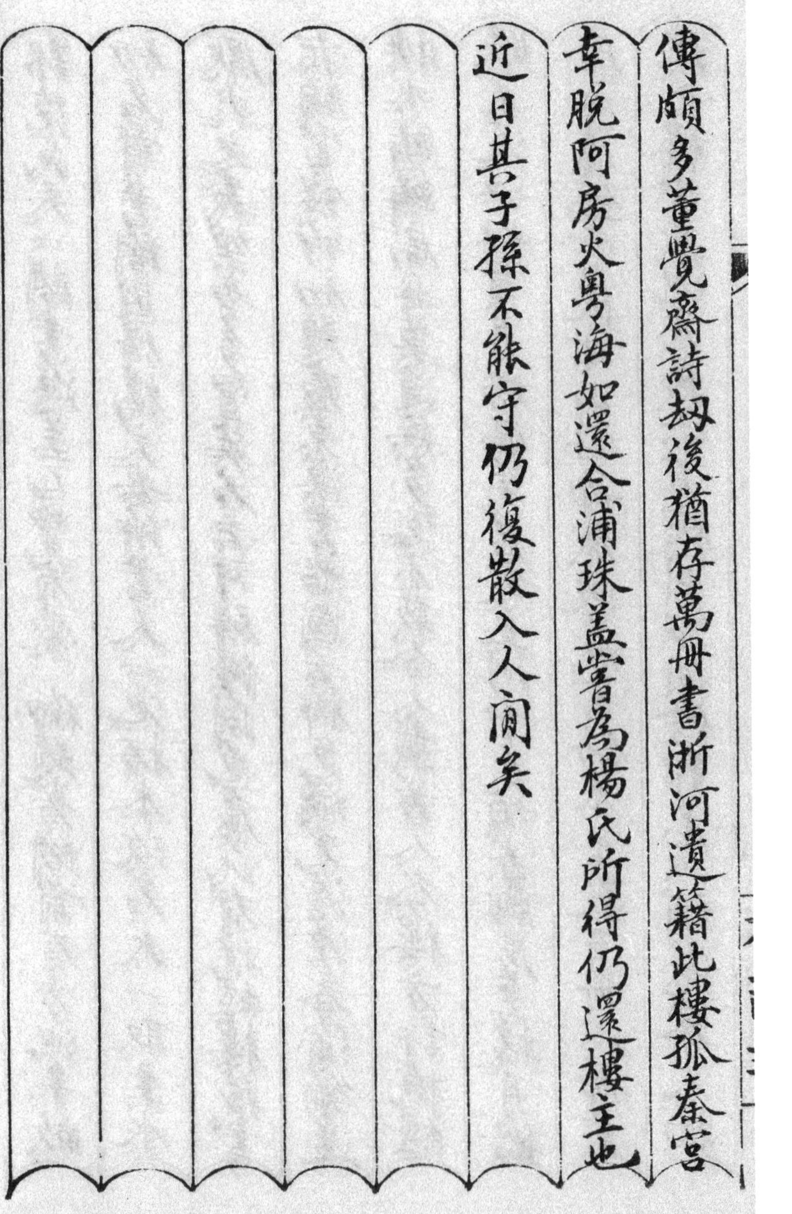
傳頗多董覺齋詩刼後猶存萬冊書浙河遺籍此樓孤秦宮
幸脫阿房火粤海如還合浦珠蓋嘗為楊氏所得仍還樓主也
近日其子孫不能守仍復散入人間矣

甬上萬氏得梨洲之傳謝山史學得之萬氏鄞縣蔣樗庵孝廉
學鏞爲謝山高足其詠史云膏以明自煎歎息龔生夭惜膏時
黜明汾陎徒自保卻聘甘一死殉義豈草草膏盡明不熄流光
燭天表班生固史才特識恨已少同時抗節士疏略費搜討合
傳附貢禹義例更難曉區區因授經無乃見其小末載父老語
晦迹譏不早孔光正耆壽相較誰醜好沈公笑何公勇退計早
定江左仗虎臣屢起主兵柄事羅旋乞身隨例奉朝請晚旋婁
湖宅蹤跡益遠屏幼主方縱暴殺人如不勝大臣謀廢立密使

遣相訂公但謝不預持義良亦正云胡許義恭大獄慘竊竟顔
柳俱横屠積尸看叠併從此得主眷步步踏危穽諸臣死幾
時身亦惟寃横嗟嗟勇退人暮遙陷非命孝寬洵將才一戰摧
尉遲楊堅篡遂成智勇何誤施士各為其主助逆尚有辭韋
公故元老與堅素等夷倘諒翟義志宜連灌嬰師古來竊國徒
伐幹先披枝淮南兵再殲典午旋開基河東屢奔北汴梁刻禪
碑九錫加隋公茲事五尺知鄴城朝以破周祚夕以移平生負
威望積效久邊陲晚叩囊底智適供易代資臣節既不終佐

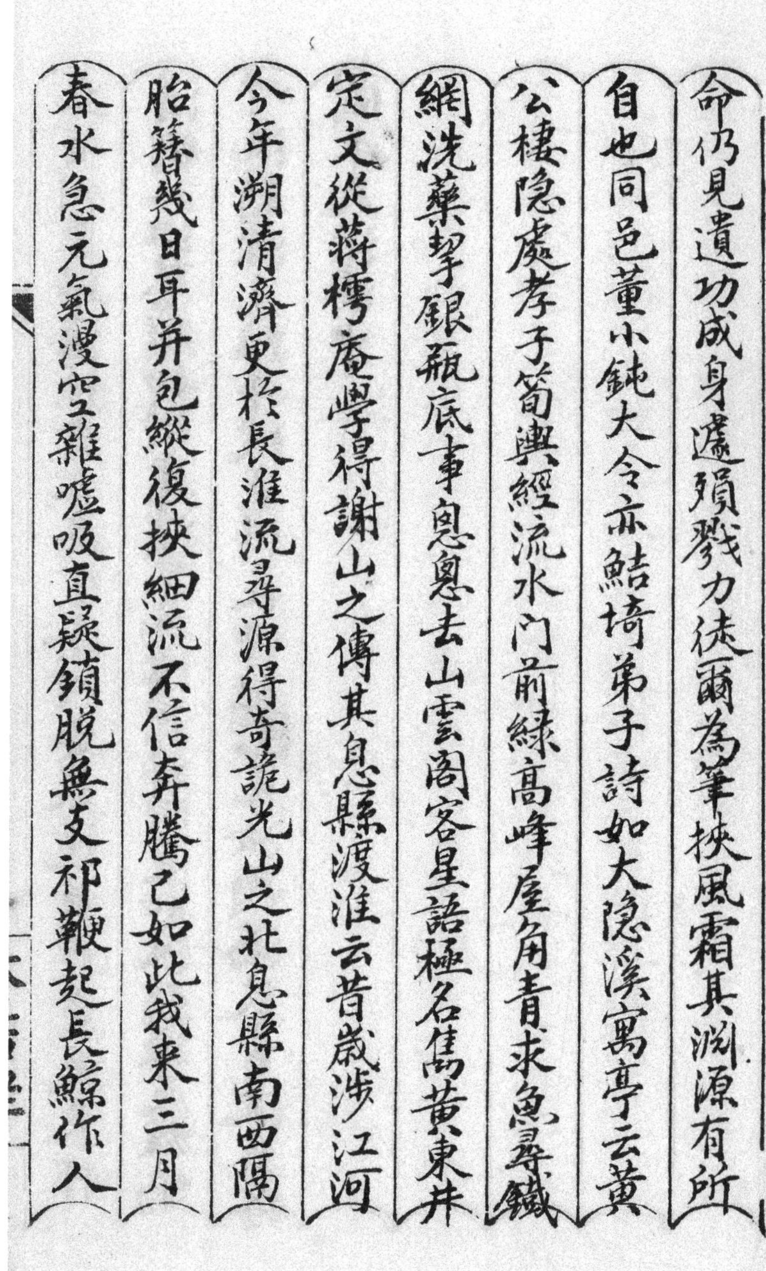
命仍見遺功成身遽殞戮力徒爾爲筆挾風霜其淵源有所
自也同邑董小鈍大令亦鮚埼弟子詩如大隱溪寓亭云黄
公棲隱處孝子笱輿經流水门前緑高峰屋角青求魚尋鐵
網洗藥挈銀瓶底事悤悤去山雲閣客星語極名隽黄東井
定文從蔣樗庵學得謝山之傳其息縣渡淮云昔歲涉江河
今年溯清濟更於長淮流尋源得奇詭光山之北息縣南西隔
胎簪幾日耳并包縱復挾細流不信奔騰已如此我來三月
春水急元氣漫空雜嘘吸直疑鎖脱無支祁鞭起長鯨作人

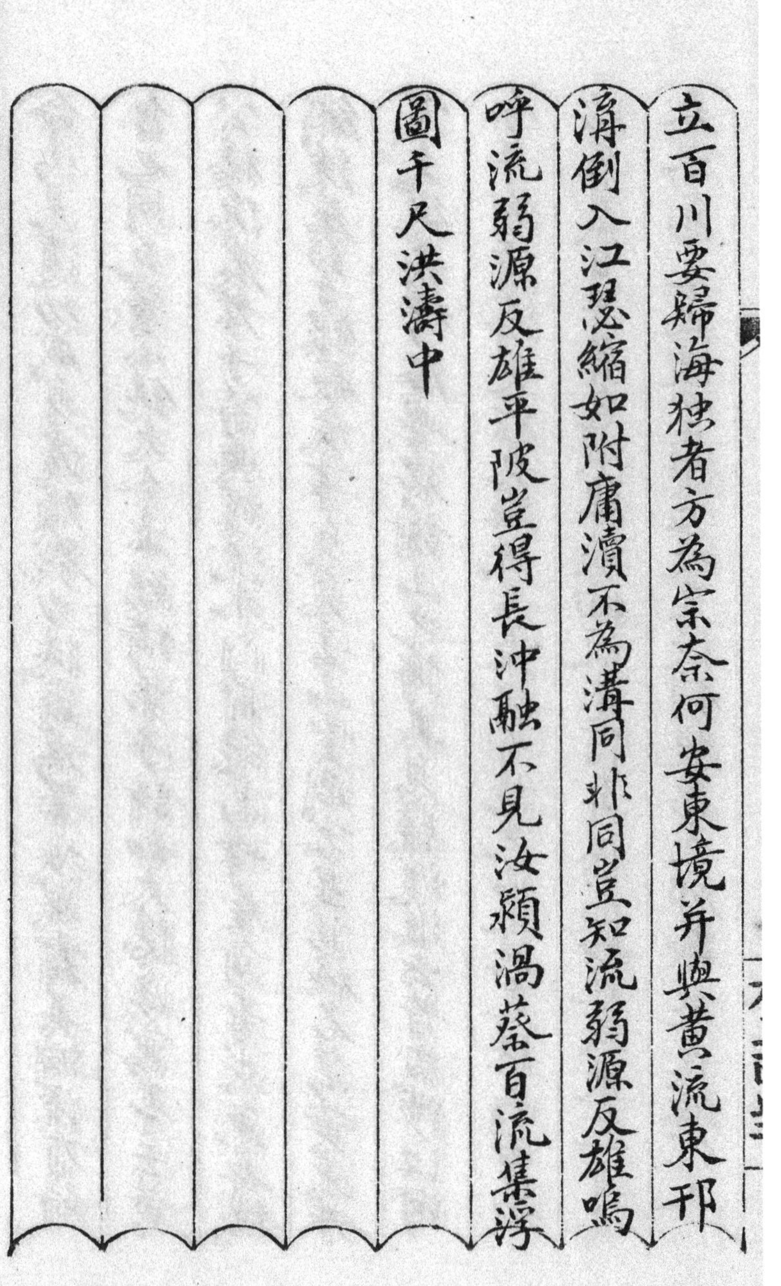

立百川要歸海撫者方爲宗奈何安東境弃與黄流東邗
溽倒入江瑟縮如附庸瀆不爲溝同非同豈知流弱源反雄嗚
呼流弱源反雄平陂豈得長沖融不見汝潁渦蔡百流集浮
圖千尺洪濤中

傳文忠征緬時海鹽陳孝治墨儂以緯候占決佐軍幕運機端
筴暇與孫補山唱酬最歡以勞忘臏謝病去留別從征諸君子云
壯懷未了從軍志尊酒空餘話別緣檀默齋序其詩比之
樊川樊南過貴州作云花裙處處逢苗女銅鼓家家祀
竹王

烏程陳无軒廣文嗜古博物收藏書畫甚富録所見名蹟為湘
管齋寓賞編宋芝山為寫湘管齋圖陳惺齋題詩有斷絹殘縑
細討論風流退谷與江村之句嘗手纂湖州詩録但無小傳王
松厓欲補為之亦未成同邑劉疏雨明經桐亦精鑒賞積書室
十餘萬卷竹汀蕘圃時相往復張秋水為作眠琴山館藏書目序
詩如幽居云焚香得自適鍵户若為親独恨無山看還欣有
竹鄰未霜憐病葉若雨斷來賓不改貧居樂端如古逸民秋
水謂其初學鍾譚為題楚游草有不向嶽歸堂下過那教分

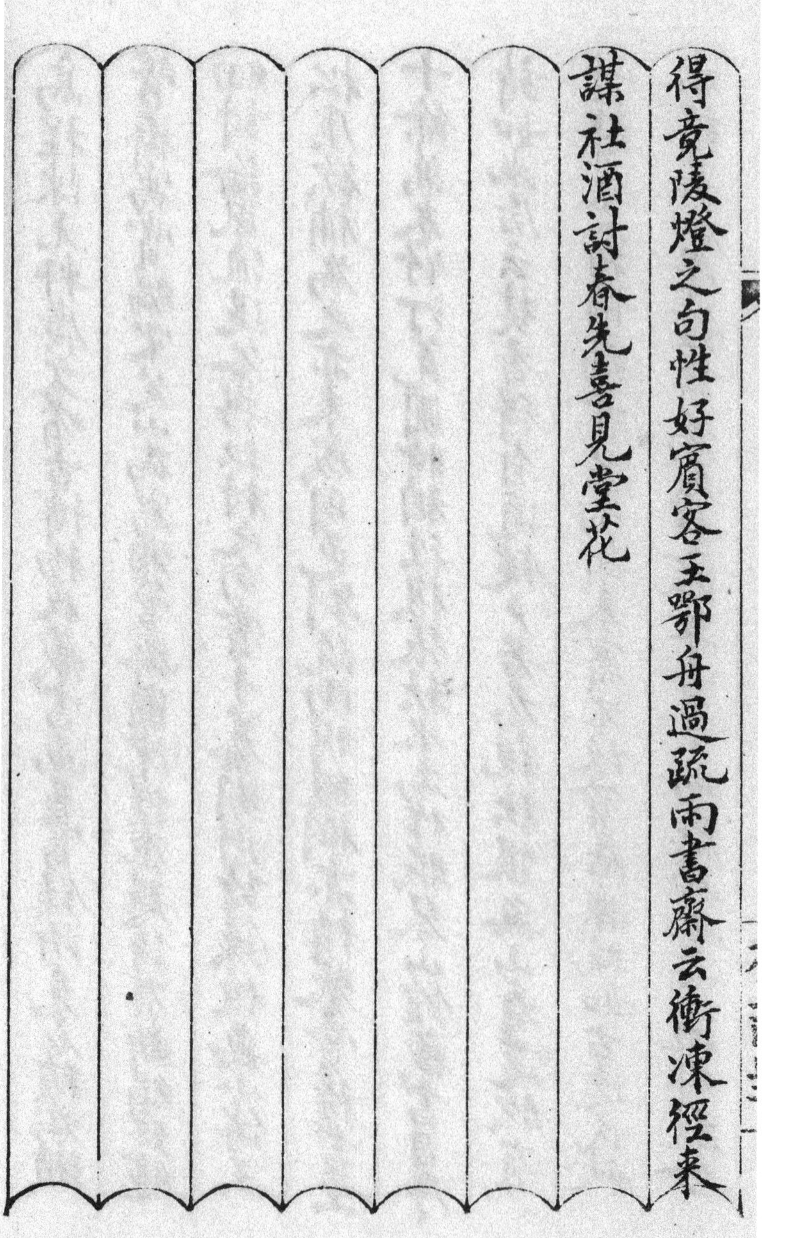
得竟陵燈之句性好賓客王鄂舟過疏雨書齋云衡凍經來
謀社酒討春先喜見堂花

仁和孫景高明經仰曾應詔進書曾邀宸翰嘗於西吴故家購得滆化閣帖石洗剔椎拓梁山舟謂與所見舊拓閣帖上有銀錠櫰紋相傳為賈相門客從賜本摹出者絕類凡字迹波磔石片剝蝕之處無毫髮差因定為宋刻原石景高顏其山莊曰寶石劫後莊毀石存乙亥庚子間在杭其裔孫曾以拓本見詒景高詠屋旁銀杏詩攜書讀根下撫之助吟哦紛紛黄雪落侍校丹黄訛壽松堂藏書甚富金石書畫多加考證非繁華鄙夫比也

仁和李堂允升隱居市廛致力詞學秋水望湘人云正回潮落處反照明邊暮天初放新霽半帶蘋風半沈蘆雪鷺下驚涼還起碧極涵虛澹將成夕無痕無際對一江如練平鋪畫出吳風詩意濛濮高蹤渺矣坐苔磯窺見鬓華如此是何處人肆櫓逆雁聲搖曳溪頭漲合亂和殘葉冷浸漁扉深閑又望斷遠浦來帆翠閣凝眸人倚自是稚音嘗入東軒吟社其順德雜詩云風雨連朝海氣昏孤舟有客正銷魂長松兩岸青難了直送寒濤到郭門環海鯨鯢就戮空不聞鼓角警長風戍樓處處無人倚

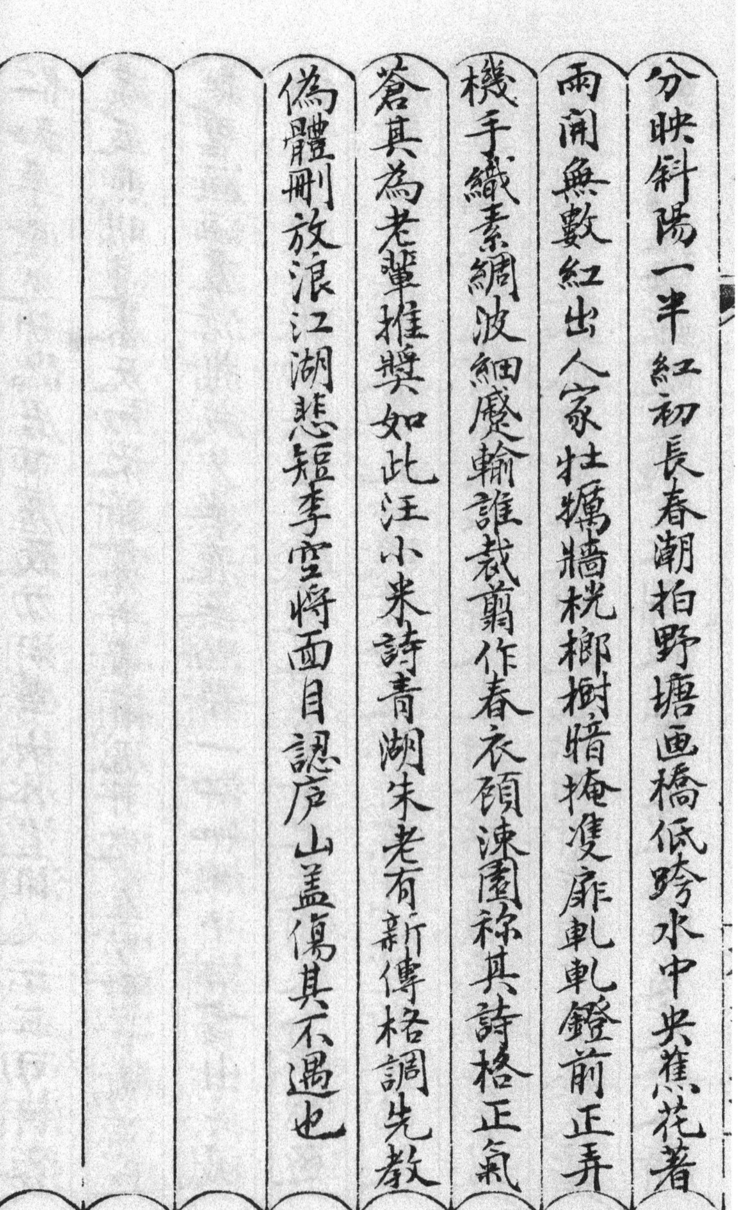

分映斜陽一半紅初長春潮拍野塘畫橋低跨水中央蕉花著雨開無數紅出人家牡蠣墻桄榔樹𥫗掩筊扉軋軋鐙前正弄機手織素綃波細蹙輸誰裁翦作春衣頤涑園稱其詩格正氣蒼其爲老輩推奬如此汪小米詩青湖朱老有新傳格調先教僞體删放浪江湖悲短李空將面目認廬山蓋傷其不遇也

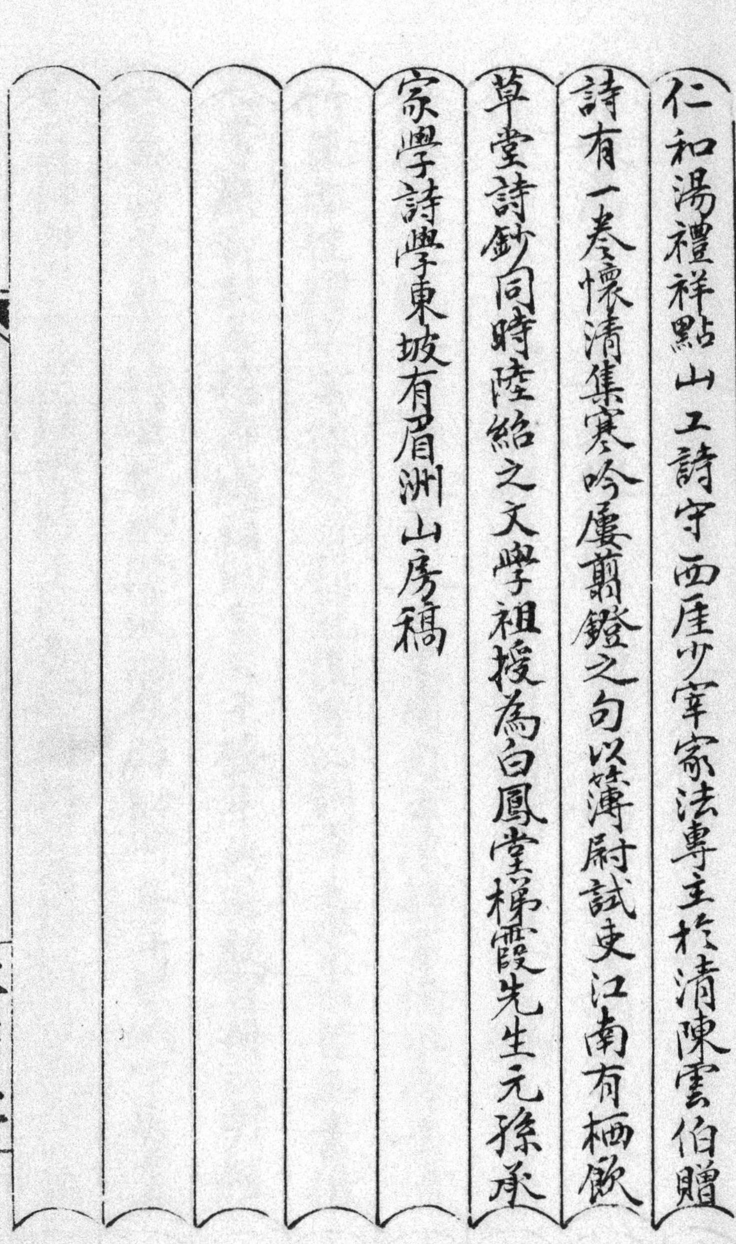
仁和湯禮祥點山工詩守西厓少宰家法專主於清陳雲伯贈詩有一卷懷清集寒吟屢翦鐙之句以禁溥尉試吏江南有栖飲草堂詩鈔同時陸紹之文學祖授爲白鳳堂棲霞先生元孫承家學詩學東坡有眉洲山房稿

嘉興曹言純種水有徵賢堂詩八卷郴州絶句云買與丹砂未有緣病於黄葛亦非便蓮根自印新詩稿橘葉從調舊井泉已涼云已涼初試夾羅新小管聽吹側調銀簾箔玲瓏鐙火裏隔河樓閣未眠人皆有致早春游東園句云凍解穿橋水香生倚竹花亦佳種水字緜贊自弱冠後專心詞章之學家苦無書借人書籍節取其精華蠅頭細書三十餘年無慮數百冊以明經終其由拳思古詩云谷水瀠城隅柴辟知何年十世城下居盡荒負郭田飲水且種水引竿刺吾船樂飢視清泌擬著衡門篇

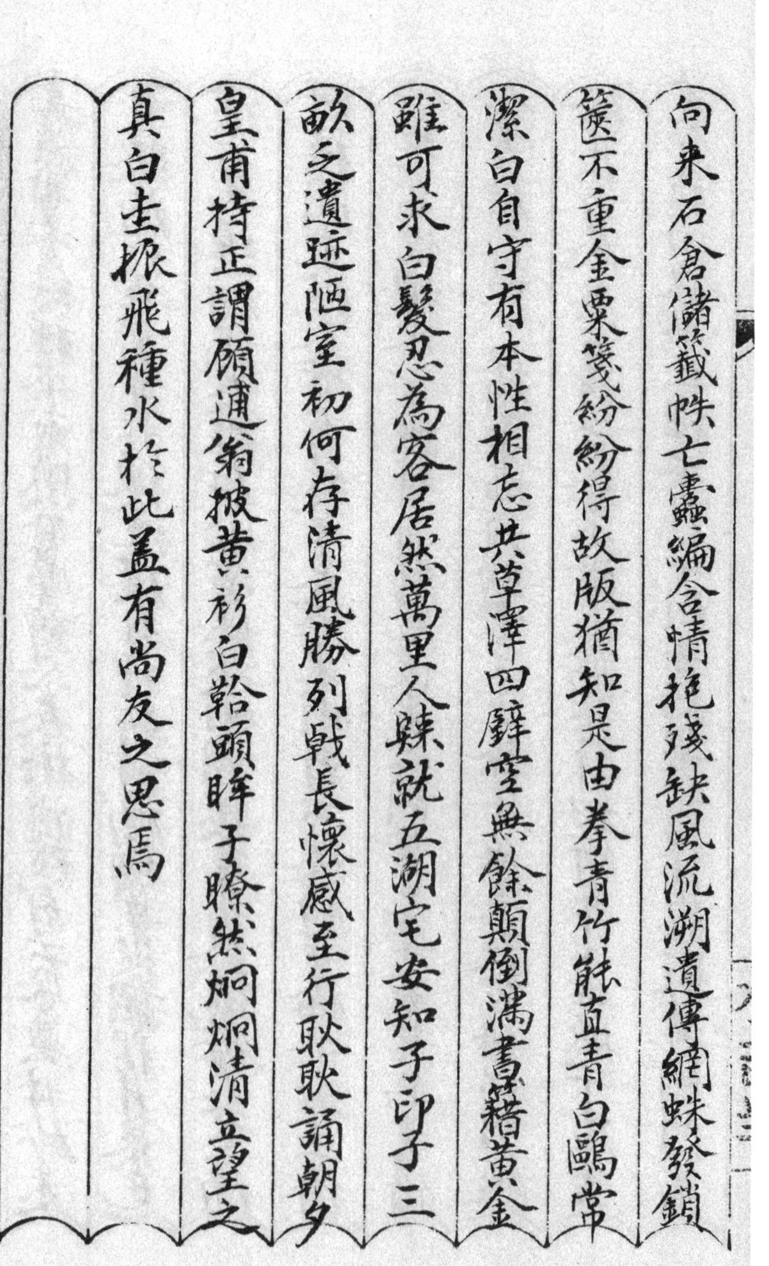

向来石倉儲藏帙亡蠹編含情艳殘缺風流溯遺傳網蛛發鎖篋不重金粟箋紛紛得故版猶知是由拳青竹鞋直青白鷗常潔白自守有本性相忘共草澤四壁空無餘顛倒滿書籍黄金雖可求白髮忍為客居然萬里人睠就五湖宅安知子卯子三畝之遺迹陋室初何存清風勝列戟長懷感至行耿耿誦朝夕

皇甫持正謂碩逋翁披黄衫白鞈頭眸子瞭然炯炯清立望之真白圭振飛種水於此蓋有尚友之思焉

明孝豐吳峻伯中丞維嶽少受業於毘陵以詩振起嘉靖間與
李先芳輩結社西曹初與王元美爲同舍郎實弟畜之弇州嘗
云峻伯首進我於社厥後歷下门户寖盛詩宗北地歸王李持
論不相洽元美作詩評與先芳均置之廣五子中而大亟爲峻
伯所取士反躋而上之其評峻伯詩則云如子陽在蜀亦具威
儀又如初地人見聲聞則進見大乘則小峻伯頗不平之裔孫
應奎蘅皋詩少日成名衆所希毘陵詩派早知蛛敢因歷
下持牛耳遽忘雲山舊鉢衣蘅皋詩宗法峻伯及峻伯子大滌

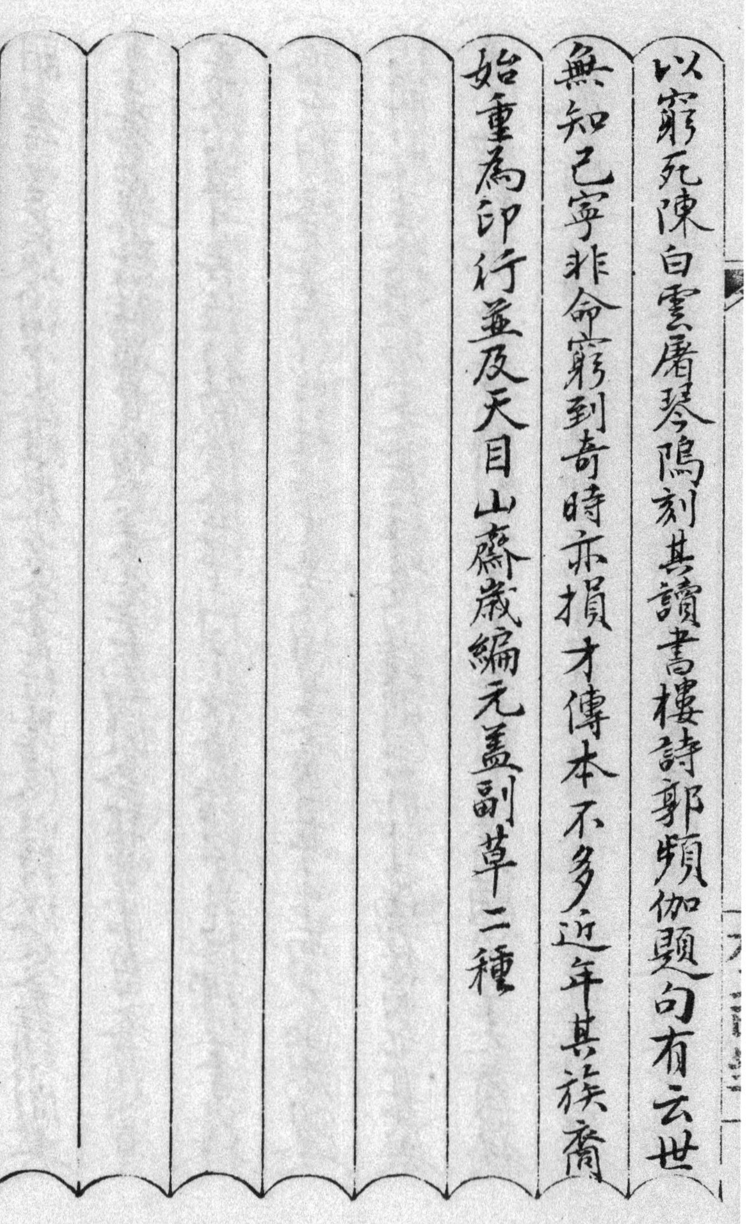
以窮死陳白雲屠琴隖刻其讀書樓詩郭頻伽題句有云世無知己寧非命窮到奇時亦損才傳本不多近年其族裔始重爲印行並及天目山齋歲編元蓋副草二種

百文敏嘗謂乾隆四十二年沈雪友佐湖南臬幕檄取
苗峒各州縣情形繕為一帙存其友周介圻家其時苗
民綏靖人咸視為不急之務越十餘年變作倉皇莫知
所措當事急索雪友書案視凡山川遠近夷險峒户多
寡强弱一一瞭如指掌於是堵禦進勦有所藉手以成
功案雪友名梅會稽布衣其《城陵磯》句云直恐閶闔
老扁舟七往還蓋老於為客者也

瑞安孫紹周編修希旦號敬軒所居鄉曰桐田爲學一
宗程朱尤致力於三禮著有禮記集解六十一卷首取
鄭注孔義下及宋元諸儒之說裁以己意戊戌廷對以
第三人及第澹于榮利直諒多聞同年馮魚山談佛理
顛斷葷血長齋以終身敬軒頗規諷之易簀時年未逾
五十病極沈綿史館送公費錢至矍然起謝不敢受沒
後幾無以斂婦林孺人遵遺言纂修國史因病曠職兩
月不敢濫領錢也錢慈伯輓詩云矩步循循守如君不

媿儒治生非所屑謀道独從迂身後幾無斂門前久索
逋友朋誰可仗素旐送輭轤后氏曲臺記斷斷論説精
疏嫌陳滙澤誤辨鄭康成有結俱觿解如梳理髮清俟
芭風義在好為護書極謂上舍何君家學西齋録曾同史法
論書從窺石室事欲核龍門敬謝餐錢給深銜豢養恩
更難康子婦凜凜守遺言猶記探花宴笙簧握手初歡
言投臭味比德重璠璵薤露俄悲曲桐田只破廬萬山
寒巘薜遠望此欷歔同治戊辰族子蘖田校刊集解畢

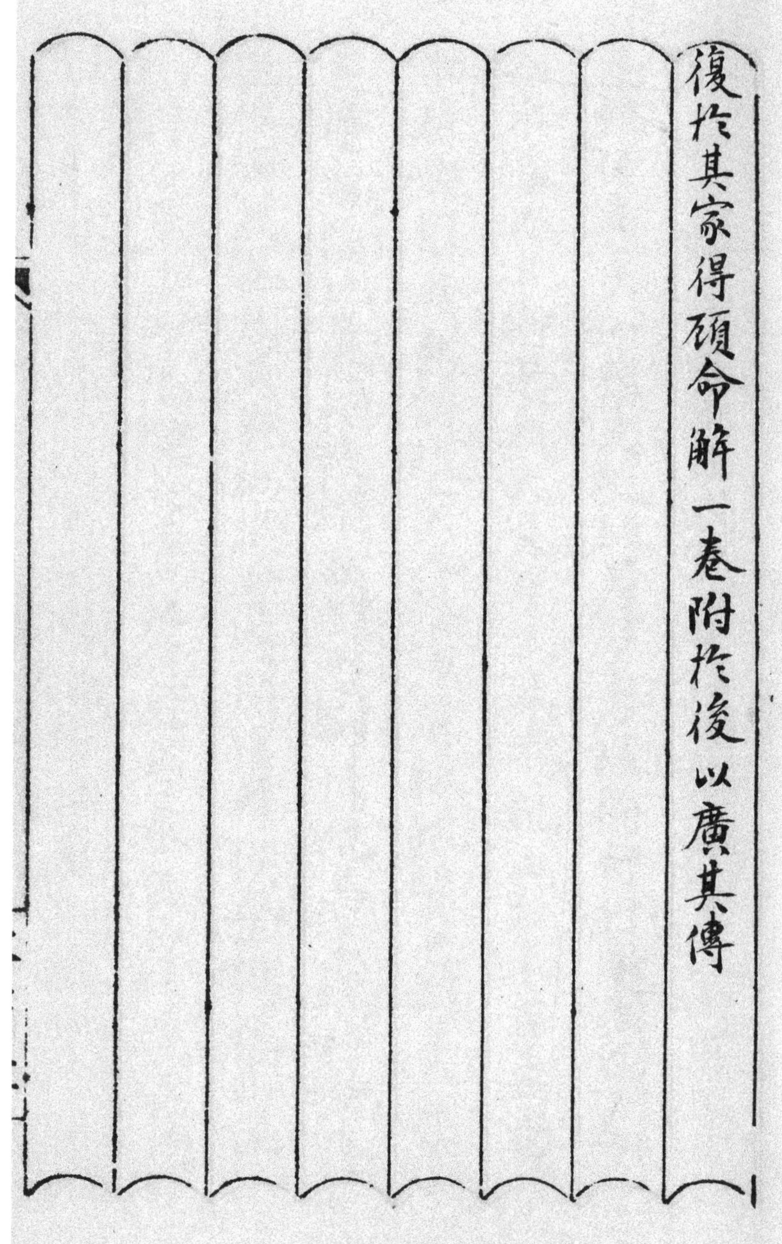

復於其家得頤命解一卷附於後以廣其傳

歸安吴蘭庭著有五代史纂誤補胥石筆談南雲草堂
集韓侯嶺云一徑走峻坂崖壁若環衛行行漸幽黙如
入永巷内日御歷綫天見午不見未亂山魁木石蠢蠢
惟積塊堆阜忽俯瞰突兀壓我背脈疏質已離書然恐
其墜勢險比巖墻疾驅思繼轡卻怪繞馬首抗行斷復
綴保無或偶然適與禍機會頗聞漢韓侯奮蹟致高位
一蹶中危法乃為兒女賣詎伊非英豪良由昧進退即
今弔荒冢行客發深喟凜凜抱微軀羇孤彌自貴讀

之悟全生遠害之道

嘉禾詩人推小長蘆爲一大宗錢汪王萬相傳不墜蘀
石宗伯詩律精嚴深厚字句結體時規西江蔣春雨生
稍後最爲蘀石所深許蘀石録鴛湖十子之詩九人皆
已故生存者惟春雨一人自注云此人不在此例以宿
學屢躓場屋錢雲巖學士謀梓遺稿未及而卒子衎石
給諫成之辛丑上元日梓廬招同種梅秋塍約齋集牆
下小軒余舊藏有姜西溟先生手書上元讌集詩攜往
同觀即用其韻云我少嗜好濡染唯古酣老至泼名

鞅譬作無波潭瞥眼又新歲過去紛著篸世味等紗薄
誰謂荼其甘良友要風好佳日薈蕞設爲言事游歷經
歲勞騑驂近始謝徵逐效佛不離龕回憶總角交性習
都宿諳蔬筍咄嗟辦兼弗用湯燖感君意甚厚未飲而
心恥君宅政新闢金明寺街南奉母躋八十速客來兩
三榼我闞牆下窦奩琅嬛探列障半前賢後生能無憖
索我出名蹟賞以牀頭㬢著作當上第髫鬖已鬔鬖肉
食非馬肝肎作遲暮慘葦間老書屋上下窮搜搿家山

磯釣魚鄉味田種蚶藏身㵿人海欲脱終何堪不如即

時酒笑口同開函快翦春初韭各擘霜後柑公等淩飛

隼下走困眠蠶一切想無住茀生三宿食偶為戲文字

持擬參伽藍何妨顔氏瓢并陋陶家甔其含咀六籍蟫

蜕汚俗之致可見一斑居瓶山下有句云破故紙中尋

獨活一鐙如豆笑空青病中夜讀本草經疏作也所藏

集古帖半宋元舊榻繪事出於天然著有西齋過眼録

嘉慶丙辰里人舉孝廉方正堅辭不就嘗以羚羊角尖

手刻名䟫亦續印人傳者所必錄也

嘉善何文煥刻有歷代詩話及唐詩消夏錄其讀史小識金元明詩話未梓手定詩文詞無補集其哀仙云學仙慕長生也長生人而今安在哉其有影響彷彿蓋強死游魂為厲耳藥石既以斃命上昇之說乃更慘毒此乃邪魅陰攝以去飫血飽肉矣小說家往往有籍而人不悟哀哉惱佛云奉佛將以祈福福則來世害則今生矣夫佛之徒不耕不織不工而飽而食煖而衣凡百器用備有國者國以蠹有家者家以耗害哉文士之學佛

始也於聖人之道未之有得也及衰老才力竭矣既不能有所發明爲後學師乃託佛以文其陋更可惱也儒禍云士苟不能有濟於天下國家徒以空言爭論者厥禍刑無赦何則虞帝誅共工孔子誅少正卯處士而横議孟子以爲大亂也且空言無已黨錮之禍起僞學之禍起門户之禍起唐韓文公明王文成公偶一論道學者猶非之經世謀略章句儒能幾及乎新莽王安石託經學以禍天下嗚呼罪不勝誅已極似皮陸小品文焕

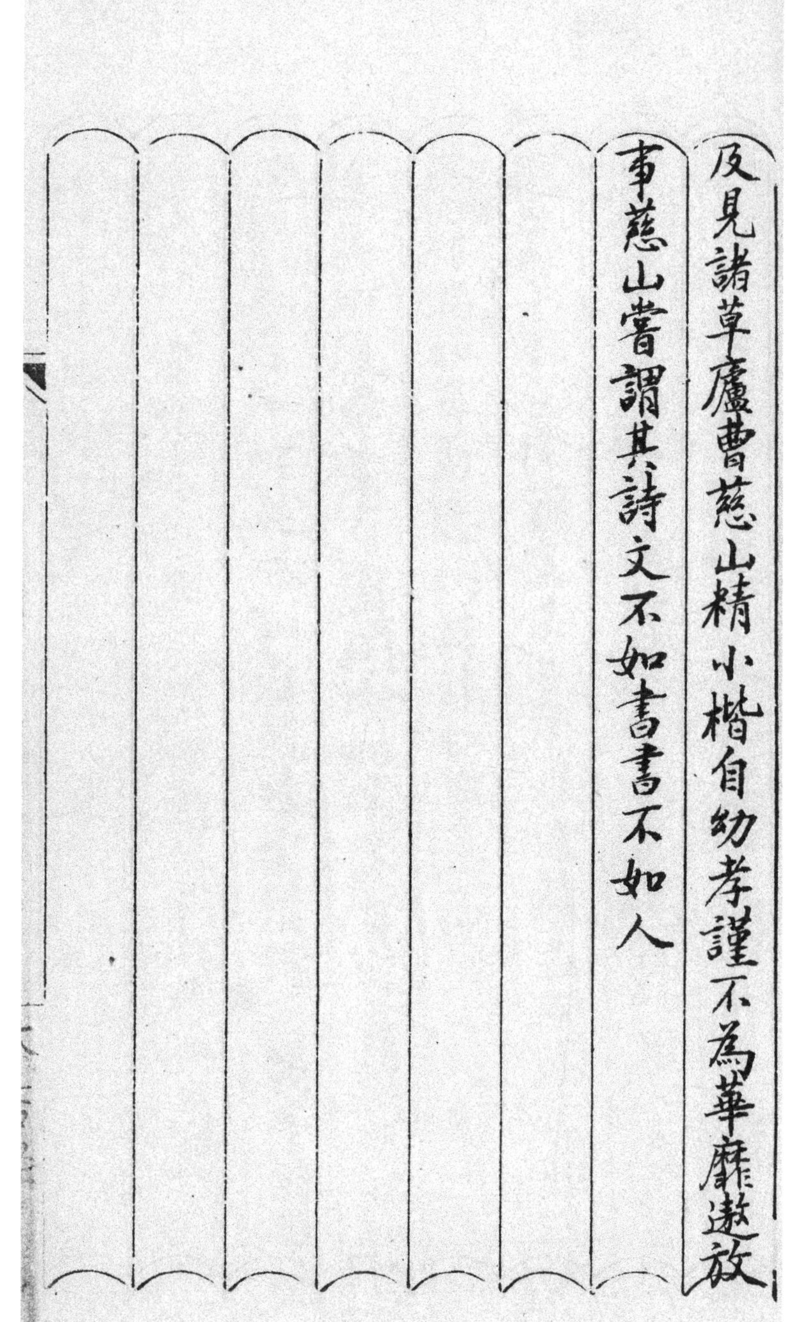

及見諸草廬曹慈山精小楷自幼孝謹不爲華靡遨放事慈山嘗謂其詩文不如書書不如人

聞川陶造圖宋德祐末奉勤王詔集義兵拒元謁文丞
相于軍以功授將仕郎宋亡戒子孫勿仕元作忠孝堂
藝菊千本自號菊隱居士同殷源趙孟僩稱秀州三義
張楷端如有菊隱祠詩端如本生父源濬陸舫有寓韻
樓集所後母葉有霜閨吟姑畹英有迎霞樓稿端如詩
曰雪泉詩存所與唱和者趙凌雲漢階有筠亭詩鈔桐
鄉嚴光祿銘書有石帆詩鈔宋景龢蘭城有聞川泛
櫂集曈浮山人稿

渠諫庵爲山舟學士嗣子清名高蔭日事温僢所著有
史記志疑三十六卷元號略四卷人表攷九卷誌銘廣
例二卷呂子校補二卷瞥記七卷蜕稿四卷分居杭城
之塔兒巷山舟書清白堂額舁之因自號清白士其寄
弟處素書云後漢襄陽共氏顯重當時其子孫雖無名
德感位世世作書生門户吾仰之慕之願與弟共勉之
其風尚如此年七十六卒飾巾之先凡後事皆一一手
疏無纖毫遺漏家人屏當書几于硯匣中得二絶句云

性躭古籍閑柴衡硯北低頭過一生數十卷書心力瘁
妍媸留與後人評回首年華風轉蓬兩親逝後夢難通
今朝尋到棲神處可在真靈位業中洵了然於生死之
際者矣處素號夬庵精左氏學成書者補釋一門

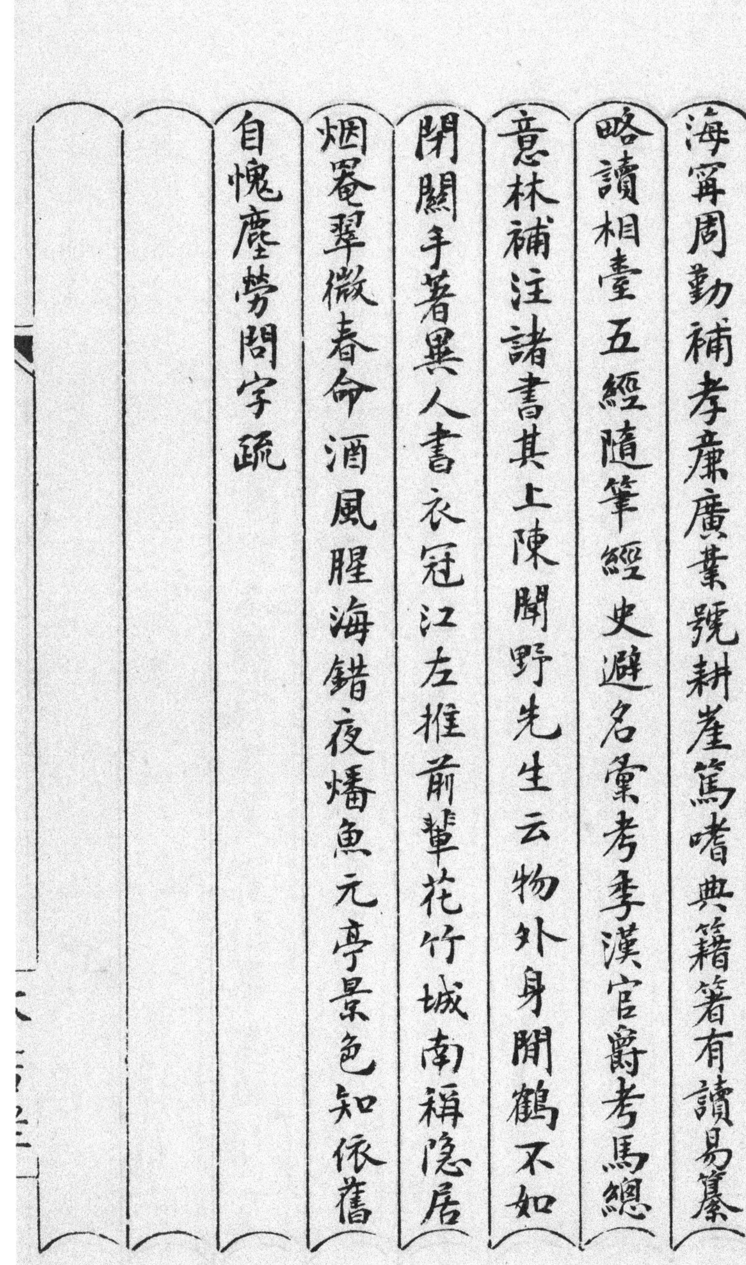

海甯周勤補孝廉廣業號耕崖篤嗜典籍箸有讀易纂
略讀相臺五經隨筆經史避名彙考季漢官爵考馬總
意林補注諸書其上陳闇野先生云物外身閒鶴不如
閑關手著異人書衣冠江左推前輩花竹城南稱隱居
烟罨翠微春命酒風腥海錯夜燔魚元亭景色知依舊
自愧塵勞問字疏

錢文端爲母陳太夫人寫夜紡授經圖得豢　御題二
絶洪稚存爲其節母太夫人寫機聲鐙影圖海内名人
題詠殆徧姚文僖尊人以家計久客於外文僖兄弟六
人女弟二人皆沈太夫人督課卒於庚戌及文僖大魁
天下爲粵學使迎養尊人而恨太夫人之不逮養也作
課兒圖以寄其悲馮伯木題詩有寒宵估畢不成眠一
粟青鐙凝故紙仍明忍性更動心可絶放僻兼邪侈之
句謂太夫人嘗舉孟子此二句爲勸勵也

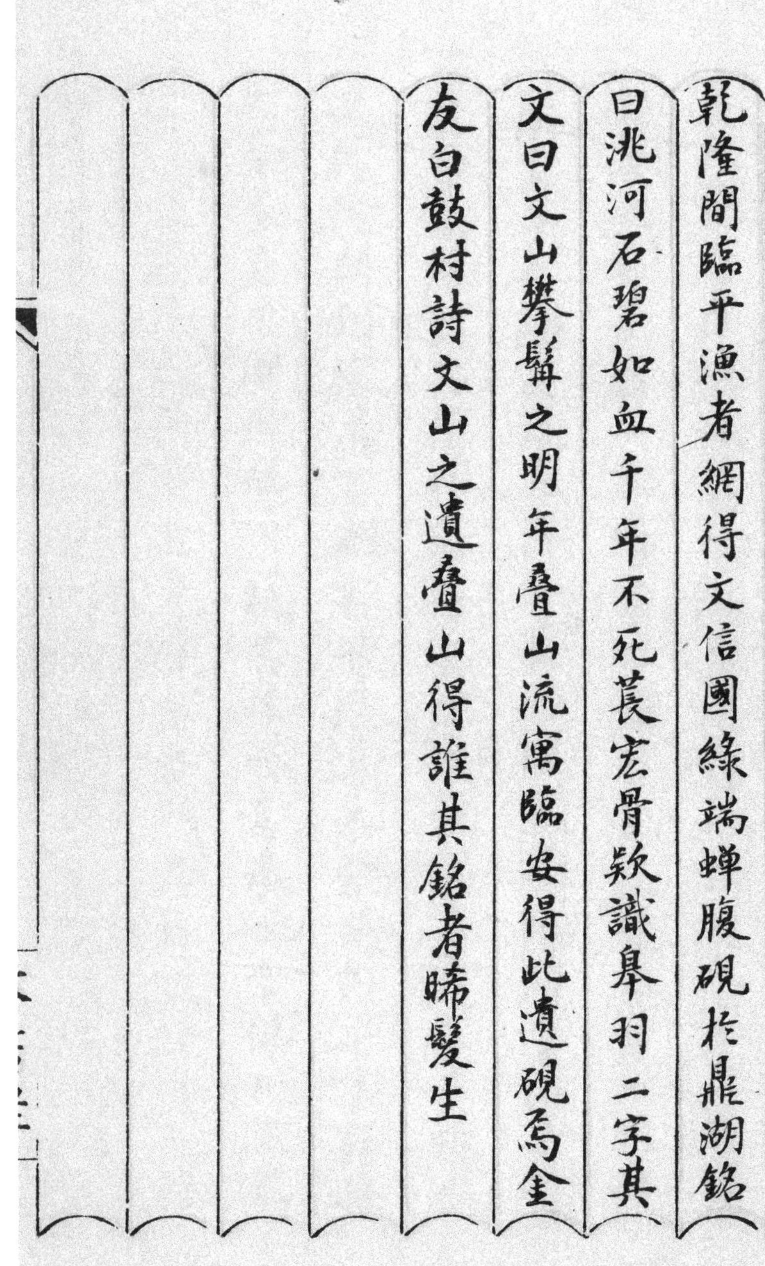
乾隆間臨平漁者網得文信國綠端蟬腹硯於鼎湖銘曰洮河石碧如血千年不死萇宏骨欵識皐羽二字其文曰文山攀髯之明年疊山流寓臨安得此遺硯爲金友白鼓村詩文山之遺疊山得誰其銘者晞髮生

吴尺凫居在杭城薦橋厲太鴻詩所謂詩人家在薦橋街者也有古藤一本構亭曰繡谷自號繡谷老人雅好聚書手自勘定瓶花齋所藏與汪魚亭振綺堂埒所輯熏習録則記其精鈔秘冊也子誠號甌亭搜求其所未備乾隆間詔徵遺書兩家皆進善本蒙賜内府書籍孫為金字篆青中麟號佛川耽書嗜吟善承世業佛川自塩官復至清溪云兩度吴羌纔十日門前不減綠溪光輕艘繫處低徊久秋樹如人立夕陽錢塘諸生王德溥容

夫養素園藏書亦多古槧新羅山人華秋岳見所作鵝詩翻身穿翠荇側翅拂清波之句為作浴鵝圖

乾隆五十七年餘姚盧檠齋學士重游泮宫有紀事詩
四首學士於雍正壬子年十六應童子試受知於安溪
李立侯學使列仁和學博士弟子員時縣試几席皆用
錢賃錢多者擇縣堂寬敞處高坐錢少者則僻處于兩
廊室皆黑暗聚蚊之地故有白鳥青蚨之句生平博究
經史自少至老手書不輟尤精校勘擇要刋爲抱經堂
叢書其不能盡版行者録爲羣書拾補自著有儀禮注
疏詳校鍾山札記龍城札記諸書詩曰磯漁詩稿酬張

丈東扶讀金石録見貽之作云湯盤禹鼎古有器今其
在者祇文字世間何物最堅牢金石猶然遭失隊固知
古人絶愛名亦望後人能好事幾番風雨逃刼灰年經
月緯分部次誰云歐九欠讀書集古足以徵傳記後來
更得趙湖州復喜閨中有同志芸籤縹帶二千軸手自
摩挲誇博識北狩空悲易水寒易安詩南來尚覺吳江冷北狩應悲易水寒
恤緯遺㚇獨憔悴零星故紙重天球一想前塵一垂淚
在處若有神物護傳寫人間矜枕祕雅雨山人夙嗜古

為屬校讎辨同異易安晚節負奇寃奮筆平反頗快意来詩亦復相印可名教千金敦氣誼更有左證君知否慷慨詩篇投遠使嫠家父祖並高名信息鄉關重謰謱是時紹興歲在丑年五十三何所冀紹興癸丑韓肖胄胡松年使金易安送之以詩云嫠家父祖並高名又云只乞鄉關新信息時年五十三稱嫠則不嫁明矣事當日久自分明巧譏何人空作僞可憐杞婦痛摧城翻比談娘歌蹋地堅城自墮憐杞婦之悲深易安祭夫文也僞作上綦學士啟中有云局地叩天敢效談娘之善訴雲烟已分霎時空鱗爪猶為来者企文章要自以人

重冐使無端蒙謗議書尾丁甯復垂誡早識吾儕有同嗜見獮求鶚未足嗤槃圖索驥那可致插架新添三十卷已覺暴富良不啻異寶于今落誰手君若得之煩見示此詩於易安居士改嫁張汝舟之説以年考之不當有此事俞理初本此意取其事考合排次力辨其誣謂易安以美秀之才好論文以中人忌宋方擾離不糾言妖大可為詞女吐氣其引劉時舉通鑑云紹興四年八月趙鼎疏言草澤行伍求張浚不遂者人人投牒醜詆

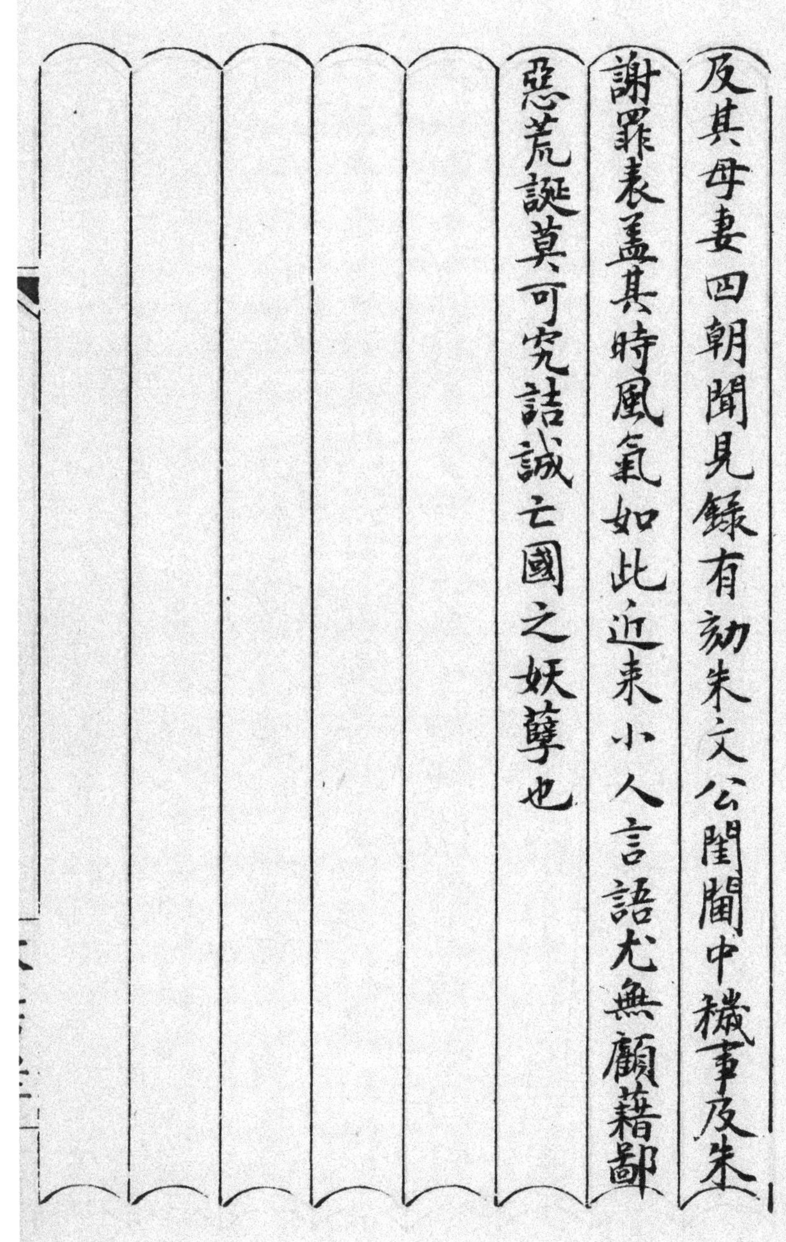

及其母妻四朝聞見録有劾朱文公閨閫中穢事及朱謝罪表蓋其時風氣如此近來小人言語尤無顧藉鄙惡荒誕莫可究詰誠亡國之妖孽也

海甯藏書家舊稱道古樓馬氏得樹樓查氏吴兎牀祖
籍休甯流寓尖山之陽值兩家遺書散布人間偶得其
殘帙每繫跋語以寄慨慕博綜好古勤於搜討與同邑
周松靄陳簡莊賞奇析疑獲一祕册則共為題識歌詩
以紀其事兼於吴門武林諸藏書家互相鈔校臨江鄉
魏小洲得蜀石經毛詩殘序為摹副本並著攷異二卷
得宋槧百家注東坡先生集因名藏書處曰蘇閣錢曉
徵壽吴槎客七十詩所謂手摹離墨前朝字家有湉熙

善本書也乾隆乙未楊殿村農於雷雨後土中得雷斧

及古錢數十千皆趙宋時物賦瘞錢行紀事乙巳歲旱

太湖水涸土人於湖底掘得獨木舟一中有梁五銖鐵

錢三百餘千購得百餘特以數枚寄周耕厓都中爲賦

長歌陽羡吳菊畦處士曾爲作載詩圖嘉慶癸酉年八

十一下世次君蘇閣明經壽暘彙録藏書跋尾爲拜經

樓題跋記五卷寒中初白二先生收藏之本無人搜輯

跋語以傳視二家爲無憾矣其和陳仲魚題宋滈祐臨

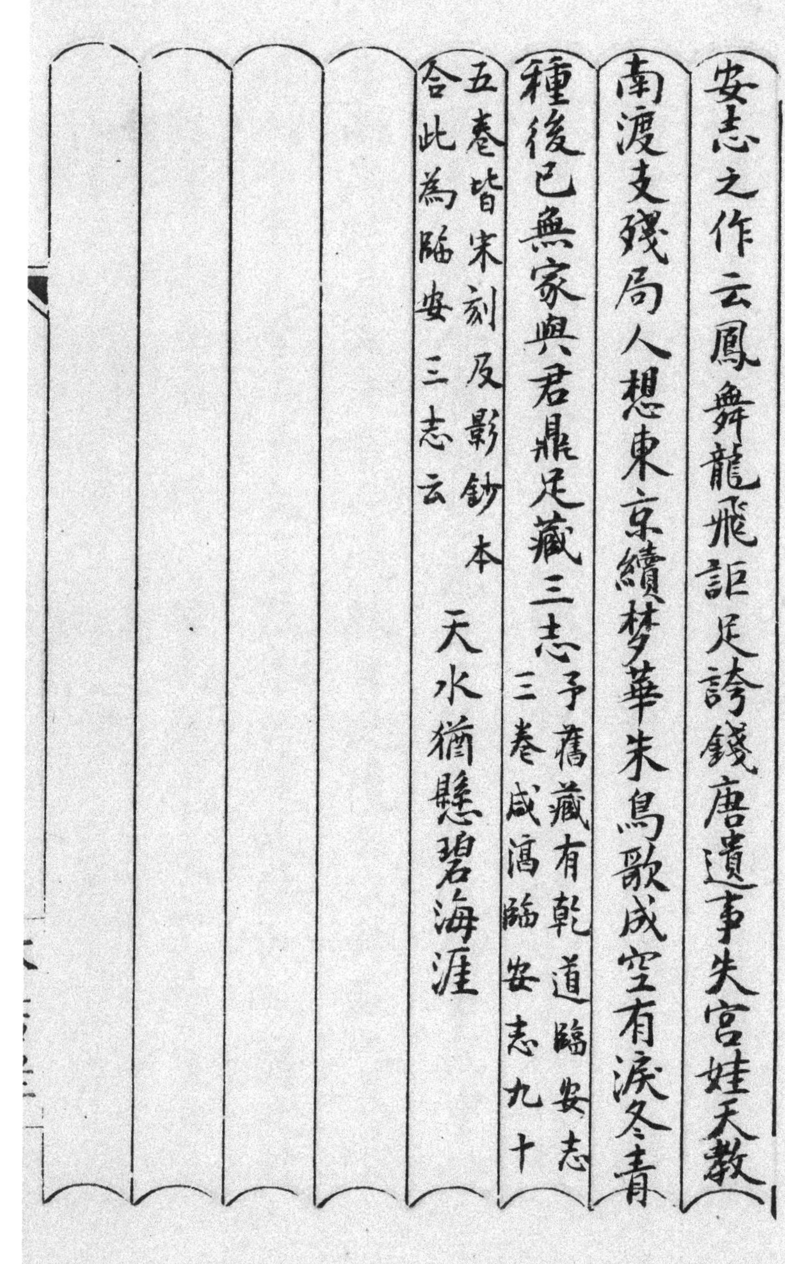

安志之作云鳳舞龍飛詎足誇錢唐遺事失宮娃天教南渡支殘局人想東京續夢華朱鳥歌成空有淚冬青種後已無家與君鼎足藏三志（予舊藏有乾道臨安志三卷咸淳臨安志九十五卷皆宋刻及影鈔本合此為臨安三志云）天水猶懸碧海涯

拜經樓所藏海昌閨秀詩有佟陳氏稿前有題云佟陳
氏爲海昌次升封翁女大司空學山先生嫡妹未出閣
時所作秀慧之致已見一班老剃之母姨也予初婚時
偶爾手鈔及今展閲忽忽五十餘年若俛仰事戊申八
月南屏時年七十有一冕牀書此後云次升名之暹崇
禎丙子舉人學山其長子㪍永之號孜陳氏家譜次升
凡五女第四女適三韓佟世南廣東瓊山令第五女名
皖永字倫光適同邑楊中默有詩名著素賁樓集爲時

傳誦惜其妙能吟咏而人罕知者并名字亦無可攷豈
爲若妹所掩耶素賞樓集中間有與妙倡和詩今年秋
武林魏小洲偶得此稿貽予因亟録之首有戊申八月
南屛題字南屛亦未詳何人也乙巳臘月槎客誌案佟
世南字梅岑嘗與陸進張星耀同編東白堂詞選十五
卷四庫著録所作長短句彚録入白山詞介其山花子
云芳信無由覓彩鸞人間天上見應難瑤瑟暗縈珠淚
滿不堪彈枕上彩雲巫岫隔樓頭微雨杏花寒誰在暮

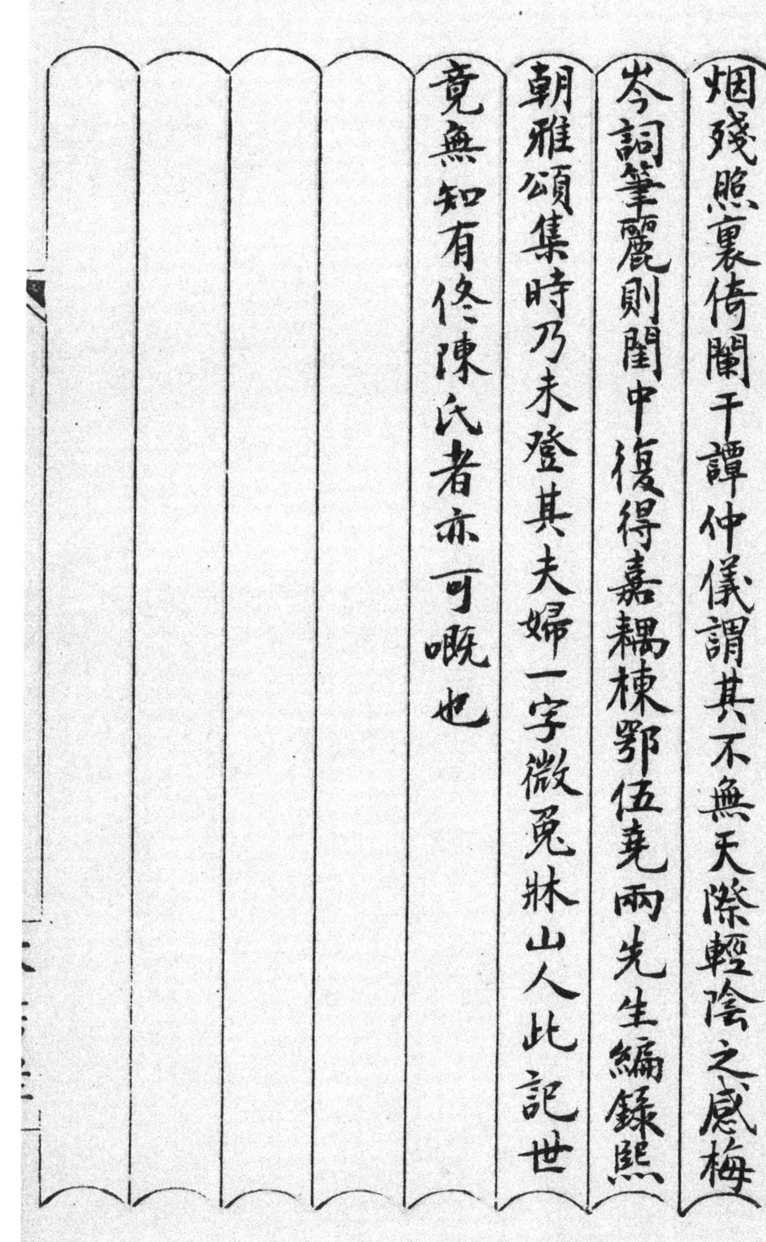

烟殘照裏倚闌干譚仲儀謂其不無天際輕陰之感梅岑詞筆麗則閨中復得嘉耦棣鄂伍堯兩先生編錄熙朝雅頌集時乃未登其夫婦一字徵覓林山人此記世竟無知有佟陳氏者亦可嘅也

[illegible]

[illegible]

[illegible]

[illegible]

辛事詩

六七九

詩事王

山陰章逢之孝廉宗源以對策博贍發科撰有隋書經籍攷證時京師廣慧寺僧明心開堂説法誑人以符籙降鬼僊挾而書几言禍福又賄客僕從刺探隱事面發之示神驗京朝官之佞佛者大爲扇惑爭饋貽之僧益豪橫或占人墳塋作廟基或權子母取重利事敗僧以罪遣歸南中逢之牽連罷斥不能復與會試猶信之持長齋終身然好學之志不衰性恬澹不肎干謁亦異乎世之所謂禪鑽者年未五十疾卒於京邸明心潛出游

齊魯間就大吏之不潔者網賄遺返初服易姓名曰王樹槐損職丞倅出入詭祕甚後為襄陽知府知者呼為王和尚未幾被劾治罪曩時皈依及知而不舉者皆為註誤孫淵如因京朝官惑於妖僧者衆著三教論以曉譬之大吏某曾倚上官勢屬去其文不得逢之亦寓書以為言淵如戲云君以生平輯錄書付我即去此文君必祕愛不忍割則是色空之說不足恃也淵如之論曰佛經最古者則有四十二章經漢攝摩騰所譯後漢襄

楷有云浮屠不三宿桑下不欲久生恩愛天神遺以好
女浮屠曰此但革囊盛血其語皆出此經知其書是漢
人傳本其第一章云凡人事天地鬼神不如孝其二親
二親最神也今俗本或削其語若以攝摩騰所譯之經
擬之康成箋注或有微言大義其餘釋典僅比於唐宋
人之注儒書而世人顧以素食誦經猥云佛法在是何
異執應舉之文以求周公孔子之道乎宋于廷讀史十
首之一云還俗湯沐事孰儕工詩賈島韻難諧可憐銅

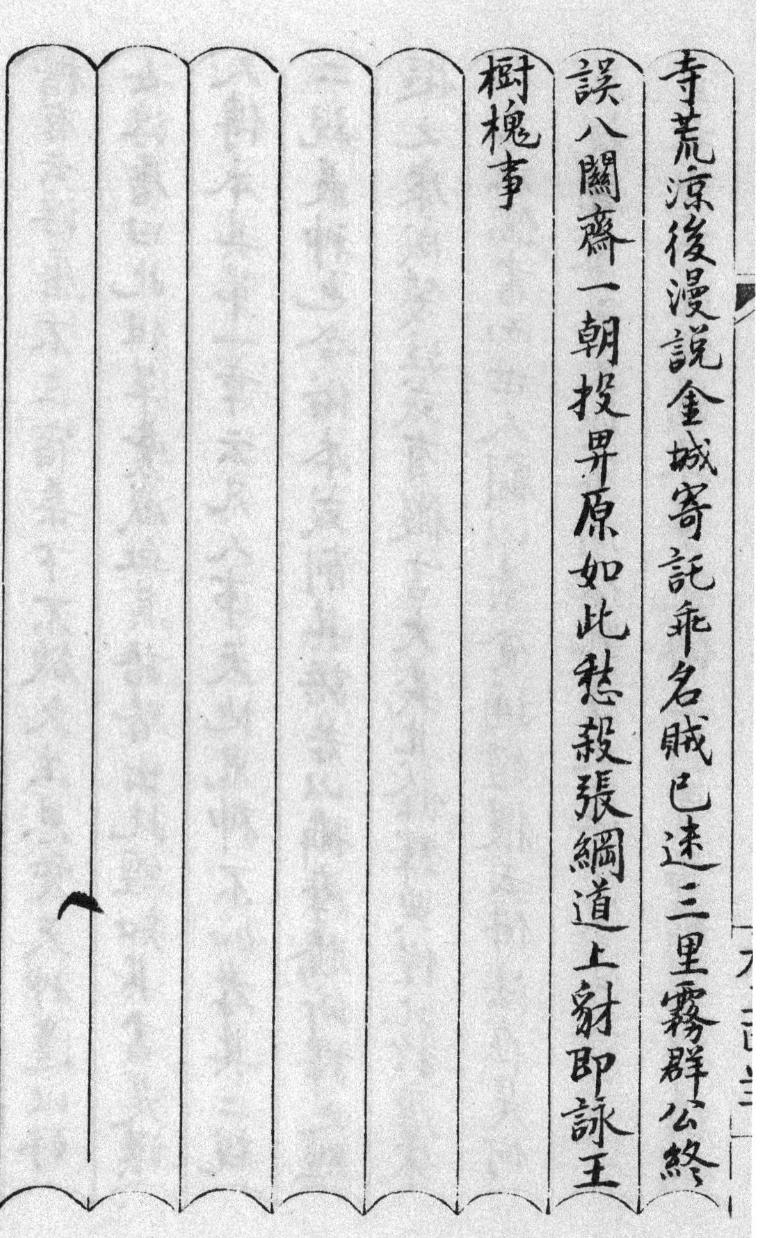
寺荒凉後漫説金城寄託乖名賊已逑三里霧群公終誤八關齋一朝投畀原如此愁殺張綱道上豺即詠王樹槐事

桐鄉汪淮蘭儂有小海自定詩五言如負琴松影白洗
藥石泉香醉眼開囊劍歸蓬及塞鴻風欺黄葉冷雲壓
亂峰斜独鶴偶同梦閑雲亦满船折葦有時響微鐘不
可尋露傍斜河白秋容短鬓争七言如漸少飛花仍送
客未堪斷酒况禁春樓高盡放孤雲入山暖不知何樹
香天為孤花留晚照山將疏雨洗秋痕擺脱畦畛置之
樊榭集中如驂之靳子東村學博嘉穀江村見月云猶
是故園月光輝分外清鄉心春梦短江影暮潮生独飲

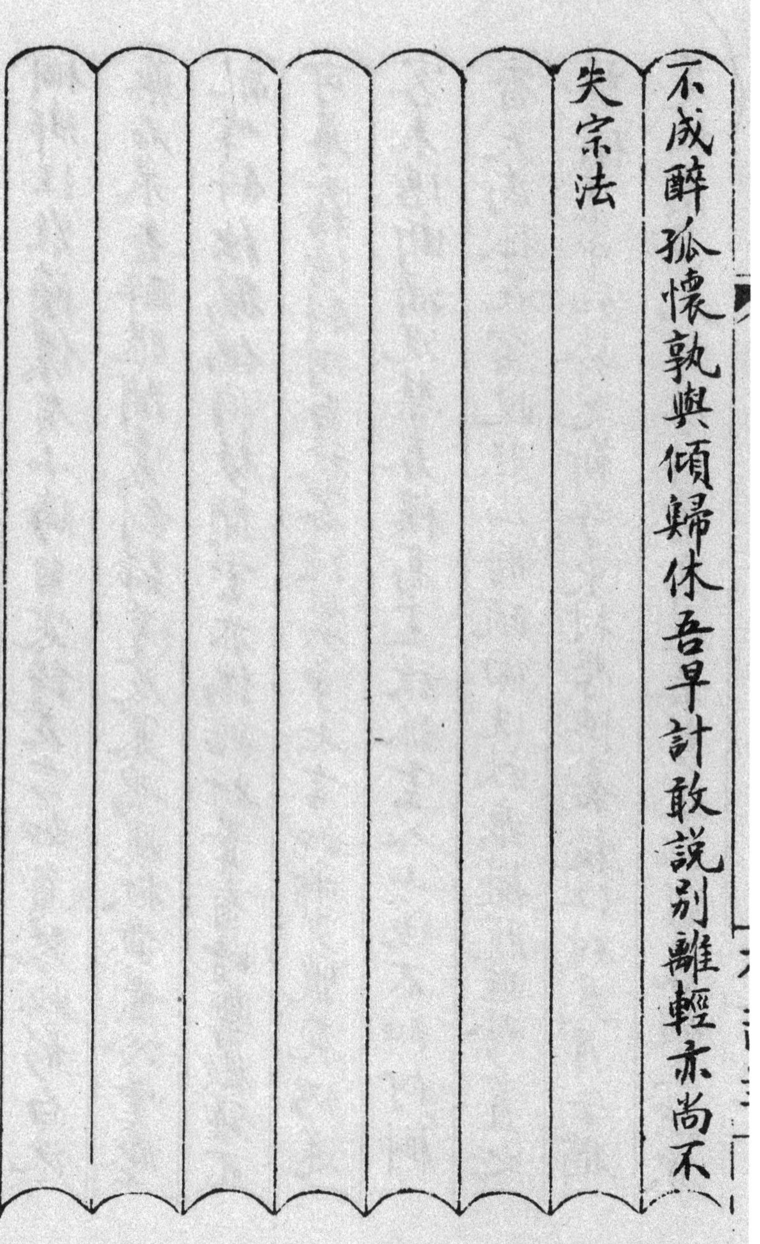

不成醉孤懷孰與傾歸休吾早計敢説别離輕亦尚不

失宗法

海塩吴熙太沖丁酉舉人生長澉浦取海中山石颿以
自號詩如輓族祖燈庵云平生深自許老死竟誰憐新
僕云歡笑看誰面飢寒誤汝身梅花云寒林側帽人如
畫靜夜聯牀夢亦香俱可誦所爲永安湖竹枝詞於宋
常棠明董穀兩志而外据摭見聞括以百詠如阿儂生
住小杭州谷水東來向北流九十九峰青不斷烟中自
棹木蘭舟總角兒童挽袂行籬門落葉拜先生自從里
有蕭夫子户户春風誦讀聲楝花落盡杏子肥郎來

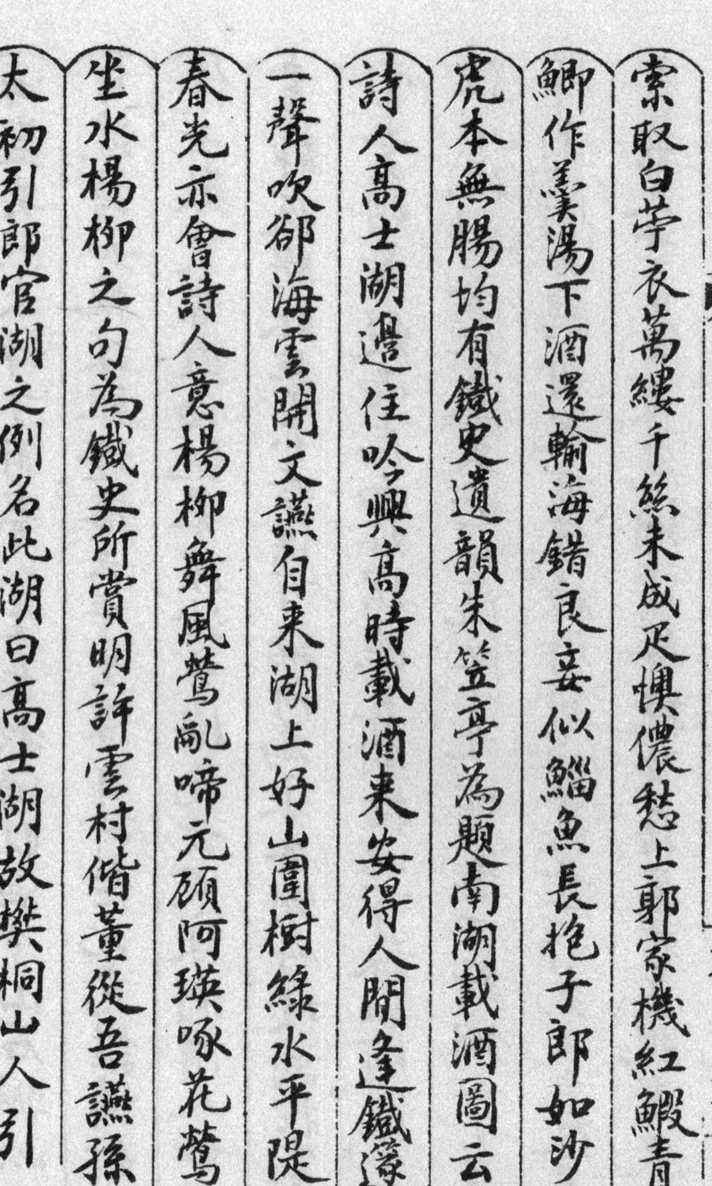

索取白苧衣萬縷千絲未成疋㩧儂愁上郭家機紅鰕青鯽作羹湯下酒還輸海錯良妾似鯔魚長抱子郎如沙虎本無腸均有鐵史遺韻朱笠亭爲題南湖載酒圖云詩人高士湖邊住吟興高時載酒來安得人間逢鐵史一聲吹徹海雲開文讌自來湖上好山圍樹綠水平隄春光亦會詩人意楊柳舞風鶯亂啼元頎阿瑛咏花鶯坐水楊柳之句爲鐵史所賞明許雲村偕董從吾讌孫太初引郎官湖之例名此湖曰高士湖故樊桐山人引

以爲喻也

阮文達視浙學由嘉興按部湖州謂多士曰吾於禾中得二士爲吴澹川登高能賦吴芸父制器能銘芸父海鹽吴東發也著有群經字攷石鼓讀及續澉浦詩話等書山舟學士爲立傳其尊道堂詩有詠印泥云印印將爲印紅泥印得之丹砂原井出蒼艾若蘿治細汰姑需待精研且震追苞苴南土擬搏埴攷工儀調以通明液（通明麻名見拾遺記）盛諸潔白瓷紫雲留一掬絳雪凍盈卮黏近光堪借敷腴字可摹鈐封當紙縫揭璽倚闌絲信本中

央土爲從四角施釋名印信也廣雅印爲也慣居年月上宋元絳驗券年月居印上

決龍聿誣田事見宋史長與姓名垂藨去青麟髓浮來赤鳳脂合

符真是爾秦漢印有作一字曰尒者亦有作鈢作㘝者孟古文璽字見馬氏玲瓏山館印譜

倒用不闕伊乃起珊瑚榦凹成玉樹枝塗鵶添市券行

押注公移朱黑分先後墨浮朱上爲僞契亦見宋史方員中矩規湝

沱羅子母渙汗徧官私萩盡灰旋滅壺傾汁易虧口銜

書倣鳥尾曳紐鎔龜柔順功占巽文明色取離含章深

醞釀因付總無爲極見雋雅徐雪廬謂其誠篤如張考

夫通博如頤亭林詩之高潔又如吴野人李杲堂其子

本履詩畫巢詩稿附刻以傳

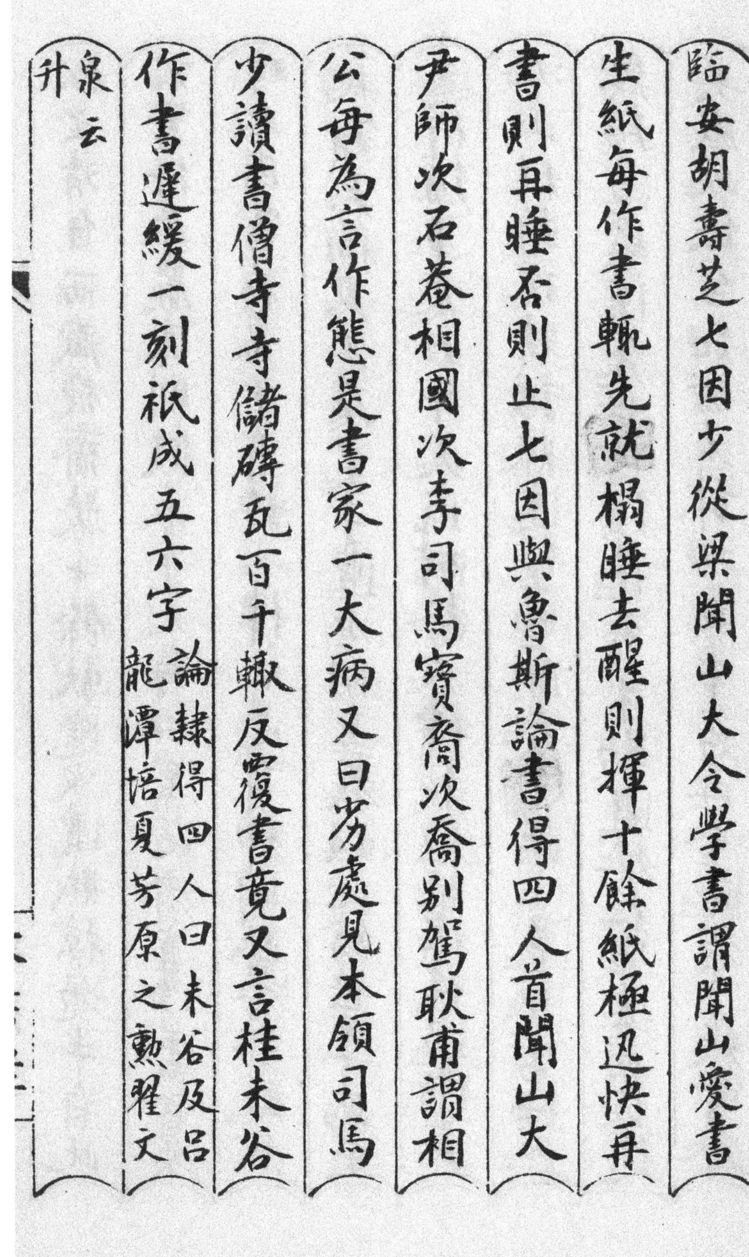
臨安胡壽芝七因少從梁聞山大令学書謂聞山愛書生紙每作書輒先就榻睡去醒則揮十餘紙極迅快再書則再睡否則止七因與魯斯論書得四人首聞山大尹師次石菴相國次李司馬寶齋次喬別駕耿甫謂相公每為言作態是書家一大病又曰劣處見本領司馬少讀書僧寺寺儲磚瓦百千輙反覆書竟又言桂未谷作書遲緩一刻祇成五六字論隸得四人曰未谷及呂龍潭墖夏芳原之勲翟文泉云升

松文清自西藏旋齎裝十餘馱途次遭賊掠過半自此不蓄行李嚴寒則假衣于人每曰累心者宜淨盡督陝時七因嘗在幕中有詩二律云忠貫神明替否勤齔然氣節志徇恩不虞炙手遭丞相直教皈心訪世尊萬里遠行須事定六年久成耐聲吞儻教樞地模稜過漸盡冰山杜斷魂特詔肆途壁壘開秦中漢上展風雷活人幾類邊羅漢憂世何須范秀才勳遜撫仁軍委曲民逾兵感政恢台知公不計功勳事名在金甌省卜枚嘗令

草奏請安撫大使銜即賊壘招降乜因爭之不得乃呈
詩曰婆心佛眼厭戈矛果爾能行殺運收賊謫自知難
曲赦兵屠已悔誤前籌擬身事見劉京兆至壁降歸裴
桂州造逆郤思朱樵詔不同九姓撫無由謂丁巳夏福
制軍在老木園招降屢叛宜總統在大成寨用劉清說
往撫被紿焚掠糧運幾致大營失事九姓則用唐鐵勒
九姓畔契苾何力拜安撫使擒特勒隸獻事也文清得
詩笑曰方欲以君為介何選懦乃爾在行間每被酒坐

七因帳中見柑輒啖曰此洗心湯也盡十餘枚始已及
得旨帥伊犁行抵上谷解所佩牙簽袋寄意七因謝詩
有事大吻心膂謀深感輔車之句
胡七因以書生便弓馬三省教匪之役由祖舫齋司寇
薦之明帥久在軍中嘗懸韉挺鋋身親行陣其蔣時南
漕帥詢軍前事云師老希功口舌餘賊中來去一籃輿
報籤舊日青衣侍欲屈前官問起居川賊主計王三槐
東鄉縣僮胥也劉刺史清舊宰其邑有清名用是屢往

招撫致隳賊計後始不復議撫其二云惠公頭敵恃雕
孤再世捐軀事可吁難得不平長總鎮慰情只博塊珊
瑚惠公嗣忠烈大將軍明瑞奉詔率墨爾根甫抵營右
花街之失前隊乘霧進独被創而殞越日公祭總鎮長
春疑翼長枝心遂相嗾德總帥厲斥乃止然感其意夜
遣小史撫安之貽以珊頂此摺奏上歷陳捷勝殊批不值
失我惠倫也將士靡不感泣其五云參知名位卅年崇
肯計人功與狗功翻用淮西近橐鞬斗教名將愧涼公

綫庭節相以參贊德侯新立西川功不能抑損輒佩刀迎之侯愧謝云云有齊二寡婦行謂齊王氏襄垣人名聰兒少孤隨其母以走解往來襄樊主府役齊林家林悦之納爲妻先是太和劉之協來楚以邪術煽誘林入夥授過顛呪斂根基錢林遂爲襄郎總教號大師父流傳廣且速川陝匪徐添德冉文儔張士隆苟文明輩皆其耳孫也以氏收華女流稱二師父爲乾隆甲寅事敗之後之協遁無跡誅林等十餘人氏年未三十遽祝髮

為優婆夷時道齊二寡婦賢矣乙卯冬姚之富高均得等以苗疆用兵欲乘虛起事紿以為林復仇實挾之號召其黨也三年流竄接仗百數十次陳前未嘗一見氏戊午三月六日明德兩帥率虓闞萬馬自川過陝七晝夜追及楚鄖西之三义河蓮花峰日暝危迫氏痛詈之富不聽早散致死憤投崖下死之富亦繼隕命梟其首七因鞫其女甥陳元兒道氏嘗語之富曰我為復仇出今憊矣度不如志且汝每阻我見眾事成能奉我

耶祇借世人姍笑耳志早散去我思當返故土云云意旋褭規逃匿也氏兵中已蓄髮囊有髢也二誓不再適所傳偶姚之富誣耳其謂追勦流寇與攻擊戰陳迴殊宜慎者三日炸營謂軍中夜驚自相擊殺曰摸橋謂以一二人混入副營中夜驍噪致軍驚潰棄械馬衣粮無算曰迴馬鎗謂賊已敗去忽將勍騎返撲以六官兵方散坐蓐食多至潰敗時奔逐心神羸頓所致亦閱歷有得之言

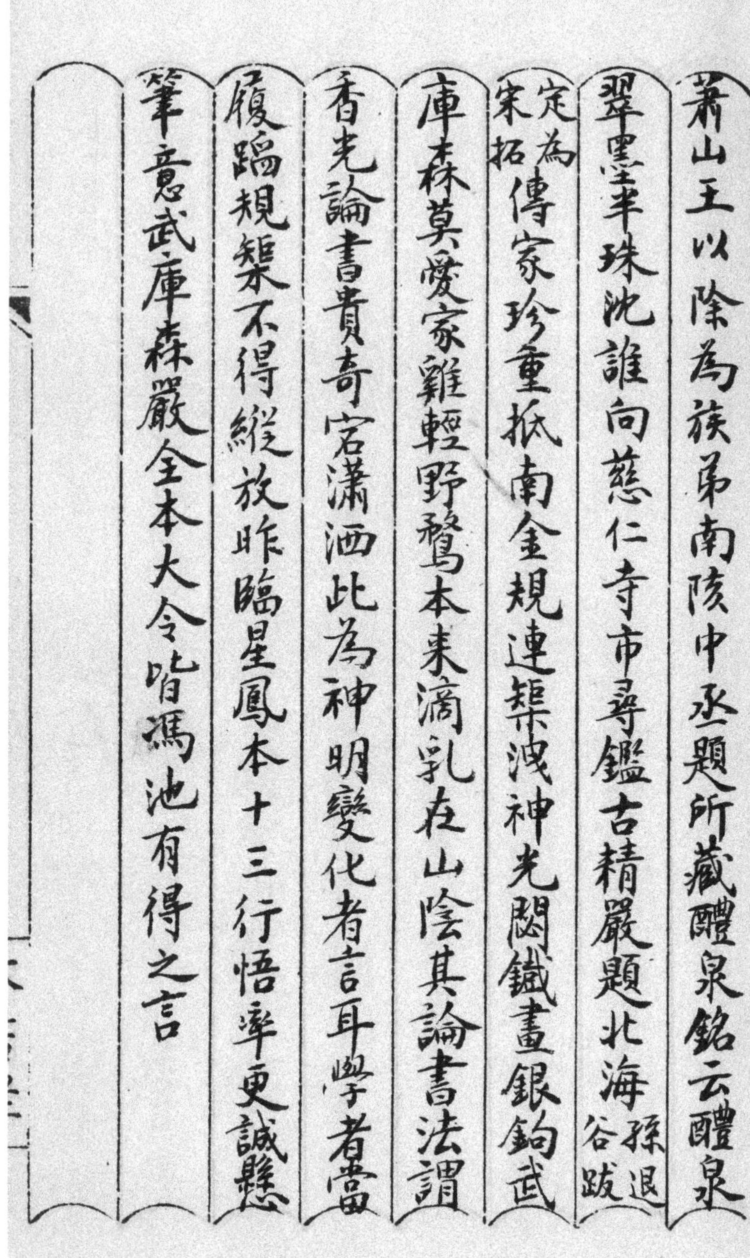

蕭山王以除爲族弟南陔中丞題所藏醴泉銘云醴泉翠墨半珠沈誰向慈仁寺市尋鑑古精嚴題北海孫退谷跋定爲宋拓傳家珍重抵南金規連榘洩神光閟鐵畫銀鉤武庫森莫愛家雞輕野鶩本来滴乳在山陰其論書法謂香光論書貴奇宕瀟洒此爲神明變化者言耳學者當復蹈規榘不得縱放昨臨星鳳本十三行悟率更誠懸筆意武庫森嚴全本大令皆瀉池有得之言

乾隆間雜技有鐔子王者爲撮弄老手三子皆世其業

烏程人朱錦山能陳二十四種樂器於前以口及左右

手足動之皆中節又能奏各種曲間以梅戰笋聲並臻

其妙自言舊嘗給事和相邸中將敗先一年辭去嘉慶

乙亥趙億孫於吳興席上見之仍藉舊業餬口也爲賦

長歌云長檠高張月正午太守開尊謝歌舞何人奏

伎向筵前一藝能兼衆長取是時寂無譁笑聲座上客

皆傾耳聽忽然悲笳迸空出雜以金鼓鏘然鳴此時無論

絲與竹直併百骸隷手足又喜無論宮與商盡收萬籟藏
喉吭乍如競渡中流戲東舫歌殘西舫繼已覺前行
聲漸遥旋驚後隊聲讙譤俚曲盲詞無不擅耳畔又疑
争拇戰五花八門信足迷貫蝨承蜩知久練自言少入悦
生堂給事曾叨眄睞光早識冰山難倚仗頹歸故里
獨裹手挾伎营餐聊自便山郭水村游跡徧亦有朱門
倖免人縶華夢裏誰先見其時有卿怜吳人初隷浙中
大僚後為和相所得未幾和復敗或云效綠珠之節而

錢唐陳文述卿怜曲又似仍還故鄉者億孫題其小像
三絶句云省識春風祇画圖似聞慧業比人殊舊時嚳
㢘廊邊住嫁壻端應西子湖笙歌葛嶺幾朝昏量盡明
珠價莫論無柰楊花易漂泊又隨風去墮朱門十首吟成
薄命詞死生蹤跡費猜疑可憐碧玉年猶小兩見瀛波
清淺時

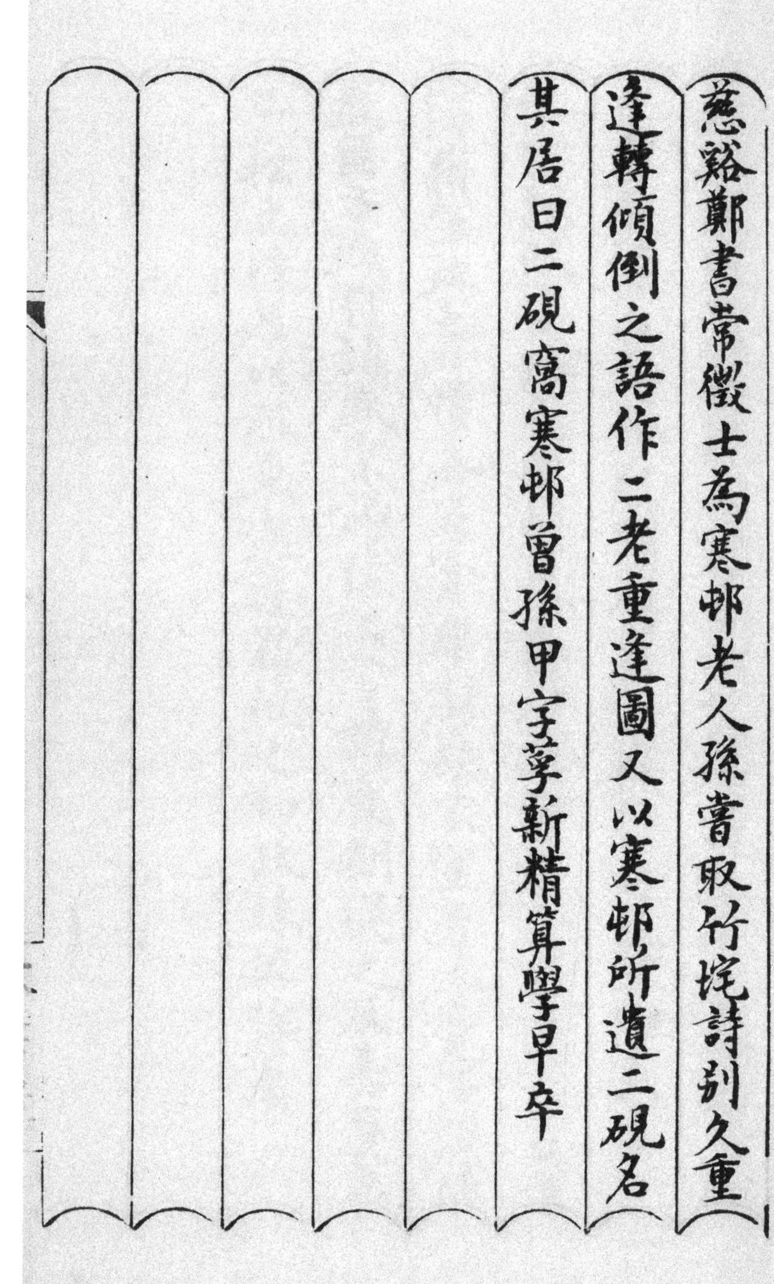
慈谿鄭書常徵士爲寒邨老人孫書取竹垞詩別久重逢轉傾倒之語作二老重逢圖又以寒邨所遺二硯名其居曰二硯窩寒邨曾孫甲字孚新精算學早卒

歸安沈琨訪西好爲詩有小筠樓詩集十六卷由軍機中書選佛山同知服闋仍在軍機行走改官御史值仁宗親政言路大開剌舉無所避嘗請令司道大員毋得藉軍興奪情各省倉庫虧缺不宜責令見任彌補教匪方熾將請盛京謁陵上言請展期從之及嘉慶季年松文清乃以阻東巡獲罪較之初政殊不侔矣

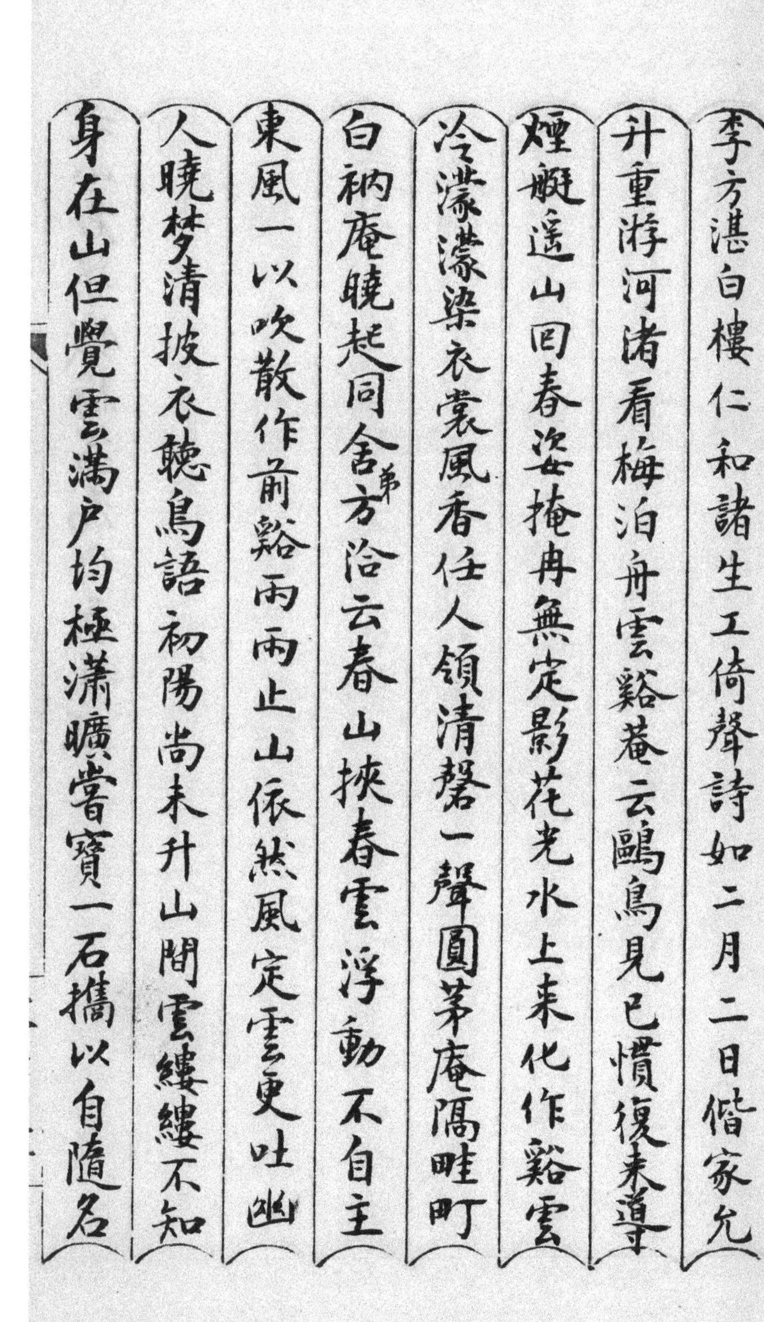

李方湛白樓仁和諸生工倚聲詩如二月二日偕家允升重游河渚看梅泊舟雲谿菴云鷗鳥見已慣復來導煙艇遥山回春姿掩冉無定影花光水上來化作谿雲冷濛濛染衣裳風香任人領清磬一聲圓茅庵隔畦町白衲庵曉起同舍弟方洽云春山挾春雲浮動不自主東風一以吹散作前谿雨雨止山依然風定雲更吐幽人曉夢清披衣聽鳥語初陽尚未升山閒雲縷縷不知身在山但覺雲滿户均極瀟曠嘗寶一石攜以自隨名

之小石梁鐵梅翁為作長歌賦之

烏程凌鳴喈泊齋壬戌進士官樞部曾上疏極陳馬政之弊請
旨清理列具規條　睿廟特諭酌議施行因病歸里其家在吳
興盤溪之晟舍繪有歸釣圖風子復為賦長歌云金门大隱青
雲客胸貯賈生董生策解綬歸來理釣竿紅拂珊瑚樹千尺盤
溪之水清且幽田田蓮葉波心浮杜陵草堂浣花里舍南舍北
來群鷗許身自比稷與契豈為蓴鱸卧泉石補衮平生一片心
付與青山照明月盤溪溪口漁家船一蓑秋雨一笠烟盤溪溪
畔漁家屋薖軸有人寤歌宿道場山色連何山山扉突露青灣

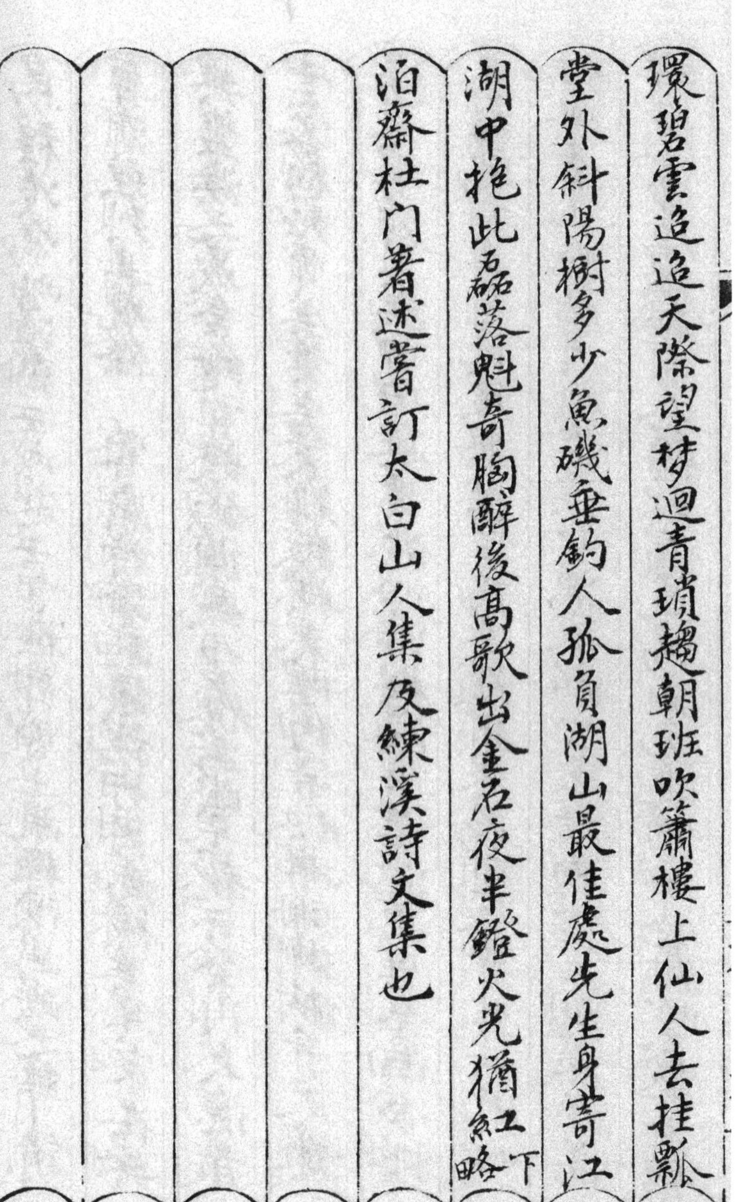

環碧雲迢迢天際望梦迴青瑣趨朝班吹簫樓上仙人去挂瓢堂外斜陽樹多少魚磯垂釣人孤負湖山最佳處先生身寄江湖中抱此磊落魁奇胸醉後高歌出金石夜半鐙火光猶紅下略

泊齋杜门著述嘗訂太白山人集及練溪詩文集也

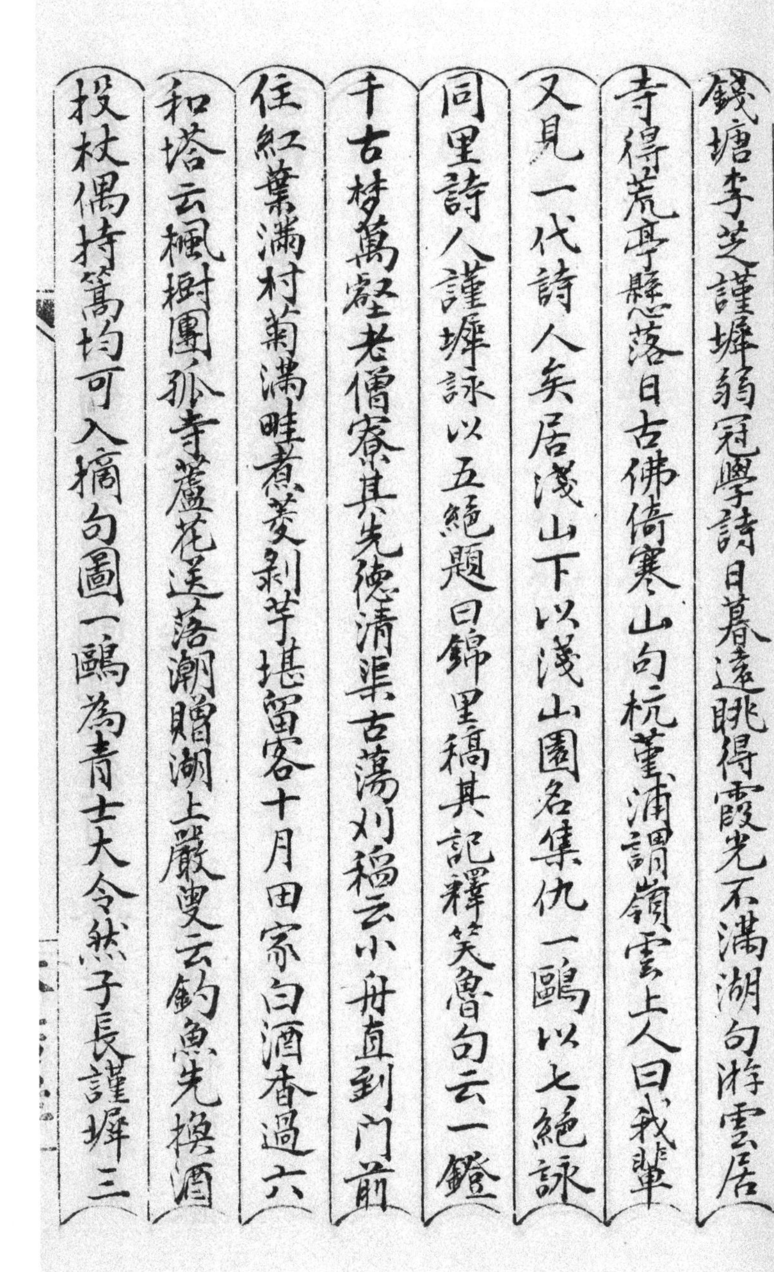

錢塘李芝謹墀弱冠學詩日暮遠眺得霞光不滿湖句游雲居寺得荒亭懸落日古佛倚寒山句杭董浦謂嶺雲上人曰我輩又見一代詩人矣居淺山下以淺山園名集仇一鷗以七絕詠同里詩人謹墀詠以五絕題曰錦里稿其記釋笑魯句云一鐙千古梦萬壑老僧寮其先德清渠古蕩刈稻云小舟直到門前住紅葉滿村菊滿畦煮菱剝芋堪留客十月田家白酒香過六和塔云楓樹團孤寺蘆花送落潮贈湖上嚴叟云釣魚先換酒投杖偶持篙均可入摘句圖一鷗為青士大令然子長謹墀三

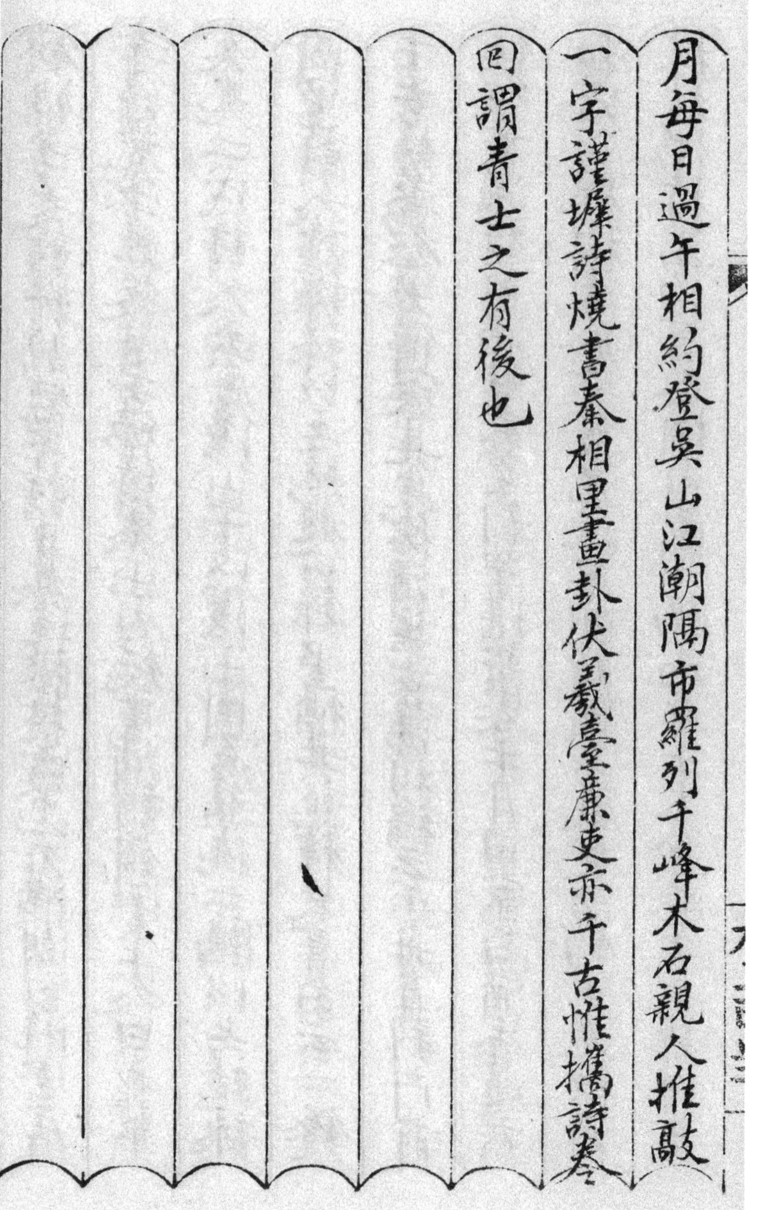

月每日過午相約登吳山江潮隔市羅列千峰木石親人推敲一字謹𡓨詩燒書秦相里畫卦伏羲臺廉吏亦千古惟擕詩巻回謂青士之有後也

四明童萼君先生槐徽研宗伯師華尊人也阮文達撫浙嘗引
居幕府肄業成均時為法梧门所知有今白華堂詩録八卷癸
酉之變賦新樂府四首皆紀實語其讀漢書偶感云牢邪石邪
五鹿客邪武庫尚方殫賜物邪安昌紅休儼為國邪鹿久從蒐
何牢石邪有自踵增其流極邪莽是之資漢以覆邪平陵東松
柏桐门生來哀義公莽舌斷新室覆誰能旌義公所冀在赤伏
休休休不念翟義公翻爵不義侯二百年後山陽貶孰仗大義
扶神州義極正大先生字樹眉別號晋珊嘉慶乙丑閹中恩兩

臺得胡以莊卷疑爲先生朱南厓曰果爾乃名會元也遂定榜
首先生亦以是年成進士榜後 仁宗向大興以新貢士孰爲
最大興舉徐頲直卿及先生以對廷試交卷過遲以部屬用自
雍正八年設立軍機處以來章京或特簡或薦引無定制是年
十月始命内閣六部保送數十員由軍機大臣擬詔冊章奏等
題試之本處堂上公同閱卷排列名次進呈欽定後帶領引見
奉旨記名者挨次補用試分三日以堂上地祇容二十餘席也題
爲勤政殿疏先生有句云所其無逸彌丕丕基於億年萬年

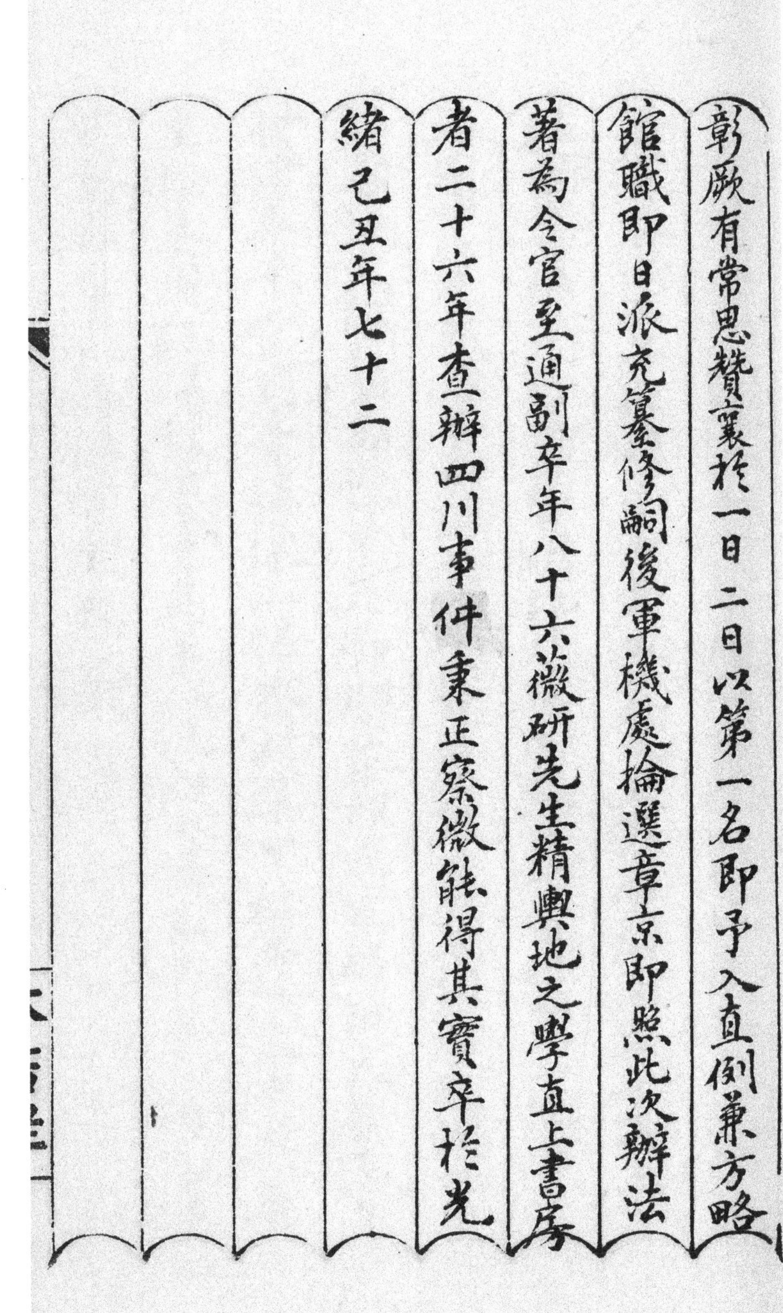

彰厥有常思贊襄於一日二日以第一名即予入直例兼方略館職即日派充纂修嗣後軍機處掄選章京即照此次辦法著為令官至通副卒年八十六蔭繳研先生精輿地之學直上書房者二十六年查辦四川事件秉正察微能得其實卒於光緒乙丑年七十二

山陰杜尺莊茶村老人變雅堂集書後云驪烽氣禍怨音傳豈
語宵衣十七年變雅堂中歌又哭楚天哀雁痛周宣年年三月
杜鵑聲兩字松風血皆明江北江南數人物當時第一沈眉生
櫟園芝麓感恩多一玷其如不可磨雞絮哀詞都絶調九原
知否淚成河裂郤儒中志節堅茶邨花冢拓情天蘼蕪身
世滄桑筆寫到青樓陳小憐茶村集中稱思陵本中興英
主松來閣記推讓眉生為第一流以小憐不忘故夫為之作
傳茶邨花冢兩銘皆念舊也

德清戴高字彥民戚蓼生字彥功同案游庠有二彥之目諸暨
烏石山產紫石英明嘉靖間以金鎟大𪆫徵求孔亟邑令黎秀命
父老搜其處使無所得牒云合浦以吏貪而珠徙暨產石英自
本職到任數采無得此不職之故也使者得其牒而事寢民感
德之三百年後口碑猶頌述焉彥民詩仙官雲集越王城欲采
山中紫石英飛下羽書頒令甲徧求方士說長生藍田有玉徵
輸竭合浦無珠貢賦輕一事堪貽千載福浣紗溪水至今清
楊鐵崖故里名泉塘在諸暨鐵崖山彥民句云青史一編新

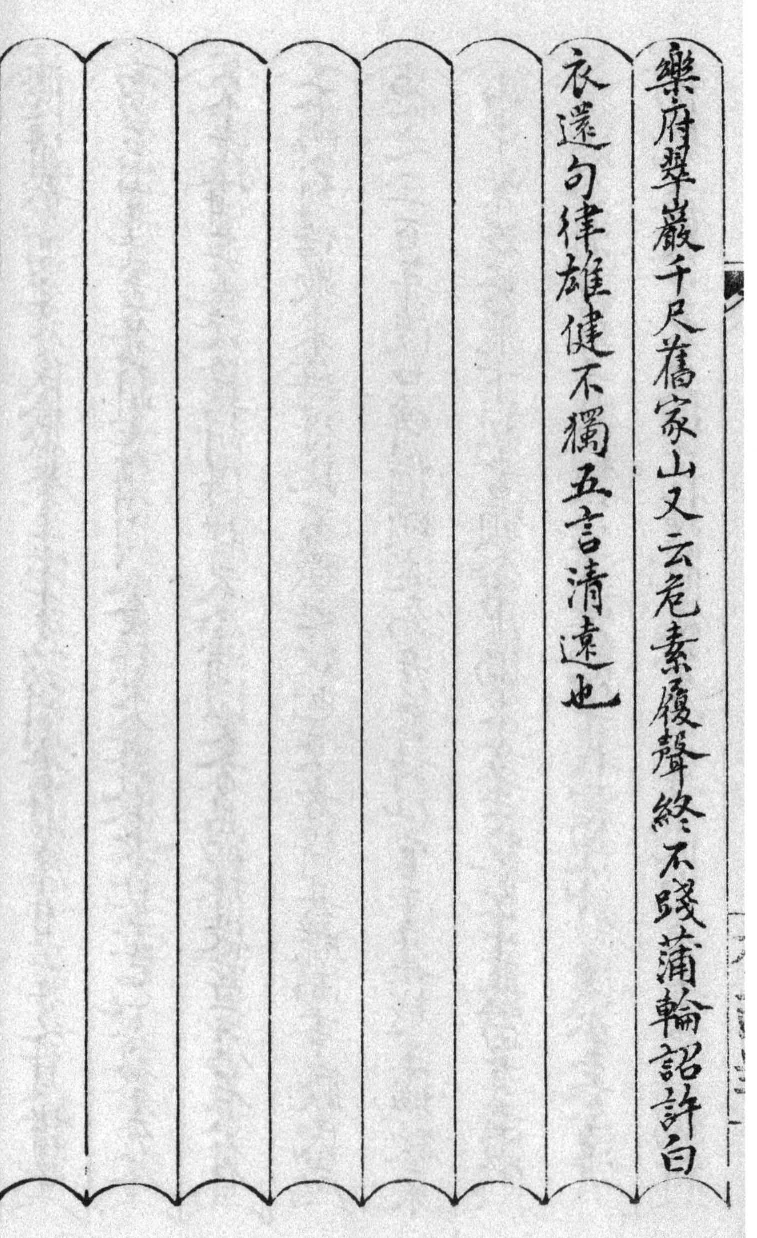

樂府翠巖千尺舊家山又云危素履聲終不踐蒲輪詔許白衣還句律雄健不獨五言清遠也

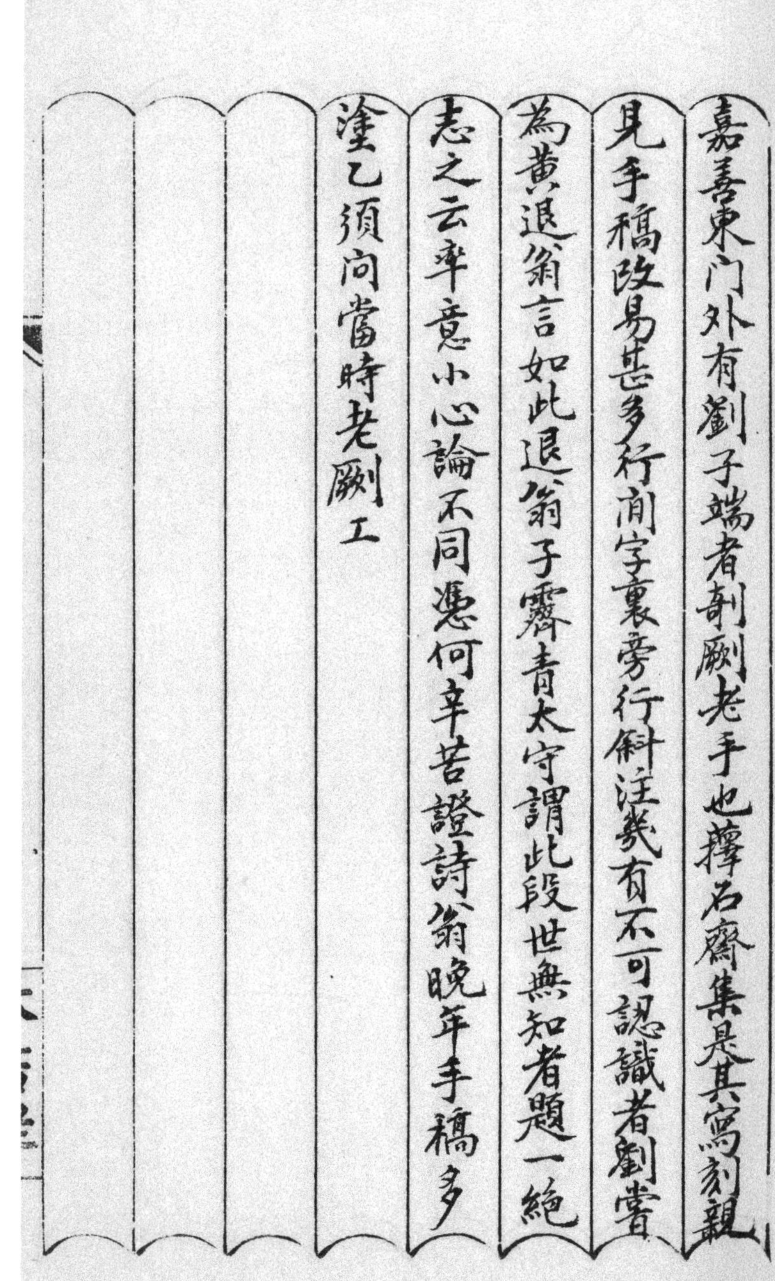

嘉善東门外有劉子端者剞劂老手也擇石齋集是其寫刻親見手稿改易甚多行間字裏旁行斜注幾有不可認識者劉嘗為黄退翁言如此退翁子霽青太守謂此段世無知者題一絶志之云卒意小心論不同憑何辛苦證詩翁晚年手稿多塗乙須向當時老劂工

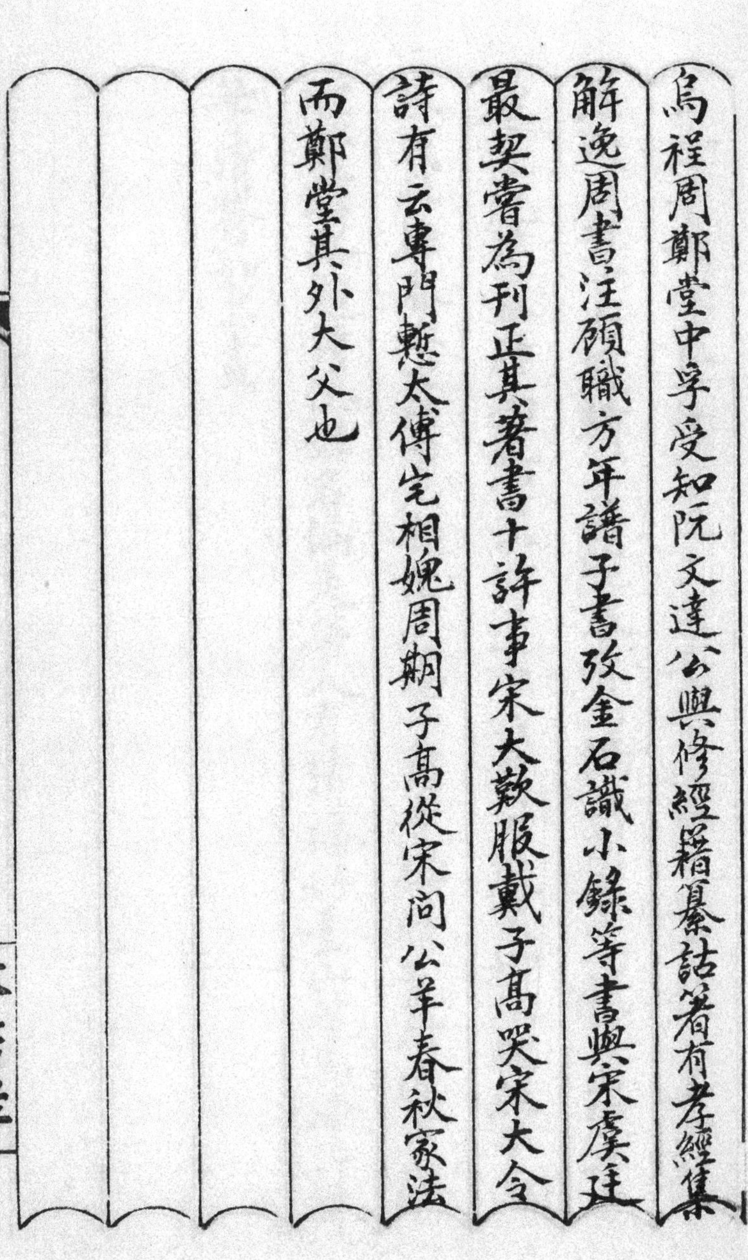

爲程周鄭堂中孚受知阮文達公與修經籍纂詁著有孝經集解逸周書注硕職方年譜子書攷金石識小錄等書與宋虞廷最契嘗爲刊正其著書十許事宋大歎服戴子高哭宋大令詩有云專門慙太傅宅相媿周朔子高從宋問公羊春秋家法而鄭堂其外大父也

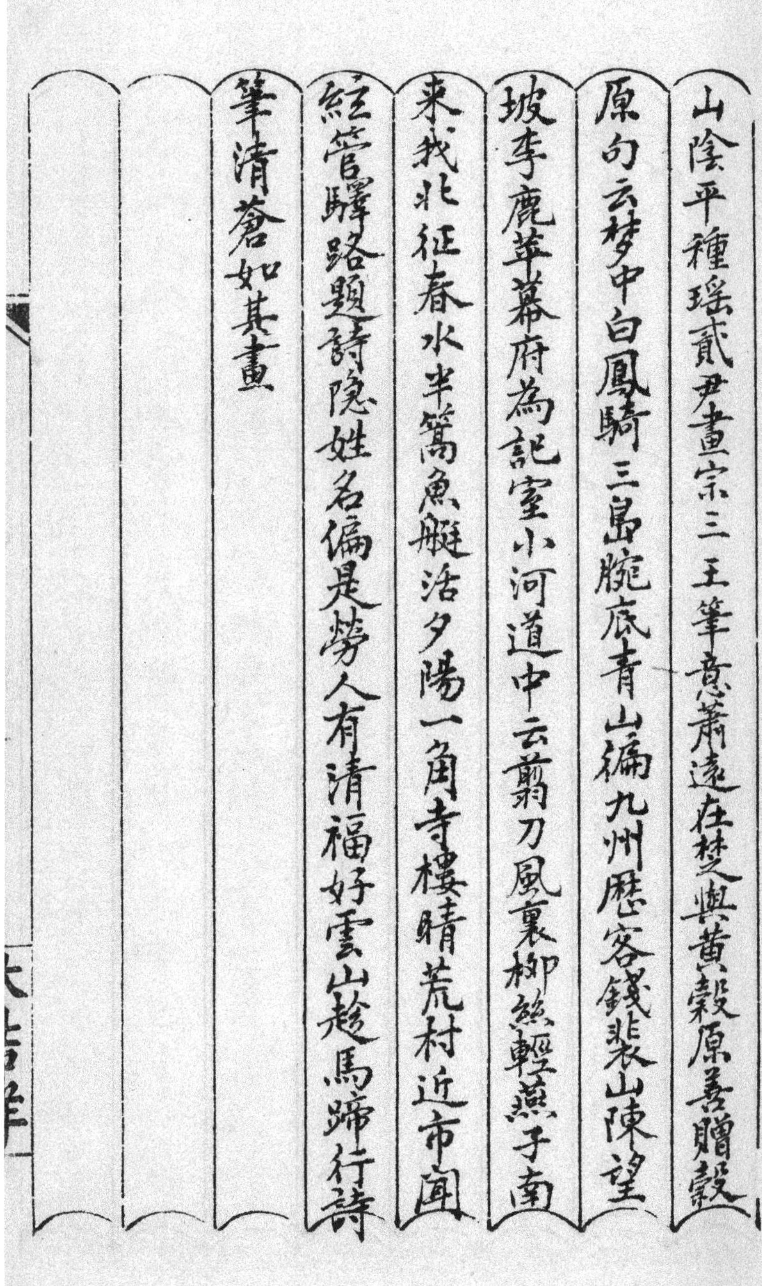

山陰平種瑶貳尹畫宗三王筆意蕭遠在楚與黄穀原善贈穀原句云夢中白鳳騎三島腕底青山徧九州歷客錢裴山陳望坡李鹿苹幕府爲記室小河道中云翦刀風裏柳絲輕燕子南來我北征春水半篙魚艇活夕陽一角寺樓晴荒村近市閒絃管驛路題詩隱姓名徧是勞人有清福好雲山趁馬蹄行詩筆清蒼如其畫

鄖陳僅餘山歷宰陝之紫陽安康其論編查保甲之法
謂新建十家牌實以當時三淛不靖民有戒心順民之
欲故其事易辦若編審久廢遷徙無定而遽行十家連
坐之法將訟獄繁興官民交敝南山諸瘠邑平時已入
不敷出邑宰雖賢安能歲棄數百金以求不可知之效
環數百里之境政無鉅細悉叢於長官一身簿尉校官
皆為冗贅而反寄耳目於邈不可知之鄉民徒以文法
相約質欲其不虛應故事難矣且一保長所屬幅員數

十里牌甲百十人，輿馬酒食奔走之資，筆墨需索之費，

將誰出歟？花户不累，得乎？日久玩生，奸宄孳芽其中，相

與齮齕之，憲司又時以文法掣其肘，其不爲安石之保甲

也幾希。謝鶴齡云：南山當以團練行保甲，嚴樂園云：

山内州縣只可行之城市，不能行之村落，爲治之法，要

在因地因時，難爲刻舟求劍者道也。其慨然有作五首

言之洞中窾要，其第五首云：風俗日以替，徵辟難再行。

十室有忠信，邈矣三代英。百里賴一官，耳目疲獨營。況

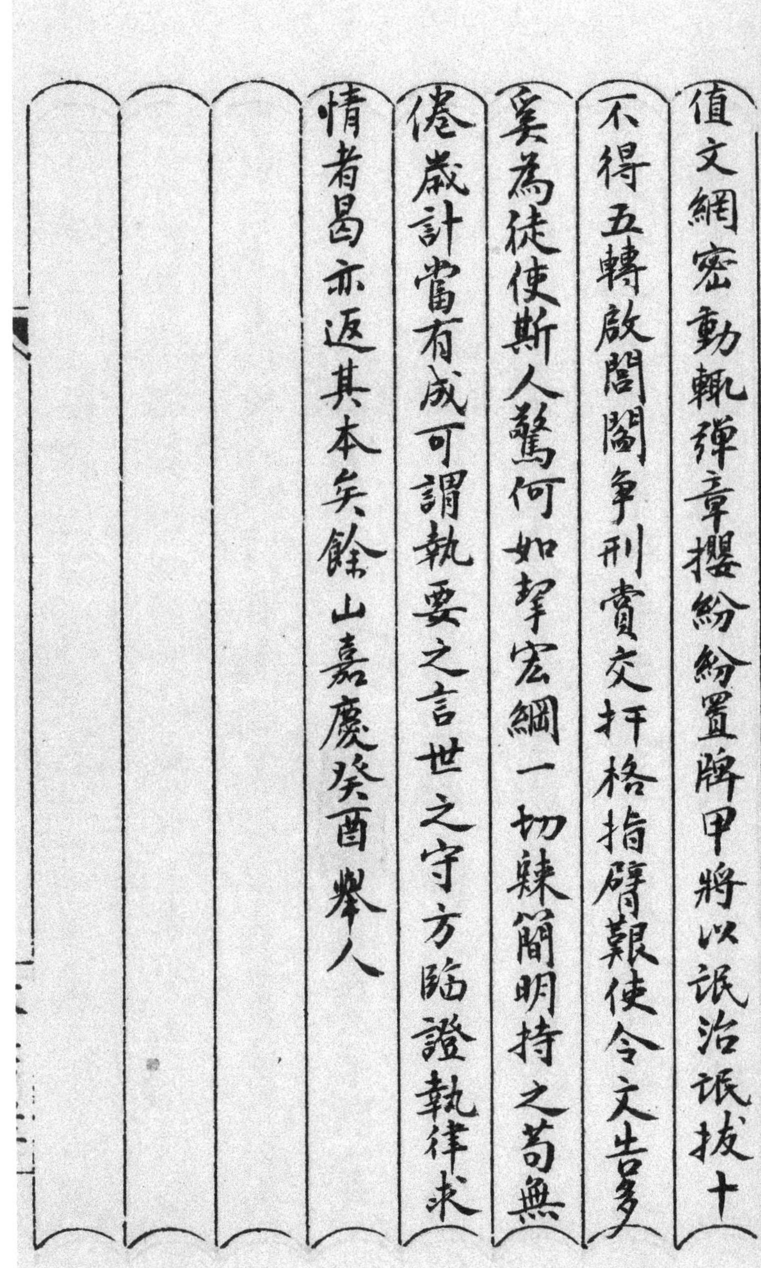

值文網密動輒彈章攖紛紛置牌甲將以詆治詆拔十不得五轉啟閭閻争刑賞交扞格指臂艱使令文告多奚爲徒使斯人驚何如挈宏綱一切棘簡明持之苟無倦歲計當有成可謂執要之言世之守方臨證執律求情者曷亦返其本矣餘山嘉慶癸酉舉人

金華方海槎元鵾從朱介裴學詩三十七舉於鄉年五
十始成進士官工部卿韡腰綬隨白面郎後見堂上長
官累裀高座僚屬手文書執筆擁前伺候顏色莫一識
眄以為寵傲晚同列有喜色海槎不耐此所為終日閑
門書於內城賃屋一椽瓜架豆棚接於繩甕某郎官
贈詩曰先生懶與人酬對自聽微蟲語豆花書自為漫吟
先生傳有鐵船詩鈔二十一卷樂府四卷閒述絕句云
上了龕香末上鐙庭前閒自曳枯藤萬般人事回頭

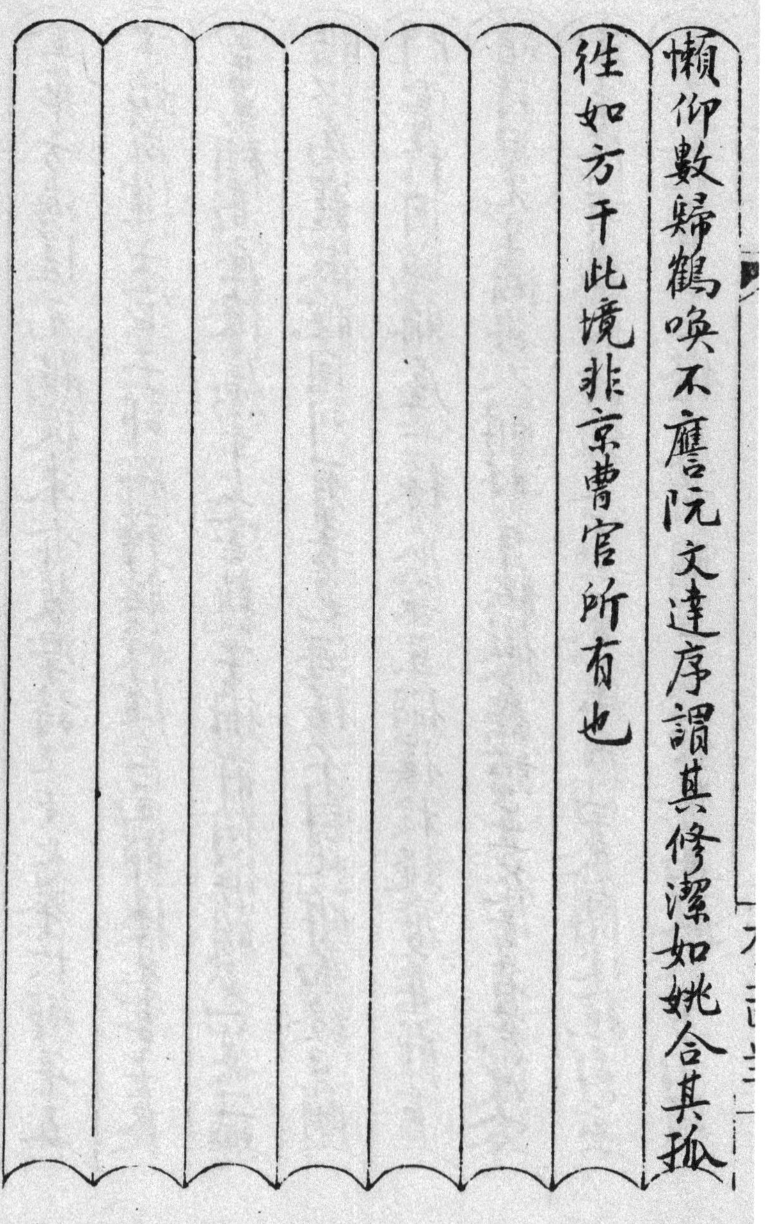

懶仰數歸鶴喚不譍阮文達序謂其脩潔如姚合其孤往如方干此境非京曹官所有也

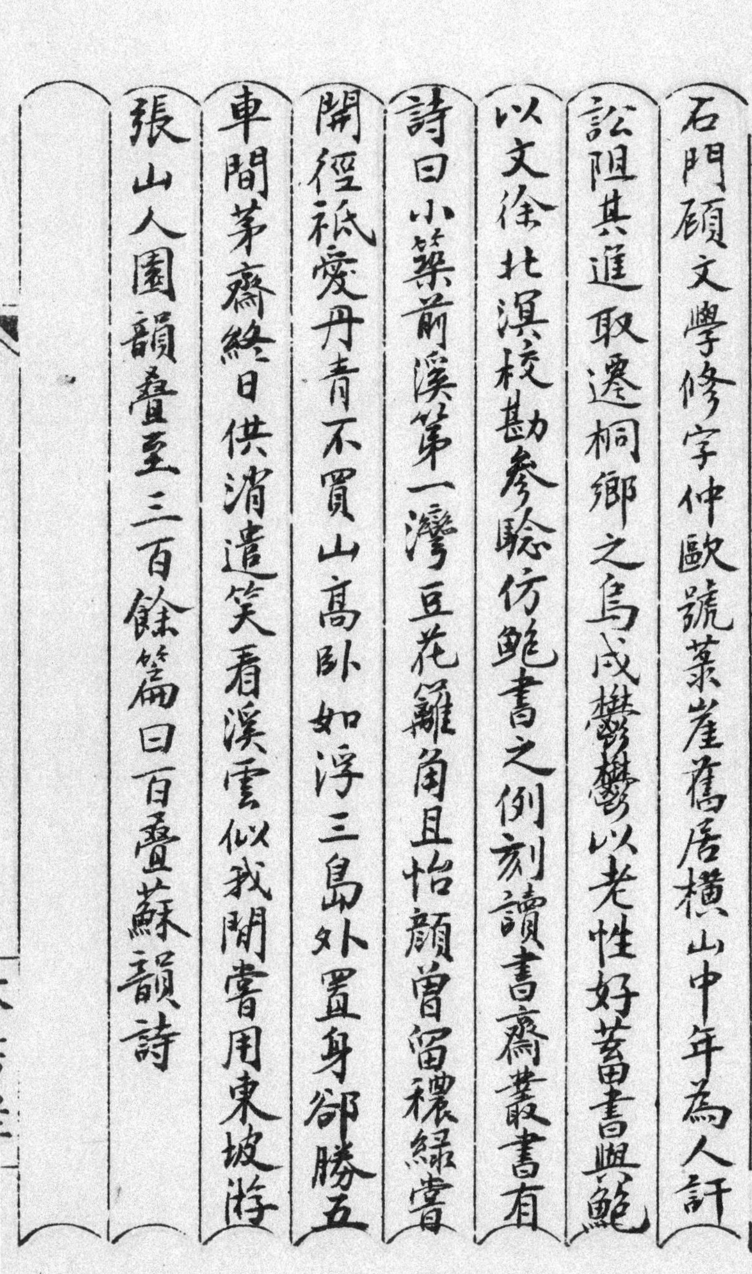

石門顧文學修字仲歐號萊崖舊居横山中年為人訐訟阻其進取遷桐鄉之烏戍鬱鬱以老性好蓄書與鮑以文徐北溟校勘參騐仿鮑書之例刻讀書齋叢書有詩曰小築前溪第一灣豆花籬角且怡顔曾留禮緑當開徑祇愛丹青不買山高卧如浮三島外置身卻勝五車間茅齋終日供消遣笑看溪雲似我閒嘗用東坡游張山人園韻疊至三百餘篇曰百疊蘇韻詩

嘉興王惺齋居椿樹衚衕為康熙時譚舟石宅竹垞詩所云樹根同讀五車書者也惺齋嗜震川文謂葉裕母銘等作可泣鬼神校勘韓集至易簀前一日猶命子尚繩改定順宗實錄中二字尤長於推步史漢韓非孫可之歐曾王諸家文集錢文子補漢兵志皆有校正子尚珏字若農頻游登萊間以四庫館議叙縣丞發廣西謝蘊山招入志局薦升西林知縣凡服官地方多教其子弟作文登科第者數輩辛酉冬錢非衣山廣西學政任滿回

京與若農同行途中酬唱甚多嘗題其蓬萊閣讀書圖

云君家世讀蓬萊書壯游還上蓬萊閣閣中富有千卷

藏把卷高吟樂復樂朱簾一搴滄波翻齊烟九點几案

環觀書何嘗望洋歎眼中雲海空漫漫神山海市不可

見閬風隔斷金仙面司空城旦人間書讀破難教凡骨

換日觀門高獻賦賒一官落拓隨鳧飛瘴海十年

學讀律天風猶夢吹羅衣我生足未履東海曾到鄉

環窺記載誰知風輒引船還金簡玉書空好在讀書無福

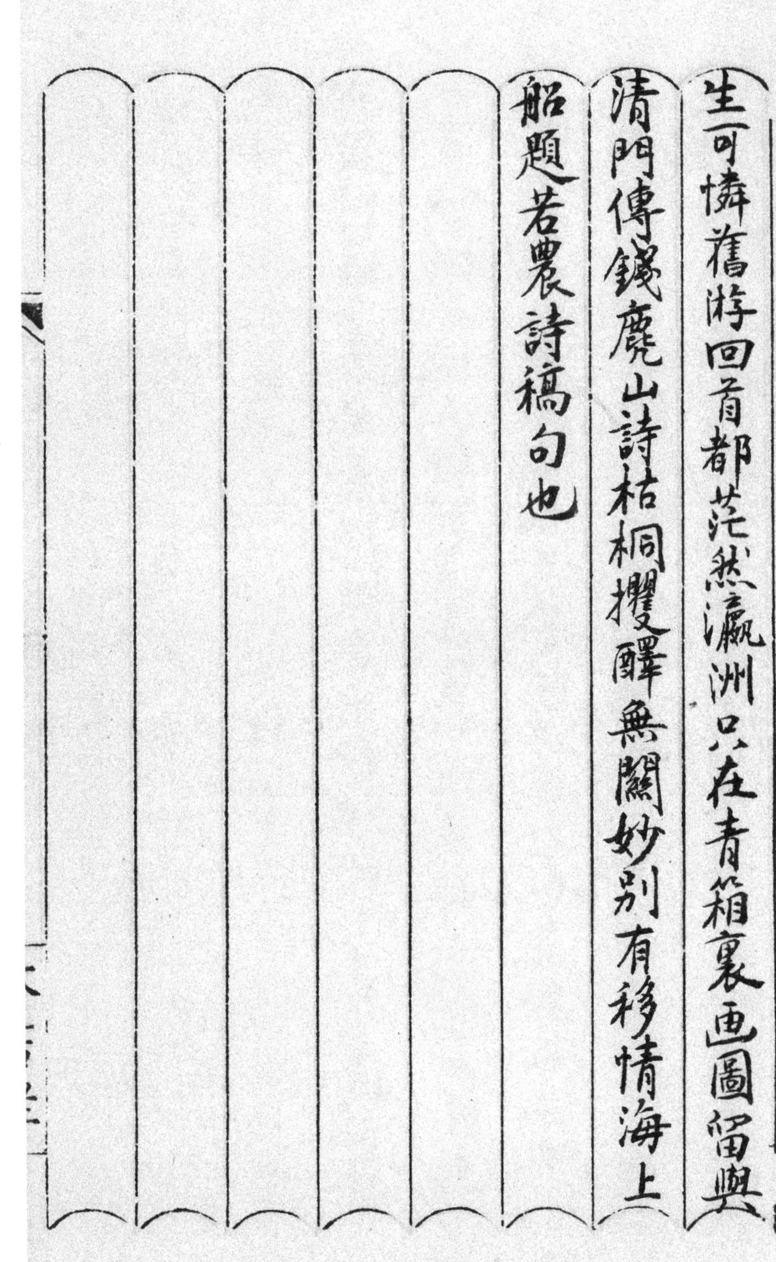

生可憐舊游回首都茫然瀛洲只在青箱裏畫圖留與

清門傳鑁麗山詩枯桐攫醳無關妙别有移情海上

船題若農詩稿句也

嚴修能居石冢村德清蔡漫叟訪其尊人太學茂先值
抱病使修能出見方四歲能據案作擘窠書爲作長歌
贈之漫叟名環黼字拱其有細萬齋詩鈔其偶成二十
一首皆論本朝人詩可見其宗仰所在略云北宋南施
有定評荔裳不独氣縱横君看詔獄詩中意變雅何曾
怨誹生殘照西風白下門非秋非柳意難論那知庾信
江南賦黃竹青荷總斷魂䆮亭詩筆氣輪囷慕古憐才
有性真王李鳴壇交誼薄一杯重奠盻山人遠成爲龍

吴漢槎詩篇凄婉似悲笳由來傲物招時忌莫以江東
独秀誇鈍翁少作近三唐老去吟成别瓣香願作雲龍
媲韓孟一時名目有王楊文定休休愛士誠詩篇瑰麗
韻琮琤鳳毛解賦高軒過長爪通眉太瘦生詩瓢酒盞
送迎忙紅豆詞人太守堂莫向溪山惜殘梦官齋隨處
熟黄粱鴻博交推國士名義門詞氣最和平夕陽秋水
滕王閣便是開元劉長卿范陸皮毛誤後賢正聲已斷
雅琴絃狂瀾砥柱中流在四卷原詩内外篇宋初崑體

足吟哦別調流傳漸近魔聾俗無人聽韶頀翻將正格
詆西河冬郎才調擅香匳琢句清華仗謹嚴讀到風懷
二千字毋將白璧惜陶潛論詩往往愛憎偏賴有青門
辨古賢何李諸家光燄在騷壇無地別松圓文人自古
愛幽鏤東野何妨喚作囚一派蘇門詩百態爭教滄海
更橫流秦郵湖畔苦吟身百藥風流邁等倫十五人誇
箸笏貴流傳文采更無人江山風月少年游都下稱詩
第一流名士青燐千古恨祇今誰記沈方舟文定謂合

肥李蓉齋相國鳳毛謂予孚青丹壑丹壑康熙丁亥移居永城卒年五十二提要謂年未四十而殁誤也所著野香盤隱二集外有道旁散人集五卷爲甲申至乙未作

定海黄徽香明經博綜群經尤長三禮年七十二作知非子傳
謂士各有職士無職以治經爲天職其治之也必以畏聖言侮
聖言爲懸衡洞見得失不敢勦説雷同而卒以行不掩言爲咎
讀賈子云漢文本賢主賈生臣亦忠如何史遷記引與屈賈同
椒蘭意或妒絳灌人非庸改正易服色興禮修辟雍鑿圜枘乃
方竽好瑟何工自從長沙徽祇問鬼神供九事論時務三復皆
冬烘長策書肝紙憂懷入髓封以後遂默默此情想悰悰烹鮮
讓老聃吮癰寵鄧通蝇營狗亦苟磬鐘長空潛思春秋學莫

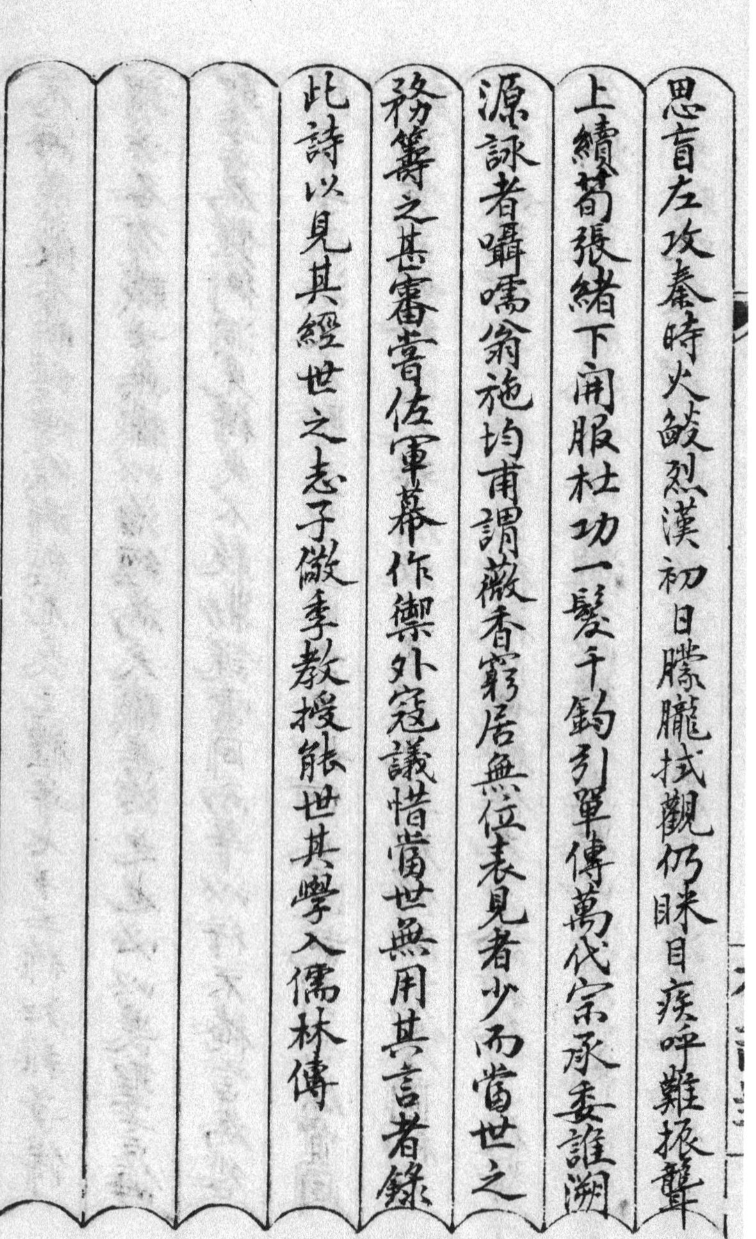

思盲左攻秦時火皶烈漢初日朦朧拭觀仍眯目疾呼難振聾上續荀張緒下開服杜功一髮千鈞引單傳萬代宗承委誰溯源詠者囁嚅翁施均甫謂薇香窮居無位表見者少而當世之務籌之甚審嘗佐軍幕作禦外寇議惜當世無用其言者錄此詩以見其經世之志子儆季教授能世其學入儒林傳

宋寶祐四年登科錄文謝陸三公而外四甲第一百五人黄震
五甲第一百二十一人胡三省四甲第一百十七人舒岳祥學
者称閬風先生四甲第十一人柴隨亨與其兄弟隱於櫸林九
磜之间人称柴氏四隱二甲第三人羅椅廬陵人饒準峰高
第五甲第一百七十人陳著有本堂集五甲第三十八人薛
嵎有雲泉集四甲第八十一人陸梦發官太府寺丞有烏衣
集黄鄮泉詩齋年六百一人細尋繹就中慈溪黄氏名尤稱
日鈔四部揭精要手劬栗尾書溪籐通鑑今傳胡氏注海

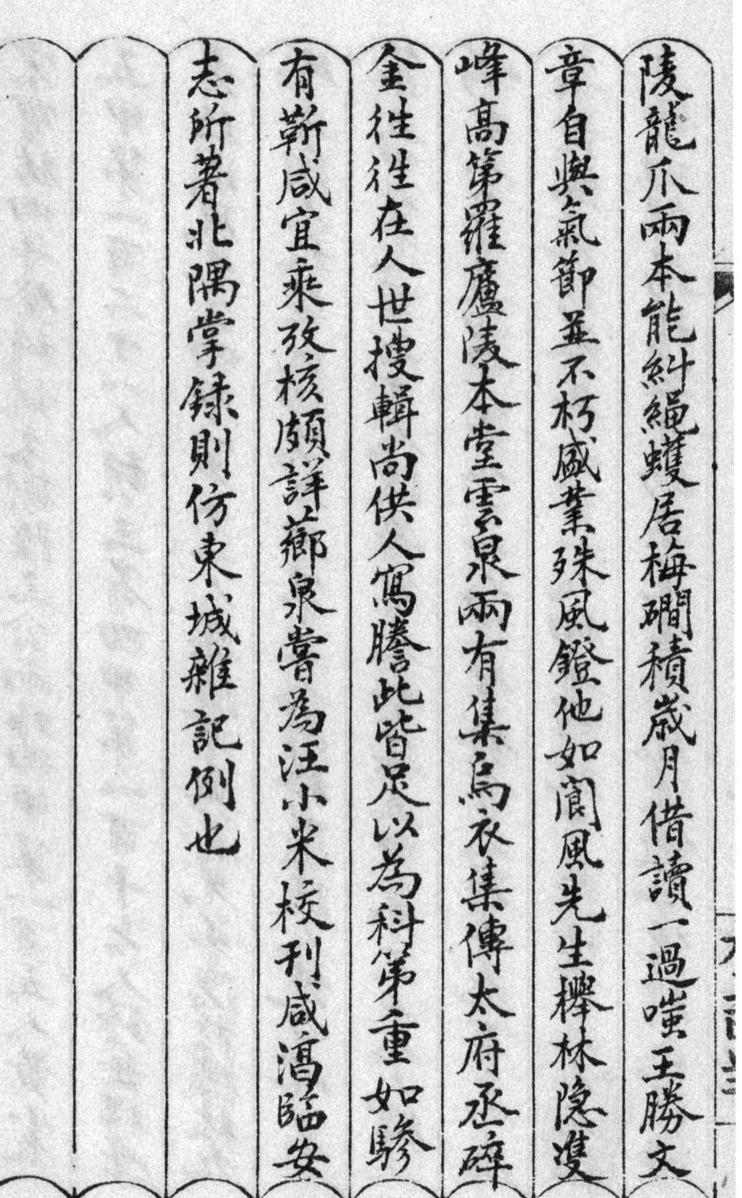

陵龍爪兩本能糾繩蠖居梅磵積歲月借讀一過嘆王勝文
章自與氣節並不朽盛業殊風鐙他如寓風先生櫟林隱叟
峰高第羅廬陵本堂雲泉兩有集烏衣集傳太府丞碎
金往往在人世搜輯尚供人寫謄此皆足以為科第重如騤
有蘄咸宜乘攷核頗詳鄰泉嘗為汪小米校刊咸淳臨安
志所著北隅掌錄則仿東城雜記例也

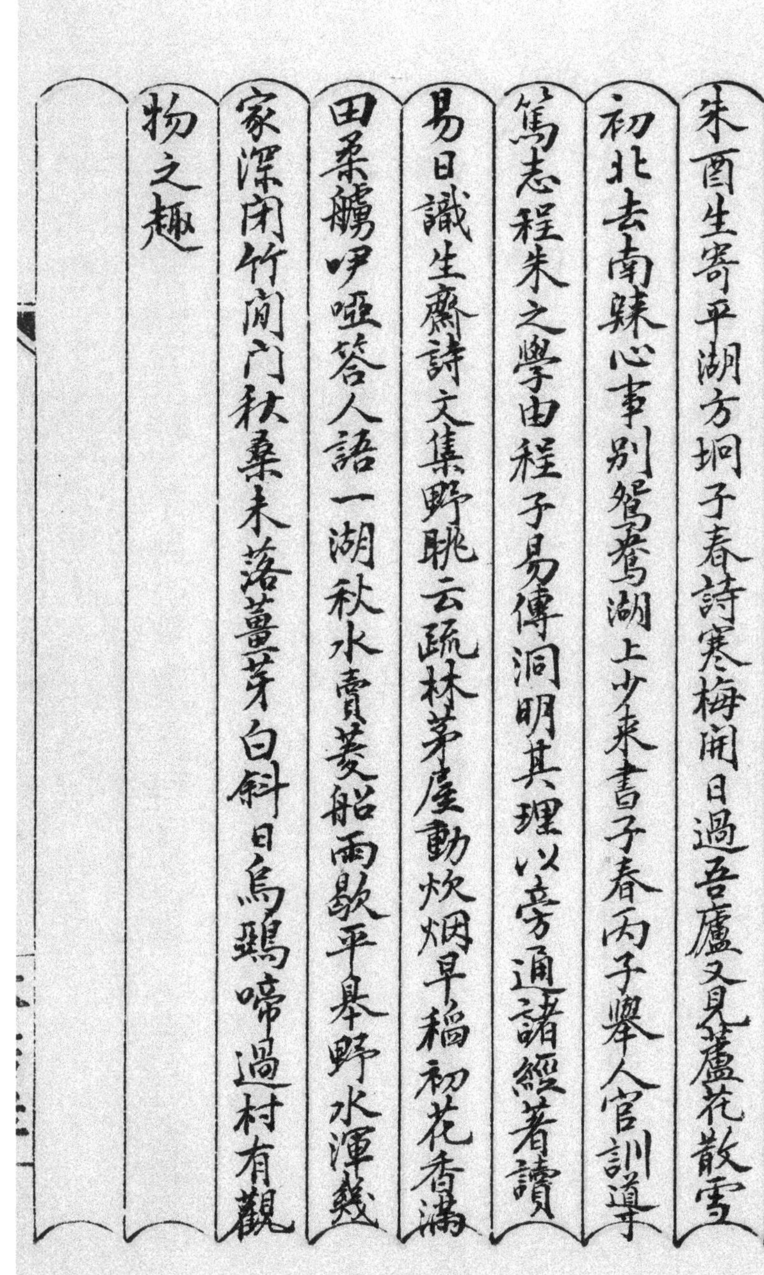

朱酉生寄平湖方垌子春詩寒梅開日過吾廬又見蘆花散雪初北去南歸心事別鴛鴦湖上少來書子春丙子舉人官訓導篤志程朱之學由程子易傳洞明其理以旁通諸經著讀易日識生齋詩文集野眺云疏林茅屋動炊烟早稻初花香滿田柔櫓咿啞答人語一湖秋水賣菱船雨歇平皋野水渾幾家深閉竹間門秋桑未落薑芽白斜日烏鵶啼過村有觀物之趣

嘉善查丙塘司馬年少館恪勤公琅玕京邸恪勤赴浙聘掌章
奏從阿林保之閩平蔡牽之役實在兵間林清倡亂在慶保幕
總理糧餉慶撫貴州偕入黔減運銅之費懲畜蠱之民丙塘策
畫爲多百文敏督兩江委令鞫獄有劫庫狀官案捕者以難民
三人當之具白其無辜有東望望閣詩鈔其通天臺云老去悲
懷五柞風臺高浪說與天通露濃金掌來王母月冷珠幃失少
翁萬里貳師空黷武千秋一夢竟邀功羨他檻角無知物翻得
凌虛上太空才氣正自不凡

平湖胡金題瘦山居北郭外好爲詩嘗佐其尊人雲樹明經續輯檇李詩繫刻有桐華館詩金屑詞經難湖精舍故址云擷月拈花蹄已非舊題零落滄禪廨高人去後清風歇叢石孤松近十圍幾時拋卻故山巘遼海重歸心事違一種春風亡國淚年年瀅透比邱衣補蟹詞云日坐湖心生計微結成鮮舍傍魚磯昨聞楚蜀銷金甲怪得今年上簖稀清新綿摯尚有南疑遺韻南疑紫茜村莊在城西鹽官徐白峰嘗爲作圖瘦山心折前修見諸題詠爲

嘉興李天彝孝廉貽德有攬青閣詩望春盧詞拜先人墓句
祭不能豐養可知為小匏詩話所稱嘗館硤川蔣氏蔣富藏書盡
發其篋讀之繼又館金陵王氏時孫季逑亦僑寓金陵天彝投
以詩百韻亟延入與上下古今佐淵如成周禮賸義左傳集解
嘗徵事云出某書第幾卷第幾頁覆視之不少爽學無不綜若
易家飛伏消息及讖緯遁甲諸五行雜占皆洞徹著有左傳賈
服注輯述較馬魯陳輯本為詳其十七史攷異及姓氏諸書未
刊豐頤便腹嘉慶戊寅鄉舉對策為浙士冠座師王伯申先

生深器之禮闈見浙人二三場淵博渾厚者輙疑爲天彝卷
亟入選壬辰報罷殁於京師吴退菴侍郎館舍

杭州北郭三四里許闤闠之外村落相望青蕩里在焉土穀之社有稱蘇家者蓋從里中奉祠族姓得名所祀之神則爲宋黃文節公公生平宦蹟未嘗到此祝史相傳社而祠之莫知所昉報賽者第知廟中奉土穀神而不知其爲公也嘉慶初何春渚爲大書祠額榜於閣閒且謀建清風閣於其後自是值公生辰同人潔牲醴拜於祠下歲以爲常屬樊榭歿而無嗣故宅不存主無廟祔歷封比邱尼室者若干年春渚既修文節之祀見祠有隙宇遂訪其栗主遷於後廡之西并以其姬人月上之主從

爲安位之日具蔬果之會王述庵時王萬松謫席聞之亦來薦奠自是以後祭文節禮畢牲魚一獻以酬詩魂春渚歿文節生辰之祀遂廢道光癸巳里人訪得其地錢唯傳師曾復展故事即用集中雕陂詩韻述以詩云疏懷老柘映清泚叢祠近在青莎里遺愛能留未到鄉枌榆舊事先民記昔年牲酒走祠下迎神樂章昇工倚故事荒湮今一再修後時宵來神亦喜清風高節自終古塵事興衰悲激矣詩社誰傳舊瓣香冰盤又薦新沘李飄零樽俎感耆舊二十餘年彈指耳少

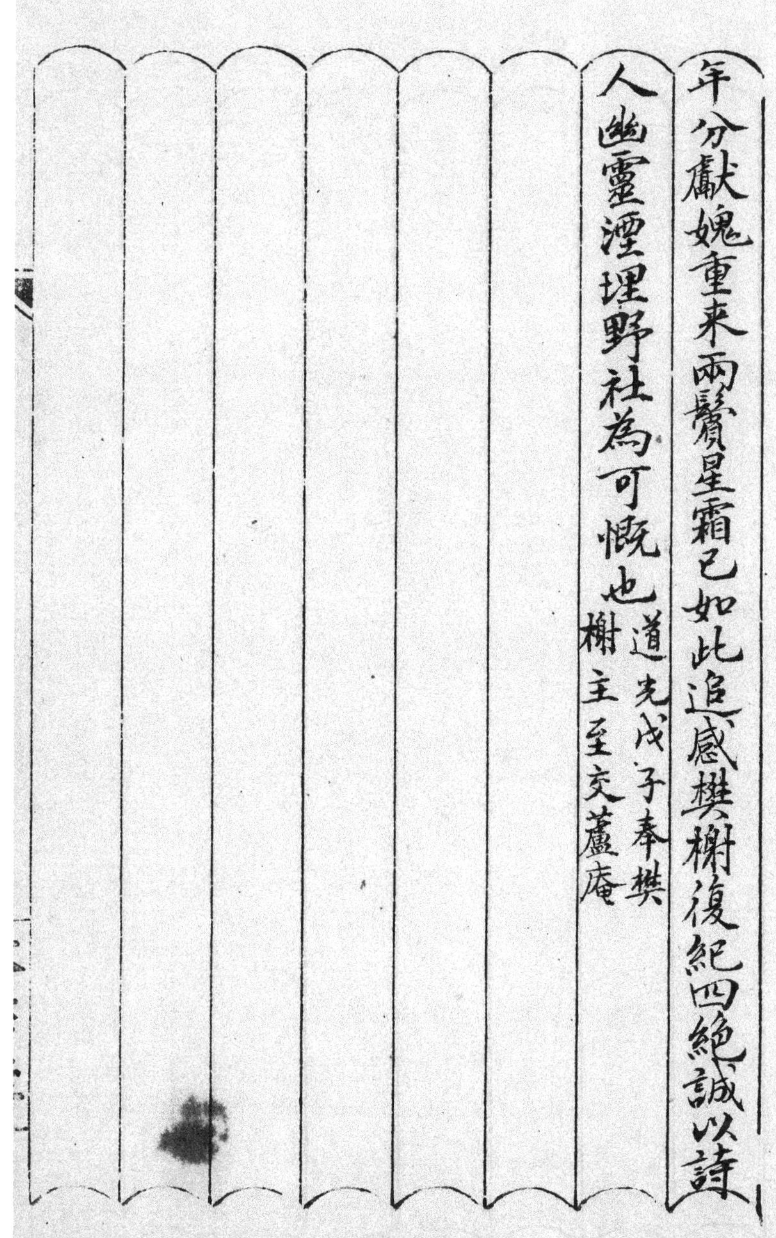

年分獻媿重来兩鬢星霜已如此追感樊榭復紀四絶誠以詩

人幽靈湮埋野社為可慨也道光戊子奉樊榭主至交蘆庵